新說
紅樓夢

石頭會冷心常熱

周慶華◎著

很少有一部書能像《紅樓夢》，甫一問世就被鑑賞不輟，舉凡評點、題詠、索隱、校勘、考證和評論等，已到不絕如縷且時現高潮的地步。當中因為嗜讀它不禁嘔血或氣絕而死的例子不少，而由於酷愛它執意據以為發展一門紅學的也不可勝數；此外針對它細繹慢理的論述，更是多到冠絕古今中外任何一本名著所受的品評。

書內容簡介

　　《紅樓夢》尚有粗俗話、靈異、點將、王熙鳳獨吞苦水、小孩子顯大才、淫貪的治肅、潔癖、大小寫、正側寫和重大瑕疵等眾多關鍵課題未被開發或詳為討較,本書從頭統作耙梳且深加繹理論斷,終而可以整幅朗現,值得研究者及小說寫手前來取鑑。

作者簡介

　　周慶華,文學博士,曾任臺東大學語文教育研究所所長,現已退休。出版有《語言文化學》、《靈異學》、《語文符號學》、《生態災難與靈療》、《文化治療》、《佛教與文學的系譜》、《後佛學》、《紅樓搖夢》、《文學詮釋學》、《文學經理學》、《解脫的智慧》和《靈異語言知多少》等七十多種。

後全球化思潮叢書企畫

　　西方人所主導全球化的人口、金融、資訊科技和商品等流動現象的全球化風潮，在歷經幾個世紀的衝撞後已經快到強弩末端了。而當今許多綠能經濟的倡議，以及諸如中國、印度、巴西和非洲等的崛起，不啻在預告全球化必須走向下一步「後全球化」了。只不過綠能經濟所強調的再利用和開發新能源等觀念和作為，僅是轉成綠色資本主義還是老套，並非真有助於終結能趨疲（entropy，熵）的危殆；而第三世界的崛起，儼然一切以重構文明或再造文明的新意識在主導經濟和科技的運作，但情況卻無法這麼樂觀，因為西方強權所帶動的全球化就要耗用完地球的資源，第三世界崛起除了拾人唾餘，還得分攤環境汙染和生態失衡等後果，根本沒有什麼遠景可以期待。因此，所謂後全球化的後，它的意義就得越過這一新經濟和西方強權轉弱的假象而從逆反全球化來確立。

　　逆反全球化，在當今已有遍布於世界各地的原始主義、社會改良主義、民族主義、原教旨主義和馬克斯主義等在策畫行動，但實際上它們被操作時僅是消極抵抗或不附和而未能極力批判，到頭來都成了全球化的組構成分而欲後無由。畢竟全球化背後的資本主義邏輯和軍事或文化殖民的征服等因由，才是當中的關鍵，反全球化就是要以它為對象；而如今所見的相關作為卻都是以另起類似的因由在籌謀對策，自然罕有成效可說。因此，只有徹底逆反全球化，才是大家能夠繼續在地球上存活的唯一保證。

　　基於這個前提，後全球化必須有周密且強而見力的思維來領航，以便人類知所從新安頓生命和永續經營地球等，開創性自是此中最大的期待。以至這裏就有了後全球化思潮叢書的企畫構想，凡是直接思索後全球化當如何的，或者可以跟後全球化需求相涉相發的，或者看似有距離實是在引領新一波思潮的專著，都竭誠歡迎。

　　在直接思索後全球化當如何的和可以跟後全球化需求相涉相發

的專著部分，乃依需訂題；而在看似有距離實是在引領新一波思潮的專著，則可取例如下：新符號學、新敘事學、新語言學、新詮釋學、新宗教學、新倫理學、新形上學、新儒學、新道學、新佛學、新仙學、新神學、新靈學、新文學學、新藝術學、新美學、新科學哲學、新知識學、新政治學、新經濟學、新資訊學、新電影學、新趨勢學、新人學、新物學、新心學、新宇宙學、新生命科學、新老人學、新環境生態學等。

編輯部

序：石頭會冷心常熱

　　很少有一部書能像《紅樓夢》這樣，甫一問世就被鑑賞不輟，舉凡評點、題詠、索隱、校勘、考證和評論等，已到不絕如縷且時現高潮的地步。當中因為嗜讀它不禁嘔血或氣絕而死的例子固然不少，而由於酷愛它執意據以為發展一門紅學的也不可勝數；此外針對它細繹慢理的論述，更是多到冠絕古今中外任何一本名著所受的品評。而依我看，它的精采炫目，只來自一顆石頭的演化。

　　這顆石頭被設定為女媧煉石補天所剩，因為無材補天卻又靈性已通，所以就有央求茫茫大士和渺渺真人攜至紅塵歷幻的舉動發生。而又緣於它所寄存的是神瑛侍者投胎的肉體，以至一個質蠢的物靈和另一個好動多情的神靈就相遇同處了。而「客不僭主」或「強龍不壓地頭蛇」的結果，這顆石頭就任由神瑛侍者狠摔踐踏，也默默地看著神瑛侍者討吃女子嘴上的胭脂、胡亂發出誓言、像扭股兒糖似倒在人家懷中撒嬌、作一些歪詩熟話供人噴飯和被他親爹痛打成瘡等，幾乎是各過各的活而兩不相干。但它畢竟是「通靈寶玉」，跟那個肉身已成一形質關係，於是在對方遭到魔法所魘時，經由原僧人加持可以護主；而當因故離去時，又會讓對方頓陷瘋癲窘境，直到對方參透世情出家去，它才一併了卻這段塵緣，回到它的來處青埂峯下。這一路演化的故事，也夠奇絕了！而它就是《紅樓夢》寫來專迷我們的地方。

　　幾十年來，我不時的要跟它覿面，總有或多或少的感悟，不盡能說透，卻又老覺得「有話想說」。如今不論是基於讚賞或是批評，所寫文字居然也有數十萬字了。這都是一個「石頭會冷心常熱」的因緣所促成的！倘若不是那顆石頭來去悠然自在，也不會有我自己的這一番追躡筆墨。石頭是已經回歸原所而冷卻了它的看世眼，但我想力趕一部曠世鉅著的思維卻始終不減熱度。或許這裡面也存有某種宿緣，只是我無從詳知罷了。

　　時序還在我任教於臺東大學語教系所那段日子,因為開過幾次「紅樓夢」課,還勉力寫了一部《紅樓搖夢》的專書,以至原地處邊緣的小小黌舍開始有了一點古典人文的躍動。後來系所轉型和整併,情境不在,我只好也跟著辦理退休。此後友人王萬象教授正式把課接去華語系開設,又經常給機會邀我去講個課題,興味來了我就將所說的東西加以深化,並且另外開闢一些新的論題,因而自我催出了本書這些篇章。它們表面看似不相連屬,實際卻是另一種有機的組合。

　　所謂另一種有機的組合,是指它們旨在整合討論《紅樓夢》中諸多尚未被開發或未被詳為關注的重要節目,包括粗話俗話的精為設計、恐有外靈協作、所點將內幕、獨許王熙鳳一人吞嚥苦水的因緣、小孩子顯大才該如何理解、治淫和肅貪看什麼變數、對潔癖很有意見、大小寫的美感競爭、正側寫的技藝辯證和抓漏定瑕疵等。這裡頭除了睜開另隻眼觀見《紅樓夢》某些大關要及其藏跡寄意等,而且還歸結出可予今後小說寫作參鏡的面向,為一種切時切事的論述形態,也是可以標榜為「新說」的範式批評。這是我一向的認定:談論古書不是要為已經不在的古人服務,而是看能否置於當前情境起特殊的作用,以及引導未來相關風尚的趨向。因此,內文所見這一「由過去到現在且通往將來的論說或研究模式」,既是我專屬顯價的,又是連帶想推廣於世以徵普遍效應的。有微意如此,庶幾不負談論所費心力。

周慶華

目　次

第一章　《紅樓夢》絕代風華的一個窺看角度：粗話俗話的設計及其對小說寫作的啟示

一、粗話俗話的界定及其範圍

（一）粗話的界定及其範圍

　　粗話，是指魯莽語言，跟文飾語言相對。如《紅樓夢》第十一回所載平兒為王熙鳳抱不平隔空罵賈瑞「癩蛤蟆想天鵝肉吃，沒人倫的混賬東西，起這個念頭，叫他不得好死」，這句句粗夯，說得咬牙切齒，顯然跟心平氣和說話且吐屬雅致不同。

　　由於粗話常涉及性和排泄物，所以也被韋津利（Ruth Wajnryb）《髒話文化史》定位為「髒話」。[1]如《紅樓夢》第九回所載茗烟質問在學堂鬧事的金榮「我們肏屁股不肏屁股，管你舁把相干，橫豎沒肏你爹去罷！你是好小子，出來動一動你茗大爺」和第七十三回所載晴雯責備上夜的婆子「別放謅屁！你們查的不嚴，怕得不是，還拿這話來支吾」等，可以為證。只是粗話有等次，不盡能以「髒」字概括，因此就僅以魯莽性定位，而不再賦予負面價值。

　　至於粗話的範圍，依鄙俚等次，可以區分辱罵人、凌越人、表憤怒和開玩笑等類型。這些類型的象徵性言語暴力，依次遞減，合而構成一個有關粗話分子所分布的區域。例子如《紅樓夢》所載：[2]

　　（何婆罵春燕）「……小娼婦……你是我尿裡掉出來的……又跑出來浪漢！」（第五十九回）

---

[1] 韋津利：《髒話文化史》，顏韻譯，臺北：麥田出版社，二〇一二年，頁一七～一八。
[2] 引文都依據馮其庸等：《紅樓夢校注》，臺北：里仁書局，二〇〇〇年。

（年少執褲訓孿童）「⋯⋯舅太爺雖然輸了，輸的不過是銀子錢，並沒有輸丟了雞巴，怎就不理他了？」（第七十五回）

（賈雨村發怒）「豈有這樣放屁的事！打死人命就白白的走了，再拿不來的！」（第四回）

（薛蟠行酒令）「⋯⋯女兒樂，一根乩耙往裡戳。」（第二十八回）

所謂小娼婦／屄／浪漢、雞巴、放屁和乩耙等粗話，就是依上述等次而定調的，分別用來辱罵人、凌駕人、表憤怒和開玩笑。雖然都帶有象徵性言語暴力，但輕重或給人惡感程度還是有差異。

此外，辱罵、凌駕、憤怒式的粗話，偶爾會混纏在一起且難以分出比重。如《紅樓夢》第七回所載焦大開罵「每日家偷狗戲雞，爬灰的爬灰，養小叔子的養小叔子，我什麼不知道？咱們胳膊折了往袖子裡藏」和第六十六回所載柳湘蓮數落寧府「你們東府裡除了那兩個石頭獅子乾淨，只怕連貓兒狗兒都不乾淨，我不做這剩忘八」等，這就粗鄙得「渾然一氣」，而不免使得上述的分類失去效力。話是這樣說，但也得知道分類只是為了方便認知，對於不易分辨的案例仍然可以存而不論的方式對待，而無妨於逕論可說的部分。

（二）俗話的界定及其範圍

俗話，是指通行或鄙俚語言，它比文飾式的雅話低一級次，而比魯莽式的粗話高一級次，屬於居間型的言語形態。而這可用光譜儀來表示：

粗話　　　　　　　　　　俗話　　　　　　　　　　雅話

　　如果說雅話是高文典冊所精為範鑄收錄的，那麼俗話就是市井眾口所普遍採輯流行的（粗話則是此中更為滅裂無文的部分），它的作用已經不像雅話在於維護一套言說系統（不論是認知的還是規範的或是審美的），而是「退而求其次」以為相關言說的助力。換句話說，俗話的通俗或鄙俚性，主要是基於促成核心理念的實現，以為間接達到維護言說系統的目的。如《紅樓夢》第十三回所載秦可卿鬼魂託夢給王熙鳳「嬸嬸，你是個脂粉隊的英雄，連那些束帶頂冠的男子也不能過你，你如何連兩句俗語也不曉得？常言『月滿則虧，水滿則溢』；又道是『登高必跌重』。如今我們家赫赫揚揚，已將百載，一旦倘或樂極生悲，若應了那句『樹倒猢猻散』的俗語，豈不虛稱了一世的詩書舊族了」，這連用了「月滿則虧，水滿則溢」、「登高必跌重」和「樹倒猢猻散」等俗話，就只是為了包裹「趁早計慮」的理念，它們本身並未在語句中單獨顯義。

　　同樣的，俗話也有一定的範圍；只不過它僅够依性質略分為諺語、成語、俚語、謎語、歇後語和笑話等，而無從再從中區分出等次。也就是說，所見的諺語、成語、俚語、謎語、歇後語和笑話等類型，就是俗話分子分布的區域；而在這個區域內，各類型容或會相互交涉（如俚語和諺語的混合或笑話和歇後語的混合之類），但不再有什麼通行或鄙俚的等次可分。例子如《紅樓夢》所載：

（劉姥姥語）「噯，我也是知道艱難的。但俗語說的『瘦死的駱駝比馬大』，憑他怎樣，你老拔根寒毛比我們的腰還粗呢！」（第六回）

（尤三姐語）「姐姐，你終是個痴人。自古『天網恢恢，疏而不漏』，天道好還。

你雖悔過自新，然已將人父子兄弟致於麀聚之亂，天怎容你安生。」（第六十九回）

（賈瑞勸金榮）「俗話說的好『殺人不過頭點地』，你既惹出事來，少不得下點氣兒，磕個頭就完事了。」（第九回）

李紈笑道：「『觀音未有世家傳』，打四書一句。」……黛玉笑道：「哦，是了。是『雖善無徵』。」（第五十回）

賈珍笑道：「所以他們莊家老實人，外明不知裡暗的事。黃柏木作磬槌子──外頭體面裡頭苦。」（第五十三回）

鳳姐兒笑道：「再說一個過正月半的……有一個性急的人等不得，便偷著拿香點著了。只聽『噗哧』一聲，眾人哄然一笑都散了。」湘雲道：「難道他本人沒聽見響？」鳳姐兒笑道：「這本人原是聾子。」……鳳姐兒笑道：「外頭已經四更，依我說，老祖宗也乏了，咱們也該『聾子放炮仗──散了』罷。」（第五十四回）

這就依次運用了諺語（瘦死的駱駝比馬大）、成語（天網恢恢，疏而不漏）、俚語（殺人不過頭點地）、謎語（觀音未有世家傳──雖善無徵）、歇後語（黃柏木作磬槌子──外頭體面裡頭苦）和笑話（聾子放炮仗）等俗語；同時也看到所運用笑話和歇後語的混合情況（如最後一則王熙鳳所講的笑話就結合了一個歇後語）。有關俗話的演出樣態，大抵如此。至於它還有向光譜兩端靠近的可能性，而使得俗話雅話化或粗話化，這則因為是它的「居中性」為理中合有，也是不言可喻，所以此地就不再煩為舉例了。

二、《紅樓夢》絕代風華的演出情況

（一）《紅樓夢》作為小說文體的特殊性

　　《紅樓夢》總計有後設成分（自道成書因緣）、神話色彩（假託書中人物來自情天孽海）、五個書名（石頭記／情僧錄／風月寶鑑／金陵十二釵／紅樓夢）、敘述者不定（石頭／在下／作者多所游移）、作者（署名者）未知（原書並未著明作者是誰）、故事中富含多重情節（如宦官生活由盛轉衰／男女主角一含恨而歿一出家／十二金釵各有造化／一僧一道穿針引線／賈雨村和甄士隱串場／男僕女婢添花綴葉等）、悲劇結局（為中國傳統文學美學最高造詣）、作者炫才（創作詩詞曲賦甚多且妙和不惜廣為著錄品評飲食讌樂／琴棋書畫／醫藥卜筮／服飾建築／婚喪喜慶／家計宦情等生活細節）、敘述技巧奇佳（人物造型／敘事對白／題材剪裁／情節鋪展等俱有可觀處）和文筆　流（能雅能俗／吐屬自如）等足以讓各派論者加以「置喙逞說」的特性，遠為其他說部所不及。

　　上述這些特性，依我先前所撰《紅樓搖夢》的發露，[3] 又綰結為極力文飾（雜匯眾體）以及刻意搏成跨系統的「文本互涉」和另類的「指意連鎖」特徵等表現，使得《紅樓夢》在中國傳統文學史上已經鋒芒畢露；而在今人所可以借鏡的敘事技藝，則又足夠發現它有許多絕代風華在引導我們窺看深透。

　　所謂極力文飾，是指《紅樓夢》作者能把中國傳統所屬氣化觀型文化為「溫慰人心」而以高度文飾的表現為極致予以充分的發揮（這跟西方創造觀型文化中人寫作在終極上為「修補靈魂」兼「榮耀上帝」而極盡於馳騁想像力大不相同）。據趙彥衛《雲麓漫鈔》的記載，唐代科舉初盛時期，士子奔競於功名，常有以「作意好奇」的小說通達於主司而冀蒙垂青倖進：「唐之舉人，先藉當世顯人，以姓名達之主司，然後以所業投獻；逾數日又投，謂之溫卷，如〈幽怪錄〉、〈傳奇〉等

---

[3]　周慶華：《紅樓搖夢》，臺北：里仁書局，二〇〇七年，頁一～十二。

皆是也。蓋此等文備眾體，可以見史才、詩筆、議論。至進士則多以詩為贄，今有唐詩數百種行於世者是也。」[4]這裡所謂的「史才」、「詩筆」和「議論」等等，都是傳統文人所「全才總攝」或「偏才專擅」而為史傳、詩騷和諸子百家所優為演出的，它在唐代的士子取新興的文體（從佛教講唱文學蕃衍出來的「韻散夾雜」形式）來炫才求售，則又有轉型成功的特殊意義。而從另一個角度看，這種匯聚傳體、詩律和論式的傳奇小說，在當時文風還不夠基進的情況下也只有藉它才能夠稍微滿足文人「亟欲逞才」的欲望。而這再歷經唐宋元明各代，許多新式的文體盡情出籠（受佛教講唱文學一刺激，就像滾雪球那樣的帶動了平話和戲曲的條興以及所有傳統文體的衍變發展），到了清代初期所出現的《紅樓夢》，作者要把它們揉融變化在一個文本裡，只要有本事是沒有辦不到的。換句話說，《紅樓夢》裡面所形現的文體都是前人實踐過的，作者才可能信手拈來都不見艱難狀。只是他特能融會眾長而出新意別裁，終於掩蓋過了先前任何一個單獨文本的光芒。

　　所謂刻意搏成跨系統的「文本互涉」和另類的「指意連鎖」，是指《紅樓夢》作為小說文體所展現最與眾不同的兩層敘事模式。一般所說的文本互涉，是指文本本身就具有多重聲音，具開放性和多元性，可以任由讀者詮釋。這是後期結構主義學家所拈出的，曾經為後現代社會「重開思想新局」的一個指標。但它並沒有考慮到倘若這種文本互涉有跨系統（甚至相互矛盾）的現象究竟要如何因應。而這在《紅樓夢》不僅早就蘊涵了，並且還以「隨機競爭出勝」的方式讓彼此的衝突張力自然消失於無形。換句話說，《紅樓夢》所鋪陳的一個閥閱大家的盛大榮景是中國傳統氣化觀型文化入世營計一面所准許的；只是它又強力穿插著印度佛教所開啟的緣起觀型文化捨世棄力的觀念（兼採氣化觀型文化所有的委心任運那一近似面）及其踐行願力，以至整個文本從跨系統的互涉一轉變成實質的消融（互涉反成為形式上的裝

---

[4] 趙彥衛：《雲麓漫鈔》，北京：中華書局，一九九八年，頁一三五。

飾)。因此，這雖然不如後期結構主義學家所極力要去推銷的「開放文本」的廉價商品那樣聳動，但它的具體提供了一種可能的「處世之道」，仍然比全然「不定適從」要能夠喚起我們的實踐追躡上的信心。再來一般所說的指意連鎖，是指寫作是一種延異的活動，它不斷使文本和作者自身的言語疏離，讓言語自行獲得自由伸展的生命。這是解構主義學家所拈出的，也曾經為後現代社會「重開思想新局」的一個賡續基進指標。但它同樣也沒有顧及如果這種指意連鎖無法使人達到精神上的自由時到底要如何善後。而這在《紅樓夢》也早就以緣起觀型文化的「去執消解」的方式將該解脫途徑一併帶出了。換句話說，《紅樓夢》所搬演的擺脫功名、錢財、愛欲和親情等一切世俗人會有的執著故事，以及透過太虛幻境／真如福地、真／假、有／無、實／幻等另類的意符延異安排來細為提點脫苦的門路，顯然比解構主義學家所致力要去破解的形上束縛或政治宰制卻又不免重蹈虛無主義窠臼要來得有警醒世人的作用。

(二) 相關特殊性的實質展演舉隅

　　《紅樓夢》這一極力文飾以及刻意摶成跨系統的「文本互涉」和另類的「指意連鎖」特徵等表現，在整體上不僅是像批書人所說的《紅樓夢》作者所要逞(炫)的才只在傳詩或立意作傳奇(傳詞曲)而已，他還有更大的企圖心要做到「粉飾乾坤」和「筆補造化」這些古人所稱許的高才境界。而這可以分見於他在書中所極盡張羅巧飾和黽勉創製標遠等作為，終而為《紅樓夢》贏得古今第一才子書的封號。而依照它的實質展演，則可以舉出數端來看出一斑：首先是《紅樓夢》作者把他所經歷或所能想及的題材都放了進來。這些題材，包括詩詞曲賦、粗話俗話、飲食讌樂、琴棋書畫、醫藥卜筮、服飾建築、婚喪喜慶和家計宦情等，大品小類多到可以為它編纂一部厚厚的辭典，從而

可以提供讀者針對自己所喜歡的部分來各為取則。也就是說,《紅樓夢》作者的廣聞博知都是要讓人家看得見的;而他實際所逞的才也就在「君子不器」的古訓中藉這一可以粉飾乾坤(美化世界)的機會伸展無遺了。

其次是《紅樓夢》作者將古來所出現的詩詞曲賦等雅文體和粗話俗話等俗文體都收放自如兼按頭製帽的自創或徵引在一個文本裡,顯然是承繼唐傳奇的遺風而更事廣闊突破的作法。這一生面別開,在《紅樓夢》作者自然是大展長才而快意平生的一件大事;而在我們讀者則有另一種美感的飽飫享受。也就是說,《紅樓夢》作者不但才華橫溢,而且能雅能俗,直把讀者的審美胃口哺餵到極限,最後竟不知歌思哭懷早已隨《紅樓夢》的牽引而跟它結成一體了。我們看《紅樓夢》每一回末大多保有「**且聽下回分解**」的說書人口吻,這就不好苛求它全然不顧市井小民的興趣而逕向文人階層去尋求知音。所以在這裡才說,正因為《紅樓夢》作者能雅能俗才顯得與眾不同;而他本人也緣於自己可以隨心所欲的自創或徵引各種雅俗的文體而盡得逞才的樂趣。換個角度看,《紅樓夢》作者能雅,是在粉飾乾坤;而能俗,則是兼為戲謔人生了。後者的出現,無異大為鬆動前者原有的嚴肅性或神聖性,終而呼應了《紅樓夢》作者潛在的解離超脫的觀念。

再次是《紅樓夢》作者為整體表現搏塑出跨系統的「文本互涉」和另類的「指意連鎖」等特徵,並以先執後捨的釋者高蹈姿態凌空而去,形同別為逞了一種筆補造化的才。這是說造化(道)所透顯的文飾趨向究竟要到什麼樣的地步為止,造化本身並沒有預示,而《紅樓夢》作者從緣起觀型文化處得到靈感而為它設想一個「繁華落盡見真淳」的可行方案並親自予以實踐,這就等於彌補了造化的不足而可以讓他本人再一次展露他的不世出的才情。先前佛教內部有許多「以言遣言」或「蕩相遣執」的說法,同樣的《紅樓夢》作者也洋洋灑灑的說了七、八十萬字而最後卻以「**不過遊戲筆墨**」(形同未說)這一嘻嘻哈哈的態度收場,他所要解構世人執念語言文字的功用再明顯也不過。

這樣來看《紅樓夢》作者大肆蒐羅所經驗或所能想及的題材，也就知道那是同一個先執後捨的理路。

再次是《紅樓夢》作者以繁複意象寓意的方式「逃避自我」以及克服「言不盡意」的困擾，進而樹立一個「玩文學也足以逞才」的極佳典範。我們知道，意象這種心中的「意」藉由外在的「象」（事物）予以表現而成就的語用符號，早已是文學人的特愛；而它的「取譬寓意」性，也成了文學的文學性的一大特徵。這樣轉了一層才見底蘊（不是直接說出）的作法，使得意象具有一種可以讓運用者「自我逃避」（或「自我否定」）的功能。也就是說，文學的意象性語言，等於不敢保證相關旨意的表達可以成功，因此「自我逃避」也就成了一種戲玩意象的修飾詞，它終究要跟生命解脫或美感昇華的課題連結在一起。而這在《紅樓夢》的演出，不論是展布情節還是嵌入許多雅俗文體，無不創設了極為繁夥精采的意象，簡直可以稱得上此中高手。此外，意象的呈現本身既是一個「取譬寓意」的形式，那麼它的運用就有為解決（突破）「言不盡意」難題的心理效應，於是當直敘繁說仍不能盡意時，使用譬喻就能掩飾困窘，並且可以繼續保有想要盡意的企圖。《紅樓夢》作者大抵就是屬於這種逃避自我兼偽裝通達而玩弄文字到樂此不疲的人；而我們要了解他是如何的逞才，就可以從書中奔湧跳躍的意象群裡去揣想獲知。

最後是《紅樓夢》作者善於藉佛教所內蘊的「和諧對比的統一體」觀念來逞特能奇詭的才，試圖終極解消語言文字的迷障而超越一切語文成品的審美視野。原來佛教講究無上正等覺解脫的，但又相信語言文字般若有它的筌蹄上的作用（才有浩如煙海的佛經造作），這樣在必要「下一轉地」時，那作為筌蹄的語言文字就勢必要最先遭到唾棄，所以就出現了許多「真空且妙有的例證」。我們看《紅樓夢》全書充滿著太虛幻境就是真如福地／真福如地就是太虛幻境、真就是假／假就是真、有就是無／無就是有、實就是幻／幻就是實等不啻要人自我消

解相關執念的對立情事（話語），如何能不想及這就是《紅樓夢》作者另一種逞才的痕跡？換句話說，只有像《紅樓夢》作者這般熟知緣起觀型文化的運作規律，才會在把它引進氣化觀型文化的文學創作裡藉機展現他的「轉使有成」的才華。

三、粗話俗話在相關演出中所佔的位置

（一）屬於實質筆補造化的一環

以上所舉《紅樓夢》絕代風華的演出情況，只是舉舉大者，還來不及細辨各項逞才的類目。但這些都可以俟諸異日有機會再詳為論列，現在只要依論題所示接著說就好了。而所謂接著說，是指將粗話俗話連結到筆補造化的作法，以見它同為《紅樓夢》作者奇才性結實的流露（否則那如果只是隨意添綴就沒有什麼談論的價值）。

前節說過「《紅樓夢》作者能雅，是在粉飾乾坤；而能俗，則是兼為戲謔人生了。後者的出現，無異大為鬆動前者原有的嚴肅性或神聖性，終而呼應了《紅樓夢》作者潛在的解離超脫的觀念」，這在筆補造化上自然是以俗／雅對列暗示讀者棄捨對語言文字的執念，但它的具體演出則又比純說理（也就是直陳太虛幻境／真如福地、真／假、有／無、實／幻等概念彼此無異的理義）更為精微，幾乎要讓人忽略它的存在。換句話說，《紅樓夢》中的雅文體所能筆補造化的情況是顯性的，讀者不難覷見；但有關同時出現的俗文體，也在更深層次上完成筆補造化的任務，卻容易被人視若無睹，而枉費了《紅樓夢》作者的苦心孤詣！而這在從新尋繹《紅樓夢》以顯創意的關口，則不宜輕易略過而再生遺憾！

這得從敘述話語說起。敘述話語是敘述者（作為署名的作者所化身敘述主體虛構來實際從事敘述工作的執行者）所發出的話語行為；而它又有敘述語和轉述語兩種形式。當中敘述語，是指敘述者所發出

的話語行為；而轉述語，是指由其他人物所發出但經由敘述者引入的話語行為。一般說來，轉述語的功能相對地比較單純，主要是表現人物的性格特徵；而敘述語由於處在統攝整體的位置上，功能就顯得多一些。也就是說，敘述語一邊擔負著聯綴故事情節、填補敘述空白的任務，一邊又暗中起著分析、介紹文本的背景和材料，為敘述主體的價值評斷作出鋪墊，以及替整個文本的敘述風格的形成定下基色和主調的作用。[5]而這在《紅樓夢》，則因為有其他說部所未見的特徵，以至為它贏得了許多的好評：

> 《紅樓夢》出，盡脫窠臼，別開蹊徑，以小李將軍金碧山水樓臺樹石人物之筆，描寫閨房小兒女喁喁私語，繪影繪聲，如見其人，如聞其語……正如《金瓶梅》極力摹繪市井小人，《紅樓夢》反其意而師之，極力摹繪閥閱大家，如積薪然，後來居上矣。[6]

> 少讀《紅樓夢》，喜其洋洋灑灑，浩無涯涘。其描繪人情，雕刻物態，真能抉肺腑而肖化工。以為文章之奇，莫奇於此矣，而未知其所以奇也……逐句梳櫛，細加排比，反復玩索，尋其義，究其歸，如是者五年。乃曠然廢書而嘆曰：至矣哉！天下無一本之文固若是哉！[7]

就它所展現於雜匯眾體且能雅能俗的現象來說，大量嵌入的粗話俗話（全書不下四百處）已經轉使敘述話語得著了特佳的調配，而形成一種另類的雅俗競勢式的「和諧對比的統一體」，馴致在兩個層面上實質的筆補了造化。

　　在第一個筆補造化層面，它讓轉述語加入粗話俗話而使人物的性

5　參見徐岱：《小說敘事學》，北京：中國社會科學出版社，一九九二年，頁七六。
6　楊懋建〈夢華瑣簿〉，收入一粟編：《紅樓夢卷》，臺北：新文豐出版社，一九八九年，頁三六四～三六五。
7　孫桐生〈妙復軒評石頭記敘〉，收入一粟編：《紅樓夢卷》，頁三九。

格凸顯活脫，形同為世間創造了可玩味的「一類人」。如：

> 「我那裡照管得這些事……你是知道的，咱們家所有的這些管家奶奶們，那一
> 位是好纏的？錯一點兒他們就笑話打趣，偏一點兒他們就指桑說槐的報怨。
> 『坐山觀虎鬥』，『借劍殺人』，『引風吹火』，『站乾岸兒』，『推倒油瓶不扶』，
> 都是全掛子的武藝……你這一來了，明兒你見了他，好歹描補描補，就說我年
> 紀小，原沒見過世面，誰叫大爺錯委她的。」（第十六回）

> 「你們聽聽，我說了一句，他就瘋了，說了兩車的無賴泥腿市俗專會打細算盤
> 分斤撥兩的話出來。這東西虧他托生在詩書大宦名門之家做小姐，出了嫁又是
> 這樣，他還是這麼著；若是生在貧寒小戶人家，作個小子，還不知怎麼下作貧
> 嘴惡舌的呢！天下人都被你算計了去！昨兒還打平兒呢，虧你伸得出手來！那
> 黃湯難道灌喪了狗肚子裡去了……給平兒拾鞋也不要，你們兩個只該換一個過
> 子才是。」（第四十五回）

前則是王熙鳳操持家務及協理寧府秦可卿喪事在丈夫賈璉面前反向邀
功，倘若不為她嵌入那一串連珠砲式的引證俚語，那麼想襯托出她那
好攬事、顯才幹以及便給凌人的個性也就有點困難了。後則是李紈為
結詩社請王熙鳳當監社御史而被對方明喻暗諷為「脫卸責任」所說的
氣話，裡面夾帶的一些半粗話，不啻讓我們看到了一個表面心如死灰
的寡婦，實際上也有嘴利盤算的一面，可說是「真人不露相」呀！這
樣的人藏身在賈府裡，跟王熙鳳那種八面玲瓏的人固然不能相比，但
她的「伺機自保」的防衛機制，卻也教人不由得不從中獲致幾分啟
示！

在第二個筆補造化層面，它讓粗話俗話一再的曝光（當中粗話因
有兩造的互制，僅能安排在轉述語內，其餘俗話則偶爾進入到敘述語
內），這是為了對比其他雅話的設計，而給讀者一併省思悟及必要遺
忘語言文字的存在（詳後節），自行臻致解離超脫的目的，從而印證

了作者所許世間可以有此一路的筆補造化的成就。

（二）提住小說通俗性的連帶考慮

　　粗話俗話在《紅樓夢》絕代風華演出中所佔的位置，除了上述為實質筆補造化的一環，它還有一個為提住小說通俗性的連帶考慮。只不過在整體上《紅樓夢》作者還是有一些精巧的設計（詳後節），不致讓那些粗話俗話反過來對全書構成過度的「俗化威脅」。這點《紅樓夢》作者自有他的堅持，我們無從有異議；但對於必要保障小說文體的通俗性一項考慮，卻也不好略過，而儘往它的雅化面向大作文章。

　　基本上，《紅樓夢》作者把自己的書定位在說部，而說部本來就是屬於俗文學的範圍。這種俗文學，向來幾乎都不被文人階層所重視。當中雖然有唐傳奇小說和明清章回小說等受到文人的參與創作而稍微提升了它的聲譽，但有關它原有的稗販野造而「君子不為」的譏評還是甚囂塵上。所謂「小說在我國古代長期被視為『小道』，稱它『出於稗官野史』，始終進不了正宗文學的殿堂。自先秦到清代，即使小說家自己，也難以理直氣壯地挺起腰桿，更不用說正統文人的鄙視眼光。但其間也有幾次衝擊波：一是在宋代，洪邁把唐小說和詩律同稱『一代之奇』；二是在明代中葉以後直至清初，李卓吾、袁宏道、金聖嘆輩抬出《水滸傳》、《金瓶梅》來，凌駕於正統經史之上；三是在清末，近代小說批評家受西方影響，奉小說為『文學之最上乘』，至此小說的地位始乃奠定」[8]，這從讀者的角度說到了小說命運轉好的一些因緣；但大體上它的通俗性在古代一直無法像詩詞曲賦那種高雅性能博得文人的喜愛。在這種情況下，倘若有文人要參與創作，那麼他的坎坷於世途且懷才不遇的經歷一定是少不了的動能。《紅樓夢》作者並不諱言

---

[8] 孫遜等編：《中國古典小說美學資料匯粹》，臺北：大安出版社，一九九一年，頁二
〇。

自己的晚景窮愁潦倒（也試著藉由隱名逃逸來消減別人當面或後世恥笑的壓力），但他所創作的《紅樓夢》卻不意大為超越其他說部給人的觀感，當中理應有他所要違逆世人刻板印象而不為通俗性所惑的某些原因。而這所要揭發的是《紅樓夢》裡的粗話俗話乃為有機的組合，使得該俗文體的存在不必是個負數。換句話說，《紅樓夢》一書因為自我「升沉得宜」倒成了美化轉進那些俗文體的一大動力。這會在後節再詳予討論，現在只就它的必要考慮部分來略作指陳。

話題就從第五十四回賈母在女先生說書時所發的一段議論說起：「賈母笑道：『這些書都是一個套子，左不過是些才子佳人，最沒趣兒。把人家女兒說得那樣壞，還說是佳人……再者，既說是世宦書香大家小姐都知禮讀書，連夫人都知書識禮。便是告老還家，自然這樣大家人口不少，奶母丫鬟服侍小姐的人也不少，怎麼這些書上，凡有這樣的事，就只小姐和緊跟的一個丫鬟。你們白想想，那些人都是管什麼的，可是前言不答後語？』」，安排這段話，等於在暗示《紅樓夢》是合情合理的（一般稱作寫實），它跟賈母所批判的違背情理的才子佳人小說迥然不同。而這和《紅樓夢》首回作者藉石頭道出本書也不是歷來野史／風月筆墨／才子佳人等書可比的話是相一致的。換句話說，經由《紅樓夢》作者一再的強調保證，我們可以相信這是一本「有血有肉」的書。這麼一來，如果《紅樓夢》作者不讓故事情節裡有那些俗文體應需而夾雜呈現，那麼豈不跟其他不食人間煙火而只會蹈空的才子佳人小說同一窠臼？因此，在那一關上，那些俗文體是非有不可的。此外，它因為也卯上了實質筆補造化的一環，所以這非有不可就更進一層的把那些粗話俗話推上了精纂顯義的行列。

四、《紅樓夢》對於粗話俗話的設計方式

（一）俗化卻非負數的精巧設計

　　照理《紅樓夢》裡的粗話俗話，它除了有可以讓人引發為類如明齋主人「所引俗語，一經運用，罔不入妙，胸中自我爐錘」[9]這類的讚嘆，本身的俗化事實仍然有可能成了全書所要雅化的拖累或干擾源。雖然文學的雅俗在某些時刻確有難以分辨的問題，如「魯迅譯的〈睢鳩〉的大白話（窈窕淑女，君子好逑……／漂亮的好小姐呀，是公子哥的好一對呀……），俗是無疑的，但它和詩的原意是貼切的，就是說它的內容是那樣的『俗』。還有王實甫《西廂記》裡的詩句『軟玉溫香抱滿懷，春至人間花弄色，露滴牡丹開』，其實描寫的是男女性交的情形，內容不僅『俗』，而且『黃』，但它是用音樂性很和諧的詩的語言寫出來的，就顯得很雅、很美了」[10]，但對於粗話俗話這些只合在市井小民口誦心維的東西，如何也不好強為界說而使它們高雅起來。

　　再從敘事學的角度看，既然敘述主體是敘述活動的實施者，那麼必定有敘述活動的實施對象，這個對象就是敘述客體。而如同敘述主體不等同於作為生活人的作者一樣，敘述客體也不等同於文本的內容，而是文本的發生學前提。[11]這在《紅樓夢》方面，我們從數量如此眾多的粗話俗話來推測，大概也知道它的取材背景在相當程度上是由俗文體所主宰的，以至《紅樓夢》的敘述客體反過來抑制或反諷著全書的雅化，也就是一件不能「等閒視之」的事。

　　那麼我們究竟要怎樣看待《紅樓夢》裡的這些俗文體的非負數性？換句話說，我們能否找到理由來證明《紅樓夢》一書並沒有被粗話俗話拖著走？這大致上可以從表顯到潛藏的幾個層次來解繹：首先是全書有亟於窮盡粗話俗話的企圖（在所有數量中，粗話俗話各約佔二百處）。正如第一節所引，粗話所能用來辱罵人、凌越人、表憤怒和開玩

9　胡曉明：《紅樓夢與中國傳統文化》，武漢：武漢測繪科技大學出版社，一九九六年，頁四四引。

10　龍協濤：《文學解讀與美的再創造》，臺北：時報文化出版公司，一九九三年，頁二五四。

11　參見周慶華：《故事學》，臺北：五南圖書出版公司，二〇〇二年，頁一一四。

笑等類型範圍，以及俗話所能見諸諺語、成語、俚語、謎語、歇後語和笑話等類型範圍，《紅樓夢》一書全都備列了，這樣的「集大成」模樣，豈不是在徵候著這裡有一種鄙俚美學，要教讀者一次「同其歡謔」得够？像這種形同在營造語言嘉年華會的作為，還真有它一併炫技的特殊功能而不可小覷。

　　其次是同樣粗話俗話也儘可能變換說法。如跟屁有關的憤怒語，就有放屁（第四回）／放你娘的屁（第七回）／放你媽的屁（第六十七回）／放諐屁（第七十三回）等區別；而跟龥相關的辱罵語，也有小狗龥的（第九回）／龥鬼（第十六回）／反叛龥的（第二十六回）／野牛龥的（第二十九回）／猴兒龥的（第六十五回）／瞎龥的（第六十九回）等差異。又如胳膊折了往袖子裡藏（第七回）／胳膊只折在袖子裡（第六十八回）／胳膊折在袖內（第七十四回）這類俚語就不斷在換方式說；而對於相同警意的諺語像月滿則虧（第十三回）／水滿則溢（第十三回）／登高必跌重（第十三回）／樹倒猢猻散（第十三回）／盛筵必散（第十三回）／千里搭長棚、沒有不散的筵席（第二十六回），也設法予以蒐羅殆盡。這無異在促使前項所現的鄙俚美學更如虎添翼，而一展將俗文體連底裡都囊括無遺的高超本事。

　　再次是單就鄙俚為甚的粗話一端並未流於太過猥褻。全書凡是涉及宜禁忌的字眼，都顯得有所節制。如有關男性生殖器「臁子」（第六十五回）僅一見／鳦巴（鷄巴）（第九、二十八、七十五回）僅三見、有關女性生殖器「屄」（第四十六、五十八、五十九、六十、六十一、六十五回）雖多一點也只十見。當中指女孩生殖器的「小蹄子」（蹄子），因有辱罵人和開玩笑等性質，且盡在宅院眾小姐丫鬟中發生，所以數量難免會偏多，這是無可厚非的。至於問候人家爹娘的凌越語或憤怒語，如「龥你爹」（第九回）／「把你媽一龥」（第六十五回），也不過各一見。此外，沾穢較輕的辱罵語，如「小淫婦」、「小娼婦」、「娼婦」、「王八羔子」、「下作東西」、「下流種子」、「孽障」、「野雜種」、「小崽子」、「扯臊」、「促狹鬼」、「賤骨頭」和「混賬」等，運用時同樣是見

好就收，並未造成通篇「烏煙瘴氣」而不堪聞問！這樣它順承而下的鄙俚美學，依然可以在相當程度上提住它的美感，不致太過張露而失去筆補造化的用心。

　　再次是相關粗話俗話也都是按頭製帽的呈現。如「呸，原來是苗而不秀，是個銀樣鑞槍頭」（第二十三回）和「我看的是李逵罵了宋江，後來又賠不是」（第三十回）這分別出自林黛玉和薛寶釵口的諺語，因為都用了典故，所以就不可能從沒念過書的王熙鳳嘴裡冒出來。要嘛，她只能使用「俗話說『朝廷還有三門子窮親戚』呢」（第六回）、「真是『天有不測風雲，人有旦夕禍福』」（第十一回）、「那薛老大也是『吃著碗裡看著鍋裡』的」（第十六回）、「『沒吃過豬肉，也看見過豬跑』」（第十六回）、「倒像『黃鷹抓了鷂子的腳』，兩個都扣了環了」（第三十回）、「一個一個像『燒糊了的捲子』似的」（第五十一回）、「自古說『妻賢夫禍少』，表壯不如裡壯」（第六十八回）、「俗語說『拚著一身剮，敢把皇帝拉下馬』」（第六十八回）、「他雖沒留下個男女，也要『前人撒土迷了後人的眼』才是」（第七十二回）、「你素日肯勸我『多一事不如省一事』」（第七十四回）、「俗語兒說的『人怕出名豬怕壯』」（第八十三回）、「可是人說的『相敬如賓』了」（第八十五回）和「自古說的『知人知面不知心』」（第九十四回）這類容易聽聞的俚諺成語。又如賈府主子級的人物爆粗口僅止於「放屁」、「扯臊」、「蹄子」、「娼婦」、「淫婦」、「下作」、「下流」、「孽障」、「混賬」、「促狹鬼」、「奅鬼」和「王八羔子」等不涉明顯汙穢的字眼；後者就留給只會尿聲浪嗓亂罵一通的姨娘僕婦去說：「（趙姨娘罵賈環）呸，你這下流沒剛性的，也只好受這毛崽子的氣……這會子被那起屄崽子耍弄也罷了……你沒有屄本事，我也替你羞」（第六十回）、「（芳官乾娘開罵）這一點子屄崽子，也挑么挑六，鹹屄淡話，咬群的騾子似的」（第五十八回）、「（春燕娘何婆開罵）小娼婦……你是我屄裡掉出來的……你們這起蹄子到的去……又跑出來浪漢」（第五十九回）。這些安排都各有分寸，使得

所有鄙俚美學都能維持「恰如其分」的諧趣氣氛。

　　最後是粗話俗話這些俗文體在穿插或互見的過程中經常以雅文體包夾的方式現身。這樣雅調就蓋過俗氣，而讓相關的不入流感方便獲得讀者的諒解。這一部分，是最為潛藏的非負數性所在，不啻成功地降低了「俗迫壓力」。如堪稱全書「粗話之最」的薛蟠的女兒酒令（第二十回）所示的：那一可說「粗到不行」的女兒酒令是跟錦香院妓女雲兒和紈褲子馮紫英二人「略居其次」的女兒酒令連在一起的。倘若光看這三人的表演，那很難不懷疑它是色情小說的戲碼；但別忽略了它是被賈寶玉和小旦琪官（蔣玉菡）二人頗為典雅的女兒酒令所前後包夾的，這就沒讓那「淫戲之詞」流洩出去而壞了整個品味（更何況書裡還安排更多足以提升格調入雅的酒令）。縱使雅俗的界定常因人的好惡、價值觀和權力意志等不同而有所游移改定，但它的「曲為表達」或「多加藻飾」屬雅的典型美感仍是居於主流地位。這一點，《紅樓夢》可沒有讓步絲毫；它的俗文體出現後繼以雅文體來「消毒」或「除穢」的作法，始終是貫穿全書的。又如焦大慪氣發酒瘋數落寧府大小的那一段話（第七回）所見的：該一痛快淋漓且掀揭多少「汙穢內幕」的開罵，稍前有延師督課的嚴肅話題，緊後有王熙鳳的瞋目斷喝（回應賈寶玉「什麼是爬灰」的詢問），兩相夾擊，豈不差點「透不了氣」！這也就是怎樣俗都俗不起來的《紅樓夢》的看家本領（前後包夾焦大的粗話那兩段文字，都可以權充或擬比雅文體），所以在某種程度上「雅定了」的封號依然要留給《紅樓夢》。[12]

（二）一併推向必要遺忘語言文字到沒有涯涘的境地

　　換個角度看，《紅樓夢》對於粗話俗話的設計方式因為有它自身以更多雅文體介入而自我高格化，形同自動轉移或淡化了那些粗話俗話

---

[12] 參見周慶華：《紅樓搖夢》，頁一二九～一三九。

的俗化威脅，以至要對它有所訾議也就僅能針對它有無妨礙到整體敘述文體的構設；而這依上面的繹解來看，那些粗話俗話已經正式樹立起了一種鄙俚美學且能够一併匯入最高境界筆補造化的行列，於是就沒有我們多少可再予以致疑的空間。

　　這不妨藉經由形式主義或結構主義所揭發的文學文本觀來輾轉說明這個道理：形式主義或結構主義把文學文本的特殊性概括為三個方面：第一，每一部文學文本都具有改變它所蘊涵並已製造出來的整個系統的潛能；第二，文學文本能够顛覆它所繼承的語言系統；第三，文學文本完全是有意義的且是指示性的，不能把它降為我們對它內容的闡明。換句話說，在一個文學文本中，於不同層次上許多信息被含混地組織起來了；各種含混遵循一個精確的規畫；任何一個信息中正常的和含混的手段都對所有其他信息中正規的和含混的手段施加語境的壓力；由一個信息違背一個系統的規則的那種方式和其他信息違背其他系統的規則的那種方式是一致的。結果產生了一種「美學的個人習語」，一個文學文本獨具的「特殊語言」。[13]文學文本的「文學性」可以改造整個語言系統的內在結構以及製造專屬的含混特徵，而《紅樓夢》這一在「文學性」以外還有多重的解構手法的運用（包括「虛構／寫實的對辯」、「偽情／真情的抗衡」、「幻境／實境分際的模糊」和「作者逃逸留下多處空白」等），無形中更推向一個「必要遺忘語言」到沒有涯涘的境地。這時誰還會記得那些粗話俗話？更何況那些粗話俗話已經隨解離觀念隱遁了，又怎麼會反過來對《紅樓夢》不利？因此，前面所說的《紅樓夢》作者具有能雅能俗而無所不可的本事，在此地就真的讓我們見識到了他的「俗裡來雅裡去」以及「雅俗終不再關心」的超卓的絕世演出。[14]

---

[13] 參見王先霈等主編：《文學批評術語辭典》，上海：上海文藝出版社，一九九九年，頁一六九。
[14] 參見周慶華：《紅樓搖夢》，頁一三九～一四〇。

五、所給現今小說寫作的啟示

(一)可為動輒粗俗語言連篇的針砭

綜觀《紅樓夢》有關粗話俗話的設計，所能尋繹的大抵已經羅列在前面了，它所可以引來衡量時流的小說寫作，則無妨再藉機發揮一番。這是說當今的小說寫作大多未曾借鏡過《紅樓夢》，以至連粗話俗話的運用都有日趨不名的態勢，毋乃是一件殊為可惜的事。縱然晚近的小說寫作已經棄舊從新，極力嘗試在追躡西方人為媲美上帝造物所搏成以馳騁想像力為尚的敘事傳統（而逐漸唾棄自我所屬強調內感外應的抒情傳統），且有現代／後現代／網路時代等一路創發風氣的仿效跡象，[15]但只要還有寫實性作品的寫作欲力，相關粗話俗話的處置課題仍然會是一個重大的考驗。這時《紅樓夢》的那些設計方式，自然就成了一個可對勘的系統，而促使小說寫手不得不俯首就教。

正如上所述，《紅樓夢》所設計的粗話俗話已自成一種鄙俚美學和筆補造化的典範。前者在當今可見的小說中早就大付闕如了，更別說還有後者等著來個可以對比競勝的案例。這裡就先說前者：時人所寫小說凡是涉及生活底層的，引俗話自證固然沒有必要，但對於粗話的運用卻都是一逕的任意漫罵且汙穢字眼滿目：

> 把查某和拉撒的外界隔離起來，好保護她們乾淨之身。幹，好保護她們乾淨的身子。幹，他還說為了要使這次訓練達到百分之百的成功，晚上他也安排非常重要的課程讓學員學習……伊娘祖媽咧！千千萬萬莫要因小失大！[16]

---

15 參見周慶華：《文學概論》，新北：揚智文化公司，二〇一一年，頁一三四～一八三。
16 王禎和：《玫瑰玫瑰我愛你》，臺北：遠景出版公司，一九八五年，頁一九四～一九五。

三哥仍在熟睡，嘈雜聲驚醒後，聽見阿公在下面大叫：「幹伊祖公，阮煥良若漢奸，你就是臺奸啦！里長是要顧厝邊的，你煞在放虎咬人，駛你祖媽卡好！」[17]

看她不動聲色，只在裁製衣服的桌前緊握著剪刀比劃，有的便破口大罵：「肏你媽的屄，你們這種女人，本來該將功贖罪，送到八三么去賣屄。肏你娘，亡國奴，你還以為你是什麼？」[18]

這相較《紅樓夢》的謹慎按頭製帽和懂得節制驅遣，顯然拙劣許多（也就是它們都是口無遮欄且過度浮濫）。我們看《紅樓夢》連跟屁有關的粗話設計，都很見斟酌。如「豈有這樣放屁的事」（第四回）和「放屁！你們這班奴才最沒有良心的」（第一百六回），這是分別為道貌岸然的賈雨村和賈政二人不經意讓他們洩露一點假正經心態的小設計。又如「放屁！外頭不是枕頭？拿一個來枕著」（第十九回）和「別放你娘的屁！我的東西還沒處擱呢，希罕你們鬼鬼祟祟的」（第十六回），這是分別為林黛玉在賈寶玉面前偶爾放肆一次和王熙鳳當家慣了向來就是這般盛氣凌人（喝賈蓉）所作的安排，彼此口氣不類而不宜互換（你可以想像體弱的林黛玉要分兩階段才能說完「放你娘的屁」是怎樣的怪模樣，以及好強的王熙鳳只說「放屁」卻覺不過癮又是會有怎樣的憾恨狀）。像這樣精於錯置粗話的情況，絲毫也不在時人所寫小說中見著，有的只是隨興造作而蘊藉全無！可見《紅樓夢》所樹立的典範，還大有可以用來針砭今人小說寫作的動輒粗俗語言連篇。

（二）借鏡為再造新風華的藍圖

　　小說的雅化是為了濟它通俗性本身的易於太過凡庸，而這在《紅

---

17 吳念真等：《悲情城市》，臺北：三三書坊，一九八九年，頁一五九。
18 李昂：《北港香爐人人插》，臺北：麥田出版公司，一九九七年，頁一八八。

樓夢》則以避免浮濫和常用雅文體包夾的方式安排那些具有寫實意義的粗話俗話，即使偶有出離現象也是緣於情節的不得不然。好比焦大在氣急敗壞時說的「咱們紅刀子進去白刀子出來」（第七回），以及柳家的罵小廝和鮑二家的罵丈夫到忘形時的用詞「別討我把你頭上橛子蓋似的幾根屄毛撅下來」（第六十一回）和「叫不叫，與你屄相干」（第六十五回）等，這不但是理中合有，而且還能製造一種歡謔的戲劇感。除此之外，《紅樓夢》就不再有類似今人所寫小說那般「不分青紅皂白」強加語言暴力的情況。

　　還有《紅樓夢》中，於角色同輩中使用不堪入耳的粗話（如屄、爬灰、屄、乱岜之類）已是禁忌，更別說只要人物一出口就多半會讓在場的其他人物給予適當反應這一「善於摹寫」的本事了。好比當焦大吼叫嚷出爬灰／養小叔子的內幕時，就有眾多小廝嚇得魂飛魄散，紛紛搶上去捆他且用土和馬糞塞了他一嘴（第七回）；而當何婆罵她女兒屄聲甚急時，也有鴛兒聽著逆耳而以「那是我們編的，你老別指桑罵槐」話語予以反制。但這到了當今小說家，就幾乎都不在意現實中人對爆粗口的厭惡反應，也知道擬進作品內，導致明顯的空疏無當！即使《紅樓夢》所見的數百處粗俗語言未必都非要不可，但想再造新風華（包括尋找可替代更有韻味的字眼在內）[19]卻難以不借鏡它而以它為轉臻勝境的好用藍圖。

　　韋津利《髒話文化史》一書有「讀過本章早期草稿的人士當中，有人在原稿上寫了這段評語：我已經把你的文章讀過三遍……第一次碰上它時，那感覺簡直像眼球都為之震動。但讀到半途，它的震驚值便已減退，讀到最後，屄在我看來已跟其他字沒什麼兩樣」[20]這樣的說法，這是要強調類如《查泰萊夫人的情人》中的猥褻字眼給人有「越用就越得到淨化」的反激化感覺，而事實上是不是這樣，還有待驗證。但今人寫小說倘若「仿效別人不及」而又「承繼自我傳統無方」，那麼

---

[19] 參見周慶華：《語用符號學》，臺北：唐山出版社，二〇〇六年，頁八七～一〇〇。
[20] 韋津利：《髒話文化史》，頁七八。

就有失寫作「期待好回饋」的意義了。因此，試著從《紅樓夢》處學到粗話俗話的設計方式，還會是今後大家寫作小說所得面對的重要功課。

第二章　靈異《紅樓夢》：
《紅樓夢》的神祕成分新解

一、《紅樓夢》的來歷

（一）從荷馬向繆思求賜靈感談起

柏拉圖（Plato）的文藝對話集〈伊安篇〉提到詩人是一種充滿磁力且長著羽翼的神聖物，除非受到啟示，否則詩人是寫不出詩來的，因為讓他吟出詩句的不是技藝，而是神的力量。[1]這種感靈說，證諸現存荷馬（Homer）的史詩在每部開卷時都有一段向文藝女神繆思祈求靈感的話，[2]可知不假。

雖然詩人創作還是可以經由聯想練習而鍛鑄偉貌，但這一深得繆思憐愛而給予啟導有成的經驗仍然不可小看，畢竟許多涉及神祕事物或博識廣見的情節，倘若沒有更強能力的神靈協助，那麼單憑己力想要窮究恐怕難以勝任。因此，我們所看到荷馬的《伊利亞特》和《奧德賽》史詩所描述特洛伊戰爭前後奧林匹亞諸神互爭陣營，或者中國古代出現類如《封神演義》小說所描述周武王討伐商紂時眾神仙佛妖的鬥法助戰，[3]這些容或有荒唐怪誕的成分，但一定要盡依唯物論說成那都是「將人類社會翻版後再賦予維妙維肖的各種超自然能力」[4]，就太過自以為是了。我們知道，西方一神教興起後，類似上述的「神爭」一轉變成「神與魔鬥」且更為劇烈的傳聞，始終沒有從人心中剔除。

---

[1] 柏拉圖：《柏拉圖文藝對話集》，朱光潛譯，臺北：蒲公英出版社，一九八六年，頁三六～三八。

[2] 荷馬：《伊利亞特》，羅念生等譯，臺北：貓頭鷹出版社，二〇〇〇年；荷馬：《奧德賽》，王煥生譯，臺北：貓頭鷹出版社，二〇〇〇年。

[3] 陸西星：《封神演義》，臺北：三民書局，二〇〇〇年。

[4] 周逸衡等：《靈魂CALL OUT──解讀靈魂完全手冊》，臺北：商周出版社，一九九六年，頁四二～四三。

[5]顯然那並不是心理投射的結果，而是靈界和現實界雙雙循環互進的點滴遺留。相對的，東方世界所特有的神仙佛妖等靈物，也一直是該傳統中人崇祀感應的對象，[6]小說所框架鋪陳的未必盡屬胡謅。[7]換句話說，各種牽涉神秘領域的素材，人所能虛構的有限，如果不經過某些感靈的過程，那麼恐怕「畫虎類犬」或「筆底生澀」的機率一定很高。於是有如荷馬史詩那樣自剖感靈情況，我們自然不宜斥為無稽；而對於其他並未這般坦白有得力於感靈的大部頭著作，我們也不必全然相信那裡面沒有隱情。

事實上，現實中因感靈而成就非凡的例子所在多有，不論是文藝或科學創思，那往往都是在「乍現靈光」中完成的。所謂「長久以來，在探究心智如何運作的科學家和其他人士的記述當中，這種頓悟向來都被視為才氣的悸動展現……這種觀點和古希臘人的想法不謀而合，他們認為所有創作靈感都來自繆思諸女神，而且你必須努力才能贏得祂們的歡心。即使是心有定見，沒有意願信仰神話的科學家，也曾經驚詫發現怎麼心智有時候竟然可以在夢中突然想出完美的解題答案」[8]，這類見地明顯已有過甚多的實證基礎，說來才會毫不費吹灰之力。至於舉證，且看：

> 二○○三年夏天，梅爾……她從睡夢中醒來，夢中有個女孩在草地上和一個俊美殭屍談話，那個殭屍努力克制自己，不願動手把她殺死吸血。梅爾馬上提筆根據記憶儘量準確把夢中對話繕寫下來。那場夢成為《暮光之城》系列

5　參見克勞斯（Heinrich Krauss）：《天使》，黃文龍譯，臺中：晨星出版公司，二○○五年；朗恩（Bernhard Lang）：《天堂與地獄》，廖玉儀譯，臺中：晨星出版公司，二○○六年。
6　參見馬昌儀：《中國靈魂信仰》，上海：上海文藝出版社，二○○○年；岳娟娟等：《鬼神》臺北：時報文化出版公司，二○○五年。
7　參見周慶華：《靈異學》，臺北：洪葉文化公司，二○○六年，頁二六八～二六九。
8　蘭德爾（David K. Randall）：《邊做夢邊冒險：睡眠的科學真相》，蔡承志譯，臺北：漫遊者文化公司，二○一三年，頁一一○。

書籍、電影的基礎，至今她已經賺進超過一億美元。[9]

發明現代小提琴弓的作曲家塔爾蒂尼，曾經遲遲無法完成一首奏鳴曲。一天晚上，他夢見海灘上有個瓶子，裡面有個魔鬼懇求放牠出來。塔爾蒂尼同意牠的請求，條件是要魔鬼幫他完成這首曲子……塔爾蒂尼一醒來，立刻儘可能地回想抄寫下來，創作出〈魔鬼奏鳴曲〉。這是塔爾蒂尼最受人稱頌的樂曲，但他仍感嘆道：「這首曲子是我寫過最好的曲子，可是和夢中的曲調比起來，還是差太多了。」[10]

一八六五年，德國化學家凱庫勒投身鑽研苯的一種結構模型，苯是種重要的工業溶劑，其化學組成始終讓當時的工程師和科學家困惑不解。凱庫勒有次從夢中醒來，腦中浮現一條蛇啃食自己尾巴的影像，他躺在床上，領悟到苯的化學鍵可以套入這種六角造形。這項發現對德國工業界至關重要，於是凱庫勒獲封一個貴族頭銜。[11]

這還只是夢中感靈的例子，此外醒著感靈（除了神靈，還有鬼靈和物靈等）或被靈附體有所創思的例子更多。[12]這些都是靈肉分離觀底下必有的展演，早已不是懷疑論者或文化唯物論者所能想像；而它們對於人類文明的促進作用，諒必也是遠超過大家所能設想的範圍。

基於這個重大創製少有不貪緣感靈的前提，我們理當也可以假定：《紅樓夢》的產出也有一段感靈的過程，因為驗諸中國古來特具創意的著作如《易經》（開啟卜筮先例）、《詩經》（開啟文學先例）、《莊子》（開啟說理先例）、《史記》（開啟紀傳先例）和《文心雕龍》（開啟文

[9]　同前注，頁一一二。
[10]　克里普納（Stanley Krippner）等：《超凡之夢》，易之新譯，臺北：心靈工坊文化公司，二〇〇四年，頁五四。
[11]　蘭德爾：《邊做夢邊冒險：睡眠的科學真相》，頁一一一。
[12]　劉清彥譯：《特異功能》，臺北：林鬱文化公司，二〇〇一年。

論先例）等，相關綿密的體製精神幾乎都匯聚到了《紅樓夢》這裡，倘若未曾絲毫得力於靈界的助益，那麼想只憑單個人的能耐大概也會遙不可及。換句話說，像《紅樓夢》這樣體大思包且亟於樹立文製極大化的著作，很難純然臆測它可以僅由個別人獨力予以完成。

（二）《紅樓夢》很可能是一部感靈書

　　《紅樓夢》從面世以來，就失落了作者的名姓。這在早期傳抄和梓行階段，很少有人提到作者名字或根本不知道作者是誰；但到了現代人手裡，卻僅從「曹子雪芹，出所撰《紅樓夢》一部，備記風月繁華之盛。蓋其先人為江寧織府；其所謂大觀園者，即今隨園故址。惜其書未傳，世鮮知者，余見其鈔本焉」[13]、「能解者方有辛酸之淚，哭成此書。壬午除夕，書未成，芹為淚盡而逝」[14]和「余謂雪芹撰此書，亦為傳詩之意」[15]等幾條評論資料就斷定曹雪芹為《紅樓夢》作者。這唯恐《紅樓夢》作者不是曹雪芹的言說，從胡適的〈紅樓夢考證〉[16]一出後，不但已經「泛濫成災」，而且還可以把其他抄閱人不提作者名字矯說成是「刻意隱諱」，以及把刊印人的未詳作者說詆諼為是「偽造牟利」[17]。殊不知明義題識已是後出（而不懷疑它是來自傳聞）和脂硯齋批書所道但指增刪事（不能強指為原作），而連曹雪芹的好友敦敏、敦誠和張宜泉等也不曾誌及曹雪芹寫過《紅樓夢》（難道這也要硬歸在避

---

[13] 明義〈題紅樓夢〉，收入一粟編：《紅樓夢卷》，頁一一。

[14] 甲戌本第一回眉批，收入陳慶浩編著：《新編石頭記脂硯齋評語輯校增訂本》，臺北：聯經出版公司，一九八六年，頁一三。

[15] 甲辰本第一回夾批，收入陳慶浩編著：《新編石頭記脂硯齋評語輯校增訂本》，頁二六。

[16] 胡適：《胡適文存》第一集，臺北：遠東圖書公司，一九七一年，頁五七五～六二〇。

[17] 詳見余英時：《紅樓夢的兩個世界》，臺北：聯經出版公司，一九八七年；周汝昌：《紅樓夢新證》，北京：華藝出版社，一九九八年；俞平伯：《紅樓夢研究》，上海：復旦大學出版社，二〇〇四年。

忌的行列嗎），更何況全書沒有一個地方有在明喻暗示誰是真實作者呢！

　　沒錯，《紅樓夢》首尾是有提到曹雪芹這個人，但他的角色「被述及」只是在傳書。而從該語氣來看，那兩段文字理應不是原著有的，而是傳書人加上去的。

> （空空道人）改《石頭記》為《情僧錄》。東魯孔梅溪則題曰《風月寶鑑》。後因曹雪芹於悼紅軒中披閱十載，增刪五次，纂成目錄，分出章回，則題曰《金陵十二釵》，並題一絕云：滿紙荒唐言，一把辛酸淚！都言作者痴，誰解其中味？（第一回）

> （賈雨村道）「這事我已親見盡知。你這抄錄的尚無舛錯，我只指與你一個人，託他傳去，便可歸結這一新鮮公案了。」空空道人忙問何人，那人道：「你須待某年某月某日某時到一個悼紅軒中，有個曹雪芹先生，只說賈雨村言託他如此如此」說畢，仍舊睡下了……（第一百二十回）

第一段文字顯示《紅樓夢》是幾經傳抄才到了曹雪芹手裡（按：甲戌本在東魯孔梅溪前有「至吳玉峯題曰《紅樓夢》」句），而他也只是一個整理《紅樓夢》有功的人；而第二段文字也顯示《紅樓夢》是付給曹雪芹去流傳的（文中稱「曹雪芹先生」，則不大可能是曹雪芹自吹所附，應該另有其人）。這究竟是怎麼演變來的，已經無從考證；但一定要說它是作者曹雪芹矯造的，那就太過相信自我研讀的判斷力了。

　　是否也因為曹雪芹是《紅樓夢》的作者說（兼《紅樓夢》是曹雪芹的自敘傳）多有罅隙難彌，所以又連著出現許多合著或他著說試圖解決《紅樓夢》著作人格權的問題（包括曹雪芹和脂硯齋合著、曹雪芹和李鼎合著、曹頫他著、曹顏他著、洪昇他著等），[18]以及將書中本

---

[18] 詳見趙岡：《紅樓夢論集》，臺北：志文出版社，一九七五年；皮述民：《李鼎與石頭記》，臺北：文津出版社，二〇〇二年；趙同：《紅樓夢醒時》，美國：八方文化公

事推及是在實寫明亡清興過程或吳三桂降清事跡或洪昇家難故事等。[19]而先前已有索隱一派，紛紛指出《紅樓夢》是在隱喻明珠家事或順治痴戀董鄂妃而出家或康熙朝政爭或雍正奪嫡或反清復明血淚史，[20]也常從《紅樓夢》並未避諱曹雪芹祖父「寅」字（共有四處），以及書中敘及焦大開罵和柳湘蓮數落寧府為所不情等處發微，而要強迫曹雪芹出局；只是最後所見新的立論想賦予《紅樓夢》為富含反滿思想，又是「一偏之見」，仍然教人看了很不暢快！也就是說，《紅樓夢》記述了那麼多東西，為何只扰著片段情節就硬派那代表什麼？即使《紅樓夢》裡面有一些相應的題材，也會因為那是一本小說而自有虛構體的限制，豈能不顧它的敘事成規而大談風影比附的事？這是說《紅樓夢》也是作為署名者的作者化身為敘述主體後所虛構一位敘述者實際執行敘述工作所寫成的。如圖所示：

可見《紅樓夢》本身已是虛構物，如何能回返現實去一一找到出處？這在敘事學上早就不是問題，無奈大家卻又那麼認真的在「悖離」談論《紅樓夢》那不存在的指涉，豈不是一椿特大的怪事？換句話說，

司，二〇〇一年；徐乃為：《紅樓三論》，北京：中華書局，二〇〇五年；土默熱：《土默熱：紅學大突破——《紅樓夢》創作真相》，臺北：風雲時代出版公司，二〇〇七年。

[19]　詳見馮精志：《百年宮廷秘史——紅樓夢謎底》，北京：中華文聯出版社，一九九二年；王以安：《細說紅樓》，臺北：新文豐出版公司，二〇〇二年；南佳人：《紅樓夢的神奇真相》，臺北：問津堂書局，二〇〇五年；土默熱：《土默熱：紅學大突破——《紅樓夢》創作真相》。

[20]　詳見王夢阮等：《紅樓夢索隱》，臺北：中華書局，一九六四年；蔡元培：《石頭記索隱》，臺北：金楓出版社，一九八七年；潘重規：《紅樓血淚史》，臺北：東大圖書公司，一九九六年。

《紅樓夢》從被虛構的敘述者一開始敘述就不關現實事物了，後人還要不知趣的在它的指涉對應上討活計，顯然是膠著過頭且無助於對《紅樓夢》一書的知解開展。

這麼一來，有關《紅樓夢》的來歷也就得從新看待了。依照上面所敘小說虛構體的規律，作為署名者的作者在寫作的當下必須先化身為敘述主體（被稱作隱含作者），將他的全部經驗截取特定部分來置入小說中，而所虛構執行敘述工作的敘述者，可以是事件的掌控者（全知觀點），也可以是事件的參與者（限制觀點），還可以是事件的旁觀者（旁知觀點）。這樣我們就會發現，《紅樓夢》的敘述者是一個類似無所不知的上帝，由他掌控整個事件的進行（而不是書中偶爾讓石頭跑出來講話或「後人有詩為證」一類的偽稱或羼和）。至於作為署名者的作者，已經不重要（一般敘事學也不會討論他）；重要的是集中在敘述主體的經驗總合。而這一部分，則有作為文本發生學前提的敘述客體（文本中的題材、主題和情感思想等所歸屬於的一定的生活背景和客觀世界）[21]可以藉來反觀它的容量。

此外，敘述文體所成就的敘述話語，它還有一個同為敘述主體所虛構在文本內或在文本外的敘述接受者；如果再加上會間接受制於某類實際讀者的需求，那麼上述的流程圖就可以再細為繪製如下：

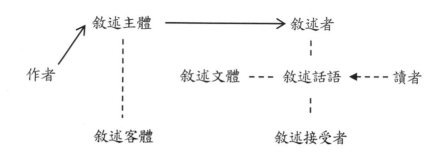

21　參見徐岱：《小說敘事學》，頁七六。

在這種情況下，身為實際讀者想逆向到達已然經過重重變異演進歷程
的實際作者那裡，是多麼困難的一件事。這也就是《紅樓夢》作者不
必再予細皺的主要因緣；剩下來的只有文本值得我們重現。

　　那麼《紅樓夢》文本又是怎麼一回事？以書裡所被敘及的是一個
佶大幾近統包的景象或全然的世界來看，顯然它已超出一般人的所能
範圍（傳抄者或刊刻者局部的增刪無礙大體），也許要過渡到眾靈的協
助成真才能得著定位（這種討論不是純「作者」興趣的，而是要解決
一個「能耐」的問題，以及書中甚多相關連的神祕事件）。而這不妨從
《紅樓夢》回前凡例所說的那段話談起：

> 作者自云：「因曾歷過一番夢幻之後，故將真事隱去，而借通靈之說，撰此《石
> 頭記》一書也，故曰『甄士隱』云云。」（第一回）

不論話中的「作者自云」是怎麼被傳書者弄到這裡的，光看它的「借
通靈之說」一語就很耐人尋味。比照書內都在經營真如福地／太虛幻
境、真／假、有／無、實／幻這類為解離超脫而起的和諧對比統一體，
[22]我們也可設想這又是一個真實通靈的反面說法。也就是說，《紅樓夢》
確是感靈而作的，但又不便直說（以免「嚇到」讀者），所以只好託辭
是緣自假借通靈。因此，真實通靈／假借通靈的隱藏式解構手法，就
跟上述真如福地／太虛幻境、真／假、有／無、實／幻等明顯式解構
手法相呼應，一起共構了《紅樓夢》這不可一世的皇皇鉅著。而這也
可以解釋那個充當「代筆」的作者不名的原因，也就是《紅樓夢》是
眾靈協助創作的，他不敢居功，以至在書成後自行隱匿去了。

22　參見周慶華：《紅樓搖夢》，頁七五～一一二。

二、「靈異紅樓夢」的概念界定

（一）靈異有靈現異象／感靈駭異／神靈怪異三義

　　在現實中，一個感靈有成的人經常要藏起他的通靈本事，依經驗這多半是為了駭怕被人指責怪力亂神或別有其他考慮（如自我敬慎低調從事或被靈界告誡不可輕易曝光之類）。就像孔子一邊表現他的天縱聖哲（這可能跟他的父母禱於尼山且又是在祈雨中「野合」[23]而生等特殊因緣有關），一邊又瞞著大家他的天生通靈：

> 孔子既沒，弟子思慕，有若狀似孔子，弟子相與共立為師，師之如夫子時也。他日，弟子進問曰：「昔夫子當行，使弟子持雨具，已而果雨。弟子問曰：『夫子何以知之？』夫子曰：『《詩》不云乎：月離于畢，俾滂沱矣。昨暮月不宿畢乎？』他日，月宿畢，竟不雨。商瞿年長無子，其母為取室。孔子使之齊，瞿母請之。孔子曰：『無憂，瞿年四十後當有五丈夫子。』已而果然。敢問夫子何以知此？」有若默然無以應。弟子起曰：「有子避之，此非子之座也！」[24]

這是《史記・仲尼弟子列傳》的記載。光能預言下雨和商瞿會有五個兒子這兩件事，就足以證明孔子是一個通靈人（相關信息都是外靈給予的，他只是作了轉達而已），但他卻又故意徵引《詩經》的話來掩飾。這跟《論語》所記載他的言說如「敬鬼神而遠之」[25]、「未能事人，焉

---

[23] 「野合」是先秦時代一種祈雨儀式。詳見周慶華：《轉傳統為開新——另眼看待漢文化》，臺北：秀威資訊科技公司，二〇〇八年，頁二七～四〇。

[24] 司馬遷：《史記》，臺北：鼎文書局，一九七九年，頁二二一六。

[25] 邢昺：《論語注疏》，十三經注疏本，臺北：藝文印書館，一九八二年，頁五四。

能事鬼」[26]、「未知生，焉知死」[27]以及所著錄他的行事如「子不語怪力亂神」[28]、「鄉人儺，朝服而立阼階」[29]等是一致的，其實有關怪力亂神、驅疫現場實況、人的生死和鬼神等，他都能說，不然也不會有那麼多弟子跟著他，因為只有通靈的他才有辦法在外靈的協助下解決他們的各種疑難雜症。相對的，有若沒有這種本事，所以很快就被請下師尊寶座。

從《紅樓夢》這麼一本非比尋常的大部頭著作以推測它也是感靈而作，而最後又把感靈過程予以隱藏，這已有上述孔子的先例可以佐證，接著就要來談書中所遺留的各種感靈事項（正如孔子的通靈能耐被保留了而有如《史記》那樣幫它特別誌略傳揚）。而這得從感靈而有的靈異現象說起。

感靈是因為有靈異現象的存在而可能的，所以相關靈異現象又是如何的神祕或奧妙，自然就得先有一番疏通。根據我所撰《靈異學》一書的探究所得，靈異，在古書的採錄裡「一如其字」，都不脫超常的經驗。如「（干）寶兄嘗病氣絕，積日不冷，後遂悟，云見天地間鬼神事，如夢覺，不自知死。寶以此遂撰集古今神祇靈異，人物變化，名為《搜神記》」[30]、「耆域者，天竺人。周流華戎，靡有常所；而倜儻神奇，任性忽俗，迹行不恆，時人莫之能測。自發天竺，至于扶南，經諸海濱，爰及交廣，並有靈異」[31]等都是。至於這靈異一詞的出現，除了個別使用者要用它來指涉非泛泛的經驗（這種經驗，在語用學的層次上說是一個亟欲引人驚悚共感的媒介，終究不同於一般的言說交流），還有大家為了容易達到「撼動人心」的效果，難免也會斟酌的移動位

---

[26] 同前注，頁九七。

[27] 同前注，頁九七。

[28] 同前注，頁六三。

[29] 同前注，頁九〇。

[30] 房玄齡等：《晉書》，臺北：鼎文書局，一九七九年，頁二一五〇。

[31] 慧皎：《高僧傳》，《大正藏》卷五〇，臺北：新文豐出版公司，一九七四年，頁三八八上。

置而使它的詞性有「隨機轉義」的現象。

　　好比上述的靈異定位，就是針對名詞性而說；這時的靈異，經添詞後就可以說是「靈現異象」。但靈異還可以是「感靈駭異」或「神靈怪異」的縮稱，這時它就變成了動詞或形容詞。如有人所隨文稱說的「靈異傳奇」、「靈異經驗」和「靈異世界」等，[32]就分別扣住或應了靈異的名詞性、動詞性和形容詞性。它們雖然詞性有別而不宜混淆，但總關連一個非肉體式的實體及其顯現超常行為的問題。[33]

　　對於這個非肉體式的實體「靈」（包括神靈、鬼靈和物靈等）和它所顯現的超常行為「異」（包括顯奇蹟、致禍祟和療疾疫等），持肯定態度的人，都說它是實有且可經驗的；而持否定態度的人，則又搬出唯物科學不能檢證一類理由來搪塞，導致一個靈異問題還沒形成就先「碰壁爆裂」而得勞有心人來綴合繹理。別的不說，只談自古流傳下來的如《列仙傳》、《神異經》、《十洲記》、《洞冥記》、《神仙傳》、《搜神記》、《續搜神記》、《枕中書》、《佛國記》、《洞仙傳》、《述異記》、《續齊諧記》、《還魂記》、《神仙感遇傳》、《墉城集仙錄》、《續仙傳》、《疑仙傳》、《三洞群仙錄》、《歷代真仙體道通鑑》、《三教源流搜神大全》、《神仙鑑》、《神怪大典》、《聊齋誌異》和《閱微草堂筆記》等神仙鬼怪傳奇，[34]以及發生於世界各地的神祕奇妙異聞，[35]就很難使人不警醒

---

[32] 詳見黎國雄：《解讀靈異現象》，臺北：希代書版公司，一九九五年；蔡信健：《奧秘・靈異與生死》，臺北：業強出版社，一九九六年；高橋宣勝：《靈異世界的訪客》，文彰等譯，臺北：旗品文化出版社，二〇〇一年。

[33] 參見周慶華：《靈異學》，頁一～二。

[34] 詳見紀曉嵐：《閱微草堂筆記》，臺北：文光出版社，一九七七年；蒲松齡：《聊齋誌異》，臺北：漢京文化公司，一九八四年；王謨輯：《增訂漢魏叢書》，臺北：大化書局，一九八八年；蔣廷錫等編：《神怪大典》，上海：上海文藝出版社，一九九一年；捷幼出版社編輯部主編：《中國神仙傳記文獻初編》，臺北：捷幼出版社，一九九二年。

[35] 詳見康克林（Steven R. Conklin）：《不可思議的超能力》，黃語忻譯，臺北：亞洲圖書公司，二〇〇四年；《不可思議的生命輪迴》，黃語忻譯，臺北：亞洲圖書公司，二〇〇四年；《超自然的神祕世界》，黃語忻譯，臺北：亞洲圖書公司，二〇〇四年；《超文明的神祕力量》，黃語忻譯，臺北：亞洲圖書公司，二〇〇四年；《超自然的神祕現

這個世界真的無奇不有而還固著於耳聽目見的那些世學呢！因此，有關《紅樓夢》的緣於感靈而有甚多靈現異象／感靈駭異／神靈怪異等靈異現象，也就不是什麼可怪的事了。

（二）《紅樓夢》如為感靈書則可從此三義來看待

上面的分疏，主要是為了《紅樓夢》倘若是一部感靈書，那麼它也會有靈現異象／感靈駭異／神靈怪異等靈異現象；即使不然，書中有許多相關的靈異現象，也可以據此靈現異象／感靈駭異／神靈怪異三義來掌握，從而促使「靈異紅樓夢」概念的成立。還有在此三義中，靈現異象是指外靈出現時會給人驚奇或警惕；感靈駭異是指有感靈經驗的人看到外靈會駭怕；神靈怪異是指外靈（特指神靈）現身時人會覺得怪異，它們分別從名詞性／動詞性／形容詞性限定了靈異的範圍，而《紅樓夢》不論在隱顯層次上只要有相應於此現象的，它就可以另立一解釋系統。

一般的感靈，有給啟示和附體兩種方式。當中附體，是指當事人把身體借給外靈使用。這相對上比較單純，外靈自會據軀進行創作；只是當事人如果並未「放空自己」而是嘗試要介入，那麼他就會遭對方的斥責或被其他在旁監督的外靈橫加干擾。[36]至於給啟示，則又有夢中給啟示和醒時給啟示兩種情況。前者，因為涉及睡夢中感應力弱，所以大致只會給最關鍵的提示。如：

（一位烏克蘭男子的紀錄）我原本在思索一篇小說的結局，雖然一直寫，卻

象》，黃語忻譯，臺北：亞洲圖書公司，二〇〇四年；《令人戰慄的神祕領域》，黃語忻譯，臺北：亞洲圖書公司，二〇〇四年；《不可思議的植物之謎》，黃語忻譯，臺北：亞洲圖書公司，二〇〇四年；《不可思議的超文明奇蹟》，黃語忻譯，臺北：亞洲圖書公司，二〇〇四年。
36 參見劉清彥譯：《特異功能》，頁五一～五二。

找不出頭緒。我在夢中坐在書桌前寫作，好像在處理清醒時寫的那篇小說，接下來出現一個景象，有兩位男子和一位女子，都是故事中的主角，這位女主角並沒有在兩人中作出選擇，而是拒絕了兩人。我在夢中大笑，覺得結局非常貼切，然後醒來，滿意地寫下結局。[37]

這既幫當事人解決了小說結局的問題，又顯得整個啟示過程異常的和諧（沒有討價還價或規避抗拒一類的衝突）。而後者，則緣於雙方各有意志堅持，很容易「擦槍走火」而演出某種全武行的戲碼。如：

一群「當事阿飄」得知我要出書，況且還打算把祂們的故事，更深入詳盡地曝露出來，那還得了？於是反對聲浪就來啦……惡作劇有之、威脅恐嚇有之、頑強固執有之、死不回音有之、反反覆覆有之、為反對而反對有之，甚至還有「鴨霸」到親自操刀刪改我電腦原始檔內容者！[38]

最後能夠留存的部分，大概就是已經折衝妥協過的。由此推想《紅樓夢》作者如果也有面臨這種情況，那麼他得一改再改的命運也就無法避免了。而從起點感靈就啟動了這一可能性來看，有關局部情節安排、人物的刻畫和對白的設計等，也許《紅樓夢》作者自己有能力控制，但說到整體的處度周詳和綿密無縫等事涉空前大格局的部署充實，恐怕沒有外靈的協助單憑作者一人的力量就撐不起來了。這一點，可能有人會以「作者還是可以另請高明多方諮詢而補足書中的缺漏」見解來反駁，但就通常寫作都要儘量隱密的實際情況來看，《紅樓夢》作者應該不致那麼張揚而提早曝光寫作的內容；只有暗中接受或尋求眾外靈的指導，才能確保寫作的秘密進行性。

---

[37] 克里普納：《超凡之夢》，頁六〇。

[38] 張其錚：《這些年，追我的阿飄們：業餘通靈人的療癒系鬼故事》，新北：野人文化公司，二〇一二年，頁二三～二四。

　　所以要這樣說，是有幾個指標可以藉來如此窺探的：第一，《紅樓夢》回前凡例誌及作者在說過借通靈說撰書後，又說道「今風塵碌碌，一事無成，忽念及當日所有之女子，一一細考較去，覺其行止見識，皆出於我之上……雖我未學，下筆無文，又何妨用假語村言，敷演出一段故事來，亦可使閨閣昭傳，復可悅世之目，破人愁悶，不亦宜乎？故曰『賈雨村』云云」（第一回），這明顯是相矛盾的！也就是說，作者既然是要借通靈說來寫書，那麼書就不可能變成一本實錄。那我們究竟要相信那一段話？當然要相信前面那一段話，因為《紅樓夢》是小說而不是日誌；同時也要一併理解假借通靈是真實通靈的反話（詳見前節）。

　　第二，《紅樓夢》開頭借石頭道出了此書不比尋常的原委「歷來野史，或訕謗君相，或貶人妻女，奸淫兇惡，不可勝數。更有一種風月筆墨，其淫穢汙臭，屠毒筆墨，壞人子弟，又不可勝數。至若佳人才子等書，則又千部共出一套……故逐一看去，悉皆自相矛盾，大不近情理之話，竟不如我半世親睹親聞的這幾個女子，雖不敢說強似前代書中所有之人，但事跡原委，亦可以消愁破悶；也有幾首歪詩熟話，可以噴飯供酒。至若離合悲歡，興衰際遇，則又追蹤躡跡，不敢稍加穿鑿，徒為供人之目而反失其真傳者」（第一回），石頭這一去塵世歷幻走一遭，已經是虛構事了，又如何能言鑿說實且跟凡例那段話相呼應？難道這不是感靈而有後的「閃爍之詞」？也就是說，正因為外靈如此交代或自己隨後有意迴避，所以《紅樓夢》作者才要故弄玄虛，而讓淺識的讀者摸不著頭緒（來顯高明）。

　　第三，《紅樓夢》作者借石頭道出那段原委後，又借空空道人的私忖說「上面雖有些指奸責佞貶惡誅邪之語，亦非傷時罵世之旨；及至君仁臣良父慈子孝，倫常所關之處，皆是稱功頌德，眷眷無窮，實非別書之可比。雖其中大旨談情，亦不過實錄其事，又非假擬妄稱，一味淫邀艷約、私訂偷盟之可比。因毫不干涉時世，方從頭至尾抄錄回來，問世傳奇」（第一回），這又再一次曝露此書不能不感靈因緣，因

為那裡面正在為「書實是在傷時罵世」脫罪哪！表面說是不干涉時世，
實際是處處在干涉時世（書裡批評官場習氣、暗諷倫常失軌和指斥淫
戲虛無的世情又何其多），這豈不是「此地無銀三百兩」說詞的寫照？
那為什麼《紅樓夢》的作者要這樣說？可不是感靈寫得太多了要留點
空隙給人偷閒喘息一下？也就是說，《紅樓夢》作者越要製造弔詭獵奇
越掩飾不了感靈完構的事實。這是說假借通靈說終究假不了，那些同
樣有文才的外靈們早就在背後密議協助作者打點文字江山了。因此，
「靈異紅樓夢」這個課題從此就可以依次來討論鋪展。

三、討論「靈異紅樓夢」的現時的意義

（一）可以另闢研究《紅樓夢》的途徑

　　以上所作的推測，都是關係隱性的感靈過程。它所涉及的靈現異
象／感靈駭異／神靈怪異等感靈情況，已經在《紅樓夢》成書以前就
出現了，自然不宜不顧體例而自道始末強留在書裡（供人檢索）；它所
會明顯留在書裡以為呼應感靈過程的靈異現象，就只有那些仿擬的相
關靈現異象／感靈駭異／神靈怪異的情節。也就是說，《紅樓夢》書裡
所見的各種靈異現象的構設，很難是純出於作者的臆想而沒有一點經
驗基礎，畢竟那些情節的「逼真性」早已超出常人經歷所及的範圍，
而有感靈經驗的作者才會知道怎麼備列在全書裡。因此，從這個角度
來討論《紅樓夢》，在當今極為缺乏此類視野的紅學論述，就至少有「可
以另闢研究《紅樓夢》的途徑」、「可以探得《紅樓夢》所蘊涵知識的
極大化」和「可以藉為了解今昔靈異經驗的差距及其可再安排於小說
中的方向」等多重意義。此地就先談第一部分。
　　《紅樓夢》書內就有為數不少事涉靈異現象的情節，而相關的研
究都還沒有把這些連結到感靈層次來看待，就一逕的漠視它們的存在

價值，不是自動跟它們保持距離（以免被譏誚為喜好怪力亂神），就是動輒抬出唯物科學的觀點訾議它們盡是封建社會迷信習俗的遺留。這樣不但小看了那些靈異情節的認知作用，而且還會讓研究本身自行斷去一大環節（而至為可惜）！其實，肯定靈異和肯定科學同樣都是信，沒有誰是迷信誰不是迷信的問題。通常都以有驗無驗來區別科學和靈異，但所謂科學的有驗也不過是程度上較近於可重複檢證而已，並不是它有什麼十足真理性。在靈異方面，舉凡人的感知、信念和後設思維能力等，都可以成為它的檢證依據；而它一樣不具有絕對客觀性缺憾的自我察覺，則可以轉由高度相互主觀性的追求（而期待更多具有相同背景或相似經驗的人的認同）來勉為彌補。這條相關靈異的「檢證之路」，所要創新知識的規範是向一個同為可能的神祕領域拓展，它依然值得我們來慎重看待。換句話說，在一般的科學領域，對於無窮廣闊的宇宙星海以及極為細微的物質成分（如原子、電子、核子、中子、質子、介子、引力子、光子、超子、層子、膠子、中微子、陽電子、夸克和超弦等非肉眼所能看到的東西）等，都可以依經驗和想像而推測它們的可能性，為何獨獨不能順理從人有感知、信念和後設思維能力等稟靈經驗而去推想其他同質的神靈／鬼靈／物靈的存在？因此，靈異已經不再是一個「可不可以檢證」的問題（因為它當然可以檢證），而是一個「要不要檢證」的問題。這「要不要檢證」的問題，所考驗的是我們「廣知」的意願和能耐。[39]所謂討論「靈異紅樓夢」可以另闢研究《紅樓夢》的途徑，就是指這類廣知意願和能耐的介入後，就能夠走出紅學舊路而開啟一個嶄新的視野。

（二）可以探得《紅樓夢》所蘊涵知識的極大化

《紅樓夢》作者所極力文飾和雜匯眾體的企圖心，早已體現在書

---

[39] 參見周慶華：《靈異學》，頁四七～四八。

內他所要窮盡寫出世上有的「典型」人事物或創造世上該有的「一類」人事物。如人就要囊括文人和非文人（前者又有如林黛玉般才高氣傲型、薛寶釵般雍容隨和型、史湘雲般豁達任性型、賈探春般謹慎內斂型、李紈般深藏不露型和賈寶玉般縱橫飄逸型等；後者又有如王熙鳳般精明幹練型、賈母般穩重仁慈型、賈政般色厲內荏型、王夫人般嫻靜自持型、劉姥姥般人情通達型和其他僕婢般各據一路等）；如事就要包裹大事和小事（前者又有喪事料理、敬祖祭典、接待皇室、生日慶宴、宦情升沉、抄家重戲和嫁娶儀節等；後者又有親友聯誼、餐飲調度、文人雅集、節時逗樂、塾館課徒、偷情啟釁和其他送往迎來等）；如物就要盡納宏闊規模和珍奇瑣細（前者又有禮制倫常、院落庭園、建築造景和服飾擺設等；後者又有琴棋書畫、詩詞曲賦、粗話俗話和工藝玩物等），幾乎已到了「無所不備」的地步，而足夠好事者為它分類編纂誌異或輯成綜合辭典，供人閒覽勘查。但這都是世學，還未盡跨界的能事。於是《紅樓夢》作者又把眼界帶到神祕領域，加入了靈異情節，這才完了「包括宇宙，總攬人物」的自我督勉和感靈受示的雙重使命。

如果《紅樓夢》沒有加入這些靈異情節，那麼讀者就會少了機緣印證兩界互動的情況，而使得現實中所已有這類事件的存在討情遭到隔離，到底不是聰明的作法。換句話說，有感靈經驗的《紅樓夢》作者，他也可以刻意絕去靈異的攪和（包括他抵擋得了靈界的威逼或脅迫在內），但這樣《紅樓夢》就會孤立在世學裡，成了望不到極限的封閉式文本。而如今他放開了，我們終於可以覷見兩個世界是如何的分合交涉，不再盡侷促於僅夠耳聞目見的有限現實裡。而這依經驗有關靈界和現實界的相涉，最基本的層次是一次元和一次元的關連：

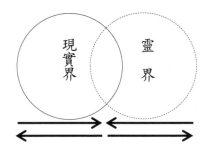

當中靈界相對上比較難體驗，姑且以虛線圈劃來表示；而靈界和現實界在空間上可以「半合半離」，也可以「全合」或「全離」（圖下方的一組箭頭就是分別在表徵這兩種情況；雖然「全離」那種情況有點不好想像）。此外，它出了最基本的層次，還可以有一次元和多次元的關連、多次元和一次元的關連以及多次元和多次元的關連等三種情況：

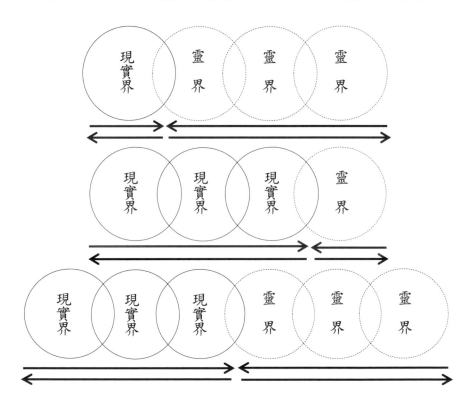

照理這幾種關連情況都可能存在，只是它們的分合或拆疊現象不易掌握；以至僅能以「容許」的方式看待，而把討論的重點擺在兩界相通的部分。[40]換句話說，靈異經驗所以能夠成為最新認知的範疇，就是基於靈界和現實界有這一類的交涉情況。而同樣的，《紅樓夢》中相關靈異事件所顯示的兩界互動現象，也是可以據此各種關連模式去作係聯，而使得《紅樓夢》所蘊涵知識的極大化在這個環節能夠一併探取證成。

（三）可以藉為了解今昔靈異經驗的差距及其可再安排於小說中的方向

從《紅樓夢》作者特知攬入神祕成分而使得《紅樓夢》所蘊涵知識可以極大化一點來看，它不啻提供了一條「放進新鮮材料→取靈異經驗充當」以對比逞能而超邁前人的寫作道路。因此，接下來談論「靈異紅樓夢」於當前可顯意義的地方，就是它能夠藉為了解今昔靈異經驗的差距及其可再安排於小說中的方向。這是緣前一部分而來的加碼式要求：既然靈異體證有它相當的重要性，那麼為了讓它更有切身或時代感，就無妨透過跟《紅樓夢》中靈異構設的差距比較，而妥適的取捨以安排於小說中，才不致又被《紅樓夢》限制住而無能展衍新奇。

針對這一點，我們可以先透過其他文獻所記載靈異事件作為對照系來想像所該突破以顯創思的必要性。而這已有西方早期上帝發動大洪水摧毀祂所造不肖子民而詳載於《舊約聖經‧創世紀》和中世紀鼠疫流行被視為撒旦作祟（說不定也是上帝的「傑作」）而著錄於許多典籍，以及中國傳統所見如干寶《搜神記》、洪邁《夷堅甲志》、袁枚《續子不語》、俞蛟《夢廠雜著》、蒲松齡《聊齋誌異》、郭則沄《洞靈續志》、楊鳳輝《南皋筆記》、李慶辰《醉茶志怪》和文瑩《湘山野錄》等敘述

---

[40] 同前注，頁三六～三八。

大大小小天意裁定的劫難，[41]這所牽涉集體性毀滅收束的現象，就能藉為對照出《紅樓夢》所構設的靈異事件還不及此，而不免給人相對單純化了的感覺。當今所見許多大規模生態災難背後所屬的靈異演現，又有相當程度的變異（詳後），小說寫作者更得知所選取以為「轉進有成」。

四、《紅樓夢》凡例所引作者自敘「借通靈之說撰此書」的「靈異紅樓夢」式解讀

（一）此為障眼法實是感靈而作

　　再回到《紅樓夢》回前凡例那一段作者自述語，所謂「借通靈之說，撰此《石頭記》一書」，這有可能「借」實是「藉」，因為二字同音（正如書中其他地方在玩甄士隱／真事隱、賈雨村／假語存、甄英蓮／真應憐、霍啟／禍起、封肅／風俗、嬌杏／僥倖、馮淵／逢冤、秦鐘／情種、元迎探惜／原應嘆息等諧音遊戲）。這樣假借通靈就是憑藉通靈，由虛擬變成實情。但為了不給人太過真實感覺而失去「猜謎」趣味，所以又採行媧皇煉石補天遺下一塊未用等「煙雲模糊」手法。因此，這就可以進一步推測：借是障眼法，《紅樓夢》實為外靈藉活人的手寫出的（至少也是重要參與者），以至作為實際執筆的人覺得不該獨佔著作權，在書完構後立即自我隱身，以成全《紅樓夢》是兩界眾力寫就不簽署的名節。

　　這比我先前曾作過的推想要有可看性（《紅樓夢》作者是被「謀殺」的，而「謀殺」他的人則有作者自己、讀者、出版者和檢查者等多種可能性）。[42]該推想在解說《紅樓夢》作者不聲明上已經有相當說服力

---

[41] 參見樂保群：《百鬼夜宴——那一夜，我們一起說魂》，臺北：柿子文化公司，二〇一三年，頁一二九～一三八。

[42] 詳見周慶華：《文苑馳走》，臺北：文史哲出版社，二〇〇〇年，頁六〇。

了（當然有人會從「多人合寫」的角度來推測《紅樓夢》未有簽署的因緣，但這麼一來就會更費於解釋那些合寫人為何寧可緘默匿名或沒在他處不經意的透露一點口風；只有合寫人是那些外靈，祂們本就「無名於世」，但想合力締造一個奇蹟傳世，所以也一樣書成後就飄然遠去了。[43]不過，話說回來，也許靈界已為祂們嵌名留念，只是我們無從知道罷了），但還是不及現在再重作推想這樣有新意。雖然不敢必定如此，但對於《紅樓夢》通篇充滿難解語來說，這顯然有增衍識見和開闊視野上的意義。

（二）作者為取信於讀者也得有所徵實而仍可視為寫作時確有此類事件存在

　　《紅樓夢》書內的所有靈異事件，緣於小說敘事的成規，自然都是虛擬的；但它的虛擬卻又看不出有違現實中人所會經歷的感靈情況，這就無法不讓人設想《紅樓夢》作者的感靈體質所為他寫作帶來極大化知識的實質效益。也就是說，《紅樓夢》作者為取信於讀者，所以構設了具徵實性的靈異事件，而這就無妨將它當作背後確有相應經驗的存在。因此，上述所解析「借通靈之說撰此書」的實質意涵，無異就在書內偌多瞧不出什麼破綻或疏漏的仿真靈異中自我呼應證成了。

　　倘若還有疑義，那麼它大概就是「難道沒有感靈經驗的人就寫不出靈異事件嗎」這類反詰。對於這類反詰，我們可以這樣思考：第一，沒有感靈經驗定要寫靈異事件，未必有把握寫得「真實」或「道地」，他又何必「自曝其短」？第二，沒有感靈經驗的人，他如果也能寫出靈異事件，那麼他只能從傳聞、閱讀文獻和實地觀摩處獲取資源，但

---

[43] 這好比當代出現的一些精巧無比的麥田圈，它們被考察到都是靈界的傑作；而那些參與創作的靈們就只是要藉它們來逞技炫世而已。詳見西爾瓦（Freddy Silva）：《麥田圈密碼》，賴盈滿譯，臺北：遠流出版公司，二〇〇六年。

這些資源轉成文本中的靈異事件，他會採取什麼態度去對待？假使是要藉來批判，那麼他只是在玩假，跟《紅樓夢》中的坦然認同已不能等觀；但假使是像《紅樓夢》那樣隨順情節而如如存在，那麼這就形同真實感靈而有意給靈異留個位置，並沒有什麼可以挑剔的地方。但這種情況大概很難存在，因為要把靈異處理得像《紅樓夢》那樣自然無誤，恐怕只有「非等閒之輩」才辦得到。因此，我們可以排除沒有感靈經驗的人也能書寫靈異這件事。

此外，有關「外靈憑什麼能耐比活人強」的問題也可能被提出來，那就可以試著這麼回答：外靈是不是能耐都比活人強，這沒得比較，也說不準；但基於兩界始終處在循環互進中這個前提，[44]秀異者一樣是來來去去，不好忽略總會有稟賦特強的在靈界或在現實界，形成誰搶到先機誰就先有卓越表現的局面。不過，外靈總是佔有某些優勢，包括祂們可以知曉或探得前世今生的因緣，以及因為少了肉體的負擔而能夠較為自由且迅速移動以盡窺機密檔案，並且於結成團隊後又可以比現實中人更容易合力謀事致勝（這也包含祂們能於瞬間發動災變毀滅生靈在內），類似這些本事，就不是一個純聰穎問題所能涵蓋，它還有現實中人所想像不透的奧秘成分。因此，當我們要肯定《紅樓夢》有外力介入才得以成就時，主要就是從這個層面來說的。除非《紅樓夢》作者跳出來發誓否認外靈的協助，不然我們都很難相信有那一人可以單靠自己的力量完成這部曠世鉅著。

五、「靈異紅樓夢」的架構

（一）《紅樓夢》的靈現異象

「靈異紅樓夢」課題的成立，它的核心還在於書中所顯現的多種

---

[44] 詳見周慶華：《靈異語言知多少》，臺北：華志文化公司，二〇二〇年，頁一二二~一二六。

靈異現象。這些現象依前面的條理，已經有靈現異象、感靈駭異和神
靈怪異等三種情況。這三種情況，既分立又交集，可以圖示如下：

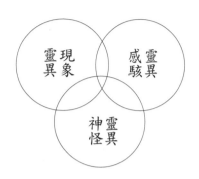

也就是說，不論是靈現異象還是感靈駭異或是神靈怪異，都只是相對
上成立，彼此仍會有分不清的模糊地帶。而該模糊地帶，就成了它們
的交集所在。因此，底下的歸結，就僅僅是為了方便看出「靈異紅樓
夢」的架構，而不在於進行什麼「精詳較量」。縱是如此，《紅樓夢》
書內的靈異所歸屬的靈界，在跟現實界的交涉上，很明顯也只限於同
空間的一次元和一次元的相疊，而頗有別於西方一神教所說的天堂在
地球以外[45]或印度佛教所說的有所謂多重天[46]那種次元和次元的拆分
或一次元和多次元的疊相交涉。因此，這一部分就不再另作討論，而
僅保留它的可方便自由往來特性（像那一僧一道不論經過石頭所存處
或去太虛幻境洽事，都不需跨越太多空間）。

　　至於相關靈異所劃分的靈現異象部分，所見於《紅樓夢》書中的，
就是第一回所記載的一干風流冤孽下凡造歷幻緣和第一百二十回記載
的甄士隱詳說太虛情那些。這兩處純粹是靈現異象（沒有給故事中的
角色有感駭或深覺神怪的餘地）；而所安排的下凡造歷幻緣和歸返太虛

---

[45] 參見魏特罕（Margaret Wertheim）：《空間地圖：從但丁的空間到網路的空間》，薛絢
譯，臺北：臺灣商務印書館，二〇〇〇年，頁九一。
[46] 參見方立天：《佛教哲學》，臺北：洪葉文化公司，一九九四年，頁一六五～一八三。

等情節，在一般靈異經驗中是屬於「理中合有」的。換句話說，它是「事無所出」，但「理卻契合」。當中所加入將美玉夾帶投胎入世及其相關形質分合的情節，雖然是為戲劇效果著想，但世上也未必全無類似的情況（再說倘若背後有靈示也不宜更改），可說是仿真靈異有成。

（二）《紅樓夢》多重的感靈駭異

在《紅樓夢》裡，會令人感駭靈異的現象數量最多，使得「感靈駭異」的成分比例偏高。尤其是穿插在各回內，形同有意密布以顯驚炫。如賈寶玉遊歷太虛幻境（第五回）、賈瑞照風月寶鑑（第十二回）、秦可卿鬼魂託夢給王熙鳳（第十三回）、鬼判持牌提索來捉秦鐘（第十六回）、馬道婆施魔法整王熙鳳和賈寶玉（第二十五回）、巧姐大觀園撞客（第四十二回）、尤三姐鬼魂託夢給柳湘蓮（第六十六回）、晴雯病死去太虛幻境當芙蓉花神（第七十八回）、妙玉坐禪走火入魔（第八十七回）、賈寶玉入夢找林黛玉鬼魂未著（第九十八回）、王熙鳳在大觀園遇秦可卿鬼魂責怪（第一百一回）、賈赦請道士入園驅邪除妖（第一百二回）、賈寶玉在瀟湘館聞鬼哭（第一百八回）、秦可卿鬼魂來接引鴛鴦（第一百十一回）、閻王差鬼來捉趙姨娘（第一百十二回）和賈寶玉出竅隨癩頭和尚二遊太虛幻境（第一百十六回）等正是。除了從第四十二回到第六十六回之間少見外，其餘都是隔幾回就一見，且又極盡變換花樣能事（鮮有重複同樣的情節），跟其他寫人事物的情況相一致。

這些感靈駭異的現象，一樣也都是理中合有（沒有「矯造」或「敗靈」的痕跡），頗能對靈異事件真實。雖然賈寶玉二次魂遊太虛幻境都未提及有外靈來將他帶出（靈魂無法自己出體），稍有欠真，此外就都沒有什麼不合理的地方（賈赦請道士入園驅邪除妖那一節所帶戲謔成分，是在調侃法術欠佳的道士，而不是要反諷邪妖的存在觀念，大家不宜看差）。

（三）《紅樓夢》一些神靈怪異

減去靈現異象和感靈駭異兩部分，所剩的靈異就都屬於神靈怪異部分。神靈怪異的神怪性是間接感覺到的；它不像感靈駭異那樣當場及身，也不像靈現異象那樣近距離察覺。而這在《紅樓夢》中數量雖然不及感靈駭異那一部分，但也頗有要以製造「都沾一點」的型錄效果。如燈謎讖語（第二十二回）、海棠花枯了半邊（第七十七回）、妙玉偕賈寶玉外聽林黛玉彈琴斷絃（第八十七回）、海棠花亂期（第九十四回）、測字問失玉（第九十四回）、邢岫烟請妙玉扶乩找失玉（第九十五回）、林黛玉死日大家聞音樂聲（第九十八回）和散花寺求籤得「王熙鳳衣錦還鄉」（第一百一回）等都是。

上述所涉及的燈謎寓讖、花枯期亂、彈琴斷絃、測字找物、扶乩問事、天樂迎靈和籤示生死等神怪現象，也都是現實中常有戲碼搬演的。在書裡看似可怪，於作者則是為徵實考量且顯示感靈特能通達。而結合前兩部分靈異現象，使得《紅樓夢》又多了一個可稱為連寫靈異都善於「指事類形」或「兼美神祕」的雅號。

六、相關評價及其啟發

（一）《紅樓夢》中靈現異象／感靈駭異／神靈怪異都能呼應相關的旨意

到了末尾，可以總結的說，《紅樓夢》作者也有可能是真的才大到足夠寫出這部曠世鉅著，以至前面的推測就盡屬白費；但如果不是這樣？那麼就非得從上述的感靈方向去理解不可了。這種解釋的好處是，確立「靈異紅樓夢」的新視野，從而能夠發掘《紅樓夢》成書的祕辛，

以及解決長期以來紅學家爭辯不休的作者和本事影射問題；此外，還可以通貫到書內所鋪陳的靈異事件而了悟它們跟全書「夢幻」旨意及其「自古窮通皆有定，離合豈無緣」（第五回）和「沉酣一夢終須醒，冤孽償清好散場」（第二十五回）題綱等的密合無間（而不能強要將它們拆離）。換句話說，正因為有那些靈異事件的存在，《紅樓夢》回前凡例所說的「此回中凡用『夢』用『幻』等字，是提醒閱者眼目，亦是此書立意本旨」（第一回）這段話才能獲得證成，而但持唯物觀點的人在這個環節上無從一邊蔑視它一邊還可以暢談相關的喻意問題。因此，《紅樓夢》這一深著靈異色彩和背後可能的感靈制約等超常文本，理應受到大家的認同和諒解，一個大為關涉小說神秘美學的課題才有機會成形。

對於這種信仰還抱持懷疑態度的人，不妨思考一下巴斯卡（Blaise Pascal）的賭神存在說：巴氏在他的《深思錄》裡所提到的這種賭注，是針對無神論而發的。他認為賭神存在與否，就像你被送上船而不得不去航海一樣，這時又該怎麼辦？眼看既然非選不可，那麼就認真一點權衡當中的利害關係：

> 一方面，賭無神，你會失去「真」和「善」；另一方面，賭有神，你該運用你的理智和意志，去探索知識和幸福。你的人性應該避開兩件事：錯誤和痛苦……估量一下兩方的得失吧！就算你相信神的存在，假如你贏了，你得到一切；假如你輸了，你也毫無所失，所以趕快打賭有神吧！[47]

這據來對諍否定神在的人，顯然可以發揮防止濫訴胡批一類「感情用事」的無度流衍。換句話說，相信神的存在，已經不是純情緒的喜好，它還有理性居中協調終而施加抉擇的成分，而一個無神論者只是懶怠面對自我智識的伸展而已。

---

[47] 瑞達（Melvin Rader）編：《宗教哲學初探》，傅佩榮譯，臺北：黎明文化公司，一九八四年，頁七一。

相同的，在現實生活中，倘若靈異不盡可棄而有人卻硬是要棄，那麼所有可能的靈擾或靈害後果就得他自己去承擔，孰得孰失明顯可以立判。因為所有的靈異論說在深層性質上，都得以經驗現象的延續貫慣性、解釋法則的共通系統性和權力變數的一體適用性等來跟世學構成一個緊相牽繫的關係網絡，[48]所以拒斥認知或不承認靈異的人，它就可能錯判解釋向度以及對靈異的權力「警示」毫無意識而得忍受後續無謂或莫名的干擾。這原是理路昭然，但遭遇後出唯物科學或懷疑論者的紛紛強力挑釁後，卻又闇默消沉下去。而現在經由對《紅樓夢》神祕內幕的從新掀揭，正好可以藉機提醒大家正視靈異課題的必要性，畢竟我們還有一半的人生停在一個黝暗的國度，只有透過對靈異的深究才能把它「召喚」出來，並且給予有效的省視以及採取相應的行動。

（二）現今靈異出現已廣及牽涉世界存亡而小說家當有所轉向致力於此

設立「靈異紅樓夢」的概念，一來是為論述旨趣的（新解《紅樓夢》的神祕成分）；二來是為有所借鏡於今後小說寫作的。前者，已經備列於前面各節；後者，則要在這最終略作提點，以見一個完滿論述應有的「啟後」作用。而這可以從兩個層面來說：第一，所可見的靈異事件都已經符號化了，而這些符號也一樣具有現代意義下的「隱喻」功能。隱喻在當今被認為早就跨出了修辭學的詞格範圍而向認識世界或創新世界的重要手段發展。[49]而所謂「隱喻原則」的理論建立，也就是因為隱喻技巧的使用及其特殊的表義方式已經改變了大家的思維方式。[50]這在靈異符號的世界，可能要更為驚心去看待，因為從靈異文化

---

[48] 詳見周慶華：《靈異學》，頁三二。

[49] 參見胡壯麟：《認知隱喻學》，北京：北京大學出版社，二〇〇四年，頁三。

[50] 參見黃亞平：《典籍符號與權力話語》，北京：中國社會科學出版社，二〇〇四年，頁五（導言）。

被產業化以來，靈異符號儼然就成了消費社會特大的隱喻。所謂「近代資本主義社會以貨幣等價設定的共通尺度為前提，所以人們以為『等價的交換』是極為自然的事……這種從交易的概念反向演繹式地抽象出來的概念也深植於神學的思想中；從信仰的經濟學成了貨幣神學，將以交換為邏輯的資本概念轉嫁於對拯救、復活、末世審判的理解上，信仰愈來愈跟目的性、功利性和有用性相連結。原被保羅說成愚拙、絆腳石的十字架也成了上帝資本；耶穌受難的身體成了可交換的貨幣；救贖被理解為生產性的消費」[51]，這說的一點也不誇大。因此，我們會發現一個被靈異符號包圍的社會，所有的符號和真實之間的關係都開始起了「詭譎不定」的變化；想要辨別自己的身分和處境以及探尋出路等，就得跟這一波市場化的靈異符號的運作先行過招、甚至跟它奮戰一番![52]這樣存在於《紅樓夢》中的那些關係靈現異象／感靈駭異／神靈怪異的靈異符號，在當今社會已有新衍的情況下，可能不敷現實所需（尤其是來自不同文化系統的感靈方式會刺激大家想「額外嚐鮮」），而得再行蒐求擴編，以為樹立新時代小說的隱喻修辭典範。這種典範固然是小說神秘美學旗幟下的取徑成果，但對於人不能沒有更多跨界思維來開蒙生智，而小說的造象功能總會優先受到企盼，使得相關的隱喻修辭勢必還要再顧慮得多一點。也就是說，它不斷會有新的挑戰。

　　第二，順著前說，我們將察覺：靈異可以貫穿整部《紅樓夢》，並攸關到寧榮兩府的興衰，但現在我們面對的已經不是一家一國的隆替，而是因西方創造觀型文化過盛所帶動政治、經濟、社會和科技等全球化造成趨疲（entropy）危機恐怕會危及全人類的存活問題；[53]以至這就

51　曾慶豹：《信仰的（不）可能性》，香港：文字事務出版社，二〇〇四年，頁二～三。
52　參見周慶華：《靈異學》，頁二三八～二四〇。
53　詳見周慶華：《生態災難與靈療》，臺北：五南圖書出版公司，二〇一一年；《文化治療》，臺北：五南圖書出版公司，二〇一二年；《解脫的智慧》，臺北：華志文化公司，二〇一七年；《跟君子有約：在全球化風險中找出路》，臺北：華志文化公司，二〇二〇年。

可以透過前後的對比，考慮怎樣把新經驗帶進小說的寫作，以便能够超越《紅樓夢》的格局。而這既是為小說審美要求的推展，又是為膺命警惕新時代人心的陷落，誰想要雙重告捷（兩界可以一起致力），誰就得先去熟悉《紅樓夢》的門路而後再別出新裁。

第三章 《紅樓夢》點將錄:《紅樓夢》曠世傑作的橫剖面考察

一、以「點將錄」定題的因緣

(一) 為何事點將

　　古代兩軍交戰前,雙方主帥都會升壇點將;等正副將確定後,賦予使命,授立軍旗,才會開拔到前線作戰。因此,所被點正副將就負有戰事成敗的責任;同時也是在戰場上身兼領兵推進或奇出或包抄或攔截的決斷者,以免戰事無功而返。

　　雖然點將的流程約略是這樣,但有關主帥和將領之間的關係卻可以多元化。比如主帥為統籌策畫者,他在後方指揮部署和進攻路線,而由將領實質領軍發動攻勢;凡是有戰事不利的情況回報,主帥得從新和幕僚再擬對策,令前方將領改變戰術,或固守或強攻或轉進,以決勝負。又好比統帥親上戰場,帶領出擊,這時其他將領就依原先分配好的任務合力去執行,或輔翼夾殺或迂迴斷後,而迫使敵軍潰敗逃逸或棄械投降;此刻主帥自己就是主將領,而其他肩負部分統兵的將領就是副將,一併在戰前點派確定。又好比主帥完全授權而讓各將領自由決定作戰策略,他則留在後方聽取軍情簡報或親臨戰場一旁觀看,而不對所有聽聞作回應或裁決,直到戰事告一段落,大家離開戰場返營後再作評論;此時戰事已過,一切敵我廝殺慘烈戰況盡成回憶,而所有可能的事後檢討改進都已不關當時的成敗。

　　在這三種點將方式中,後兩種可說都無法確定戰場所會發生的狀況,因為主帥自己已身在戰陣中或置身事外如同他者一般,有許多他不知道的隱情內幕;只有第一種是全程性的監控,有關戰事的始末,都逃不過「周詳慮度」的籠罩,因為主帥不但可以規畫作戰的方針,

還能够掌握接敵的時機和步驟，甚至必要時中途改變戰法而另行調兵遣將也無所謂。因此，縱使名為點將，亟欲為軍中人事定調而決戰取勝，但當中還會有模式差異以及成效趨同與否等變數存在，所有身負點將重責的主帥可沒有大意任為的權利（不然他就不適合擔任主帥一職）。此外，主帥固然可以決定要採行那一種點將方式，但對於戰場可能發生的一切他可不能陌生。也就是說，點將是跟主帥所熟知的預定戰場相匹配的，這樣所點將才有意義而不致出現「盲目投注」的荒誕怪事！

　　軟性一點來說，點將是一個指揮調度的管理過程，它的複雜度有如樂團的運作，只不過一個是為美的演出而一個是為善的決鬥，彼此給人有崇高對比悲壯的感覺差別罷了。在這個環節上，有人觀察到樂團的運作和組織管理的相似點，全繫於居核心領導地位的樂團指揮，但他所面對的管理工作卻已有「輕重不等」的觀察點：

> 我們可以把管理者比喻為交響樂隊的指揮，在他的努力、洞見和領導之下，各種原本單獨聽起來有如雜音的樂器，集體演繹出生動的樂章。不過，指揮的手上有作曲家的樂譜，他只是詮釋者，管理者則身兼作曲家和指揮的雙重角色。[1]

> 在我們做研究以前，我一直把執行長想成獨自站在指揮臺上的樂團指揮。如今，我在某些地方比較想把他們視為木偶劇裡的木偶，有數百人拉著提線，迫使他作出特定的動作。[2]

> 管理者如同交響樂隊的指揮，努力呈現旋律優美的演出，讓各種樂器都能够協調、井然有序，展現獨特的風格和步調。不過，每位樂隊成員各有各的困

---

[1] 明兹伯格（Henry Mintzberg）：《經理人的一天：明兹伯格談管理》，洪慧芳譯，臺北：天下雜誌公司，二〇〇一年，頁五三引杜拉克說。

[2] 同前注，頁五四引卡爾森說。

難，負責舞臺擺設的人員在搬動譜架，室內空調過熱或過冷導致觀眾抱怨連連，樂器問題頻傳，音樂會的贊助商又無理地堅持要更換曲目。[3]

這些又都被談經理人課題的論者指瑕為缺乏臨場體驗：「如果說管理工作像是指揮樂團，根據我觀察溫尼伯交響樂團的托維一天，那麼應該不是指正式表演的精采形象。因為正式表演時，一切都排練過了，樂手和觀眾都呈現最佳狀態。管理者比較像是排練時的指揮，那時什麼事情都可能出狀況，必須迅速更正。」[4]其實大家僅僅是各有所見罷了，很難評比出誰的說法可以定於一尊。倘若我們真要這麼比擬，那麼不妨說上述各種情況是「綜合有之」。

點將也是一樣。主帥總要先測試將領的本事，上陣前還得有一番沙盤推演，並詢問眾將的需求，以及預期可能的難點考驗和戰果代價等，他不就酷似管理一個樂團的「全包式」指揮？因此，所謂的點將，只是一個概括性的說明，它內部的運作實際上是相當不單純的。同時我們也難以想像在三種點將方式中，究竟那一種更適合於現場採用，而可以取得跟戰勝機率密切的對應，畢竟那裡面還有主帥的高明策畫、將領的執行能力和戰場的變數考慮等眾多條件在制約著，我們只能就個案來「表示看法」，而不妨把「選擇權」一類問題暫時擱置不談。

（二）比擬於《紅樓夢》

《紅樓夢》的布局有如決戰，人物眾多，線索紛繁，作者在構思時也必定會經過一番類似「點將」的流程，分派角色任務，才能有效的書寫成篇。因此，從閱讀的立場，反溯探討《紅樓夢》的點將情況，多少有助於對這一部曠世傑作的深入理解。即使不然，我們也可以想

---

[3] 同前註，頁五四引塞爾斯說。
[4] 同前註，頁五四～五五。

像《紅樓夢》作者要有如戰場主帥那樣駕馭將領的本事，才有辦法看似沒有障礙的加以驅遣致勝，而完成《紅樓夢》這樣空前了不起的著作。這裡頭不敢說毫無更強能耐或多方面才氣的外靈從中協助，但最終可以底定完稿，書寫者執筆的功勞依然存在。所以把點將事取來類比，就無異是理解《紅樓夢》寫作過程的一個不可或缺的切入點。

根據前面所述，點將有三種方式，全繫於主帥對戰場狀況的研判而決定採用。而這在《紅樓夢》所相應的，顯然是跟第一種方式一樣。也就是《紅樓夢》作者先化身為敘述主體（一如主帥化身為具臨場經驗者），而該敘述主體再虛構一個類似無所不知的上帝般的敘述者（一如該具臨場經驗者再自我擬想為熟悉戰場一切的命令發布者），最後就由敘述者執行實際的敘述工作（一如該命令發布者當場完成人事的調派部署）。這是《紅樓夢》作為一個同是敘事體的邏輯所在，無法給不相干的角色予以非理取代。因此，《紅樓夢》在回前凡例所說「作者自云：『因曾歷過一番夢幻之後，故將真事隱去，而藉通靈之說，撰此《石頭記》一書也。』」（第一回）的「作者」，在開篇楔子所說「列位看官，你道此書從何而來？說起根由雖近荒唐，細按則深有趣味。待在下將此來歷注明，方使閱者了然不惑」（第一回）的「在下」，以及在同為楔子所攬入「因有個空空道人訪道求仙，忽從這大荒山無稽崖青埂峰下經過，忽見一大塊石上字跡分明，編述歷歷」（第一回）的「石頭」，就都是誤屬而不關《紅樓夢》的敘述者，因為真正的敘述者是被虛構後全然隱身在敘說整個故事，他早已經過設定扮演全知式的角色而不可能跑進情節中去軋一腳亂局。

很明顯的，《紅樓夢》作者自己作為純署名者的角色，以及所派給石頭的角色是被敘述的對象等，都還沒有搞清楚（這不能全怪可能的感靈而遭無意混淆所致），才會屢次犯規而紛紛誤入小說中說話。尤其是石頭，它還三番兩次的強現身搶白。如「石頭亦曾抄寫了一張」（第四回）、「寶玉不知與秦鐘算何賬目，未見真切，未曾記得，此係疑案，不敢纂創」（第十五回）、「究竟那些人能夠回家不能，未知著落，亦難

虛擬」（第九十四回）和「不知妙玉被劫或是甘受污辱，還是不屈而死，不知下落，也難忘擬」（第一百十二回）等都是。這不但讓人看了覺得眼生，而且還把一個早就隱身的敘述者推向不被知的更闃暗處，以至所有的敘述語全都亂了套（很難想像作者會不察第九十四回玉已失，到第一百十二回還讓它大剌剌的露面講話；而其他時候玉不在場發生的事又十之八九，為何仍舊可以一一記述呢）。因此，從不同情理解的立場（如是同情理解的立場，就會認為這是《紅樓夢》作者有意混亂而別寄一種「多執無益」的解脫思路）[5]來說，在此地《紅樓夢》作者攪糊了幾個角色：

1. 敘述者是「石頭」（賈寶玉出生時口中所含）。
2. 「在下」：深知這一段「石頭」所記故事和空空道人抄錄傳世等事跡。
3. 「作者」：實際作者自述寫作緣由或編書者／出版者所轉錄作者自述語。

由此可見，「在下」顯然是作者跳出來說話的自稱詞；但都作為敘述者，上述三者彼此之間卻是相矛盾的。換句話說，裡頭只有一個全知式的敘述者（不是「石頭」，也不是「在下」或「作者」）。這個敘述者，如上說是敘述主體所虛構來敘述整個《紅樓夢》故事的角色，他高高在上籠罩一切（包括盡知事件的來龍去脈和通曉人物的內心世界等），卻不為書中任何一個角色；其他角色要屬入「敘述」的行列，都是非規格且有損美感的。[6]

就現今敘事學所已分辨過的這類敘事見解來看，可以知道沒有一個敘事文本不是虛構的（它在敘述主體虛構敘述者那一關就曝露出來

5　參見周慶華：《紅樓搖夢》，頁一一二。
6　同前注，頁一一〇。

了）；[7]相對的，所謂的「實錄」一類東西，也不過是佯裝得比較像是真實發生過的事，其實它們都已在「敘述成形」的範圍，無從回到現實情境去找對應物。因此，《紅樓夢》作者到底明白不明白他在虛構一個故事，我們難以臆測；但有關他淆亂了好幾個層次的敘事觀念，卻不能不算是百密一疏。也就是說，當《紅樓夢》作者在將他部分的經驗藉由他所化身的敘述主體及其敘述主體所虛構一個全知式敘述者講出《紅樓夢》這個故事時，他就應該知道敘述者不是石頭，也不是在下或作者，但他卻把它們搞混在一起。這種情況原是中國傳統敘事文本寫作的慣例（不宜取當代興起於西方的敘事學所規模的表述精確性來苛責），但對於自詡要空前創新的《紅樓夢》作者來說，不能在這個環節上也一併突破，毋乃是怪事（憾事）一樁！[8]

所以要這般費力指出《紅樓夢》的瑕累（但不希望被援為破斥《紅樓夢》的曠世鉅著性），理由是為了這一方面有關《紅樓夢》作者的點將問題而不得不辨；而另一方面也想藉機釐清攪局者石頭可能被誤以為是重要角色而實是非所點將。此外，這也讓我們看清了實際在支配人物進出場的是敘述主體，以至真要問是誰在點將，那確切的說法一定是《紅樓夢》的敘述主體而不是《紅樓夢》的作者。雖然如此，基於指稱上的方便，還是會用虛擬的作者來總綰一切，因為他終極的構思權身分依然存在，姑且歸由他去發威（實質上仍得讓敘述主體領銜），以便有足夠的論述彈性。

二、《紅樓夢》所點將的情況

---

[7] 參見熱奈特（Gérard Genette）：《敘事話語‧新敘事話語》，王文融譯，北京：中國科學社會出版社，一九九〇年；巴爾（Mieke Bal）：《敘事學：敘事理論導論》，譚君強譯，北京：中國社會科學出版社，一九九五年；胡亞敏：《敘事學》，武漢：華中師範大學出版社，二〇〇四年。

[8] 參見周慶華：《紅樓搖夢》，頁一一一～一一二。

（一）主副將出場

　　《紅樓夢》很受稱讚的一點是他寫了四百多個人物，為古今中外所罕見。所謂「《紅樓夢》是中國開天闢地第一部小說名著，也是世界首屈一指的文學傑作。莎士比亞描寫四百多個人物，分散在三十幾個劇本；而《紅樓夢》一部小說，便塑造了四百多個栩栩如生的人物」[9]，這取多一事固然不足以定《紅樓夢》的超卓偉構性，但曠觀寰宇還沒有一部小說可以跟它比人物數量，要說它了不起確也是實至名歸。而真正難能可貴的，是這些人物沒有一個虛懸，也沒有一個不有自己的角色扮演，背後的操盤手已經精心的將他們一個個點喚出場，並且要他們盡意盡興至性的演出。

　　這所點喚的將領，因為有主帥的「全盤掌握」能力背景（採第一種點將方式），所以他們不必在情節中跟主帥發生「實質接觸」或「頻密互動」的關係，而可以率性行動（先天被賦予的特性）。這樣他們的出場，就有一般敘事理論所揭發的「性格全然彰顯」隨身（源於採用全知觀點的緣故）。換句話說，既然執行敘述工作的敘述者已被設定為類似無所不知的上帝，那麼敘述主體所得連帶給他的權限，就是無論如何也要把小說人物的性格刻畫到無以復加的地步（而不像採限制觀點和旁知觀點那兩種情況，必須受限於角色的相對位置而不便窮為描摩）。在這種情況下，《紅樓夢》中人物的性格縱使也會有經旁襯或對比而成型或見真章的，但那是「技巧」的運用而非「觀點」的制約所導致的，彼此有後天先天的差異而得分開看待。

　　還有所點喚的小說人物所要全然彰顯的性格，嚴格的說不可能漫無拘限（否則就不好想像有那個敘述主體可以勝任不盡多元的人物刻畫），它總得顯現某些特定的類型。而這些類型，經由敘事學者的探討，則約略可以濃縮為扁平型和圓型兩種基本樣式。前者有時被稱為定性

9　潘重規：《紅學論集》，臺北：三民書局，一九九二年，頁一一一。

或漫畫人物，在最純粹的形式中，他們依循著一個單純的理念或性質而被創造出來；道地的扁平型人物，可以用一個句子描述殆盡。而後者則生氣蓬勃、極富人性深度；他的個性不但無法用一句話就扼要地說出來，而且還能以令人信服的方式製造差異。[10]這兩種類型的區分，或許有點過於高度概括，而無法窮盡已經存在或將要存在的人物樣貌，因此又有多分法出來試圖取代或彌補上述區分的不究竟性。[11]縱是如此，從一般的創作或接受的角度來看，除非別有「深沉」的考慮或「額外」的要求，不然這二分法也不失為可簡便運用的概念。[12]

此外，所有經點喚出場的小說人物，他們在被分派角色扮演的過程中，還可能因情節發展的突變或作者二度介入更動改向，而造成那些人物未必能維持最初所設定的那個樣子；它的中途變卦情況，正如實際的點將一旦遭逢戰場的考驗，難免會出現意外的變化。而這有兩個著名的例子可以印證：一個是楚漢相爭期間，劉邦趁項羽領軍擊齊時，率五諸侯兵五十六萬人攻入彭城，然後盡收城裡的貨寶美人，天天置酒高會。項羽知道這個消息後，即刻命令諸將繼續攻齊，他自己則帶了三萬精兵回擊漢軍。只花半天時間就把漢軍殺得幾乎片甲不留，屍體堆滿了睢水河底而教水流不動。當時劉邦已被層層困住，眼看必死無疑了，但奇蹟卻忽然間出現在大家面前：

> （楚軍）圍漢王三匝。於是大風從西北而起，折木發屋，揚沙石，窈冥晝晦，逢迎楚軍。楚軍大亂，壞散，而漢王乃得與數十騎遁去。[13]

---

[10] 詳見佛斯特（E.M. Forster）：《小說面面觀》，李文彬譯，臺北：志文出版社，一九九三年，頁五九～六八。

[11] 詳見里蒙—凱南（Rimmon-Kenan）：《敘事虛構作品：當代詩學》，賴于堅譯，廈門：廈門大學出版社，一九九一年；王泰來編譯：《敘事美學》，重慶：重慶出版社，一九八七年；張寅德編選：《敘述學研究》，北京：中國社會科學出版社，一九八九年。

[12] 參見周慶華：《故事學》，頁二〇一～二〇二。

[13] 司馬遷：《史記》，頁三二二。

這雙方在決戰前一定會先部署指派任務；尤其是項羽他預料劉邦根本不是對手，很輕易就可以將劉邦擊斃於現場或加以生擒，但那知道卻是這樣非全勝的結局。另一個是奧斯特里茲戰役的前夕，奧地利和俄國的將軍們再次檢查了他們的計畫，審視了他們認為最理想的戰略。他們相信拿破崙（Napoleon Bonaparte）將會失敗，因為他的軍隊不但離法國陣營很遙遠，而且軍隊的規模也比不上奧俄聯軍；更何況拿破崙已連續撤退了好幾天，目前更處於十分不利的位置。但結果卻像一場戲劇般的大翻轉：

> 當敵軍開始運用複雜的戰略，試圖包圍拿破崙的軍隊時，一陣濃霧突然聚集，阻斷了他們的視野。奧地利和俄國的士兵、軍官和將領們都迷了路；並且由於他們看不到自己身在何處，因此無法順利進行他們的複雜計畫。受到濃霧的蒙蔽，聯軍陷入了混亂之中，而這一場出人意料的大霧，也扭轉了整場戰役的局勢。拿破崙充分利用了這場濃霧，儘管視野被大霧遮蔽，他仍然在濃霧中指揮軍隊攻擊敵人，不但破壞了聯軍的防禦系統，更贏得了這場戰役。[14]

跟前例不同的是，人多的一方料定會贏反輸了，而且輸得非常冤枉。雖然這兩場戰爭輸的一方都記取教訓而終於反敗為勝，徹底摧毀對方的勢力（當中拿破崙的失敗，是因為奧俄聯軍那邊多了普英助戰；而項羽的失敗，則是劉邦用了反間、聲東擊西和誘敵深入等策略），但對於詭譎多變的戰場確實難以排除有非人力的因素，這一點卻不容我們小看。同樣的，小說的操盤手他也未必能夠完全控制人物行徑的轉折變化，我們所見的陳列或許已跟作者最初的構想大相逕庭。而這也可以解釋《紅樓夢》的結尾似乎跟第五回樂曲所徵候的不同，以及十二

---

[14] 拿波里奧尼（Loretta Napoleoni）：《流氓經濟：資本主義的黑暗與泥沼》，秦嶺等譯，臺北：博雅書屋，二〇一二年，頁一一九。

金釵的命運不盡從前面多方預言處去作安排和寫人寫事寫物都不再細膩講究等問題，因為所被點喚的《紅樓夢》人物及其互動所引發的情節已經有了自己的生命力，並且整體布局也可能遭受意外變數的牽動，作者諒必是想干預也奈何不了了。

（二）超越面的主副將

　　針對作者對他所寫小說人物有無法掌控的部分這件事，福樓拜（Gustave Flaubert）曾經發生的一段心路歷程很可以引來證成：「有一次寫著寫著忍不住哭起來了，他妹妹問他怎麼哭成這個樣子，他說：『女主角自殺了啦！』他妹妹說：『小說是你自己寫的，你不讓她自殺不就得了。』『不行！現在我管不了她呀！』」[15]這容或帶有誇張成分，但只要寫過小說的人都不致陌生這種感覺。

　　事實上，寫作所會夾纏的突發狀況太多了，包括很淺顯的一種「中途受擾」而迫使寫作策略變更那種現象在內，早已司空見慣。好比柯勒律治（Samuel T.Coleridge）在一次吸了鴉片入夢那個例子：「那次他醒來時，腦中裝了三百行詩文，謄寫到一半時卻被打斷，有人來訪，待了將近一個小時。等到柯勒律治回頭處理那部詩篇，原先在夢中顯得那麼生動鮮明的內容，卻只剩了零星記憶。這就能够解釋，為什麼他的傑出詩篇《忽必烈》的最後幾節，似乎跟前文連貫不上。」[16]這還只是詩篇，比起人物線索紛繁的小說寫作相對單純許多，但它都已經這般容易被倏地竄入的雜訊劫掠，可以想見寫作小說更會處處得悚然驚心於那頻密的「變從機生」！

　　不過，要談《紅樓夢》的點將課題，對於這種變生不測的現狀只能點到為止；除了保留它寫作過程的異動權，其餘就不再過度挖掘深

[15] 楚戈：《咖啡館裡的流浪民族》，臺北：九歌出版社，二〇〇五年，頁一五八～一五九引鹿橋說。
[16] 蘭德爾：《邊做夢邊冒險：睡眠的科學真相》，頁一一一。

究（以免跑掉焦點）。此外，還得加入一段自鳴式的說明:此處主要著重在《紅樓夢》作者點將攤派任務的「巧為安排」上，而不會太在意那些人物相關個性及其演出至當與否等問題。後者為一般紅學論著所普遍感興趣，[17]可以無止盡去爬羅剔抉，但也僅能窺得一花一葉而難見全枝。我這裡所好奇的是《紅樓夢》整體人物的布局為何如此妙絕，取徑自然會跟那些紅學論著有所區隔。但這並不表示上述也涉及有關小說人物性格的歸宿及其可能突變一事的推測等都沒有意義，它們仍然會在一定程度上或顯或隱的關係著後續的談論。

　　這樣我們就可以專心或方便來看《紅樓夢》所點將的情況。很明顯的，《紅樓夢》整部書是以賈氏家族的興衰史為經，而以穿插求功名、攢錢財、貪愛欲和迷親情等的幻滅為緯，來揭示一種倫理抉擇的途徑和提供全面秩序建構的模式，[18]致使它所點喚出場的人物就得侷限於僅參與事件運作的部分;但因為它是採全知觀點在敘述，且為了有別於其他說部的單線仲展，所以它就創新用雙線進行的方式來安置那四百多個角色。雖然如此，這雙重情節線僅在必要時才相互交錯，不然都各自存在。也就是一個在超越面;一個在現實面。因此，有關《紅樓夢》的點將情況，就可以依這兩個面向給予條理詮解。

　　這首要是點選茫茫大士和渺渺真人化為癩頭和尚和跛足道人（方便避開他人的注目而免去旁生枝節礙事）來掌控全局。這是為了讓「石頭」幻形入世這一奇思有原委可以交代所設想的，由能自由出入神秘界「太虛幻境」的茫茫大士和渺渺真人（二者為純靈體）一起化身為癩頭和尚和跛足道人（借助他們二人肉體），伴隨著石頭歷幻，而將整

[17] 詳見王昆侖:《紅樓夢人物論》，臺北:里仁書局，一九八二年;郭玉雯:《紅樓夢人物研究》，臺北:里仁書局，一九九八年;陳美玲:《紅樓夢裡的小姐與丫鬟》，臺北:文津出版社，二〇〇一年;嚴明:《紅樓夢與清代女性文化》，臺北:洪葉文化公司，二〇〇三年;歐麗娟:《紅樓夢人物立體論》，臺北:里仁書局，二〇〇六年;李劼:《歷史文化的全息圖像——論紅樓夢》，臺北:允晨文化公司，二〇一四年。
[18] 參見周慶華:《紅樓搖夢》，頁一七三～二二八。

個故事搬演完畢。這時該一組角色所被賦予的任務，就在於管控所有戲路要按照擬好的「命有定數」劇本去進行，不准有一個人物脫鉤落單。而基於情節不宜過度呆版的考量，又設計了一個空空道人和一個警幻仙子來插花，以及選用甄士隱和賈雨村二人作為副本在穿針引線。於是超越面的主副將就這樣定格了：

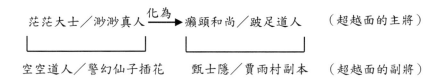

茫茫大士／渺渺真人　──化為──→　癩頭和尚／跛足道人　　（超越面的主將）

空空道人／警幻仙子插花　　甄士隱／賈雨村副本　　（超越面的副將）

在這個過程中，所虛擬的大荒山無稽崖青埂峰和太虛幻境兩處，前者純是為了給出一個「起點」而設定的，沒有太多道理可說；只有後者特別有意將它塑造為神秘界或靈界的縮影，以便安置生靈來去必有的「機制」所在。雖然文中所述嫌過於簡易化約，但作為兩界互動的模本示範是有可看性的。而推究它的取義，則是佛教一路的。換句話說，所定名「太虛幻境」為同義複詞（「太虛」和「幻境」意思相同），顯然不是指不存在的境，而是指佛教所說的聖義諦「以真為幻」（反過來世俗諦則是「以幻為真」），為無實在性的存在。因此，凡是能洞徹此無實在性道理的，就有機會趨入解脫極境，以至所謂「**太虛幻境即是真如福地**」（第一百二十回）的理路也就成立了。同樣的，所有從太虛幻境來投胎轉世的生靈，也得如此歷幻全程，始能前後一致。這時癩頭和尚和跛足道人就是扮演帶出此歷幻真實面貌的中介者，他們的功能有兩項：第一，自我顯示悟得此一虛幻／真如不二道理的解脫者；第二，促成現實歷幻者趨向解脫路的故事完整演出。前者他們不便也自我歷幻的（只是臨時借體的緣故），就委由甄賈二人來徵候。

　　至於這超越面主副將出現的時機，因為是「超越」定了，所以大多要隱身在背後。除了開頭和結尾的不可免橋段，以及中間為給賈雨

村代表去歷幻有所磨練而多一點露面機會，其餘則僅是點的為警幻或渡化事進場（前者如給賈瑞風月寶鑑；後者如渡走柳湘蓮以及為賈寶玉化解魔害和引渡等）。因此，整體上並不會顯得交涉太繁而致使情節有無謂糾纏膠著的情況。唯一可議的是，在第一回中明說道人（渺渺真人）邀僧人（茫茫大士）要下世渡脫幾個，但實際上他們卻只渡了柳湘蓮和賈寶玉兩個（柳的戲份還不太重）。這大概是作者寫著寫著發現其他人都動不了，只好這樣「草草了事」！

（三）現實面的主副將

　　相對超越面的主副將超然於事件外，現實面的主副將就一定得在事件中被點喚分派任務。而這緣於事件設定的龐雜紛繁，為了自顯理序，以至所點喚的主副將又有層次的區別。也就是說，它可以依次再分出多重的主將和多重的副將，而使整起事件的運作得以順利進行。這是一般談論人物刻畫的敘事學所難以兼顧的，畢竟它在《紅樓夢》是個案，而敘事學只能想及通例，彼此合該各思所能或所見，而沒得引為相互改造的資源。

　　在這個前提下，我們所能掌握的《紅樓夢》所點將情況，就有「類型」式的主副將備列現象可以梳理。而這裡所謂的類型（genre），是指學科的概念。它的創設，基本上是為了統攝秩序化的經驗世界。[19]因此，它就有別於主題學所說的「類型」（type，基型）。後者是指一個「有獨立存在的傳承故事」，[20]跟前者用於區分學科的類別並不相侔（儘管在中文用法中常有人混合使用）。換句話說，類型是把一組有相似性的事

---

[19] 參見早川：《語言與人生》，柳之元譯，臺北：文史哲出版社，一九八七年，頁一五二～一六二。

[20] 參見陳鵬翔主編，《主題學研究論文集》，臺北：東大圖書公司，一九八三年，頁二〇。

物歸在一處的特定稱呼。[21]它的性質固然可以像論者所說的是一種「制度」（或一個「機構」），「而制度的存在，不像動物的存在，不像建築物、教堂、圖書館或神廟的存在，它只是像『制度』的存在一樣而存在的」，所以「我們可以藉現有的制度來工作以表現自己，也可以創造新的制度，或儘量不相干涉而各行其是」[22]；但在用來區隔事物時卻無妨稍有彈性而讓它僅以「權宜劃分」的特性存在（也就是不宜把它絕對化而強要人接受）。這樣底下所要梳理的《紅樓夢》中具類型義的主副將備列現象，也就容許有其他更合適的分類系統的存在；我所作的區分，僅僅是緣於為方便看出一種有效的驅遣人物方式而已。

　　把《紅樓夢》的點將派分任務視為一種類型式的演出後，就比較好條理當中的譜系（否則就得被個別人物可能的事涉「個性」化的問題所掣肘而難以順利談論）。而這依主副將順次條列，則有下面這類可歸併的任務型的人物分派：

1. 賈母／王夫人／王熙鳳當家主導榮國府（兼及寧國府）故事的搬演（現實面的主將之一）。

2. 賈政／賈赦／賈敬出列表徵宦海浮沉樣態（現實面主將之二）。

3. 賈寶玉／林黛玉／薛寶釵／史湘雲扮演文人專司雅集讌會（現實面主將之三）。

4. 鴛鴦／襲人／平兒為賈母／王夫人／王熙鳳副本負責輔佐促進榮國府故事的搬演（現實面副將之一）。

---

[21] 參見周慶華：《故事學》，頁四三～四四。
[22] 韋克勒（René Wellek）等：《文學論──文學研究方法論》，王夢鷗等譯，臺北：志文出版社，一九七九年，頁三七八。

5. 賈璉／賈珍／賈蓉（尤氏／秦可卿附著）摻和協理家族營生濫權荒淫集錄（現實面副將之二）。

6. 王室／官吏／小姐／姻戚／姨娘／族裔／世交為各主將副本隨機穿插演出（現實面副將之三）。

7. 劉姥姥／管家／清客相公／丫鬟／小廝／尼道／戲子權充低階尋常人物攀附權貴的多種模式（現實面副將之四）。

8. 焦大／柳湘蓮委由揭發寧國府（連帶榮國府）的污穢敗家事（現實面副將之五）。

如此布局，可見主將少副將多且部署有序，豈不盡符戰場上的點將情況？也因為《紅樓夢》作者胸中有這一羅網計議，所以寫來才能契理入微、人物肖貌無不纖毫畢露。只是前人所強出的「《紅樓夢》妙處，又莫如描摹之肖。性情各以其人殊，聲吻若自其口出；至隱揭奸詐胸藏，曲繪媟褻情狀，尤為傳神阿堵」[23]、「一部書中……人物則方正陰邪、貞淫頑善、節烈豪俠、剛強懦弱，及前代女將、外洋詩女、仙佛鬼怪、尼僧女道、娼妓優伶、點奴豪僕、盜賊邪魔、醉漢無賴，色色俱有」[24]這一類理解還有呶呶餘聲，殊不知它已落入第二序；應當比照此處從點將說起，一切物事隱意的掀揭才有著落。

三、《紅樓夢》點將錄中的特定人物

---

[23] 洪秋蕃〈紅樓夢抉隱〉，收入一粟編:《紅樓夢卷》，頁二三八。
[24] 王希廉〈紅樓夢總評〉，收入一粟編:《紅樓夢卷》，頁一四九。

（一）特定人物的特定性

　　光知道《紅樓夢》的點將情況，還不足以一窺該書的曠世傑作性（因為那不過是羅網微張罷了，想見高妙仍有待深入掘探），馴致必須再有所「揪例」明細，以見它的獨到處，相關的讚譽才得以相稱應合。而這則莫過於舉所點喚的特定人物來證成，從他書所未能如此造設的角度判定《紅樓夢》的確非凡響。

　　縱是如此，這裡所謂特定人物的特定性，但指它在全書中具有關鍵中的關鍵地位，而不旁衍到它被塑造時所加諸的隱喻或象徵。後者前人已不乏議論，如：

> 名姓各有所取義。賈與甄，夫人知之矣。若賈母之姓史，則作者以野史自命也。他如秦之為情，邢之為淫，尤之為尤物，薛之為雪，王之為忘，林之為靈，政之為正，璉之為戀，環之為頑，瑞之為瘁，湘蓮之為相憐，赦則言其獲罪也，釵則言其差也，黛則言其代也，紈則言其完節也……其餘亦必有所取，特粗心人未曾覺悟耳。[25]

> 從來傳奇小說，多托言於夢……《紅樓夢》也是說夢，而立意作法，另開生面。前後兩大夢，皆遊太虛幻境，而一是真夢，雖閱冊聽歌，茫然不解；一是神遊，因緣定數，了然記得。且有甄士隱夢得一半幻境，絳芸軒夢語含糊，甄寶玉一夢而頓改前非，林黛玉一夢而情癡愈錮。又有柳湘蓮夢醒出家，香菱夢裡作詩……與別部小說傳奇說夢不同，文人心思，不可思議。[26]

這些都說到整體的點染敷布或造境取新，所發露《紅樓夢》的匠意容或有可觀處，但終究嫌簡略浮泛，不如實在的找出具體例子，而以它們的無可取代性作為《紅樓夢》特能點將威懾一方的標記。

[25] 諸聯〈紅樓夢評論〉，收入一粟編：《紅樓夢卷》，頁一一七。
[26] 王希廉〈紅樓夢總評〉，收入一粟編：《紅樓夢卷》，頁一四八～一四九。

　　倘若再依「重要性」或「顯眼性」的優先順序排定，那麼這就可以姑且舉實如「賈母的長壽／王熙鳳的短命對比」、「賈政的貪生怕死情結」、「林黛玉的高才不遇」、「薛寶釵的姻緣不到頭」、「賈寶玉掙出欲壑的悲劇路」、「襲人的列又副冊」、「賈赦／賈璉父子的好色際遇疑義」、「賈雨村的貪索無度卻善終問題」等舉舉大者來領銜。正是因為它們蘊涵了倫常或敘理的某些微言大義，所以相關故事的搬演也就特別驚心動魄，而教人不禁低迴再三！

（二）操他們到無可操的地步

　　我們想看這些驚心動魄的場景，就一一的來《紅樓夢》書中尋踪覓跡，而將上述那些被點喚的人物是如何按分派的任務演出具類型性的人生大課題或敘述通透美學一次理解的夠。而這不妨先從「操他們到無可操的地步」這　軍事訓練或作殊死戰鬥的比喻談起：這是說《紅樓夢》作者為了遂行他塑造各類型人物的大計，不惜以軍中最嚴厲的操練方式，把那些對象的體能磨耗到無以復加的地步，而白話就是那句形象化的說詞。

　　以「賈母的長壽／王熙鳳的短命對比」來說，賈母的長壽首先是敘述需求的，其次才是倫常上有意合理關連的。也就是說，敘寫一個大宅院，不能「群龍無首」，而賈母的存在就是要使那一閥閱大家可以有秩序的運作（這我們不妨想想：如果榮國府也像寧國府那樣「家無大人」，那麼不就要早早分崩離析了。正由於設定一個老壽星在那裡總綰人事，所以才一併提住了寧國府而沒有看它煙消雲散）；同時也不能再讓其他同層級的男主子活著，不然就得多孳生枝節而難以操控故事的伸展。同樣的，王熙鳳的短命也是緣於敘述所需，而後才讓她相應一定的倫常問題。這樣我們就會發現：《紅樓夢》作者所賦予賈母典型身影的是特知周洽人心，闔府趁願，能夠成功有效的持家，自然福壽

就得多給她一點。相對的,所賦予王熙鳳典型身影的是僅知偏洽人心(除了奉承賈母一人,其餘都少見體恤),闔府不趁願,無法成功有效的持家。而為了給王熙鳳扮演這類角色,不惜「阻絕」她念書識字廣通道裡(大家可以想像:也是大戶人家的王家,卻沒讓王熙鳳念書,不能比照還失父母的史湘雲保有文才,這種情況只有「作者刻意如此安排」一個理由可以解釋)。因此,在她病重自知來日不多時,就有對平兒所說的那段話:

> 你是那裡知道,我是早已明白了。我也不久了。雖然活了二十五歲,人家沒見的也見了,沒吃的也吃了,也算全了。所有世上有的也都有了。氣也算賭盡了,強也算爭足了,就是壽字兒上頭缺一點兒,也罷了!(第一百一回)

這不就一貫的遮蓋不讓王熙鳳岔出去多想及自我少了知書達禮的憾恨!因為她所以會這般一病不起,不是單純的缺福壽,而是根本上有恃強凌弱、攻心計和多結冤仇等倫理方面的虧欠,並未被她察覺而知所調適變通,導致許多有形無形的「反撲」力量促使她於理上必須如此短命終結。此外,可以附帶一提的是王夫人的「中間性」典型。她沒有王熙鳳八面玲瓏的本事,也不及賈母能老謀深算,實際上她是承賈母意志當家的人,卻把庶務都推給了王熙鳳(雖然王熙鳳是她的內姪女),自己樂得一派輕鬆。也因為她的個性軟弱木訥,偶而還會意氣用事(如害死金釧之類),所以有關她的角色扮演就難以計短長,只能看情況「讓她活著」。但不論如何,她們都被作者從頭操到尾,絲毫也沒有給予喘息的機會。

再以「賈政的貪生怕死情結」、「林黛玉的高才不遇」、「薛寶釵的姻緣不到頭」、「賈寶玉掙出欲壑的悲劇路」等來說,這又是另外四種典型,為敘述和倫常各半所需而訂定的。當中賈政是在歷演一般缺乏真才實學卻又但知食祿保命的讀書人角色,型錄甚為明確。所謂「賈政,庸人也,蓋為言假正。當其盛時,詹光、程日興居於外,趙姨、

周姨居於內,不聞交一正人。及其敗也,唯有搓手頓足,付之浩嘆,不聞籌一要策。且其在官則任李十兒之播弄,居家則任鳳姐之欺瞞,朝廷安貴有是無用之臣,家庭安貴有是無用之子」[27],這一評論已頗的當,但仍未描摩出他為保項上人頭的那副窩囊樣(詳見第九十九回他對李十兒自辨解和第一百五回被抄家時把過錯全推給賈璉那兩齣戲碼)。[28]至於林黛玉的高才不被欣賞(包括得不到賈府上下一致的推崇在內),全緣於她的質潔氣傲,連婚合都沒受到考慮重視;而薛寶釵的姻緣不得永祚,則又起因於她的淡泊心志,平時並未積極追求,最終得到了也難保不會流失;而賈寶玉堪稱落拓大方,於靈河岸時已現逍遙度日光景,來塵世一遭又極力拒斥家人「欲望」加被(多次摔玉可喻),但周遭環境終究不允許他一人獨自閒適,所以註定要讓他悲情的走上出家的道路。以上所塑造的四類文人形象,不啻很能夠表徵現實中讀書人的「紛自出處」(也就是有的才遜志低,有的才卓氣高,有的才斂意平,有的才縱心闊),而《紅樓夢》作者一樣把他們操了全程,直到該停時才煞住。

最後以「襲人的列又副冊」、「賈赦/賈璉父子的好色際遇疑義」和「賈雨村的貪索無度卻善終問題」等來說,這是要行對比而特別設定的類型人物(既是為敘述的,又是為倫常的)。當中襲人這一賈府的首席丫鬟,從她不願被家人贖出那一次開始,我們就看清了她最關心的一件事就是「自己的福份」(而不是什麼寶二爺或寶二爺身上那塊玉)。她的執著程度,已經到了寫書人「佯裝訝然」的直接把她貶到又副冊去(其實是刻意這樣安排):

> 看官聽說:雖然事有前定,無可奈何;但孽子孤臣,義夫節婦,這「不得已」三字也不是一概推諉得的。此襲人所以在又副冊也。(第一百二十回)

---

27 許葉芬〈紅樓夢辨〉,收入一粟編:《紅樓夢卷》,頁二三一。
28 參見周慶華:《紅樓搖夢》,頁二二一～二二二。

這是從夢幻主題衍生的去執觀念立場而給的評價,所要對照的是其他敢捨命的人(如金釧、司棋、晴雯和鴛鴦等)而反過來成就一個特大「不相稱」的例子。因此,襲人是享盡了從「下人」到「准姨娘」到「奶奶」的所有好處,但她也自始至終深陷在恢恢網羅中而無以自拔![29] 至於賈赦/賈璉父子的淫濫,依理早就要比照賈瑞、秦鐘等人那般得猝死或病死報應,但所以沒那麼做,是因為他們還得擔任主子角色到終了,不能中途藉故勒令他們離場。不過,讓他們活著,事實上也有作用在,也就是「為好色留種見證」。還有賈雨村的情況也類似,因為他是串場人物,一定得把他護送到終局;但為了不至單調乏味,所以就讓他擔任貪官的角色(有意引發讀者對這類人物的忌恨),並且額外安排他陪同抄家給賈府落井下石一節而將他推上典型祿蠹賊鬼的席次(還令包勇代表百姓痛罵他忘恩負義「以為洩憤」)。這些都是緣於創設需求所特別模塑的,相關的疑義/問題一概得從此意涵上來理解。而比起前幾類角色的操練方式,《紅樓夢》作者在這裡似乎更放手一搏,定要分出「讓人看個夠」的勝負來。

(三)取樣見盡類式的關懷

《紅樓夢》作者這樣一操,就操出了所有類型人物的「歷歷在目」(否則操得不夠,面目模糊,就會失掉創新此一曠世傑作的用心),而為其他說部所望塵莫及。所謂「作小說須獨創一格,不落他人之窠臼,方為上乘。若《西遊記》、《封神演義》、《金瓶梅》、《儒林外史》、《水滸傳》,皆能獨出機軸者。外此如《七俠五義》、《鏡花緣》,亦差可自豪,但為力弱矣。《紅樓夢》則鎔化群書之長,而青出於藍者也」[30],說的就約略可以從此處得到印證。

[29] 同前注,頁六二～六三。
[30] 解弢〈小說話〉,收入一粟編:《紅樓夢卷》,頁六二三。

　　即使如此，《紅樓夢》作者所點將的卻又不以能塑造典型人物為已
足，他還想窮盡可預知的各類人物。好比在主子級人物幾乎都寫遍的
情況下，作者還設想到了「全套奢華不能獨漏」的那一類型。而這在
全書中，就選擇戲分較輕的秦可卿去擔綱演出（可免去其他主子長久
在戲而得為他們提防「他人覬覦」的問題）。且看她住處的布置：

　　　　大家來至秦氏房中。剛至房門，便有一股細細的甜香襲人而來。寶玉覺得眼
　　　錫骨軟，連說：「好香！」入房向壁上看時，有唐伯虎畫的「海棠春睡圖」，
　　　兩邊有宋學士秦太虛寫的一副對聯，其聯云：「嫩寒鎖夢因春冷，芳氣籠人是
　　　酒香。」案上設著武則天當日鏡室中設的寶鏡；一邊擺著飛燕立著舞過的金
　　　盤，盤內盛著安祿山擲過傷了太真乳的木瓜。上面設著壽昌公主於含章殿下
　　　臥的榻，懸的是同昌公主製的聯珠帳。寶玉含笑連說：「這裡好！」秦氏笑道：
　　　「我這屋子大約神仙也可以住得了。」說著親自展開了西子浣過的紗衾，移
　　　了紅娘抱過的鴛枕。於是眾奶母伏侍寶玉臥好，款款散了，只留襲人、媚人、
　　　晴雯、麝月四個丫鬟為伴。秦氏便吩咐小丫鬟們，好生在廊檐下看著貓兒狗
　　　兒打架。（第五回）

這樣高華妍麗的裝飾，恐怕連皇帝寢宮都比不上了。倘若不是要藉秦
氏的居室來模塑富貴人家可能的侈靡樣態，那麼現實中誰有辦法蒐集
到那些歷代的寶物？就因為添了這一例，所以關於大宅院所會見到的
各類人物就應有盡有了。而換個角度看，秦可卿病死去太虛幻境報到
受了教訓，返回託夢給王熙鳳，所警示諸事，無一涉及生前自我的奢
華且有所懺悔，因為那是為盡類式的關懷所致，不能破壞或取消；否
則就會失去塑造一類人物的作用。

　　又好比在底層人物也差不多都敘盡的情況下，作者仍意識到了「得
有知恩圖報墊底」的那一類型。而這在全書中，就相中村媼劉姥姥去
挑大樑演出。作者所安排劉姥姥五進榮國府，一次比一次顯得更激切

於將深情酬報（現實中的個別村嫗可難有這麼執著的）；而這一角色所給讀者的「所以名劉姥姥者，若云家運衰落，平日之愛子嬌妻、美婢歌童，以及親朋族黨、幕賓門客、豪奴健僕，無不雲散風流，唯剩者老嫗收拾殘棋敗局。滄海桑田，言之酸鼻，聞者寒心」[31]這種感動，幾乎使人忘了那是「創類」令它可能的，大家幸勿注目於現實求索，以免無獲失望收場！

四、點將錄餘事

（一）點將兼管控局面

　　所有的點將，在《紅樓夢》都是關連「夢幻」主題的，而角色能不能入理以至於最終的解脫，則又各有假託造化賦予，這些都可以按圖索驥的去作係聯理解。只不過此處所關心的，僅是《紅樓夢》作者的「縱橫捭闔」本領。也就是這裡對敘述技藝的重視，會甚過有關倫常的妙契。而從《紅樓夢》所點將情況歸結到最後，我們會發現上述那一盡類式的敘寫，能否得逞在《紅樓夢》作者已是一特大關懷，以至存跡於書中的就多有線索可按。如寫文人閑賞生活，就有以結社來相互唱和以及搭配飲讌助興等戲碼的編造；而所欲窮盡的，則有先開吟社後暨詞壇紛紛創作詩詞曲賦各種文體，以及吃過螃蟹換嚼鹿肉和飲酒行令遍及女兒酒令／牙牌酒令／紅香圃酒令／花名籤酒令／骰子酒令等，試想古來文人所獨興的雅集美會不就盡在於此了？《紅樓夢》作者就是要把它寫到無可寫為止。

　　甚至連命限這種尋常人會忌諱的事，作者也不放過，而極力在備寫它的死式：「一部書中，凡壽終夭折、暴亡病故、丹戕藥誤，及自刎被殺、投河跳井、懸樑受逼、吞金服毒、撞階脫精等事，件件俱有。

---

[31]　王希廉〈紅樓夢總評〉，收入一粟編：《紅樓夢卷》，頁一四八。

今查林如海以病死，秦氏以阻經不通水虧火旺犯色欲死，瑞珠以觸柱殉秦氏死，馮淵被薛蟠毆打死，張金哥自縊死，守備之子以投河死，秦邦業因秦鐘智能事發老病氣死，秦鐘以勞怯死，金釧以投井死，鮑二家以吊死，賈敬以吞金服沙燒脹死，多渾蟲以酒癆死，尤三姐以姻親不遂攜鴛鴦劍自刎死，尤二姐以誤服胡君榮藥將胎打落後被鳳姐凌逼吞金死，鴛鴦之姊害血山崩死，黛玉以憂鬱急痛絕粒死，晴雯以被攆氣鬱害女兒癆死，司棋以撞牆死，潘又安以小刀自刎死，元妃以痰厥死，吳貴媳婦被妖怪吸精死，賈瑞為鳳姐夢遺脫精死，石獃子以古扇一案自盡死，當槽兒被薛蟠以碗砸傷腦門死，何三被包勇木棍打死，夏金桂以砒霜自藥死，湘雲之夫以弱症夭死，迎春被孫家揉搓死，鴛鴦殉賈母自縊死，趙姨被陰司拷打在鐵檻寺中死，鳳姐以勞弱被冤魂索命死，香菱以產難死，則足以考終命者其唯賈母一人乎？」[32] 這所考索羅列的清單，諒必早已先存熟於《紅樓夢》作者的腦海（不排除有外靈襄助成事的可能），才能外發為書中緊密情節的布局。而就這些案例來看，《紅樓夢》作者的高明處還在於點將兼管控局面。也就是說，從主骨架到充實血肉、安排人物上場下場的時機、將兩條情節線作有機的穿插、進行場景的轉換和情節的推移，以及設定和終結興衰成敗的命運等，都被一併的設想考量清楚了，沒有一人閑置，也沒有一事徒發。因此，談《紅樓夢》的點將問題還會有餘事，那就是該一兼管控局面的精當性，爾後有機會當再致力於此予以額外的賞鑑發微，現在就暫且打住。

（二）管控得了和管控不了的事端

當然，《紅樓夢》緣於它體製龐大、人物眾多、頭緒紛繁和寫作時

32 姚燮〈讀紅樓夢綱領〉（引王雪香總評），收入一粟編：《紅樓夢卷》，頁一六四～一六五。

間過久等（沒有數年時間恐怕寫不出來），造成作者在駕馭上的極大考驗，以至難免會有顧不及或無意中岔出的成分存在。如果說在點將的大格局上作者都可以管控得了，那麼這些顧不及或無意中岔出的成分就是作者所管控不了的。這一部分，前人所指摘的已經不少。如「據第二回云，大年初一生元春，次年又生一公子啣玉云云，是玉之與元春僅差一年，何後文所說意似差十餘年者，此等處不能為之原諒也」[33]、「十月頭一場雪，不對。按是時黛玉已穿白狐，湘雲亦穿裡外燒，當是十一月」[34]、「十五省親，失檢……似宜改作元旦，時日方寬，且與元妃送燈謎合」[35]、「寶玉出幻，可卿正在囑咐丫頭，不妥。謂黃粱警世，原可一息百年，此卻非警世，且有雲雨之跡，宜略作輾轉」[36]、「水月菴，誤。按水月菴即饅頭菴，又名水月寺，是一處。女尼所在，又是一處，不得亦名水月」[37]、「鶴在松下剔翎，誤。按怡紅院無松」[38]和「第二回赦公一子，誤。此時已有賈琮」[39]等，這涉及年誤、月誤、日誤、時誤、地誤、物誤和語誤等，書中可揪舉的還頗多，顯是作者心仍有無法纖細如針的地方。

此外，對於《紅樓夢》後四十回似有未依第五回所徵候賈府徹底的崩潰來接續情節，以及如前面所述十二金釵的命運不盡從原先預言的結局去作安排和寫人寫事寫物都不再細膩講究等，懷疑那是他手所續的人也不少。[40]但這有的事涉《紅樓夢》篇帙浩大寫作時間拖長或作

---

[33] 姚燮〈讀紅樓夢綱領〉，收入一粟編：《紅樓夢卷》，頁一六五。

[34] 話石主人〈紅樓夢精義〉，收入一粟編：《紅樓夢卷》，頁一七七。

[35] 同前注，頁一七七。

[36] 同前注，頁一七七。

[37] 同前注，頁一七七。

[38] 同前注，頁一七七。

[39] 同前注，頁一七八。

[40] 詳見張愛玲：《紅樓夢魘》，臺北：皇冠出版公司，一九九三年；劉夢溪：《紅樓夢與百年中國》，石家莊：河北教育出版社，一九九九年；馮其庸等：《紅樓夢概論》，北京：北京圖書館出版社，二〇〇二年；蔡義江：《紅樓夢是怎樣寫成的》，北京：北京圖書館出版社，二〇〇四年；劉心武：《劉心武揭秘紅樓夢（第一部）》，臺中：好

者的心境想法改變及首尾呼應能力略有不足或傳抄者出版者任意刪改等問題；有的則事涉觀看角度不同，顯然不能一概而論。尤其是後者，出離一般的理解太遠，因為「好一似食盡鳥投林，落了片白茫茫大地真乾淨」（第五回）倘若是就賈家全體的隳敗來說，那麼這一「幸災樂禍」似的期待只能是移植體現西方創造觀型文化分支崇尚平等精義的社會主義國家裡的人所樂於懷抱的，在《紅樓夢》那個時代還處在「天道好還」的氣化觀型文化的氛圍內，治亂成敗等都呈現相互循環的狀態，沒有一樣事物會絕對「土崩瓦解」的（《紅樓夢》的作者也不太可能會見識到那般的結局可有什麼「懲罰」作用）。[41]因此，前人所指出的「觀其結構，如常山蛇，首尾相應，安根伏線，有牽一髮渾身動搖之妙；且詞句筆氣，前後略無差別，則所謂增之四十回，從中後增入耶？抑參差夾雜入耶？覺其難有甚於作書百倍者」[42]，已經值得珍惜；更別說還有現代紅學家在詳加比對判定無續書問題[43]那樣令人放心採擷了。以上這些固然有我們可加以批謬的餘地，但整體來說還是要對《紅樓夢》作者所已管控的部分致上必要的敬意，畢竟那是非泛泛之輩所能望其項背的高明呵！

五、相關課題的現代發展問題

（一）系統內的競比

　　主標題〈紅樓夢點將錄〉所要錄的，不是紀錄，也不是實錄，而

讀出版公司，二〇〇六年。
[41] 參見周慶華：《紅樓搖夢》，頁一一四～一一六。
[42] 張新之〈紅樓夢讀法〉，收入一粟編：《紅樓夢卷》，頁一五七。
[43] 詳見潘重規：《紅樓夢新解》，臺北：三民書局，一九九〇年；克非：《紅樓末路》，重慶：重慶出版社，二〇〇五年；胡邦煒：《紅樓夢懸案解讀》，成都：四川人民出版社，二〇〇五年。

是擬錄。它乃因為有本脈絡的擬議錄出，所以《紅樓夢》的曠世傑作性就更有保障；而我們所能够再「進一步」討論的，也就從這個基點開始。大致上，迄今為止《紅樓夢》仍是一部空前的偉構，它的鉅況美盛性大概後人也很難超越。因此，從點將角度來對《紅樓夢》作一橫剖面的考察，也就有再度加以見證傳述的緣會可感。只是這種見證傳述理當不宜停留在純揭諦或純探究的階段，它還得指出所能借鏡以為突破創新的途徑，相關論說才不致短少應有的「更深旨意」。而這就有系統內的競比一項，可以先行引來思議。

　　所謂系統內的競比，自然是指所能超越《紅樓夢》的方案何在問題。對於這一點，很明顯不合從再寫閎閎大家試圖跟《紅樓夢》別苗頭來展現能耐（畢竟《紅樓夢》已成典範在先，想奪走它光芒的機率幾乎是零），而必須改向尋找可以相抗衡的題材和發展獨特的技藝等，想要的競比逞能才有機會成形。但即使是如此，這僅屬系統內的掄魁戰役依然起不了什麼煙塵駭世。理由是中國傳統從有小說以來，能「集大成」的莫過於《紅樓夢》，試問今人還可以「集集大成」嗎？更何況時空已變（今天我們還得面對外來小說的挑戰），我們該忙的事可多著呢！換句話說，文學桂冠的競逐早就從國內移到世界文壇了，大家的視野也得隨著開闊，才能探覓到新的「安身立命」處。這麼一來，系統內的競比就成了一個可有可無的期待值，有心人不妨盡力一試，但關注的焦點勢必要轉到系統外的賽會上。

（二）跨系統的仿效和創發

　　系統外的賽會，所牽涉的是「跨系統的仿效和創發」的新課題。這個新課題，無妨從一個現象談起：當清末西方小說連番湧入中土時，就有人警覺到《紅樓夢》這一類著作可能難再獨標新奇了。所謂「若以西例律我國小說，實僅可謂有歷史小說而已；即或有之，然其性質多不完全。寫情小說，中國雖多，乏點亦多。至若哲理小說，我國尤

罕。吾意以為哲理小說實與科學小說相轉移，互有關係：科學明，哲理必明；科學小說多，哲理小說亦隨之而夥。故中國小說界，僅有《水滸》、《西廂》、《紅樓》、《桃花扇》等一二書執牛耳，實小說界之大不幸也」[44]，這說的已經頗有在期待新小說的「慨嘆之意」了。爾後全盤西化的倡議盛行，有關小說的形式、技巧和風格等一起棄我從他，上述這一「仿效出奇」的盼望果然成真了。

　　此後，因舉國政治、經濟、社會和科技等一股腦的取經於西方，小說界似乎也得著解放的便利而如虎添翼的向前衝刺（稍早還有鴛鴦蝴蝶派文言小說在作告別演出，後來就都是新白話小說的天下），凡是人家流行過的學派作風，沒有一樣不「勇於學習」，終於開展出了自我系統內的新格局。雖然如此，我們所看到許多涉及怪誕、滑稽、意識流、魔幻寫實和語言遊戲等新流派風格的仿他作品，比起傳統小說固然多了一點曼妙姿采，相關人物的塑造也不再侷限於寫實一脈，但總嫌「小人家一號」，怎麼看都看不出這可以作為我方恆久寄身的所在。也難怪西方人到現在還沒有正視過中國的現代文學，[45]因為在他們眼裡這些仿效來的東西根本就缺乏創意。而如今，這一蹉跎已過了百年，國人不但無緣再創作可以媲美《紅樓夢》的著作，連西方一些頂尖的小說如卡夫卡（Franz Kafka）《蛻變》、費滋傑羅（F. Scott Fitzgerald）《班傑明的奇幻旅程》、喬伊斯（James Joyce）《尤里西斯》、馬奎斯（Gabriel G. Marquez）《百年孤寂》和納博科夫（Vladimir Nabokov）《幽冥的火》等想超越它們都遙遙無期。因此，從新起步而改向跨系統的創發（而不是仿效單一系統），可能是唯一的出路。[46]這時連結緣

[44] 飲冰等〈小說叢話〉，收入一粟編：《紅樓夢卷》，頁五七七。
[45] 詳見寒哲（L. James Hammond）：《西方思想抒寫》，胡亞非譯，臺北：立緒文化公司，二〇〇一年；希爾斯（Edward Shils）：《知識分子與當權者》，傅鏗等譯，臺北：桂冠文化公司，二〇〇四年；布萊德貝里（Malcolm Bradbury）：《文學地圖》，趙閔文譯，臺北：胡桃木文化公司，二〇〇七年。
[46] 詳見周慶華：《文學經理學》，臺北：五南圖書出版公司，二〇一六年；《文學動起

起觀型文化解離寫實一系有成的《紅樓夢》，它所點將的都在搬演相應的戲碼早已自成高格，今後如能回返這一傳統汲取養分而後再有效的游走西方創造觀型文化，別為創發更新的作品，那要扭轉命運大體上就可以「樂觀其成」了。

來——一個應時文創的新藍圖》，臺北：秀威資訊科技公司，二〇一七年；《走出新詩銅像國》，臺北：華志文化公司，二〇一九年。

第四章　放大鏡《紅樓夢》：苦水但許王熙鳳一人吞嚥的意象疏解

一、王熙鳳何許人也

（一）正面說她是好樣的

《紅樓夢》作者塑造王熙鳳這個人物，賦予她擔負賈府中唯一有能力打通關的人、最能見人說人話／見鬼說鬼話、行事最多樣化（包括絕無僅有的一次用耳挖子剔牙和不肯應賈璉要求換作愛姿勢都給了她）、好事做盡／壞事做絕和最風光也受最多委屈等角色任務，是一道地的圓形人物，因此也遭到特別多的議論。

這些議論，有來自小說其他人物（為作者所安排），也有來自讀者（閱讀後的感受）；而歸結起來，不外有正負兩面意見。正面意見，純粹性的以作者所安排其他角色發出的議論居多。如：

> 冷子興道：「……若問那赦公，也有二子，長名賈璉，今已二十來往了，親上作親，娶的就是政老爹夫人王氏之內侄女……誰知自娶了他令夫人之後，倒上下無一人不稱頌他夫人的，璉爺倒退了一射之地：說模樣又極標緻，言談又爽利，心機又極深細，竟是個男人萬不及一的。」（第二回）

> 劉姥姥因說：「這鳳姑娘今年大還不過二十歲罷了，就這等有本事，當這樣的家，可是難得的。」周瑞家的聽了道：「我的姥姥，告訴不得你呢！這位鳳姑娘年紀雖小，行事卻比世人都大呢！如今出挑的美人一樣的模樣兒，少說些也有一萬個心眼子。再要賭口齒，十個會說話的男人也說他不過。回來你見了，就信了。就只一件，待下人未免太嚴些個。」（第六回）

> 賈珍笑道：「嬸子的意思侄兒猜著了，是怕大妹妹勞苦了。若說料理不開，我包管必料理的開；便是錯一點兒，別人看著還是不錯的。從小兒大妹妹頑笑著就有殺伐決斷；如今出了閣，又在那府裡辦事，越發歷練老成了。我想了這幾日，除了大妹妹再無人了。嬸子不看侄兒、侄兒媳婦的分上，只看死了的分上罷！」（第十三回）

> 裡面鳳姐見日期有限，也預先逐細分派料理，一面又派榮府中車轎人從跟王夫人送殯，又顧自己送殯去佔下處。目今正值繕國公誥命亡故，王邢二夫人又去打祭送殯；西安郡王妃華誕，送壽禮；鎮國公誥命生了長男，預備賀禮……又兼發引在邇，因此忙的鳳姐茶飯也沒工夫吃得，坐臥不能清淨。剛到了寧府，榮府的人又跟到寧府；既回到榮府，寧府的人又找到榮府。鳳姐見如此，心中倒十分歡喜，並不偷安推托，恐落人褒貶，因此日夜不暇，籌畫得十分的整肅。於是合族上下無不稱嘆者。（第十四回）

這些都說到王熙鳳「無人能及」的特色（周瑞家的附帶說的那句「就只一件，待下人未免太嚴些個」，並未見十分貶意，姑且不論），也是作者苦心孤詣以角色議論角色來凸顯人物性格特徵的手法運用。這無意中成就了王熙鳳這個圓形人物的「必備條件」。也就是說，圓形人物「必能在令人信服的方式下給人以新奇之感。如果他無法給人新奇感，他就是扁平型人物；如果他無法令人信服，他只是偽裝的圓形人物。圓形人物絕不刻板枯燥，他在字裡行間流露出活潑的生命。小說家可以單獨的利用他，但大部分將他和扁平型人物合用以收相輔相成的功效；他並且使人物和作品的其他面水乳交融，成為一和諧的整體」[1]，而這在《紅樓夢》作者筆下，盡讓王熙鳳一人相稱的扮演了。

至於讀者的議論，那就在同一段說詞裡褒貶互見的多，以至只能

---

[1] 佛斯特：《小說面面觀》，李文彬譯，頁六八。

從中抽出褒的那一部分來看王熙鳳可受人讚美的地方。而這自前清以來，可舉為代表的就有下列這些評斷：

鳳姐治世之能臣。[2]

王熙鳳智足以謀天，力足以制人，駸駸乎擅兩府，而唯其其所欲為矣。[3]

王熙鳳是一大材料。[4]

倜儻風流四座驚，金閨獨許佔才名。解圍慣博諸郎粲，戲彩常怡大母情。[5]

但因為這些評斷後面還有訾議痛斥的貶詞，而根據語用學的說法，凡是「在兩件事物比較之下的說明辭句，在對方的感受中，以下句比上句重要。可以說，上句成了描述的，而下句成了肯定的」[6]，所以它們就都成了非真誠嘆賞，重點僅在於論者對王熙鳳這號人物的惋惜揪謬。這樣不能分開評斷而自我蘊涵相矛盾的立論（也就是既說王熙鳳有什麼優點又說王熙鳳有什麼缺點，彼此會相互抵銷或難以並列），嚴格的說是不能算數的。因此，所剩的就是還有一種純肯定王熙鳳是「好樣的」論評。但即使如此，這一部分所見的仍然有限得很。所謂「相思一局，其才術可以備見。其王導婦誦〈螽斯〉詩，謂為周公所作，於熙鳳何必過論哉」[7]、「王熙鳳的氣質是否達到了類似希臘神話米蒂亞的高度而具有類等的啟蒙作用也許還需商榷，但王熙鳳也深具複雜性，

---

[2] 涂瀛〈紅樓夢論贊〉，收入一粟編：《紅樓夢卷》，頁一三四。
[3] 青山山農〈紅樓夢廣義〉，收入一粟編：《紅樓夢卷》，頁二一二。
[4] 趙之謙〈章安雜說〉稿本，收入一粟編：《紅樓夢卷》，頁三七六。
[5] 姜皋等〈紅樓夢圖詠〉，收入一粟編：《紅樓夢卷》，頁四九七。
[6] 鹿宏勛等：《生活語言學》，臺北：華欣文化事業中心，一九八七年，頁九四～九五。
[7] 馮家昚〈紅樓夢小品〉，收入一粟編：《紅樓夢卷》，頁二三四。

也有待延伸，毋須被『奸婦』一詞壓制成一個壞女人，拘禁在成見中」[8]等，大抵就是這有限好評的概貌了。

（二）負面說她是最會算計

　　正因為王熙鳳擔負了最多特徵的角色任務，所以論者對她的評價也就隨著兩極化。正面的評價已如前述；負面的評價則將在此徵列。這一部分，同樣有《紅樓夢》作者藉小說其他人物先行發露。如：

> 林黛玉不覺的紅了臉，啐了一口道：「你們這起人不是好人，不知怎麼死！再不跟著好人學，只跟著鳳姐貧嘴爛舌的學！」（第二十五回）

> 那婦人笑道：「多早晚你那閻王老婆死了就好了。」賈璉道：「他死了，再娶一個也是這樣，又怎麼樣呢？」那婦人道：「他死了，你倒是把平兒扶了正，只怕還好些。」賈璉道：「如今連平兒他也不叫我沾一沾了。平兒也是一肚子委屈不敢說。我命裡怎麼就該犯了夜叉星！」（第四十四回）

> （興兒說）「……提起我們奶奶來，心裡歹毒，口裡尖快……又恨不得把銀子錢省下來堆成山，好叫老太太、太太說他會過日子，殊不知苦了下人，他討好兒。估著有好事，他就不等別人去說，他先抓尖兒；或有了不好事或他自己錯了，他便一縮頭推到別人身上來，他還在旁邊撥火兒……一輩子不見他才好。嘴甜心苦，兩面三刀；上頭一臉笑，腳下使絆子；明是一盆火，暗是一把刀，都佔全了……」（第六十五回）

這是《紅樓夢》作者一貫賦予小說人物兩面性格（以為自我解消）的技藝並陳，以便呼應他所設定的夢幻主題。而這在王熙鳳身上的，無

8　李渝：《拾花入夢記：李渝讀紅樓夢》，臺北：INK 印刻文學生活雜誌出版公司，二〇一一年，頁八一。

非是要塑造她為「最會算計」的典型，最後則以算盡了慘淡性命替她
作終結：「機關算盡太聰明，反算了卿卿性命。生前心已碎，死後性空
靈。家富人寧，終有個家亡人散各奔騰。枉費了，意懸懸半世心；好
一似，蕩悠悠三更夢。忽喇喇似大廈傾，昏慘慘似燈將盡。呀！一場
歡喜忽悲辛。嘆人世，終難定！」（第五回）

　　讀者的議論，更綜合歸詰出了貪財、弄權、狠毒、包攬訟詞、尅
扣盤剝等缺德行為，以及耽於享樂、敗家子、賈府罪人等不赦罪狀。
[9]這顯然帶有《春秋》的譴責大義成分，頗見「恨其不學好」的道德訓
誨意義。其實，這種概括性的指摘，在前清就已淊然紛出了：

　　王熙鳳中傷尤二姐後，悍聲流播，人以妬婦目之，百喙難辭矣。[10]

　　鳳姐欲壑難盈。[11]

　　鳳姐……亂世之奸雄也。[12]

　　鳳姐放債盤利。[13]

　　熙鳳心毒手辣，草菅人命。[14]

9　詳見薩孟武：《紅樓夢與中國舊家庭》，臺北：東大圖書公司，一九九八年；梅苑：
《紅樓夢的重要女性》，臺北：臺灣商務印書館，一九九八年；謝鵬雄：《紅樓夢女性
新解》，臺北：九歌出版社，二〇〇四年；舒曼麗：《紅樓夢四大家族與金陵十二釵──
──文學社會學研究》，臺北：新文京開發出版公司，二〇〇五年。
10　二知道人〈紅樓夢說夢〉，收入一粟編：《紅樓夢卷》，頁九四。
11　諸聯〈紅樓評夢〉，收入一粟編：《紅樓夢卷》，頁一一七。
12　涂瀛〈紅樓夢論贊〉，收入一粟編：《紅樓夢卷》，頁一三四。
13　姚燮〈讀紅樓夢綱領〉，收入一粟編：《紅樓夢卷》，頁一六五。
14　解盦居士〈石頭臆說〉，收入一粟編：《紅樓夢卷》，頁一九三。

謂鳳姐為人專以希意旨工趨奉也，他都無論。[15]

此外，還有把王熙鳳比擬於歷史人物（如呂雉、曹操和嚴嵩等）。[16]殊不知這是《紅樓夢》作者刻意如此造型的：他一方面在展現「一聲兩歌，一手二牘」[17]的悲劇敘事本事；另一方面則又以推出世間必有王熙鳳此類人物羼和的如同筆補造化卓見為滿足。而不究此一用心的人，都會被表面浮泛現象瞞蔽了去。

二、不如說王熙鳳是一個背負賈府生計虧欠的意象

（一）實際上王熙鳳挑起了賈府最難扮演的角色

一個反派角色如果能讓讀者恨得牙癢癢，彷彿「亟欲除之而後快」，那麼它除了代表小說寫作成功了，而且還隱含著作者的「別有用心」有機會被人注意到了。換句話說，作者刻意經營小說人物，照理不會只是為造型而造型罷了，他還會有所隱喻或徵候某些事理，致使整體的刻畫衍變能顯出「寄旨遙深」的特殊美感來。以《紅樓夢》如此精撰細述來說，想必在這個層面上會更為講究完備。只可惜讀者多半但見情節伸展就不加思考的隨順著議論了起來，以至所出現的評斷盡如前節所指實的兩極化意見，彼此難可再有什麼較高層級的融通。

即使偶有翻案文章，[18]也不過是在別人的立論基礎上尋隙找出某些反證而已，並未一併汰除舊有習氣而就全局從新再作說帖，別人看

---

[15] 洪秋蕃〈紅樓夢抉隱〉，收入一粟編：《紅樓夢卷》，頁二四〇。

[16] 詳見江順怡〈讀紅樓夢雜記〉、黃昌麟〈紅樓二百詠〉，收入一粟編：《紅樓夢卷》，頁二〇六、頁四九九。

[17] 戚蓼生〈石頭記序〉，收入一粟編：《紅樓夢卷》，頁二七。

[18] 詳見水晶：《私語紅樓夢》，臺北：九歌出版社，二〇〇二年；陳存仁等：《紅樓夢人物醫事考》，臺北：世茂出版公司，二〇〇七年；李渝：《拾花入夢記：李渝讀紅樓夢》。

了仍是不明白作者為何把人物寫成那個樣子。因此，這裡自然就得稍
事分延，而試著將這個課題梳理清楚一點，以便顯示所以要重論《紅
樓夢》人物的別他特色。

　　大致上，王熙鳳與其說她是被塑造來當賈府的罪人，不如說她是
被分派作為一個背負賈府生計虧欠的意象。這個意象縱使有風光的時
候，但那也只是表面現象，內裡仍是苦楚滿溢！有論者不察，還稱許
王熙鳳是賈府真正的「責任內閣」（一手操縱著賈家的命運）；[19]實則她
僅僅是個「影子內閣」而已。也就是說，責任內閣有實權可以作決策，
而王熙鳳卻不能自作主張，她上面還站著實管大事的總統賈母和實管
小事的副總統或秘書長王夫人，她只能聽命行事而無從攬權獨斷，自
然也沒有要她背負賈府成敗責任的道理。只因為她在影子內閣位置上
幹得算稱職，所以就沒遭到被撤換的命運。而這也同時遮蔽了讀者的
眼力，誤以為她是先當家成功，而後濫權才把家政搞壞了，實際上並
不是這樣。後來她生病，影子內閣一度被探春取代，以及在賈母喪事
中已無授權，形同被徹底架空，這是她的末端，也是《紅樓夢》作者
要藉她來暗示才運由盛到衰的夢幻旨意所在。

　　所謂才運由盛到衰的夢幻旨意，這相當明顯是《紅樓夢》作者透
過王熙鳳一角所寓含的；而讀者所以少有契會，只緣於自己還不大熟
悉作者的敘述技藝。換句話說，賈府的興替榮沒不能盡寫，只好經由
王熙鳳的角色扮演大要的把它帶出來。當中有實權的人不願打算，而
無實權的人又沒得打算，導致家業一敗塗地而不該負責的人背黑鍋，
雙雙歷經一場特大的夢幻。可見《紅樓夢》作者是讓王熙鳳單獨挑起
賈府最難扮演的角色；而她的「無法實存」的夢幻經歷也應該是賈府
所有人中最為深刻的。

　　或許有人會質疑，《紅樓夢》中明明多有點出王熙鳳的道德盲區（如
前節所摘錄的負面評價部分），那又要怎麼解釋？其實，這並不難理解。

---

[19] 詳見羅德湛：《紅樓夢的文學價值》，臺北：東大圖書公司，一九九八年，頁三二九。

《紅樓夢》作者所採用的是《史記‧淮陰侯列傳》的筆法：明的是在加責；暗的是在脫罪。且看原著的說詞：

> 太史公曰：「……假令韓信學道謙讓，不伐己功，不矜其能，則庶幾哉！於漢家勳可以比周、召、太公之徒，後世血食矣。不務出此，而天下已集，乃謀畔逆，夷滅宗族，不亦宜乎！」[20]

這被李笠《史記訂補》覷出了它內在的用意：「天下已集，豈可為逆於其必不可為叛之時？而夷其宗族，豈有心肝人所宜出哉！讀此數語，韓信心迹，劉季、呂雉手段，昭然若揭矣。」[21]同樣的，《紅樓夢》作者表面上安排其他人物在指責王熙鳳，實際上則是要代為掩飾那些有實權的人（包括賈母、賈赦夫婦和賈政夫婦等）不被咎責。而這一代為掩飾，終究會「欲蓋彌彰」，因為他們犧牲了一個無實權的王熙鳳，逼著我們看見那真實且不堪的內幕。這毋寧是《紅樓夢》作者的高招，他以不明說的方式，讓我們警覺到權力的腐化是如何詭譎的在社會漫布著（就是有權力的人自己不爭氣也就罷了，還要拉一個來當替死鬼，從而模糊了外界對他們的觀感）。

（二）賈府生計為何會虧欠看王熙鳳就知道

那麼這一論點又要如何取信於人？靠證據。而證據，它就在書內。這從一開始冷子興演說榮國府，就已經預告了賈府的衰敗運勢：「如今生齒日繁，事務日盛，主僕上下，安富尊榮者盡多，運籌謀畫者無一；其日用排場費用，又不能將就省儉，如今外面的架子雖未甚倒，內囊卻也盡上來了。這還是小事。更有一件大事：誰知這樣鐘鳴鼎食之家，翰墨詩書之族，如今的兒孫竟一代不如一代了。」（第二回）這裡面蘊

20　司馬遷：《史記》，頁二六三〇。
21　引自瀧川龜太郎：《史記會注考證》，臺北：大安出版社，二〇〇五年，頁一〇四七。

涵有兩層因果關係：一是在上面的主子先安富尊榮，而後在下面的僕人才跟著不願奮進；二是長輩自己就沒能運籌謀畫，難怪晚輩有樣學樣而一代不如一代了。那究竟又是那些始作俑者在安富尊榮？顯然不是王熙鳳他們這一代，畢竟照排班也還輪不到他們。那麼它就是長輩那些主子們了。正因為領先的主子們立了壞榜樣，把賈府推向實歷夢幻的絕境，所以後面的子孫才一併遭了殃！《紅樓夢》作者的這一巧為安排，看不出其中底蘊的讀者，很容易就被王熙鳳的表面行徑所迷惑，而誤以為她是賈家衰敗的罪魁禍首。

由於賈府那些長輩級的主子們都在安富尊榮，而沒有一個願意或知道怎麼籌畫未來，以至整體的生計自然就得日漸虧欠下去。而作為影子內閣的王熙鳳事實上已經夠盡心在延緩那衰敗日子的來臨，但終究孤木難以獨撐，賈府的運勢註定要無力回天。而這不妨從賈母談起：賈府被抄家後，賈母問賈政府庫還剩多少，賈政回說「舊庫的銀子早已虛空，不但用盡，外頭還有虧空。」（第一百七回）。賈母聽了，急得眼淚直淌，說道：

> 怎麼著，咱們家到了這樣田地了麼！我想起我家向日比這裡還強十倍，也是擺了幾年虛架子，沒有出這樣事已經塌下來了，不消一二年就完了。據你說起來，咱們竟一兩年就不能支了。（第一百七回）

最後賈母叫邢王二夫人和鴛鴦等人，開箱倒籠，將做媳婦到如今積攢的東西都拿出來，一一分派給子孫。賈政看到母親如此果斷明晰，立即跪下哭著懺悔。當時的情景，書裡是這樣說的：「賈政本是不知當家立計的人，一聽賈母的話，一一領命，心想：『老太太實在真真是理家的人，都是我們這些不長進的鬧壞了。』」（第一百七回）這已够明白了，賈家的隆盛是在賈母和賈政這兩代手裡玩掉的。雖然賈母自己辯解說「我這幾年老的不成人了，總沒有問過家事」（第一百七回）；但

她先前有無過問家事以及是否嚴格要求兒孫好好守住家業？這點顯然是大有可疑的。證據有一部分就在她的自白裡：

> 你們別打諒我是享得富貴受不得貧窮的人哪！不過這幾年看看你們轟轟烈烈，我落得都不管，說說笑笑養身子罷了，那知道家運一敗直到這樣！若說外頭好看裡頭空虛，是我早知道的了。只是「居移氣，養移體」，一時下不得臺來……無一日不指望你們比祖宗還強，能夠守住也就罷了。誰知他們爺兒兩個做些什麼勾當！（第一百七回）

原來養尊處優就是她起的頭；而她到了這個時候還在詬啐兒孫，顯見是心虛了。至於王熙鳳，在抄家後沒有一個人怪罪她，甚至賈母散餘資還特別補償她而給她最高額的三千兩銀子，試問這樣我們還能不分青紅皂白的咎責她是賈府的敗家子嗎？

至此我們終於知道，賈府生計一路虧欠這件事總要有人頂著，而王熙鳳就是被設計來擔負該一逐漸蕭條光景的意象。致使大家所看到的盡是王熙鳳如何的耍手段、算計別人和少積陰德等難副所望的演出，而根本忽略了她有「代受罪過」不得已的苦衷！因此，經過這一還原，該有的視野總要出現：就因為王熙鳳處在風雨來臨的前夕，種種措施都是為了避免可能摧枯拉朽式的敗亡，所以她個人的角色扮演也自然得引發我們窺見賈府運勢大走下坡的實況（雖然這也是《紅樓夢》作者有意的安排）。

三、作者讓王熙鳳獨吞苦水後

（一）表面風光實地淒涼一併演現

上述說明了賈府的生計虧欠和王熙鳳的力挽狂瀾是一體的兩面，二者不能強分開來。而王熙鳳實有此一作為卻不被充分諒解，並不代

表她少了這一部分的努力。換句話說，王熙鳳打通關、見人說人話／見鬼說鬼話和好事做盡／壞事做絕等（詳見第一節），都是基於因應這最深沉的生計虧欠而採行的策略，可以斷定在她心裡始終唯恐不能把頹勢扭轉過來；而行事最多樣化和最風光也受最多委屈等（詳見第一節），則是有職事容許派生以及終身勞瘁兩面性的寫照。縱使這裡面有處置過當或手段欠佳的情況，那也相稱她的出身（誰叫《紅樓夢》作者不安排她先讀書識字而深明事理呢），不宜以其他高階涵養來準繩她。

倘若以同情的眼光相看待，那麼我們將會了解賈府中還沒有一個人的處境比王熙鳳的更艱難，而她卻得強顏歡笑的撐下去。這當然是《紅樓夢》作者故意讓她獨吞苦水，以強化錯雜歷幻的悲劇性，並且連帶考驗我們尋繹當事人容受度的能耐。這是說《紅樓夢》作者塑造了王熙鳳這樣一個背負賈府生計虧欠的意象後，他就得有理由讓我們相信王熙鳳是禁得起這般折騰的（否則我們就會責備他不善於刻畫人物）。而這則有幾個指標，可以顯示《紅樓夢》作者是盡到了「所以如此安排必有明喻暗示」的責任。首先，我們看到了王熙鳳八面玲瓏，不僅能奉承長輩和討好平輩，而且還能周全晚輩、甚至調和主子奶娘和丫鬟的衝突等，這看似獨有王熙鳳一人風光。卻又不然！事實上她是卯足了勁在賭自己所能額外周旋黏和的負荷。且看她四處奔忙的樣子：

> 賈母忙讓坐，又笑道：「咱們鬥牌罷！姨太太的牌也生，咱們一處坐著，別叫鳳姐兒混了我們去。」……鳳姐聽說，便站起來，拉著薛姨媽，回頭指著賈母素日放錢的一個木匣子笑道：「姨媽瞧瞧，那個裡頭不知頑了我多少去了。這一吊錢頑不了半個時辰，那裡頭的錢就招手兒叫他了。只等把這一吊也叫進去了，牌也不用鬥也，老祖宗的氣也平了，又有正經事差我辦去了。」話說未完，引的賈母眾人笑個不住。（第四十七回）

李紈笑道：「你們聽聽，說的好不好？把他會說話的！我且問你，這詩社你到底管不管？」鳳姐兒笑道：「這是什麼話，我不入社花幾個錢，不成了大觀園的反叛了，還想在這裡吃飯不成？明兒一早就到任，下馬拜了印，先放下五十兩銀子給你們慢慢作會社東道。過後幾天，我又不作詩作文，只不過是個俗人罷了。『監察』也罷，不『監察』也罷，有了錢了，你們還攆出我來！」說的眾人又都笑起來。

（趙姨娘）正說著，可巧鳳姐在窗外過。都聽在耳內，便隔窗說道：「大正月又怎麼了？環兄弟小孩子家，一半點兒錯了，你只教導他，說這些淡話作什麼！憑他怎麼去，還有太太老爺管他呢，就大口啐他！他現是主子，不好了，橫豎有教導他的人，與你什麼相干！環兄弟，出來，跟我頑去。」賈環素日怕鳳姐比怕王夫人更甚，聽見叫他，忙唯唯的出來，趙姨娘也不敢則聲。（第二十回）

可巧鳳姐正在上房算完輸贏賬，聽得後面聲嚷，便知是李嬤嬤老病發了，排揎寶玉的人……便連忙趕過來，拉了李嬤嬤，笑道：「好媽媽，別生氣。大節下，老太太才喜歡了一日，你是個老人家，別人高聲，你還要管他們呢！難道你反不知道規矩，在這裡嚷起來，叫老太太生氣不成？你只說誰不好，我替你打他。我家裡燒的滾熱的野雞，快來跟我吃酒去。」……後面寶釵黛玉隨著，見鳳姐兒這般，都拍手笑道：「虧這一陣風來，把個老婆子撮了去了。」（第二十回）

她原是負責家管的人，走到那裡都有一群僕婦丫鬟跟著聽她差遣調度，忙得分身乏術，理應沒有時間和體力再這樣打通關。雖然說她性子愛逞強，但鐵打的身體和再好的心情也會搞垮弄糟。這就由不得我們不深深致以憐憫惻怛，而不再只看她表面的「春風得意」！

　　其次，我們覷見了王熙鳳在面臨姻親戚屬的攀附婪求時，固然要給家族留顏面而不敢怠慢，但從她的一式應對上卻又可窺她的煞費苦

心。如明的像劉姥姥來打秋風，她的甚酖的拿捏：

> 鳳姐笑道：「且請坐下，聽我告訴你老人家。方才的意思，我已知道了。若論
> 親戚之間，原該不等上門來就該有照應才是。但如今家內雜事太煩，太太漸
> 上了年紀，一時想不到也是有的。況是我近來接著管些事，都不知道這些親
> 戚們。二則外頭看著雖是烈烈轟轟的，殊不知大有大的艱難去處，說與人也
> 未必信罷。今兒你既老遠的來了，又是頭一次見我張口，怎好叫你空回去呢。
> 可巧昨兒太太給我的丫頭們做衣裳的二十兩銀子，我還沒動呢，你若不嫌少，
> 就暫且先拿了去罷。」（第六回）

說這話，可知那是要操多少「防後再有叨擾」的心呢！幸好《紅樓夢》
作者只設定這一個明例，如果再多些，那麼王熙鳳不曉得又要絞腦汁
想什麼婉喻的法子了！又如暗的像王仁的需索無度，連巧姐都記得：

> 王仁道：「你們是巴不得二奶奶死了，你們就好為王了。我並不要什麼，好看
> 些也是你們的臉面。」說著，賭氣坐著。巧姐滿懷的不舒服，心想：「我父親
> 並不是沒情，我媽媽在時舅舅不知拿了多少東西去，如今說得這樣乾淨。」
> 於是便不大瞧得起他舅舅了。（第一百十四回）

王仁縱是王熙鳳的親兄弟，但要應付這類痞子無盡的糾纏，她豈能稱
心如意的過日子？

再次，我們發現了王熙鳳在處理官場的交際酬對和揩油勒索等情
事，即使也都能坦然以赴而不曾給賈府惹來失禮的指責或少虧的麻煩，
但背後卻是她必須焦灼於設法挪借或變通貼補，又不能在長輩面前訴
苦或表現出絲毫的無奈！而這就不乏赤裸裸的例子：

> （賈璉）說著向鴛鴦道：「這兩日因老太太的千秋，所有的幾千兩銀子都使了。

幾處房租地稅通在九月才得，這會子竟接不上。明兒又要送南安府裡的禮，
又要預備娘娘的重陽節禮，還有幾家紅白大禮，至少還得三二千兩銀子用，
一時難去支借……姐姐擔個不是，暫且把老太太查不著的金銀傢伙偷著運出
一箱子來，暫押千數兩銀子支騰過去。不上半年的光景，銀子來了，我就贖
了交還，斷不能叫姐姐落不是。」……鳳姐因問道：「他可應准了？」賈璉笑
道：「雖然未應准，卻有幾分成手，須得你晚上再和他一說，就十成了。」（第
七十二回）

這裡鳳姐命人帶進小太監來，讓他椅子上坐了吃茶，因問何事。那小太監便
說：「夏爺爺因今兒偶見一所房子，如今竟短二百兩銀子，打發我來問舅奶奶
家裡，有現成的銀子暫借一二百，過一兩日就送過來。」鳳姐聽了，笑道：
「什麼是送過來，有的是銀子，只管先兌了去。改日等我們短了，再借去也
是一樣。」……說著叫平兒：「把我那兩個金項圈拿出去，暫且押四百兩銀
子。」……賈璉道：「昨兒周太監來，張口一千兩。我略應慢了些，他就不自
在。將來得罪人之處不少。這會子再發個三二百萬的財就好了。」（第七十二
回）

到這裡，前面所謂「賈府中還沒有一個人的處境比王熙鳳的更艱難，
而她卻得強顏歡笑的撐下去」，已經足以證成了。雖然賈璉也分擔了她
部分的辛勞，而有夫妻「在富貴中共患難」的情誼在，但賈璉畢竟是
道地的紈褲子弟，除了幹正事，其餘時間都自己享樂去了，遠不及她
一直在擔驚受怕「大廈將傾」而「榮景逝盡」那樣令人不忍！因此，
表面好像風光而實地卻是淒涼所一併在王熙鳳身上演現的，就成了她
終身勞瘁兩面性的寫照，那是沒得我們唐突單為罪責她一人的！

（二）沉重負擔把王熙鳳一個人直逼到死

在中國傳統社會中，幾乎所有人都過著家族生活，而家族生活有

外務營生和內勤維繫等職事，這必須選定成員當家來統籌管理；而基
於方便男主外女主內的分工設計，相關擔子自然就會落在年長且已婚
者的身上。因此，賈府的當家人從在書中出場時的優先順序就是賈代
善和史太君這對夫妻，但賈代善已逝，當家的職位勢必要轉移。而依
理賈赦是長子，應該由他接替才對，但他卻死了元配再娶邢夫人，在
一個講究正統倫理的環境中，邢夫人不過是個根苗欠純的符號，連在
伺候賈母用膳場合出現的機會都沒有；於是賈政和王夫人理所當然就
佔上了當家的位置。只是賈政夫婦貪圖安逸，在侄子賈璉娶了王熙鳳
後，見有人代勞，就統統將家務委由他們去擔負。這一來，才會上演
晚輩出任影子內閣而獨木難撐「危傾之天」的戲碼。

　　《紅樓夢》作者大概也知道裡頭不能沒有疑義，所以就安排了兩
次小反挫穿插在不經意的情節中：一次是賞中秋賈赦當著賈母的面講
了一個「父母偏心」的笑話（第七十五回）；一次是借興兒的嘴在尤二
姐面前說出邢夫人嫌王熙鳳「**雀兒揀著旺處飛，黑母雞一窩兒，自家
的事不管，倒替人家去瞎張羅**」的刻薄話（第六十五回）。但這都只是
寄予無謂牢騷，無法岔出去撼動那個倫理結構的成形確立；甚至最後
還取巧的分派他們的不是，讓全然置身事外的賈赦揹起實際敗家被抄
的罪名，以反觀家道中落的「其來有自」（而不是王熙鳳一人濫權把它
搞垮的）。

　　事理既明，我們就可以專心來看沉重負擔把王熙鳳直逼到死的悲
哀故事。王熙鳳是因為姑媽王夫人的攛掇或媒妁而嫁給了賈璉，夫妻
並沒有培養出什麼濃情深愛；再加上賈璉好色貪玩，不能沉穩持家，
所以影子內閣幾近她一人在擔任。而她就在內有丈夫隨時會出軌得極
力防阻，外有賈府上下數百人的生計要打點操勞卻又沒得獨斷獨行（包
括老公犯淫要看賈母臉色去因應而不敢跟他正式翻臉，以及府內大小
事務的決定權盡在賈母和王夫人等），內心的苦楚可想而知。因此，她
的一路上防阻不成反惹賈璉的厭惡，以及操勞家務卻落得僕眾的怨懟

不已（他們都跟上面的主子安富尊榮慣了，當然會抵制王熙鳳的厲行
簡樸新制），釀致必須犧牲她一人才能換取全家族的惕厲悔過！這是歷
幻的由來，自有不可抗拒的命運在當中左右著（《紅樓夢》作者所設定），
但關於王熙鳳外表看似被畀予改善厚望而實際卻是無能為力的艱困身
影，則不能不致以十分的同情。

這先是秦可卿死後託夢給王熙鳳要她籌畫將來衰世的事業（第十
三回），只因為她是脂粉隊裡的英雄（連那些束帶頂冠的男子也不及她）
可以指望。但這在當時完全沒有自主的空間，別說她不好掃大家的興
而將賈府一片安富尊榮的久滯氛圍戳破，就說她想革除一點人事浮濫
的弊端都有重重的阻力。且看：

> 說畢半日，鳳姐見無話，便轉身出來……告訴眾人道：「你們說我回了這半日
> 的話，太太把二百年頭裡的事都想起來問我，難道我不說罷。」又冷笑道：
> 「我從今以後倒要幹幾樣尅毒事了。抱怨給太太聽，我也不怕。糊塗油蒙了
> 心，爛了舌頭，不得好死的下作東西，別作娘的春夢！明兒一裹腦子扣的日
> 子還有呢。如今裁了丫頭的錢，就抱怨了咱們。也不想一想是奴幾，也配使
> 兩三個丫頭！」一面罵，一面方走了。（第三十六回）

像這樣僅有一次的月例裁減（那還是外頭管家們商議的，王熙鳳只不
過接手辦理而已），都已造成下面的人反彈而上面的人不體諒的嚴重後
果，試問王熙鳳還有什麼通天本領可以推衍到全家族而扭轉乾坤？這
中間雖然有一陣賈探春代理職務，大刀闊斧的想興利除弊一番，但她
所能使力的也僅止於園內農產和日常雜支等不關緊要的層面，對於府
內外龐大開銷的漏洞全然未能察覺，而無法給予有效的修補。再說這
般的沉痾，不但王熙鳳沒實權而化解不了，恐怕連上面那些積習已久
的主子們也沒有一個知道要從那裡著手來挽救頹勢，只好大家眼睜睜
看著家運日漸衰敗下去。

再來是有一次馮紫英在推銷洋貨，不曉得家計艱難的賈政還想慫

愿賈母買下，被王熙鳳委婉的勸止；並且突然想起應將當初秦可卿的
計慮轉述給大家聽：

> 鳳姐兒接著道：「東西自然是好的，但是那裡有這些閒錢。咱們又不比外任督
> 撫要辦貢。我已經想了好些年了，像咱們這種人家，必得置些不動搖的根基
> 才好，或是祭地，或是義莊，再置些墳屋。往後孫遇見不得意的事，還是
> 點兒底子，不致一敗塗地。我的意思是這樣，不知老太太、老爺、太太們怎
> 麼樣。若是外頭老爺們要買，只管買。」（第九十二回）

這在她以為是到了該告知的時候（後來在大觀園撞見秦可卿的鬼魂，
還被對方誤會她但享富貴而不立萬年基業；其實她連言責都盡了，只
差沒機會採取行動罷了），但無奈賈母他們還是「聽者藐藐」，根本不
把「言者諄諄」當一回事，耳邊風一過什麼作用也沒有發生。
　　顯然王熙鳳早已明了家道日蹙，應興應革的事數也數不完，問題
是她向誰說去？僅外傳重利盤剝這一項，就讓她擔了過重的污名，殊
不知那是多半緣於要填補財政虧空所不得不出的下策：

> （鳳姐）又向平兒笑道：「你知道，我這幾年生了多少省儉的法子，一家子大
> 約也沒個不背地裡恨我的。我如今也是騎上老虎了。雖然看破些，無奈一時
> 也難寬放；二則家裡出去的多，進來的少。凡百大小事仍是照著老祖宗手裡
> 的規矩，卻一年進的產業又不及先時。多省儉了，外人又笑話，老太太、太
> 太也受委屈，家下人也抱怨刻薄；若不趁早兒料理省儉之計，再幾年就都賠
> 盡了。」（第五十五回）

> 旺兒媳婦笑道：「奶奶也太膽小了。誰敢議論奶奶，若收了時，公道說，我們
> 倒還省些事，不大得罪人。」鳳姐冷笑道：「我也是一場痴心白使了。我真個
> 的還等錢作什麼，不過為的是日用出的多，進的少。這屋裡有的沒的，我和

你姑爺一月的月錢，再連上四個丫頭的月錢，通共一二十兩銀子，還不够三
五天的使用呢。若不是我千湊萬挪的，早不知道到什麽破窰裡去了。如今倒
落了一個放賬破落戶的名兒。既這樣，我就收了回來。我比誰不會花錢，咱
們以後就坐著花，到多早晚是多早晚……」（第七十三回）

就是為了顧全家族的安寧和善盡影子內閣的責任，不丟顏面，也不認
輸，使得她負荷太重，搞到心力交瘁，終於在小產後失於調養而得了
不治的血崩症（焉知不也是賈璉到處拈花惹草帶回性病傳給她所直接
加重促成的呢），直到氣脈阻絕走上黃泉路！

四、在繁枝中安排一個暗幹的意義

（一）賈府如果少了王熙鳳敘述會怎麼進行

《紅樓夢》作者讓王熙鳳獨吞苦水後，我們看到了王熙鳳作為一
個背負賈府生計虧欠的意象，所明顯象徵的意義則是表面風光和實地
淒涼併列演出，以及沉重負擔居然把一個好端端的人活活逼死。而這
也無異是在繁枝中安排一個暗幹，使得賈府這樣閥閱大家的衰敗有了
原因可以被真實的察覺。換句話說，倘若少了王熙鳳，那麼賈府其他
人的憨態就無由襯托，而整體敘述也得轉為不斷曝露其他人的壞事行
徑，終究不利讀者對小說蘊藉美的審度期待。

王熙鳳所被塑形的，原是很光鮮亮麗且落落大方的，正如透過林
黛玉和劉姥姥等人初次所看到的那樣：「這個人打扮與眾姑娘不同，彩
繡輝煌，恍若神妃仙子」（第三回）、「那鳳姐兒家常帶著秋板貂鼠昭君
套，圍著攢珠勒子，穿著桃紅撒花襖，石青刻絲灰鼠披風，大紅洋縐
銀鼠皮裙，粉光脂艷，端端正正坐在那裡，手裡拿著小銅火箸兒撥手
爐內的灰」（第六回）。但當她和進了要奉承長輩、討好平輩、周全晚
輩、甚至調和主子奶娘和丫鬟的衝突等倫常漩渦裡（詳見前節），她的

生活步調就開始急促起來，整個形象也逐漸出現了意外雜質的沾黏。好比她的奉承有所忘形偏行了，就會被其他主子吃味告誡：

> 賈母笑道：「這猴兒慣的了不得了，只管拿我取笑起來，恨的我撕你那油嘴。」……王夫人笑道：「老太太因為喜歡他，才慣的他這樣。還這樣說，他明兒越發無禮了。」賈母笑道：「我喜歡他這樣，況且他又不是那不知高低的孩子。家常沒人，娘兒們原該這樣。橫豎禮體不錯就罷，沒的倒叫他從神兒似作什麼。」（第三十八回）

像這類連王夫人都有心眼在，更別說她那只會尋機會落井下石的頂頭婆婆邢夫人了。而換個角度看，王夫人這般提醒賈母別寵壞王熙鳳，等於是在警惕王熙鳳適可而止，而她內心又不知翻動了多少醋罈子；不然也不會有事沒事就找王熙鳳的麻煩（如懷疑繡春囊是從她屋子流出來的、質問她剋扣丫鬟月錢是出於私心和將賈母喪事推給她去處理等）。而這就不免令人疑惑：難道王熙鳳不是她的親侄女嗎？否則怎會用這種彷似雇傭的無情態度在對待她？又好比討好手段稍有鬆弛，就會遭到全盤的否定：

> 鳳姐兒笑道：「虧你是個大嫂子呢！把姑娘們原交給你帶著念書學規矩針線的，他們不好，你要勸。這會子他們起詩社，能用幾個錢，你就不管了……你一個月十兩銀子的月錢，比我們多兩倍銀子。老太太、太太還說你寡婦失業的，可憐，不夠用，又有個小子，足的又添了十兩，和老太太、太太平等。又給你園子地，各人取租子……一年通共算起來，也有四五百銀子。這會子你就每年拿出一二百兩銀子來陪他們頑頑，能幾年的限？他們各人出了閣，難道還要你賠不成？這會子你怕花錢，調唆他們來鬧我，我樂得去吃一個河涸海乾，我還通不知道呢！」李紈笑道：「你們聽聽，我說了一句，他就瘋了，說了兩車的無賴泥腿市俗專會打細算盤分斤撥兩的話出來……」（第四十五

回）

這掀揭了寡婦李紈藏身在賈府的優渥生活內幕，原以為可以省去持續討好的工夫，但鏈條去栓的太快，反遭對方防衛心理的強力回擊，從此餘力難繼，大家有樣學樣以好像沒領過情的心態在回敬她。

奉承長輩和討好平輩所得的待遇已是如此，其餘就更不用說了：不是漸漸嫌她周全不了，就是伺機在報復她好攬閑事，竟演成她在賈府中的生存危機：

> 平兒道：「何苦來操這心！『得放手時須放手』，什麼大不了的事，樂得不施恩呢。依我說，縱在這屋裡操上一百分的心，終久咱們是那邊屋裡去的。沒的結些小人仇恨，使人含怨。況且自己又三災八難的，好容易懷了一個哥兒，到了六七個月還掉了，焉知不是素日操勞太過，氣惱傷著的。如今乘早兒見一半不見一半的，也倒罷了。」一席話，說的鳳姐兒倒笑了，說道：「憑你這小蹄子發放去罷。我才精爽些了，沒的淘氣。」平兒笑道：「這不是正經。」（第六十一回）

這段對話，看似輕鬆饒趣，其實王熙鳳往後的運勢就真的這樣一路被結仇含怨到底，再也沒有她從容應付化解的餘地。因此，在賈府這棵搖搖欲墜的大樹中，安排像王熙鳳這類暗幹被繁茂的枝葉包覆但卻無力支撐而不讓它將傾頹敗，這就略有敘事學上主角失落采邑的反英雄旅程美學功效，[22]所營造的悲感氣氛比其他人物的類似遭遇更令人不得釋懷！

---

[22] 英雄旅程，是西方人所認為一個神性人物經由冒險的召喚而在各種試煉後得以成就功名歸來的歷程，它所具有的崇高美感自不待言。反觀王熙鳳一介女流，昂奮才幹不遜鬚眉，卻走不到開創新局的終點，合該為她的悲劇人生悵嘆唏噓！前者，參見柯西諾（Phil Cousineau）主編：《英雄的旅程》，梁永安譯，臺北：立緒文化公司，二〇〇一年；佛格勒（Christopher Vogler）：《作家之路——從英雄的旅程學習說一個好故事》，蔡鵑如譯，臺北：開啟文化公司，二〇〇九年。

（二）有了王熙鳳隱含夢幻旨意的故事就可以開展

　　可見沒有王熙鳳這個角色的演出在襯托賈府氣數衰竭的過程，《紅樓夢》就得轉向明敘原由而少去可讓人玩味尋繹的空間，技藝恐怕會落入下乘。換句話說，如果不是有王熙鳳，那麼賈府的家族寓言要搬演下去就會困難重重；同時一個甚具啟示意義的悲劇人物，也不可能出現在我們眼前，成為我們茶餘飯後談助不輟的題材。

　　這樣在繁枝中安排一個暗幹的手法，它最切近的意義就是讓《紅樓夢》這一隱含夢幻旨意的故事可以順利的開展。而夢幻旨意，是襲自佛教的空苦解脫理念，為實質筆補造化的一環。也就是說，一切事物都沒有實在性，凡是有所執著於它實在性的人就會煩惱不斷；最後要以透視或洞見該非實在性本質而不被繫縛，才得以出離超脫，從而顯示天地間有此一理性向度而轉多豐華。至於這一理念在現實中對人已是一大考驗，[23] 進入小說文本又會因情節的制約而更顯難以蘊蓄完成。幸好《紅樓夢》作者早已克盡厥職將那一歷幻情景如實的呈現出來了，而它的要角就是王熙鳳。

　　從整體來看，《紅樓夢》作者所賦予王熙鳳歷幻的身分有兩面性（遠比其他人物歷幻僅具單一性要有可看性）：第一，王熙鳳從第三回出場，到第五十四回仿效戲彩斑衣，《紅樓夢》作者讓她風光了五十二回；而第五十五回一開始就安排她犯小月，不能理事，逐漸淡出權力核心，而身形也日顯蕭條落寞。後面這段歷程，書裡有幾處敘及她心境的轉變：

---

[23] 這是說人能否體證棄執後的最高寂靜境界，所知的多被語言所包圍，還難以看到真實的樣態。參見周慶華：《後佛學》，臺北：里仁書局，二〇〇四年，頁一〇五～一二一。

剛將年事忙過，鳳姐兒便小月了……誰知鳳姐稟賦氣血不足，兼年幼不知保養，平生爭強鬥智，心力更虧，故雖係小月，竟著實虧虛下來。一月之後，復添了下紅之症。他雖不肯說出來，眾人看他面目黃瘦，便知失於調養。王夫人只令他好生服藥調養，不令他操心。他自己也怕成了大症，遺笑於人，便想偷空調養，恨不得一時復舊如常。（第五十五回）

鳳姐道：「左右也不過是這樣，三日好兩日不好的。老太太、太太不在家，這些大娘們，嗳，那一個是安分的，每日不是打架，就拌嘴，連賭博偷盜的事情，都鬧出來了兩三件了。雖說有三姑娘幫著辦理，他又是個沒出閣的姑娘。也有叫他知道得的，也有往他說不得的事，也只好強扎掙著罷了，總不得心靜一會兒。別說想病好，求其不添，也就罷了。」寶玉道：「雖如此說，姐姐還要保重身體，少操些心才是。」（第六十四回）

鳳姐笑道：「倒是他還記掛著我。剛才又出來了一件事：有人來告柳二媳婦和他妹子通同開局，凡妹子所為，都是他作主。我想，你素日肯勸我『多一事不如省一事』，就可閒一時心，自己保養保養也是好的。我因聽不進去，果然應了些，先把太太得罪了，而且自己反賺了一場病。如今我也看破了，隨他們鬧去罷，橫豎還有許多人呢。我白操一會子心，倒惹的萬人咒罵。我且養病要緊；便是好了，我也作個好好先生，得樂且樂，得笑且笑，一概是非都憑他們去罷。所以我只答應著知道了，白不在我心上。」平兒笑道：「奶奶果然如此，便是我們的造化。」（第七十四回）

在這裡，一場非自主性的患病使她那好強的心幻滅了。而她想勉為維持在賈母面前不丟臉面的初衷（第七十二回），也因為要一再的調頭寸而不得不跳票！尤其是抄家後，一切攢積歸零，沒了「東山再起」的機會；又加上病情加遽，撞鬼和冤魂纏擾不寧，她只剩欠死一途。這時縱使有尚能體諒她為家務操勞的賈母送來銀子和言語慰藉她「那些

事原是外頭鬧起來的，與你什麼相干。就是你的東西被人拿去，這也算不了什麼呀。我帶了好些東西給你，任你自便」（第一百七回），但整個歷幻情勢已經形成（雖然這也是《紅樓夢》作者有意要她如此搬演），誰也更改不了。

　　第二，由王熙鳳親身歷幻所牽動賈府的衰勢，也一併顯現了它的「事出有因」而留有讀者致以「同情不捨」的空間。這是王熙鳳越深入家管事務越跳脫不開的地方，最終只好無奈的跟著它一起步上破敗的末路。而這在當事人「不便明說」的，就由周瑞家的這個忠僕的嘴代為道出：

> 周瑞家的道：「真正委屈死人！這樣大門頭兒，除了奶奶這樣心計兒當家罷了。別說女人當不來，就是三頭六臂的男人，還撐不住呢！還說這些個混賬話。」說著，又笑了一聲，道：「奶奶還沒聽見呢，外頭的人還更糊塗呢！前兒周瑞回家來，說起外頭的人打諒著咱們府裡不知怎麼樣有錢呢……還有歌兒呢，說是『寧國府，榮國府，金銀財寶如糞土。吃不窮，穿不窮，算來……』」說到這裡，猛然咽住。原來那時歌兒說道是「算來總是一場空」。這周瑞家的說溜了嘴，說到這裡，忽然想起這話不好，因咽住了。鳳姐兒聽了，已明白必是句不好的話了。（第八十三回）

這是身居要津的王熙鳳自己歷幻所帶出賈氏家族整體的歷幻，兩相扣連，益添悲劇實感！而面對這一不能自主的運會，《紅樓夢》作者不可能讓當事人幡然看真而後悔執迷於世情，因為他們的涵養悟性都不到家，不像賈寶玉有宿慧和諸多助緣可以在緊要關頭了脫昇華。這樣在真能自解人那邊不盡可以令他深為經歷的，就屬意王熙鳳這個暗幹去擔綱演出，而使得所襯托賈氏家族應幻的故事可以如期完篇。

五、今人寫作小說可以從中得到什麼啟發

（一）在峰峰相連中把主峰藏著有助於審美

　　王熙鳳個人更深一層次的歷幻，那就跟她的好強有關。這在《紅樓夢》作者的巧為設定中，我們目睹了她要爭影子內閣的臉面，特別在賈母一個人身上用心，結果是暗中得罪了一大票人，落得只夠一個「潑皮破落戶」的名號（第三回），以及隨時感到自己的處境有如「一夜北風緊」（第五十四回）和所討歡心的人所給予「單剩下咱們兩個老妖精，有什麼意思」的戲謔冷寂（第五十二回）等。這一連帶的報酬遞減的必然歷幻性，她卻從來沒感覺有什麼不妥，以至無形中更增加了我們的憐惜慨嘆！

　　這或許是《紅樓夢》作者先有所感，才如此添造橋段以為象徵。此外，我們不免也會察覺到《紅樓夢》作者實際上給出了某種程度的補償，也就是讓王熙鳳有所求而活；而這跟其他幾個重要人物也是有所求而活的情況恰恰相同。換句話說，《紅樓夢》作者雖然沒讓所塑造人物有什麼類如對立德／立功／立言等精神歸趨的追求（只有他自己寫作暗應了立言不朽的旨意），但他確也使盡了力氣，不讓那些人物虛渡白活。好比讓林黛玉求到了她的孤傲，讓薛寶釵求到了她的謙和，讓賈寶玉求到了他的多情；而王熙鳳一人，則讓她求到了氣魄。正是這氣魄，使得王熙鳳遍體光華，而能從容周旋於長輩、平輩和晚輩之間；至於對待下人難免苛刻了一點，以及偶爾兼害人命和弄權探取利益等，那都是為了盡到影子內閣職責和確保權力運作順暢的必要手段，不能強嗇議她的不是。再說那最嚴重的害人命事件，也無不可予以寬諒，因為從當影子內閣起就有負王熙鳳的大才，倘若教她苟且偷生不治治那些妄圖染指自己或黏貼到丈夫身邊的淫婦，那麼豈不是嫌窩囊廢一個而全然磨滅了她的氣魄？因此，王熙鳳的歷幻就在為這一氣魄而活中得不斷面臨他人的挑釁考驗，終於漸形不支而萎頓了下來（如

原不信什麼陰司地獄報應的，卻在迭經撞鬼和冤魂纏擾後竟然也要託劉姥姥代為求神庇佑，可見已洩氣的一斑），從此遠離當初那個不可一世的颯爽靈巧的形象。

不過，就賈府上下盡是安富尊榮而不知應變馴致家運一蹶不振來說，《紅樓夢》作者獨讓王熙鳳清醒著在單力撐持，不啻是別有用心：有如在峰峰相連中將主峰藏起來（讀者必須自行撥除雲霧才能察見）。而這種作法，顯然很有助於讀者的嘆賞審美。也就是說，這是「伏脈千里」或「冰山一角」法，目的則要讓讀者「探驪得珠」，盡得玩愒「尋繹之樂」！有論者說及「《紅樓夢》敘事，每逢歡場，必有驚恐。如賈政生辰忽報內監來，鳳姐生辰忽有鮑二家之事，賞中秋賈赦失足，賀遷官薛家凶信，接風報查抄之類，皆是否泰相循、吉凶倚伏之理。其用心之細，雖縷細不能盡寫也」[24]，這還是容易覺知的，不算特別有意高明，只有上述那一藏主峰作法令人驚奇於它的才華卓絕。因此，當《紅樓夢》作者一邊忍不住要為王熙鳳的「貪得無厭」明文著錄（第一百七回），我們滿以為事實就是如此；另一邊卻又間為讓其他人物如程日興說出「我在這裡好些年，也知道府上的人那一個不是肥己的。一年一年都往他家裡拿，那自然府上是一年不夠一年了」（第一百十四回）這樣錯全無王熙鳳份的話，試想這不就是要把主峰藏到底麼！也難怪王熙鳳一直被人多方的誤會，因為那是《紅樓夢》作者故意布置的草蛇灰線，看誰有領悟能力可以將它背後的謀略找出來。

（二）主峰曝盡後記得改成小寫以利另一層審美

如果王熙鳳早攤牌而把賈府虧空的內幕告知所有的主子，請大家商量對策，那麼她也許就不必那般鞠躬盡瘁到死。但她並沒有這麼做，反而極力在隱瞞家道艱難的事實，而強迫自己獨對苦局。假使真要說

[24] 話石主人〈紅樓夢精義〉，收入一粟編：《紅樓搖夢》，頁一八三。

王熙鳳太會算計而反算了卿卿性命，那麼癥結就在這裡：她處處想去扭轉劣勢，結果卻是大多於事無補，還賠掉了自己的性命。

這麼一來，我們會更清楚的看出王熙鳳是一個不善於持家的人（或說《紅樓夢》作者沒有讓她學習怎麼持家）。從她當影子內閣卻常不得人心一點來看，想升格作個實質的當家人，應該還有一大段距離，因為她所用以約束奴僕的是靠威嚇而非嚴正，不可能使對方信服而甘願賣力效勞。且看：

> 鳳姐便說道：「明兒他也睡迷了，後兒我也睡迷了，將來都沒了人了。本來要饒你，只是我頭一次寬了，下次人就難管，不如現開發的好。」登時放下臉來，喝命：「帶出去，打二十板子！」一面又擲下寧國符對牌：「出去說與來升，革他一月銀米。」（第十四回）

> 可巧有個十二三歲的小道士兒，拿著剪筒，照管剪各處蠟花，正欲得便且藏出去，不想一頭撞在鳳姐兒懷裡。鳳姐便一揚手，照臉一下，把那小孩子打了一個筋斗，罵道：「野牛肏的，胡朝那裡跑！」（第二十九回）

> 興兒戰兢兢的朝上磕頭道：「奶奶問的是什麼事，奴才同爺辦壞了？」鳳姐聽了，一腔火都發起來，喝命：「打嘴巴！」旺兒過來才要打時，鳳姐兒罵道：「什麼糊塗忘八崽子！叫他自己打，用你打嗎？一會子你再各人打你那嘴巴子還不遲呢。」那興兒真個自己左右開弓打了自己十幾個嘴巴。（第六十七回）

這威嚇是夠有效了，但也僅止於一時，過後大家都會懷恨她，甚至在她臥病不能理事時反過來吃定她或鬆弛自律給她難堪。前者，如「那鳳姐剛有要睡之意，只聽那邊大姐兒哭了。鳳姐又將眼睜開，平兒連向那邊叫道：『李媽，你到底是怎麼著？姐兒哭了，你到底拍著他些。你也忒好睡了。』那邊李媽從夢中驚醒，聽得平兒如此說，心中沒好氣，只得狠命拍了幾下，口裡嘟嘟噥噥的罵道：『真真的小短命鬼，放

著屍不挺，三更半夜嚎你娘的喪！』一面說，一面咬牙便向那孩子身上擰了一把。那孩子哇的一聲大哭起來了」（第一百一回）；後者，如賈探春代理家管期間，眾奴僕拌嘴、打架和賭博鬧事等，完全以王熙鳳已奈何不了他們的心態在府內胡作非為，如同是要報復平時被管束的太緊。因此，儘管王熙鳳自認為是一個「心慈面軟」的人（第六十八回），但從她的行事卻又給人深深烙下有關她那「臉酸心硬」（第十四回）和「兩面三刀」（第六十五回）的印象。

很明顯真能當家的人，不會是這個樣子。她得以嚴正為上限，在支使奴僕上儘量做到勞逸平均（否則像東府焦大憤恨開罵的情節就會一再的上演），並將賞罰制度化，以減少無謂的怨嗟怠惰。畢竟行威嚇是要以私惠作後盾的（當威嚇不到或不能威嚇時，必須靠它來調節緩衝），這樣那已得私惠的人會食髓知味，而那未得私惠的人則又希冀能倖得一顧，最後當事人難免要搞到灰頭土臉（如在賈母喪事上，王熙鳳發不出銀子而叫不動那些僕婦服勤，就是活生生的例子）。

以賈母為例，她曾經成功當過家，看來是能嚴正而不興威嚇的人。尤其是她有一種忍對家內風波的功夫，不會讓偶發的衝突蔓延成野火燎原的態勢。好比她在處理王熙鳳暴怒賈璉偷腥那一勸和方式：「賈母笑道：『什麼要緊的事！小孩子們年輕，饞嘴貓兒似的，那裡保得住不這麼著。從小兒世人都打這麼過的。都是我的不是，他多吃了兩口酒，又吃起醋來。』」（第四十四回），這不免讓人聯想到賈母年輕時可能也鬧過她丈夫的風流案，[25]才會這般有經驗的將那激烈衝突化解於無形。但王熙鳳是為求氣魄而來到這個世界的（別人化約稱她為「烈貨」），她無法設想賈母那種和稀泥的性格怎麼能夠使她「活得像一個人」。因此，我們可以說王熙鳳展演了善於持家的相對立面；她要帶給世人一面鏡子，讓大家照照知曉當家路粗礫滿布！而當王熙鳳謝幕退出舞臺，賈府新的當家人正要上場，她不是李紈就是薛寶釵，但那都可以預見

---

[25] 參見水晶：《私語紅樓夢》，頁五五～五八。

自行縮小了格局，風華型態也將會迴然有別。

　　這是《紅樓夢》作者的另一個高明處：就是他深知主峰曝盡後記得改成小寫以利另一層審美。換句話說，當讀者已經看盡了王熙鳳這樣大氣派卻又多留遺憾的演出後，不給另一種「小品」的期待，豈不少了新的想像美感？而這對今人寫小說來說，理當要從這裡獲致類此兼藏主峰和轉改小寫的高難度技巧的啟發，別為創新人物來媲美出奇，庶幾不辜負《紅樓夢》作者這樣精詳深蘊給典範的苦心。

第五章 《紅樓夢》的正中偏：
小孩子顯大才的問題

一、紅樓遺事的新探知

（一）大觀園是文人的雅集地

　　《紅樓夢》在它的絕代風華以外，也留下了許多相關寫作技藝有待考驗的問題，諸如對所在意的潔癖、淫亂、貪瀆和小孩子顯大才等事項的處理上，就明顯常有令人困惑不解的地方。而這不論是否藏著什麼隱旨或預留那種伏筆，只要有表面沒有人能理解的基礎，就會動搖它寫作技藝的精湛化。所幸我們還有一個「優為詮釋」[1]的策略，可以用來因應這種不確定的情境。也就是說，站在同情解會的立場，我倒希望這是勢必要有的「紅樓遺事」，以便讀者知曉自行去發掘奧微而彰顯《紅樓夢》作者的另一層高明（反過來如果站在不同情的立場，那麼除了訾議它的思慮不周或無意疏漏，此外就不會再有什麼異常的發現，不免可惜）。

　　這一無妨屬於讀者的新探知活動，也許可以從「小孩子顯大才」的課題著手（後續再推衍到其他課題的理解），一方面藉以窺見《紅樓夢》作者的又一別有用心；另一方面則一貫的希冀從中獲知有助於今後小說寫作可參考的質素。而這就得以書中所設計的大觀園來起興，它在某種程度上既是《紅樓夢》作者自己的遁逃藪（營造它來寓含自我性向的歸趨），又是《紅樓夢》作者所期待人間當有此歡會以寄事後風流雲散的夢幻旨意，雙重高華且一併筆補了造化，很可以讓我們契

---

[1] 所謂「優為詮釋」，是從語用學所示「優化關連」處得到的啟發。它以有足夠信息存在的推定為原則，試為排除其他可能的阻力而完成次第性的詮釋，前提則是它符合詮釋者和被詮釋對象「共同的利益」。參見斯珀波（Dan Sperber）等：《關連：交際與認知》，蔣嚴譯，北京：中國社會科學出版社，二〇〇八年，頁二〇八～二一八。

入上述課題而找到理解的捷徑。

　　大致上，我們從大觀園的構設，可以見著《紅樓夢》所羅致相關文人結社和飲讌題材所煥發跌宕奇炫的容顏。這種容顏，不僅指《紅樓夢》所鋪陳賈府這種鐘鳴鼎食之家的豪奢氣派，它還更指一群被《紅樓夢》作者設定為從孽海情天而來的痴情男女在一個大宅院裡共譜光華律動的「曠世之會」。這一曠世之會，自然也是《紅樓夢》作者藉為逞才的痕跡之一：它把氣化觀型文化中的文人生活更生動活潑的營造出來，而後又以緣起觀型文化中的解離觀念予以貫穿消無，從而體現《紅樓夢》作者博贍善思的本事，以及同時彰顯他人著作所未能如此裁成的另一絕代風華性。[2]

　　我們知道，在任何一個社會裡，結黨結派以舞弊營私或開創事業，都是尋常可見的現象；但對於稟性較近「君子不黨」[3]一邊的文人來說，就只能靠非定期性的集聚來相濡以沫或遣懷寄興了。而這也著實相沿成習而摶就了一個重品味的特殊文人閑賞生活形態。[4]當中以結社的方式來吟詩作對相互唱和及搭配飲讌為娛樂助興等是最不可缺乏的內涵（前者是文人的畢生技藝所在，捨棄則無以為替；後者是氣化觀型文化特有的「縮結人情」這一倫常觀念的連帶實踐，幾乎沒得選擇的要跟前者一起結構該一歡會的恆久性場景）。而這在《紅樓夢》作者，特能將「結社，必有雅興；飲讌，必有娛情」這類可以總括文人集會的兩大戲碼編造得精妙傳神。[5]

　　這種敘寫，基本上有可以讓《紅樓夢》作者一逞「筆補造化」的

[2]　參見周慶華：《紅樓搖夢》，頁一四一。
[3]　邢昺：《論語注疏》，十三經注疏本，頁一四〇。
[4]　詳見陳萬益：《晚明小品與明季文人生活》，臺北：大安出版社，一九九二年；侯迺慧：《宋代園林及其生活文化》，臺北：東大圖書公司，一九九五年；寧稼雨：《魏晉風度——中古文人生活行為的文化意蘊》，北京：東方出版社，一九九六年；李乃龍：《雅人深致與宗教情緣——唐代文人的生活樣態》，臺北：文津出版社，二〇〇〇年；毛文芳：《晚明閒賞美學》，臺北：學生書局，二〇〇〇年；田茜等：《十個人的北京城》，臺北：高談文化公司，二〇〇四年。
[5]　參見周慶華：《紅樓搖夢》，頁一四一～一四二。

作用：就是藉它們來暗示賈府的隆盛和衰敗（前者指結社和飲讌的逾閑和糜費；後者指結社和飲讌的不再和蕭條），以為符應《紅樓夢》作者所預設的徵兆說及其解離欲求。而這一作法，不啻又是把人間美好的事物讓你品夠嚐盡，然後再點出一切都是虛幻（緣起緣滅而不能恆常如斯且實在可從）而得設法去執脫因了（以為人間該有此一思想格局）。所謂「沉酣一夢終須醒，冤孽償清好散場」（第二十五回），應當也包括這項歡會的定數和結穴的悲嘆醒覺吧！這麼一來，《紅樓夢》作者精心構設的大觀園這個環境，就是為了藉它來模擬文人的閑賞生活，以及寄寓人間最炫奇的事物也一樣不能持久的悲感，此外大概就沒有什麼太大的作用了（「省親別墅」的緣起，只是一個障眼法）。因為《紅樓夢》作者終究也是文人一夥的，而文人厭倦俗務纏擾總是甚過他人，以至經營的情節也就可以一表心跡兼給有近似經驗的讀者帶來替代性的滿足。且看賈寶玉只要遇到送往迎來／接物應酬一類情事就滿腹牢騷（第三十六回），而一旦聽說誰建議開吟社／豎詞壇便眉飛色舞（第三十七回），這難道不是《紅樓夢》作者有意藉為寄懷表實的麼！[6]

　　從這一點來看，紅學家們紛紛將大觀園比擬作「桃花源」[7]或「烏托邦」[8]，也就嫌不大搭調。先不要說大觀園不過是《紅樓夢》作者藉來表明文人所嚮往一處清幽地可以彼此唱和昇華美感而跟桃花源的避世／烏托邦的肇世精神無關，就說大觀園這樣一個並非可以自足自主的小天地（外頭的俗人俗事還是常在這裡出入繁會），根本就只是攝籠自然美景而暫且冀以雅集「一晌貪歡」而已；它依從外在的山水風貌構圖（如今尚存於中國大陸江南的滄浪亭、獅子林、拙政園、留園和豫園等名園，可以同類相證），而分布當中點綴添景的正是那些才子佳

---

[6] 同前注，頁一四四～一五一。
[7] 詳見二知道人〈紅樓夢說夢〉，收入一粟編：《紅樓夢卷》，頁八六。
[8] 詳見胡文彬等編：《海外紅學論集》，上海：上海古籍出版社，一九八二年；劉小楓：《拯救與逍遙》，上海：上海人民出版社，一九八八年；俞平伯等：《名家眼中的大觀園》，北京：文化藝術出版社，二〇〇五年。

人，實在不必有過多的比附影射。何況桃花源僅為避世高人的樂園，
文人未必有興趣離群索居的埋沒才情一生（少數勘破紅塵的，另當別
論）；而烏托邦這一緣自西方理想國的設計觀念，拿來比配更是不倫不
類。尤其是後者，純是創造觀型文化傳統為媲美上帝國而有的舉措。
它的構想或理念源遠流長：

> 烏托邦（Utopia）一詞，係摩爾爵士以他的同名名著自創……他從希臘字根
> 「烏有之鄉」（no place, ou 為「不」, Topos 為「地」）造出此詞，從此在所有
> 語言裡面都代表專為形容理想國度的一類著述……書寫烏托邦，是一項西方
> 傳統，不僅直接描述想像的國度，也以其他文類展現。但凡社會正義的討論，
> 從柏拉圖到馬克思再到羅爾斯對我們這個時代的論述，都不出類似宗旨。[9]

至於它的實質內涵所涉及的共產、共妻優生、去階級、甚至保障所有
人「各得其所」（包括善待傻子／瘋子以藉用他們蠢言愚行娛樂眾人在
內）等想望，[10]則始終存在有創造意識的西方人的腦海裡。這又豈是大
觀園這樣一個僅是氣化觀型文化傳統中的文人藉為相濡以沫或遣懷寄
興的單純場景所可以通達連結的？因此，要有助於對《紅樓夢》一書
夢幻旨意的了解，還是得從《紅樓夢》作者不放過可以讓他發揮才華
的每一個環節著手；單獨抽出大觀園一段而予以負荷過重的解釋，總
是不免難諧其他且有時空錯亂的感覺！[11]

（二）全給小孩子顯大才

[9] 巴森（Jacques Barzun）：《從黎明到衰頹：五百年來的西方文化生活》，鄭明萱譯，
臺北：貓頭鷹出版社，二〇〇六年，頁二三三。
[10] 詳見摩爾（Thomas More）：《烏托邦》，戴鎦齡譯，臺北：志文出版社，一九八七年；
柏拉圖：《柏拉圖理想國》，侯健譯，臺北：聯經出版公司，一九八九年；赫胥黎（Aldous
Huxley）：《美麗新世界》，李黎等譯，臺北：志文出版社，一九九七年。
[11] 參見周慶華：《紅樓搖夢》，頁一五一～一五三。

　　就因為紅樓遺事中藏著這麼一座大觀園允許文人得有一閑賞休憩地，所以在多方尋繹後我們又會發現進到這裡面的文人幾乎都是小孩子身分。這些小孩子個個才比大人，宛如是不學而能，未免太過神奇！歷來論者儘管不乏對這些人物的品評，也能條理出他們的命運跡線，[12]但就是少了探討書裡為何要作這樣的安排。

　　我們看《紅樓夢》的故事時間，[13]前後大約是七年。而齊聚在大觀園的那些人物，一出場都還在年少階段（如賈寶玉約十二歲，林黛玉小賈寶玉兩歲約十歲，薛寶釵大賈寶玉一、二歲最多十四歲，其他的也都在十二歲上下），只有寡婦李紈二十出頭，而常在此進出的王熙鳳也才十八歲，但他們卻都在搬演成人世界的才會故事。這倘若不是《紅樓夢》作者別有用心而特別如此安排，那麼我們縱使想破頭也仍然無法理解那是怎麼可能的。

　　《紅樓夢》第一回只說到有一群風流冤家下凡造歷幻緣，卻未交代他們的才學得到什麼時候方能瓜熟落地而可以自在地營生，結果是陡地讓他們超常的早慧（才離啟蒙期不遠就才氣縱橫起來），顯然要教人詫異不已了。雖然《紅樓夢》作者曾藉賈雨村的口發出「天地生人，除大仁大惡兩種，餘者皆無大異。若大仁者，則應運而生；大惡者，則應劫而生。運生世治；劫生世危」這一番議論（第二回），但他所賦給由正氣一路而來的這些才子佳人卻是這麼年輕，很難不使人對它起疑。還有有一個大觀園的雅集地存在（它的人物年紀只能這般設定），多少可以遮掩才氣逾越迸發的敘寫窘境。換句話說，把庭園安置在大

---

[12] 參見曹立波：《紅樓十二釵評傳》，北京：清華大學出版社，二〇〇七年；宋歌：《樓外說夢——論紅樓夢女性》，哈爾濱：黑龍江教育出版社，二〇一〇年；王海龍：《曹雪芹筆下的少女和婦人》，上海：上海文藝出版社，二〇一〇年。

[13] 所謂故事時間，是指故事發生的自然時間狀態。它跟指「在敘事文本中具體呈現出來的時間狀態」的敘述時間有所不同。後者是敘述主體經過對故事加工改造提供給讀者的現實的文本秩序；而前者則必須由讀者在閱讀過程中根據日常生活的邏輯將它重建起來。參見羅鋼：《敘事學導論》，昆明：雲南人民出版社，一九九四年，頁一三二。

宅院中，如果不讓那些毛頭小子進駐去盡情的逞才，那麼還能有什麼別的用途？也就因為這裡面有「刻意為之」的成分，所以勉為找出它的道理所在，自然就成了一項「必要解會」的工作；而剩餘情節還可以回饋給小說寫手，讓他們知道處理這類題材要有相當的心理準備，避免因小失大或亂序可厭！

像這種全給小孩子顯大才的情況，可以用一個「正中偏」概念來作說明。正中偏原為中國禪宗曹洞宗所創立的「五位頌」之一（次序為正中偏、偏中正、正中來、兼中至和兼中到等），以五位正偏來廣接三根和隨機施教；它既表示參禪的五個次序，又象徵修行的五個境界。[14]這裡是要藉它來徵候《紅樓夢》所見小孩子顯大才的有意設置；而這種設置理該是要專許給成人世界的，但它卻應驗於少年身上，形同是由正中向邊緣偏移。而以對這一由正中向邊緣偏移的了解，期望能有效將相關課題逐次理出頭緒來，從而走過自我解會和為大家袪疑的歷程，猶如參禪人到了最終的解脫極地。換句話說，《紅樓夢》的正中偏所形成小孩子顯大才的問題，正好可以作為一個知識增衍的擬比對象，經由初階的梳理輾轉伸展（中間不再一一取對應點）而臻致高階的豁然貫通，以便理解經驗能夠得著實質成長的機會。

二、從一組人到兩類人對比的設計

（一）和諧對比統一體的分化

我們可以設想，《紅樓夢》作者不一定要構設大觀園，而構設大觀園也不一定要安排小孩子在那裡面雅集顯大才，現在他卻都做了，那麼關於這一正中偏的現象就得有理由使人信服（否則讀者只好譏評他是在「誆騙」或「唬弄人」）。基於開闊視野的需求，在這裡會採取同

---

[14] 參見巴壺天：《禪骨詩心集》，臺北：東大圖書公司，一九八八年，頁八〇～八四。

情理解的立場（見前），把該理由找出來。而這最明顯的《紅樓夢》內
有從一組人到兩類人對比的設計，可以提供我們解決問題的線索。

　　依出場序，這一組人如茫茫大士／渺渺真人、石頭／空空道人、
癩頭和尚／跛足道人、甄士隱／賈雨村……等，似乎有意要展現釋道
的大和解（實則是時有衝突）。只不過書中不能僅靠一組人單薄的來搬
演故事，於是又有兩類人的羼和。這兩類人的出現，開始把原一組人
所未強顯或不便強顯的「對比性」積極的表露出來。如主子／奴僕、
正路／邪路、祿蠹／反祿蠹、文人／非文人……等，都卯上了限時區
分的行程，而不再像前者那樣「無所經營」或「不大經營」（雖然它仍
有讓石頭、甄士隱和賈雨村等角色經歷或深或淺的超脫考驗）。而這又
跟《紅樓夢》作者所有的一些理念（如真如福地／太虛幻境、真／假、
有／無、實／幻等等的對立消解）在相搭配，刻意塑造一個極大概括
式的和諧對比統一體。

　　有關和諧對比統一體的觀念，大致上是來自禪宗。原來佛教是講
究無上正等覺解脫的，但又相信文字般若有它的筌蹄作用（才有浩如
煙海的佛經造作）。這樣在必要「下一轉地」時，那作為筌蹄的語言（文
字）就勢必要最先遭到唾棄：

> 善男子，言有為法者，唯是如來名字說法。所言如來名字說法者，唯分言語
> 名為說法。善男子，若唯名字分別言語名說法者，常不如是。但種種名字聚
> 集言語成是，故言非有為……名字說法者，是分別相。分別相者，即言語相。
> 善男子，言語相者，即是名字之所集法。名字集者，是虛妄法。虛妄法者，
> 常無如是體種種分別。[15]

這種不必藉助思維和語言以親證絕對真實的神祕感悟，到了中國禪宗

---

[15] 菩提流支譯：《深密解脫經》，《大正藏》卷十六，臺北：新文豐出版公司，一九七
四年，頁六六六上。

（特別是南宗禪）則連帶為它建立起「不立文字」而頓悟自性清淨心的理論。然而，弔詭的是禪宗內部卻一樣饒舌不止，禪籍多如牛毛，這又是怎麼回事？《六祖法寶壇經》及其跋語各有一段話約略可以用來解答：

> 執空之人有謗經，直不用文字。既云不用文字，人亦不合語言。只此語言，便是文字之相。[16]

> 或曰：「達摩不立文字，直指人心，見性成佛。盧祖六葉正傳，又安用文字哉？」余曰：「此經非文字也。達摩單傳直指之指也。南嶽、青原諸大老，嘗因是指以明其心；復以之明馬祖、石頭諸子之心。今之禪宗，流布天下，皆本是指。而今而後，豈無因是指而明心見性者耶？」[17]

前一段話是說，反對語言本身也要用到語言，等於無法擺脫語言；後一段話是說，遇到語言而不當它是語言，就可以離相解脫（這是更轉一層詮釋）。行啦，「起點」和「終點」都有了，剩下的就大家自己看著辦吧！正因為語言「難纏」，所以禪宗又發展出藉對立物的不可化解來啟導眾人「轉念自釋」而成佛（不執著兩端就能超脫）。如「菩提本無樹，明鏡亦非臺。本來無一物，何處惹塵埃」[18]、「焰裡寒冰結，楊花九月飛。泥牛吼水面，木馬逐風嘶」[19]和「空手把鋤頭，步行騎水牛。人在橋上過，橋流水不流」[20]等，這些各組都可以看作和諧對比統一體

---

[16] 宗寶編：《六祖法寶壇經》，《大正藏》卷四十八，臺北：新文豐出版公司，一九七四年，頁三六〇中。

[17] 同前注，頁三六四下～三六五上。

[18] 同前注，頁三四九上。

[19] 玄契編：《曹山本寂禪師語錄》，《大正藏》卷四十七，臺北：新文豐出版公司，一九七四年，頁五三七上。

[20] 瞿汝稷集：《指月錄》，《卍續藏》卷一百四十三，臺北：中國佛教會，一九六七年，頁二二左下。

而成為論者所說更高層次「真空且妙有」的例證。[21]

　　《紅樓夢》作者就是藉這種和諧對比統一體的觀念來逞特能奇詭的本事，試圖終極解消語言文字的迷障而超越一切語文成品的審美視野。換句話說，《紅樓夢》全書充滿著「太虛幻境即是真如福地」（第一百二十回）、「假作真時真亦假，無為有處有還無」（第五回）和「大荒山／無稽崖／朝代年紀地輿邦國卻反失落無考」（第一回）等不啻要人自我消解相關執念的對立情事（話語），如何能不想及這就是《紅樓夢》作者正在施展筆補造化才的痕跡？[22]而他所再擴及小孩子顯大才這一大人／小孩的對比等隱事（並非如前者那般明白點出），則無異是在極大概括這種觀念體制，而給予讀者空前別致的審美享受。

（二）一組人不盡寫的改成兩類人

　　由於和諧對比統一體的分化（從明白點出到暗中透露），而讓我們看到了小孩子顯大才這件事在《紅樓夢》裡仍屬於有機的設計，目的同樣是要我們忘卻它的存在。而它的「一組人不盡寫的改成兩類人」所呈顯的繁複景象，依然是要我們在它的「二度暗示」後，更應該懂得一併消解對它的執著。《紅樓夢》作者的筆補造化才情，到了這裡已接近要「表露無遺」了。

　　這是說造化（道）所顯現的文飾趨向究竟要到什麼地步為止，造化本身並沒有預示（也無力預示），而《紅樓夢》作者從緣起觀型文化處得到靈感而開始為它設想一個「繁華落盡見真淳」的可行方案並親自予以實踐，這就等於彌補了造化的不足而可以讓他本人再一次開展不世出的才情。先前佛教內部有所謂「一切實非實，亦實亦非實，非

[21]　參見楊士毅：《邏輯與人生──語言與謬誤》，臺北：書林出版公司，一九九四年，頁一三四～一三五。
[22]　參見周慶華：《紅樓搖夢》，頁一二七～一二九。

實非非實，是名諸佛法」[23]、「僧問：『和尚為什麼說即心即佛？』師（馬祖道一）云：『為止小兒啼。』僧云：『啼止時如何？』師云：『非心非佛。』」[24]和「所有一切聲色，是佛之慧目。法不孤起，仗境方生。為物之故，有其多智。終日說，何曾說；終日聞，何曾聞。所以釋迦四十九年說，未曾說著一字」[25]等看似詭論而實際是在「以言遣言」或「蕩相遣執」。同樣的，《紅樓夢》作者也洋洋灑灑地說了七、八十萬字而最後末回卻以「不過遊戲筆墨」（如同未說）這一嘻嘻哈哈的態度收場，他所要解構世人執念語言文字的功用再明顯也不過！[26]

在某種程度上，讓小孩子顯大才所拼裝的圖象，對《紅樓夢》作者來說也是一個取材方面的大考驗，不可能有所謂信手拈來或福至心靈的倖得情況。換句話說，《紅樓夢》作者這樣大肆蒐羅他所能經驗或所能想及的題材，總要找個地方掛搭而不致讓人有太過突兀的感覺，這就不是一件容易的事。還好他終於展現了可以大加稱道的「巧為計策」，而留予我們有餘地來參透那仍是同一個「先執後捨」理路的發用。正如賈寶玉第一次夢遊太虛幻境時所受警幻仙子「先以情欲聲色等事警其痴頑」的道理一樣（第五回）：滿足過了情欲聲色，就得徹悟該情欲聲色的虛幻性（從此像木居士和灰侍者那樣心如槁木死灰般的過活）。而這跟《紅樓夢》作者要人領受完七、八十萬字的皇皇言說後再看他破除話語迷霧，豈不是一個模子「兩樣製品」？《紅樓夢》作者可真逞了他的筆補造化才了。[27]因此，《紅樓夢》書中所見一組人不盡寫的改成兩類人，就如同要給讀者品賞夠儘有的人物展演形態，而後再

[23] 鳩摩羅什譯：《中論》，《大正藏》卷三十，臺北：新文豐出版公司，一九七四年，頁二四上。

[24] 道原纂：《景德傳燈錄》，《大正藏》卷五十一，臺北：新文豐出版公司，一九七四年，頁二四六上。

[25] 裴休集：《宛陵錄》，《大正藏》卷四十八，臺北：新文豐出版公司，一九七四年，頁三五八下。

[26] 參見周慶華：《紅樓搖夢》，頁一二三。

[27] 同前注，頁一二三～一二四。

思及這原是有反向激勵超脫功用的。

（三）兩類人中有小才子

　　將大人／小孩的對比兩類化後，《紅樓夢》作者以正中偏的方式賦予那些少年有如成人的才華，這種設計所要引發讀者注意他們的演出（而不旁顧或無所聚焦），毋乃也是為相應一個藉意象寓意以逃避自我和克服言不盡困擾的觀念。這本是文學人的宿命，《紅樓夢》作者當也深有體會，只不過他特能把相關的戲碼搬演得鮮活多趣，而差點使人忘了裡頭是有這一層技藝兼倫理關係的。

　　我們知道，文學人所看中意象的藝術存有特性，與其說是他們從此找到了一個美感內化的途徑，不如說是他們比一般人更知所昇華為連帶解脫生命，而讓意象的存活得以永恆化。因此，實際的意象創設是否真能有效的達意（寓意），已經不那麼重要。反而是它可以給創設者帶來「自我逃避」的好處特別可觀：

> 宗教人採用意象，因為無法「直接」說出他想要說的，而意象容許他逃避「既成」的實在界。但他討厭把某種明確的實在界劃歸意象本身。事實上，宗教心靈創造了意象，同時又對這些意象保持一種「打破偶像」的態度。它今日斥為偶像者，正是它昨日奉為聖像者。[28]

宗教的意象性語言甲詭的自我宣示所謂實在界或終極真理的不在場；同樣的文學的意象性語言也等於或更不敢保證相關旨意的表達可以成功。[29]因此，「自我逃避」也就成了戲玩意象的修飾詞，它終究不得不

---

[28] 杜普瑞（Louis Dupré）：《人的宗教向度》，傅佩榮譯，臺北：幼獅文化公司，一九九六年，頁一六〇。

[29] 參見黑格爾（Georg W. Hegel）：《美學（二）》，朱光潛譯，臺北：里仁書局，一九八一年，頁一七～一八；葉維廉：《比較詩學》，臺北：東大圖書公司，一九八三年，

跟解脫生命的課題相連結。而這在《紅樓夢》作者那裡，無疑的他的演出比誰都更有心得。

　　姑且不說展布情節以及嵌入許多雅俗文體時所創設的極為繁夥精采的意象，就說一開始所塑造「石頭」這個古今無雙的意象好了。女媧煉石補天這個神話故事是有古書率先記載的：

> 往古之時，四極廢，九州裂，天不兼覆，地不周載。火爁炎而不滅，水浩洋而不息。猛獸食顓民，鷙鳥攫老弱。於是女媧煉五色石以補蒼天，斷鼇足以立四極，殺黑龍以濟冀州，積蘆灰以止淫水。蒼天補，四極正，淫水涸，冀州平，狡蟲死，顓民生。[30]

但該神話故事卻沒說還有「一塊未用」；到了《紅樓夢》才加上這一段情節。在這段情節裡，由於剩下這一塊是沒用的（無才不堪入選），而沒用的石頭去經歷一場幻緣所留下的故事也是沒用的；而這一連串「沒用」所寓意的就是大家不要太在意《紅樓夢》這個文本到底說了什麼！這樣《紅樓夢》作者就把一切責任推給石頭而自我逃避了；同時他所講不清的話，也因為有他所創設的石頭等一系列意象可以任人猜測，從而克服了深層的言不盡意的困擾。

　　上述後者是說，意象的呈現本身是一個「設譬寓意」或「取譬喻示」的形式，這個形式一般稱作譬喻（可以再分明喻、隱喻、換喻、借喻和諷喻等）。而譬喻的形成，就可以從心理層面上研判它有為解決「言不盡意」的問題。理由是：語言（文字）屬於抽象的符號，無法表達人深刻的經驗和終極的實在。[31]所謂「書不盡言，言不盡意」[32]、

頁一一一～一一二；周慶華：《佛教與文學的系譜》，臺北：里仁書局，一九九九年，頁一二三～一二四。

[30] 高誘：《淮南子注》，新編諸子集成本，臺北：世界書局，一九七八年，頁九五。

[31] 參見沈清松：《現代哲學論衡》，臺北：黎明文化公司，一九八六年，頁七七～八一。

[32] 孔穎達等：《周易正義》，十三經注疏本，臺北：藝文印書館，一九八二年，頁一五七。

「恆患意不稱物，文不逮意」[33]和「夫神思方運，萬塗競萌，規矩虛位，刻鏤無形。登山則情滿於山，觀海則意溢於海……方其搦翰，氣倍辭前；既乎篇成，半折心始」[34]等，都是在表達這個意思。而面對這種困擾，作者（說者）不是像文論家所說的「至於思表纖旨，文外曲致，言所不知，筆固知止」[35]那樣自動擱筆，就是像易學家所說的「聖人立象以盡意，設卦以盡情偽，繫辭焉以盡其言」[36]那樣勉為設言（「盡」字有「概略」的意思）。而譬喻的運用，就是基於後者而藉以解決或突破「言不盡意」的難題。因此，當直敘繁說仍不能盡意時，使用譬喻就能掩飾困窘，並且可以繼續保有想要盡意的企圖（好比作《易》的人，明知言不盡意，仍要設卦立象繫辭來概括情意）。[37]《紅樓夢》作者大致就是深能逃避自我兼假飾通達而玩繹文學到最廣樂趣的人。而我們想知道他是如何的「示範有成」，就可以到《紅樓夢》裡面那數不勝數的意象群去感受體驗。當中小孩子顯大才，就是一個特別有韻味的意象。換句話說，在大人／小孩兩類人中設定小才了這種意象，它擺明了不就是要讀者好好看覷它（不論它寓有什麼微言大義或是純粹在藉為逞才所資）；否則錯過它而少知一項可能的技藝，就可惜了。

三、兩類人再細化為另一組人

（一）小才子再衍生為多組文人

接著就要進一步來探討《紅樓夢》書中那些小才子也能有大人才

---

[33] 陸機〈文賦〉，收入李善等：《增補六臣注文選》，臺北：華正書局，一九七九年，頁三〇七。

[34] 劉勰：《文心雕龍》，增訂漢魏叢書本，臺北：大化書局，一九八八年，頁三一一六。

[35] 同前註，頁三一一六。

[36] 孔穎達等：《周易正義》，十三經注疏本，頁一五八。

[37] 參見周慶華：《紅樓搖夢》，頁一二五～一二七。

華的意象，究竟隱藏了多少信息可以提供我們解會和寫作的參考資源。顯然這種意象是個總說，它必須落實到個別小才子的表現上才能據為指實。而這有由小才子再衍生為多組文人的情況，可以作為「兩類人再細化為另一組人」的前奏，先對它有所了解後才好將那「另一組人」予以框限陳說。

《紅樓夢》作者在布局時，勢必也要把一群小才子再作點類型的區隔，所要讓他們顯現的才華才會知所展演的方向。而這從全書來看，以佔地在場序的表現定位，林黛玉／薛寶釵是高才一組的；賈寶玉／史湘雲是博才一組的；李紈／賈探春是中才一組的；賈迎春／賈惜春是中下才一組的；其餘如妙玉／薛寶琴／邢岫烟／李紋／李綺等則介於博中才之間而自成「外掛」一組（尚有賈環／賈蘭／香菱勉強算數，但都屬初學者，可以不計）

從高才到博才到中才到中下才等，這不啻囊括了文人可能的形態，很明顯也是《紅樓夢》作者敘寫要窮盡所有人事物而使文體極大化的一個徵候。而他更精為安排的，則是專給這些小才子一展才華的雅集設想。他們最初的結社（海棠社）是由中才賈探春發起的，她先給賈寶玉寫了一封信（《紅樓夢》作者藉機讓她表現一下中才文人慮事的力度）：

> ……今因伏几憑床處默之時，因思及歷來古人中處名攻利敵之場，猶置一些山滴水之區，遠招近揖，投轄攀轅，務結二三同志盤桓於其中，或豎詞壇，或開吟社，雖一時之偶興，遂成千古之佳談。娣雖不才，竊同叨栖處於泉石之間，而兼慕薛林之技。風庭月榭，惜未宴集詩人；帘杏溪桃，或可醉飛吟盞。孰謂蓮社之雄才，獨許鬚眉；直以東山之雅會，讓余脂粉。若蒙棹雪而來，娣則掃花以待。此謹奉。（第三十七回）

這本來可以讓賈探春就近告知或央請（何況他們都住在大觀園走幾步路就到了），但《紅樓夢》作者卻故意來這一招，以顯現他所知道一般

文人雅集所不能免除的「禮數」。而最重要的是，這一結社的發起人要
如書中設定在中才的文人才合理（倘若由高才的文人先發起，那麼就
會因為高才對高才「嚶鳴以求友」的需求不著而顯得有點突兀）。我們
看他們接下來的對話以及李紈加入添綴的情節：

> 寶玉笑道：「可惜遲了，早該起個社的。」黛玉道：「你們只管起社，可別算
> 上我，我是不敢的。」迎春笑道：「你不敢誰還敢呢！」……一語未了，李紈
> 也來了，進門笑道：「雅的緊！要起詩社，我自薦我掌壇。前兒春天我原有這
> 個意思的。我想了一想，我又不會作詩，瞎亂些什麼，因而也忘了，就沒有
> 說得。既是三妹妹高興，我就幫你作興起來。」（第三十七回）

賈探春的信函裡已先說了起社是「兼慕薛林之技」，理由足夠；而後又
有李紈居長慢出附和且要自薦掌壇，整個文人雅集的「程序」順當極
了。而因有此次開吟社的興會成功，以及彼此也都相互見識了詩才，
所以後續的更換戲碼改暨詞壇（桃花社）理所當然就要由前次奪魁的
林黛玉擔任社長。這種設計，已經不是要教她仰慕誰的才華，而是讓
別人來捧她為盟主了。此外，還有更見細致的，就是林黛玉初接社長
職位時，還氣高了一點要大家寫出「桃花詩一百韻」，經過薛寶釵的反
對「使不得！從來桃花詩最多，縱作了必落套，比不得你這一首古風。
須得再擬」，以及史湘雲的提醒「咱們這幾社總沒有填詞。你明日何不
起社填詞，改個樣兒，豈不新鮮些」（第七十回），終於同意而約集大
家來擬題限調填詞。這一高才領銜卻遇他人配合不及而有所折衝的難
免情況，《紅樓夢》作者也都備寫了，可見此中多麼的能對人生經驗真
實，[38]而有我們嘆賞的極大空間。

---

[38] 虛構作品要表現它的真實性，可以從對人性／對人生事件／對人生經驗真實等著
手；尤其是對人生經驗真實一項，被判定為各類型作品所得共同遵守。參見劉昌元：
《西方美學導論》，臺北：聯經出版公司，一九八七年，頁二七一～二八七。

　　由「小才子再衍生為多組文人」的組別化，實際上是等上述區分後再見高才中有高才／博才中有博才（其餘依此類推）而成立的。也就是說，如同為高才的林黛玉／薛寶釵，就要再賦予林黛玉優著；而同為博才的賈寶玉／史湘雲，就要再強調賈寶玉勝出，彼此的組別化才真正有著落。而這在《紅樓夢》作者可沒有忽略，他總是能夠恰如其分的把事情分疏得極為妥適。

（二）多組文人取精一組化

　　不論《紅樓夢》作者所要敘寫的文人有多少類型，從整體來看他更在意的是文人的才華究竟可以高／博到什麼地步（這樣才有機會假小說人物來代為表出他的高才兼博才），以至就有從裡面挑中林黛玉和賈寶玉二人作為典型而極力在鋪陳他們的才華向度。這一高才／博才的組別化，也就是《紅樓夢》作者把兩類人再細化為另一組人的終極所託（上述「小才子再衍生為多組文人」是作為聚焦的前景）。換句話說，經由大人／小孩的對比，所賦給小孩子顯大才的焦點化，還要再精煉一組來撐起文人群中最難得的高才／博才事實，才能展現《紅樓夢》作者寫作能耐的「巔峰」窮盡性。

　　至於高才所屬的對象選中林黛玉，這一方面是要配合她孤伶的身世和氣傲的稟性；另一方面則是要顯示高才令人既敬又厭的兩面特徵，終究不如博才賈寶玉那樣常能「與人為善」而受到衷心的歡迎。因此，當高才所希同屬高才的知音落空後，只有博才的人才能加以容受且給予相當程度的讚賞回饋。這是《紅樓夢》作者深知人情世故的又一體現（至如他本人的才華，則無疑是能高能博的綜合體），小說人物不過是他的試煉場域。

　　縱是如此，《紅樓夢》作者還是不放過每一個可以展現高／博才華的機會（既是小說人物的，又是他自己的），而以「權宜區分」使他們各自存在著。好比他就讓林黛玉除了跟著大夥吟詩作對而受到稱譽不

迭（如第三十七回的〈咏白海棠〉、第三十八回的〈咏菊〉〈菊夢〉〈螃蟹咏〉和第七十回的〈唐多令〉等），還別為給她多出別人所短能的歌行體〈葬花吟〉（第二十七回）〈秋窗風雨夕〉（第四十五回）、聯體詩〈題帕〉三絕句（第三十四回）、組詩〈五美吟〉（第六十四回）和騷體〈琴曲四疊〉（第八十七回）等，顯然絕對高才僅寄在她一人（此外，安排她跟香菱談詩趣，以及跟賈寶玉談文理樂意等，所示識見又是餘事）。又好比他就讓賈寶玉縱橫全場，不但詩詞曲賦樣樣行（當中第七十八回所見〈姽嫿詞〉和〈芙蓉女兒誄〉等最具匠心），而且有關醫理／養身／悟禪／說道／據典／書藝／行令／閨情等也無不精通，簡直是個十足的全科達人。

特別是對博才賈寶玉的敘寫，可說已到「一往情深」的地步。整體上，賈寶玉不僅是具有大家所容易看出來的「**通部情案，皆必從石兄挂號，然各有各稿，穿插神妙**」[39]這一超然地位，連他在賈府都是一個足可支撐半邊天的靈魂人物（還沒有把他所受賈母疼愛逾常的面向算在內）。後者向來少有人意會，且多被第三十七回薛寶釵封給他「無事忙／富貴閑人」綽號所影響，而逕以為他在賈府不就是個紈褲子或禍胎孽障。其實，賈寶玉在賈府裡負有他人所無法勝任的雜多任務（所謂的「無事忙／富貴閑人」，就是反語），包括對內當黏合劑（定時或不定時到賈母、各房長輩及眾姊妹處請安問候，並傳遞信息和兼辦事務，必要時還要負責開導弟妹侄孫等）和對外當使節（凡是接待來賓、跟親友通好／送賀禮，以及到侯王處存問／弔唁等，一概承攬）等，所以他所分到的丫鬟和小廝才會多達三十人，即使是當家人也不及他的配數（像賈母只有八個丫鬟，王夫人只有七個丫鬟，王熙鳳只有四個丫鬟和四個小廝）。那些丫鬟和小廝大多是要隨賈寶玉出勤或護駕或先遣或善後，沒有一個人是閑置的。這樣可以膺任其他主子所無力或

---

[39] 庚辰本第四十六回雙行批，收入陳慶浩編著：《新編石頭記脂硯齋評語輯校增訂本》，頁六二七。

不便處理事務的職位的人，沒有可被信賴的靈巧和通達本事，是難以想像的。因此，《紅樓夢》作者塑造了賈寶玉這樣一個角色，形同是要引發讀者悟及博才者也得禁得起現實適用處的考驗，才能名副其實（相對的，高才者自有傲凡的癖性，可以不隨流俗去「多方浮沉」）。而所謂「多組文人取精一組化」，到了這裡也真的簡擇有則且用意良深了。

四、賦予小孩子顯大才的美感反差蠡測

（一）淺因在別無他處可以安置

古來雖然不乏神童能敏捷作詩的傳聞，但從他們所遺留的作品來看，卻也僅是短製淺俗而少文采，[40]顯然跟《紅樓夢》書中那些小大人可精可廣的才藝不能相比。這就不免讓人想到《紅樓夢》作者「有意為之」的有意所在，很可能不是想改寫一部神童的歷史，而是要藉這些小才子來對比凸顯某些事物，以為符應相關的夢幻旨意。而在通向這夢幻旨意的過程，它是透過美感的營造來完成的。只是這美感的營造並非採用尋常的策略，而是刻意製造一個「實未能卻強已能」的美感反差效果，讓那些小才子當起古今無雙的文學技藝擅長者，使得身為讀者的我們就得從中細細的尋思「它是怎麼可能」的。

像《紅樓夢》裡面那樣的小才子，現實中是不可能有的。一個人即使啟蒙再早，沒有相當的社會歷練，他所能營構的文章，一樣要受到生活經驗的限制而無從開闊視野（那能像《紅樓夢》那些小才子作起詩詞曲賦來可以橫古跨今）。就以近代一位著名學者的自述為例：

> 我才滿三歲零幾個月，就在我四叔父介如先生的學堂裡讀書了……我念的第一部書是我父親自己編的一部四言韻文，叫做《學為人詩》……我念的第二

---

[40] 詳見李宗為校注講析：《千家詩　神童詩　續神童詩》，上海：上海古籍出版社，一九九三年；聞荃堂等選注：《中國古代神童詩》，北京：東方出版社，一九九六年。

部書也是我父親編的一部四言韻文，名叫《原學》，是一部略述哲理的書……
我念的第三部書叫做《律詩六鈔》，我不記得是誰選的了……我念的第四部書
以下，除了《詩經》，就都是散文的了……後來我居然得著《水滸傳》全部。
《三國演義》也看完了。從此以後，我到處借小說看……所以我到十四歲來
上海開始作古文時，就能做很像樣的文字了。[41]

這麼早就啟蒙的人，也只是到十四歲才能寫點像樣的古文，根本還搆
不上得有更深學養才能成就的詩詞曲賦。同樣的，小說也不能違背常
情而給角色加添過多的才情（不然就會對人生事件不真實）；何況《紅
樓夢》敘寫男性小才子入家塾讀書所學僅止於《四書》《詩經》（第九
回），而所有女性小才子或由母教或延師督課所得也很有限，那能就那
樣「無師自通」的作起連大人都常有不及的詩詞曲賦呢！因此，要說
這裡面沒有別有用心，讀者是不會相信的。

　　所謂的「別有用心」，不全是作者個人的意圖，它也可能是選定敘
述對象後的不得不隨著貼附。也就是說，向來文人的才會表現，或在
山水名勝，或在東家別墅，或在廟堂宴樂，並不定處所，而現在《紅
樓夢》作者一律把它拘限在大觀園內，這是小說取材的先驗制約。這
項制約，就方便了《紅樓夢》作者可以細為擘畫相關的節目：配合飲
讌娛戲，而開啟作詩填詞、製謎行令、即景聯詩和互贈詩啟琴曲等契
會，亟欲將文人雅集所有的類型畢見於此。正因為這一別有用心的先
在，所以《紅樓夢》作者才選擇了一群小孩子來搬演這樣的故事。這
是整體敘寫在別無大人可派用的前提下必有的考量；否則《紅樓夢》
作者就得費力岔出再由大人引進其他文人來共襄盛舉，而這是有妨情
節伸展，不大可能被採用的。

　　本應是大人顯大才，所顯現的美感才會給人踏實的感覺；但《紅
樓夢》作者卻「反其道而行」，無異製造了一種美感反差。而這所可以

---

[41] 胡適：《四十自述》，臺北：遠東圖書公司，一九八五年，頁二〇～三〇。

初步蠡測的，就如上述乃因為別無他處可以安置。這是它的淺因，表示《紅樓夢》那些小才子僅為借用者，讀者不必過於膠柱鼓瑟的定要強尋它的不是或訾議它有違常理。

（二）深因在同為對比手法的運用

更從縱深的角度看，在《紅樓夢》前所出現的才子書，如金聖嘆所評點的《莊子》、《離騷》、《史記》、《杜詩》、《水滸傳》和《西廂記》等，[42]不論是說理還是抒情或是敘事，裡外人物無一不是大人（外為作者，裡為書中的角色），從未有小才子在裡面廁和演出的。即使是現實中所有相關士人園林的文獻記載，也一概瞧不出容受過小才子的放肆創作。[43]這就使得《紅樓夢》作者在書中藉石頭口說的那段話，成了「此地無銀三百兩」式的反話：

> 至若佳人才子等書，則又千部共出一套，且其中終不能不涉於淫濫，以至滿紙潘安、子建、西子、文君，不過作者要寫出自己的那兩首情詩艷賦來，故假擬出男女二人名姓，又必旁出一小人其間撥亂，亦如劇中之小丑然。且鬟婢開口即者也之乎，非文即理。故逐一看去，悉皆自相矛盾，大不近情理之話。竟不如我半世親睹親聞的這幾個女子，雖不敢說強似前代書中所有之人，但事迹原委，亦可以消愁破悶；也有幾首歪詩熟話，可以噴飯供酒。至若離合悲歡，興衰際遇，則又追踪躡跡，不敢稍加穿鑿，徒為供人之目而反失其真傳者。（第一回）

先前的才子佳人小說固然有「誇張不實」或「荒誕不經」的現象，但也遠不及《紅樓夢》派給小孩子顯大才那般的「神通廣大」，而更教人頻頻嘆為觀止！這豈不是只准自己寫小說「可以有我所屬意的虛構」

---

[42]　參見楊子忱：《鬼才金聖嘆》，臺北：遠流出版公司，二〇〇六年，頁三七三。

[43]　詳見王毅：《中國園林文化史》，上海：上海人民出版社，二〇〇五年。

而不許別人寫小說「可以有他所屬意的虛構」？因此，我們如果「以子之矛，攻子之盾」，那麼《紅樓夢》自然也應厠入所要排斥的行列，從此不能附和他而再據以為妄論是非！很明顯的，照《紅樓夢》作者那樣的巧思，我們很難這麼輕易就能解開該一謎題。換句話說，《紅樓夢》作者不大可能設想不到讀者會懷疑他有所短視或才盡於此；而既然都已能料到卻又全程讓小才子們演竣，那麼這裡面就少不了有更深原因值得我們再試作探討了。

　　前面提及《紅樓夢》書中所見小孩子顯大才是和諧對比統一體的分化使然（詳見第二節），那在審美感興上就再擴衍出來跟歷代的才子書作比較，才知道《紅樓夢》作者所以如此安排的究極的苦心孤詣。也就是說，《紅樓夢》這樣通外對比的完成，所刺激讀者悟及一併去執的審美效果得更為顯著，才會留有讀後遺韻。這種遺韻是佛教解離式的「消無美感」，得著的人自是朗然一笑或一派風輕，從此不再沾染泥滯塵氛，而自然無言的回饋了作者的有效啟迪。

　　此外，《紅樓夢》作者要藉為炫才的媒介，他所給小孩子顯大才的安排也因此就成了自覺不自覺能動下的產物。當中自覺能動，是指作者有意這麼做，以為證成前二點作用；而不自覺能動，則是指作者藉機逞能到忘形的地步（讓小才子顯威有一發不可收拾的傾向，渾然忘了是自己在代小才子創作）。這在他人所未能而《紅樓夢》作者所已能的，同樣有額外審美的奇效。因此，深因在同為對比手法的運用，就是我們針對《紅樓夢》作者所以要製造美感反差所能進一步如此蠡測的。這意味著讀者不合再以疏忽或猖狂看視而否定它的存在。

（三）從令人讚嘆中收網

　　消無美感，相較其他各種存有美感來說，自也是天地間可以有此一格，而為《紅樓夢》作者筆補造化的專擅表現。這在全書中經由小

才子一再的才會演出（如詩詞曲賦不足以冠絕的，就在旁衍出飲食讌樂、琴棋書畫、醫藥卜筮、服飾建築、婚喪喜慶和家計宦情等，都讓他們通透一點），已經琳瑯滿目，想指瑕的人恐怕也要覺得難有個入處了。

　　姑且舉高才組林黛玉／薛寶釵和博才組賈寶玉／史湘雲各一次應機跨域像是搏命的演出為例，他們都代《紅樓夢》作者這位「大人」在極力的逗才：

黛玉道：「琴者，禁也。古人制下，原以治身，涵養性情，抑其淫蕩，去其奢侈。若要撫琴，必擇靜室高齋，或在層樓的上頭，在林石的裡面，或是山巔上，或是水涯上。再遇著那天地清和的時候，風清月朗，焚香靜坐，心不外想，氣血平和，才能與神合靈，與道合妙……」（第八十六回）

寶釵冷笑道：「……我教你一個法子：原先蓋這園子，就有一張細緻圖樣……叫他照著這圖樣刪補著立了稿子，添了人物就是了。就是配這些青綠顏色並泥金泥銀，也得他們配去。你們也得另爐上風爐子，預備化膠、出膠、洗筆。還得一張粉油大案，鋪上毡子。你們那些碟子也不全，筆也不全，都得從新再置一分兒才好。」（第四十二回）

寶玉笑道：「當真的呢，我這個方子比別的不同。那個藥名兒也古怪，一時也說不清。只講那頭胎紫河車，人形帶葉參，三百六十兩不足。龜大何首烏，千年松根茯苓膽，諸如此類的藥都不算為奇，只在群藥裡算。那為君的藥，說起來唬人一跳。前兒薛大哥哥求了我一二年，我才給了他這方子。他拿了方子去又尋了二三年，花了有上千的銀子，才配成了。太太不信，只問寶姐姐。」（第二十八回）

湘雲笑道：「還是這個情性不改。如今大了，你就不願讀書去考舉人進士的，也該常常的會會這些為官做宰的人們，談談講講些仕途經濟的學問，也好將

來應酬世務，日後也有個朋友。沒見你成年家只在我們隊裡攪些什麼！」寶
玉聽了道：「姑娘請別的姊妹屋裡坐坐，我這裡仔細汗了你知經濟學問的。」

（第三十二回）

　　我們別忘了，他們可是十來歲的少年人，卻這般老練的在講樂理／說
畫藝／開藥方／顧世道等，那些縱是質諸成人大概也沒幾個能够。可
見這是《紅樓夢》作者寫人事物要極大化，而故意讓小孩子出頭來顯
示它是有特定「對比用途」的。因此，在如上述一層深似一層的製造
美感差異中，我們就看見了一幅「從令人讚嘆中收網」的最終消無圖
像。

　　原才會的創意表現是帶有崇高性的（雖然當中的人際互動及其作
品風格也不乏優美諧趣和悲感調子），但透過強力對比的存有詭論式意
示消解，該崇高性竟也有如泡沫幻影而不復可以想像它的存在。這應
是最真實的歸趨，但也可能是《紅樓夢》作者最雅不願太早被我們鍼
破的地方。換句話說，賦予小孩子顯大才的美感反差所能蠡測的淺因
和深因，都不及最終意圖消無美感那樣需要我們去善加領會。這乃是
《紅樓夢》作者巧為布局的超常處，我們何妨讚嘆過了小才子的精湛
演技後再來曉悟，因為這跟書中將所有美好事物給相關角色經歷後再
予以收束而令它們幻滅道理是一樣的。讀者的「冀幸一悟」，得先寄在
對看得見的劇情的循序解讀上（否則又何須那般費心的安排呢）。

五、涉世日深才益淺的反諷

（一）美感的純化和社會經驗成反比

　　《紅樓夢》作者賦予小孩子顯大才所製造的美感反差，倘若換個
角度看（另一種同情的解會），那麼還會發現它別有對文人涉世日深才

益淺的反諷作用。這在表顯的層次可見美感的純化和社會經驗成反比，而有《紅樓夢》作者所要藉以譏刺的空間。

我們知道，美感是對美的感受，而美又是某些特別的形式／意義對象。在認知的範疇，對美的感受是屬於本體真理判斷的一種。[44]它容許在特定的時刻（如面對繪畫、音樂、舞蹈、雕塑和建築等藝術品時）可以有美學家所謂的「無利害關係（無概念、無關心）的趣味判斷」[45]，但在面對文學這種特殊的語文成品時卻難以不跟其他知識或規範有著多方的糾纏[46]（因為它兼有形式和意義，而意義就會牽涉知識或規範的成分，不像其他藝術可以但憑形式而被審美）。因此，《紅樓夢》作者安排小才子大展詩詞曲賦等才藝，顯然就有要「藉為一諷」（從意義來）太過社會化的成人，彷彿暗中在對他們說：「看吧，你們就是寫不出這樣的東西！」

恰是如此，那些小才子不但盡情的創作，還互相評論，甚至有意無意的在教人相關的技藝，酷似處於一個文學美感放射式發露的國度。而賈府那些大人，既乏文采又缺高雅，全被比了下去。這豈不是一併在正告世人：你們的社會經驗越豐富，小心會像賈府那些大人離美感的純化越遙遠（機括填膺所致）！我們看賈政領著一群清客相公去驗收大觀園工程並題對額，儘讓賈寶玉一人佔了鰲頭，就可知《紅樓夢》

---

[44] 本體真理，相對的是論理真理。前者為道德和美感等所屬；後者為哲學和科學等所屬。二者的區別是，當事物出現時，我們根據對各種事物所形成的觀念加以判斷，看它是否跟事物相符，如果相符，我們的判斷就是真的，就擁有論理真理（名和實相符）；否則我們的判斷就是假的，就不擁有論理真理。如「外面在下雨」這一判斷，我們只要走出戶外就能驗證它的真假。而當事物出現時，我們判斷它是否跟我們腦海中對事物所形成的觀念相符，如果相符，我們就擁有本體真理（實和名相符）；否則事物就是假的，我們就不擁有本體真理。如「他是好人」和「這朵花美極了」的判斷，我們只要知道判斷者有關「好人」和「美極」的定義，就能驗證它所說的是否如實。參見周慶華：《語文符號學》，上海：東方出版中心，二〇一一年，頁一〇四～一〇五。

[45] 詳見康德（Immanuel Kant）：《判斷力批判》，宗白華等譯，臺北：滄浪出版社，一九八六年。

[46] 參見周慶華：《語文教學方法》，臺北：里仁書局，二〇〇七年，頁二五三～二五四。

作者的諷喻用意。這當不僅是賈政後來對貴妃賈元春所透露的「園中所有亭臺軒館，皆係寶玉所題；如果有一二稍可寓目者，請別賜名為幸」（第十七回至十八回）那樣為試才上薦，因為連林黛玉都參與了那一次的題對而受到賞讚：

> 湘雲笑道：「……這山之高處，就叫凸碧；山之低窪近水處，就叫作凹晶。這『凸』『凹』二字，歷來用的人最少。如今直用作軒館之名，更覺新鮮，不落窠臼……」林黛玉道：「……實和你說罷，這兩個字還是我擬的呢。因那年試寶玉，因他擬了幾處，也有存的，也有刪改的，也有尚未擬的。這是後來我們大家把這沒有名色的也都擬出來了，注了出處，寫了這房屋的坐落，一併帶進去與大姐姐瞧了。他又帶出來，命給舅舅瞧過。誰知舅舅倒喜歡起來，又說：『早知這樣，那日該就叫他姊妹一併擬了，豈不有趣。』所以凡我擬的，一字不改都用了。如今就往凹晶館去看看。」（第七十六回）

這高才／博才精選一組都不約而同的上場典藝了，試問《紅樓夢》作者還能教那些大人反轉來搶風采嗎？換句話說，賦予小孩子顯大才所見的才藝，在額外對比上就是要彰顯涉世日深才益淺的反諷效果，而這在《紅樓夢》裡已經是一個可以肯定的完成式。

所以說這是「可以肯定的完成式」，乃緣於裡面有一個美感的純化觀在制約著，那是《紅樓夢》作者特有的體會，也是文學審美可以寄予的一種見解。一般都強加文學太多的知識／規範功能，而忽略了審美作用才是它的首重處，導致文學的「入世」過深而消蝕了它的美感價值。這點《紅樓夢》作者可看在眼裡而有意要作點矯正。好比他一再的藉小說人物（如薛寶釵和林黛玉等）道出「古人的詩賦，也不過都是寄興寫情耳」（第三十七回）、「只要頭一件立意清新，自然措詞就不俗了」（第三十七回）和「詞句究竟還是末事，第一立意要緊，若意趣真了，連詞句不用修飾，自然是好的」（第四十八回）等，這分明就

是在暗諷文學社會化的偏離航道；而一旦能扭轉成功，那「意真詞新」的維護就成了純化文學美感的保證。對於這一點，還有一段薛寶釵對香菱纏著史湘雲討教作詩的評論可以為證：

> 寶釵因笑道：「……一個香菱沒鬧清，偏又添了你這麼個話口袋子，滿嘴裡說的是什麼：怎麼是杜工部之沉鬱，韋蘇州之淡雅，又怎麼是溫八叉之綺靡，李義山之隱僻。放著兩個現成的詩家不知道，提那些死人做什麼！」湘雲聽了，忙笑問道：「是那兩個？好姐姐，你告訴我。」寶釵笑道：「呆香菱之心苦，瘋湘雲之話多。」湘雲、香菱聽了，都笑起來。（第四十九回）

這看似在開玩笑，其實是寓有深意的。首先，所謂的沉鬱、淡雅、綺靡和隱僻等，都跟上述「意真詞新」的純化美感有所隔閡，它們可以作為詩家的風格特徵，但要論及「無利害關係」的審美卻還差一級次。其次，文人創作所以會到沉鬱、淡雅、綺靡和隱僻等地步，只因涉世甚深，作品都已染上功利色彩而不復當初的純真。再次，想要回返那「一念初心」的境地，就得先破除偶像或典範，因為他們所寫的所以能傳世，全被自我或他人揀選過了，存世的作品無不沾染滿滿的世情（想純粹審美已不可得）。這樣《紅樓夢》作者賦予小孩子顯大才而從新結撰的詩詞曲賦等，也就有了依據，明眼人應當可以從中看出「原來那是要教我們領略可能的文學美呀」！這種文學美不一定要小孩子才能搏成（至少《紅樓夢》作者自己就辦到了），但當成人失落了對它的追求，這世界就會增添另一種社會化劫掠美感的遺憾！因此，透過類似的反諷一再的暗示大家，也許是救渡純化美感所不可避免且屬最無可奈何的途徑！

（二）才美的回歸所寄

在《紅樓夢》書中跟這些小孩子才藝對比的，還有其他成人角色

的作品，包括〈石上偈〉、〈卷首題詩〉、〈太虛幻境額聯〉、〈嘲甄士隱詩〉、〈中秋對月有懷口占一絕〉、〈詠懷一聯〉、〈對月寓懷口號一絕〉、〈好了歌及其解注〉、〈智通寺對聯〉、〈榮禧堂對聯〉、〈西江月二首〉、〈護官符〉、〈寧府上房對聯〉、〈秦氏臥房對聯〉、〈春夢歌〉、〈警幻仙子賦〉、〈孽海情天額聯〉、〈薄命司額聯〉、〈副冊判詞〉、〈正冊判詞〉、〈仙宮房內對聯〉、〈紅樓夢曲〉、〈嘲頑石幻相〉、〈卷末題詩〉及各種酒令讚語等，它們的歷世沉重感，都被引來襯托小才子初發文采的可貴。這種多「拉出賈府」所見的顯明對比，又有著才美的回歸所寄，同樣值得我們重視。

　　這是說那純化的美感，在被重重的世情包圍後，它唯一能夠凸顯的就是自我光華，並且以此來寄託才美的必要回歸旨意。我們看《紅樓夢》書中那些小才子，只有在飲讌遊賞的時候才能創作，而有持續性的美感勃發現象：

> 說著，大家來細細評論一回，獨湘雲的多，都笑道：「這都是那塊鹿肉的功勞。」
> （第五十回）

> 寶玉忙道：「我倒有了，才一看見那三首，又嚇忘了，等我再想。」湘雲聽了，便拿了一支銅火箸擊著手爐，笑道：「我擊鼓了，若鼓絕不成，又要罰的。」寶玉笑道：「我已有了。」黛玉提起筆來，說道：「你念，我寫。」（第五十回）

> 湘雲拍手贊道：「果然好極！非此不能對。好個『葬花魂』！」因又嘆道：「詩固新奇，只是太頹喪了些。你現病著，不該作此過於清奇詭譎之語。」黛玉笑道：「不如此如何壓倒你。下句竟還未得，只為用工在這一句了。」（第七十六回）

像這類雅興，都無法以政治／道德／宗教等衡量內裡的什麼功過得失，

它們就是純美的存在著。而作為一個旁觀者,除了賞玩感動,似乎不宜再有多餘的知解研議;否則就會破壞那一被用心經營成的諧和畫面。

　　所謂才美的回歸所寄,實情是這樣,但並不表示它可以恆久自足。當我們把它放大來看,前節所說的消無美感會介入而造成它的泡沫化。這時的回歸,就是際遇性的(不必奢望現實中可以「恆常如斯」)。想必《紅樓夢》作者也不會當真要大家將它永遠積存,畢竟世事隨時在變化,誰敢保證偶有興會就能予以固著為常態?因此,這一併列在「涉世日深才益淺的反諷」中的戲碼,也就必須經這一番點到後自動落幕,前面的消無美感才是場上的最終焦點。

六、小說寫手可以從這裡得到什麼啟發

(一) 炫才得有深刻寓意

　　第一節說過《紅樓夢》作者賦予小孩子顯大才「因為裡面有『刻意為之』的成分,所以勉為找出它的道理所在,自然就成了一項『必要解會』的工作;而剩餘情節還可以回饋小說寫手,讓他們知道處理這類題材要有相當的心理準備,避免因小失大或亂序可厭」,這是在為論述本身的價值評估(如果不把它取來對諍今後的小說寫作,那麼所探討的課題就會無所掛搭),以便讀者有機會從此一討論中得到靈感的觸發或實務的啟迪。

　　通常所說的剩餘觀,多半以馬克思(Karl Marx)的剩餘價值論為準的,乃指賤買貴賣所得的利潤(有別於一物換一物的交換價值),又包括絕對剩餘價值(如當經濟組織和工藝技術固定不變下所產生的資本或剩餘價值)和相對剩餘價值(如經由工藝技術的進步而減少工人工資的狀態下獲取)等。[47]但在這裡僅指論述要落實為可參鏡境地的未

---

[47] 參見蔡文輝:《社會學理論》,臺北:三民書局,二〇〇六年,頁一〇六～一〇七。

展現部分，彼此仍有取義上的不同。換句話說，我作為一個論述者，
在探究完這個課題後到底又可以提供小說寫手什麼樣的參考資源，也
得有所交代，而暫且就以剩餘情節來指稱這一待論的部分。

　　從前面各節的討論中，已經條理出了《紅樓夢》全給小孩子顯大
才的規律，也就是「從一組人到兩類人的對比設計」到「兩類人再細
化為另一組人」；而這是為了製造美感反差以及作為對涉世日深才益淺
的反諷。至於細項，則有這樣的次第考慮：

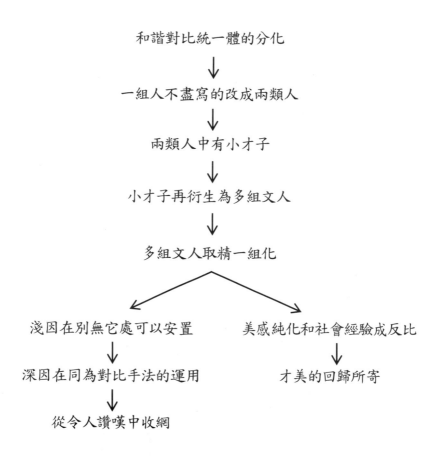

在整體上，它成就了《紅樓夢》作者炫才的另一極至表現。這一表現，

不啻展衍了一種寫作取材的階序性特徵，以及消無美感以為筆補造化的功能，乃屬一雙雙稱勝的演出。因此，今後的小說寫手如果有所仿效而新創的，卻不知比照這類作法而給予深刻的寓意，那麼只是無謂的炫才，終究難可展開什麼樣的新局面。換句話說，《紅樓夢》作者所違常理而儘讓小孩子顯大才，本是有理有則的，今後的小說寫手倘若不察此中奧微而輕易據為另事搬演，那麼難保自己所寫不會因小失大，而讀者看了也要覺得它亂序可厭了。

（二）正中偏要偏的能顯典範性

《紅樓夢》從傳抄流通以來，就好評不斷，所謂「開口不談《紅樓夢》，此公缺典正糊塗」[48]和「開談不說《紅樓夢》，縱讀詩書也枉然」[49]等，都在說明它的魅力不歇。而嗜讀《紅樓夢》的人，會讀到底下這類廢寢忘食、甚至心血耗盡而死的地步，也不足為奇：

> 常州臧鏞堂言，邑有士人貪看《紅樓夢》，每到入情處，必掩卷暝想；或發聲長嘆，或揮淚悲啼，寢食並廢，匝月間連看七遍，遂致神思恍惚，心血耗盡而死。又言，某姓一女子亦看《紅樓夢》，嘔血而死。[50]

在有清一代，喜愛《紅樓夢》的人，已經不約而同地發展出所謂的紅學。[51]如今更因索隱派、考證派和評論派等相繼紹述，而使此一紅學益發顯得洋洋大觀，短論長說源源不絕，實為古今中外單一專書的研究所未見如此盛況。而就賦予小孩子顯大才這一點來說，無疑的也

---

48 夢痴學人〈夢痴說夢〉，收入一粟編：《紅樓夢卷》，頁二一九。

49 楊懋建〈夢華瑣簿〉，收入一粟編：《紅樓夢卷》，頁三六四。

50 陳鏞〈紅樓夢〉，收入一粟編：《紅樓夢卷》，頁三四九。

51 詳見李放〈八旗畫錄〉、均耀〈紅學〉，並收入一粟編：《紅樓夢卷》，頁二六、四一五。

可自成一個「孺子藝大」的典故，足以留予讀者前去善加徵引或相互
爭議不輟。而這也顯示了小說寫手想要競技，有關正中偏的概念縈心
時，就得以「正中偏要偏的能顯典範性」為戒惕（不同於前述反諷取
則可破除），而有效的借鏡《紅樓夢》的敘寫成果，別為再造勝境。而
合此跟前一小節為一體的兩面，就是今後小說寫手可以從《紅樓夢》
得到啟發的真切處。錯過了，就會茫無所適。

第六章 《紅樓夢》中的治淫和肅貪：
從倫理課題到敘述需求的轉變計慮

一、淫和貪是人的兩大劣根性

（一）涵養不敵生理需求

　　淫和貪，一個為個別化的生理衝動，一個為社會化的心理欲求，在人身上是兩種不甚光彩的劣根性。而東西方文化也都有以它們為戒除的勸說，如西方一神教的《聖經》就有不可姦淫和不可貪戀別人的東西等戒條；[1]而東方的印度佛教和中國儒家所遺留典籍，也分別有淫貪會使人在生死苦海裡輪迴不止[2]和想成為有德的君子就得戒去色（淫）得（貪）[3]等警告，都未曾給過正面的肯定。更有如儒家支裔荀子，直接把淫（好聲色）貪（好利）視為人與生俱來的惡性，需要靠聖人的禮法來矯正。[4]顯然沒有一種文化敢准許淫貪的存在，也沒有一種文化不在淫貪氾濫的過程中不設法從道德和法律等層面去加以防堵。

　　當中淫欲的流露，是最讓人容易察覺且會及時性發出厭惡反應的對象。好比《紅樓夢》書中的賈赦想要硬娶賈母身邊的丫鬟鴛鴦為妾，就立即遭到平兒這樣的背地批判：「**真真這話論理不該我們說，這個大老爺太好色了，略平頭正臉的，他就不放手了。**」（第四十六回）而它的可被（或必要）譴責，就在它的無所遮掩且需求無度性；尤其是在人有錢有勢時，該淫欲會不自覺的衍生出強佔和透過金錢買賣等勾當，

---

[1] 詳見香港聖經公會：《聖經》，新標點和合本，香港：香港聖經公會，一九九六年，頁七五。

[2] 詳見佛陀多羅譯：《圓覺經》，《大正藏》卷十七，臺北：新文豐出版公司，一九七四年，頁九一六中。

[3] 詳見邢昺：《論語注疏》，十三經注疏本，頁一四九。

[4] 詳見王先謙：《荀子集解》，新編諸子集成本，臺北：世界書局，一九七八年，頁二八九～三〇〇。

而壞了可能的善良風氣或汙染了你我的視聽。但回過頭來想想，淫欲如果是「人所不免」，那麼大家都是一個樣子，豈能以自己行動慢了點或膽怯不前就五十步笑百步了？可見淫欲一旦被道德和法律規訓了，它的某些潛在質素就無由被發現；而一般人所輕易予以責怪的，很可能正在反向指著自己。

　　向來淫都跟好色連在一起，為異性「肌膚之親」的代名詞。早期它還被當作語意「太過」在使用，[5]但自從預入好色的行列後就只存一個生理需求。這個生理需求，原該以中性對待，[6]而晚近也多有人呼籲要從異性的親密接觸擴展到對同性、甚至人獸交媾的正視，[7]但在現實中除了某些宗教或團體有以性愛為尚的主張，其餘對淫欲都盡力在拉起道德和法律的防線，唯恐一旦突破這防線社會就會大亂。[8]殊不知淫欲既然是人所不能沒有的生理需求，所有的道德規勸和法律懲治等強加人身上必有涵養予以回饋的，幾乎都敵不過它的不受時空限制的滲透力。換句話說，淫欲的劣根性只在道德和法律面上有意義，此外就生物科學的角度看它反而有物種演化所寄的崇高美感，在某種程度上必須取代該劣根性而為一可欣賞的價值對象。只不過當它進入小說跟故事情節軋在一起後，就成了一個複雜的課題，不再是僅據上述兩個層面所可以說透道盡。

5　如孔子就說過「關雎樂而不淫，哀而不傷」的話，可以為證。詳見邢昺：《論語注疏》，十三經注疏本，頁三〇。

6　像告子所說的「食色，性也」，就是堅持這個路線。詳見孫奭：《孟子注疏》，十三經注疏本，臺北：藝文印書館，一九八二年，頁一九三。

7　詳見寇伯（Al Cooper）編著：《網路與性：愛的尋求與病的治療》，張明玲譯，臺北：書林出版公司，二〇〇六年；費雪（Linda S. Fish）等：《酷兒的異想世界：現代家庭新挑戰》，張元瑾譯，臺北：心靈工坊文化公司，二〇一〇年；白令（Jesse Bering）：《下流科學：是天性還是怪癖？從「性」看穿人性！》，莊靖譯，臺北：漫遊者文化公司，二〇一三年。

8　詳見甯應斌等編：《色情無價：認真看待色情》，桃園：國立中央大學性／別研究室，二〇〇八年；桐生操：《世界禁忌愛大全》，藍嘉楹譯，臺北：麥田出版社，二〇〇九年；黛恩斯（Gail Dines）：《被綁架的性：來自A片國度的辛辣報告》，林家任譯，新北：八旗文化等，二〇一二年。

（二）教化所關涉不到的心理變故

相對淫欲的生理需求，貪欲就多偏重在心理需求（雖然所貪得的財物也可以用來滿足生理需求），它是社會化的產物，而它所伸展或所牽動的層面既深且廣，遠比淫欲要令人覺得更不可捉摸。還是孟子說的那句話「民之為道也，有恆產者有恆心，無恆產者無恆心；苟無恆心，放僻邪侈無所不為已」[9]，人如果沒有貪到有恆產足以跟他人比能防後，那麼他什麼壞事都幹得出來。這不就比淫欲還要能撼動社會麼！縱使孟子最後仍然把唯一的「正義」希望寄託在讀書人身上，所謂「無恆產而有恆心者，惟士為能」[10]，正是如此；但他卻不知道歷來患了貪名的都是讀書人（或說只有讀書人特別知道門路貪取財物）。這裡面顯然有教化關涉不到的心理變故在，不是致以德行勸說或刑法威脅就能把問題加以解決。

好比《紅樓夢》書中的賈雨村當官期問全程貪索，可說犯案紀錄累累：「雖才幹優長，未免有些貪酷之弊」（第二回）、「犯了婪索的案件，審明定罪，今遇大赦，褫籍為民」（第一百二十回）。他出場時，可是一副「相貌魁偉，言語不俗」（第三回），且還高吟「玉在匱中求善價，釵於奩內待時飛」（第一回）而抱負不淺呢！孰知這樣的讀書人一生卻只是盡在鑽營貪瀆中過活，試問那讀聖賢書者所受的教化又那裡去了？可見貪欲在現實中必有它的存活空間，才會造成或迫使知書明禮的人也禁不住要深陷在裡頭。

從有社會以來，人就無法過著自給自足的生活，而早期以物易物的時代也不再能饜足大家的需求，總要透過大量的攢積才能確保自己在社會中立足無虞。換句話說，社會化所容許貨幣的流通是為了維繫

---

[9] 孫奭：《孟子注疏》，十三經注疏本，頁九〇。
[10] 同前注，頁二三。

秩序生活的運作，而每個人的條件和處境不同總有不能均勻所得的時候，以至競相爭取財物來護住顏面和供給生活所需，也就成了一種天經地義或不得不爾的重要事。而當凡事都得依賴財物打點始能推動的情況下，要教做官的人不靠貪瀆來補貼濟事，簡直是不可想像的事。而事實也證明，少數一介不取的清廉官吏因為沒有多餘財物可以憑藉，使喚不了人辦事（沒人願意為他白幹活），終至政績乏善可陳，空落個不見實幹的「清流」虛名。[11]更何況自認清官的人，還可能壞事更多，導致有小說家要這樣憤慨他們的存在：「贓官可恨，人人知之。清官尤可恨，人多不知。蓋贓官自知有病，不敢公然為非；清官則自以為不要錢，何所不可？剛愎自用，小則殺人，大則誤國，吾人親目所睹，不知凡幾矣。」[12]這麼一來，貪欲就不是一個可以片面譴責的對象，它隱含了塵世普遍缺此一環不得的正當性，想要唾棄它的人可得仔細看清它正在自己身上流衍，別太早將它淡忘！

　　這種貪欲的最大表徵，當數西方資本主義的興起。資本主義以自由貿易為名，實是為了快速致富；而快速致富被某些社會學家看成是基督教新教徒要藉以榮耀上帝或尋求救贖的此生成就作法，[13]內裡充溢著濃厚的塵世急迫感！這一面向在相異文化背景裡，自有可勘察比對的基礎，但也不能忽略貪欲的世俗共通性（而無法僅從神聖面可以解釋得盡）。換句話說，財物除了是生活必須的（交易）媒介外，最重要的是它能使人連帶的獲得榮耀、地位和權力等好處；而財物越多越能顯示這些抽象的東西，致使追求財物是無止盡的。[14]也因此，資本主

[11] 參見吳思：《潛規則：中國歷史上的進退遊戲》，臺北：究竟出版社，二〇〇九年，頁八五～九六；張程：《衙門口：為官中國千年史》，臺北：遠流出版公司，二〇一三年，頁二七三～三〇四。

[12] 徐少知：《老殘遊記新注》，臺北：里仁書局，二〇一三年，頁二九六。

[13] 詳見韋伯（Max Weber）：《新教倫理與資本主義精神》，于曉等譯，臺北：谷風出版社，一九八八年，頁一二七～一五一；施密特（Alvin J. Schmidt）：《基督教對文明的影響》，汪曉丹等譯，臺北：雅歌出版社，二〇〇六年，頁一七一～一八八。

[14] 參見黃紹倫編：《中國宗教倫理與現代化》，臺北：臺灣商務印書館，一九九二年，

義的引擎啟動後就一發不可收拾，食髓知味的西方人（也一起鼓舞了非西方人）明的到處搶奪市場，暗的猛搞地下經濟，而造成貪婪成風和黑錢充斥，[15]整個世界彷彿就操縱在資本家或富人的手裡，隨時都會被他們反向的旋轉起來。

　　可見貪欲也跟淫欲一樣，它所見生存競爭的悲壯美感，在某種程度上也得取代該劣根性而為一可感懷的價值對象，很難一逕的將它推給道德和法律去強為仲裁規範。而相同的，在它進入小說成為一部分故事情節後，也得繁衍出另一種容顏，而讓上述兩面價值觀有交錯作用卻又不偏向一邊的展演機會。

二、《紅樓夢》對淫和貪可見的立場

（一）將淫和貪分等次

　　將淫貪的劣根性予以淡化後，我們就會發現淫貪在相當程度上已經孳生出了崇高美感和悲壯美感，正流蕩於世界各個角落，而使得每個人隨時都會去碰觸一下而自我顫動起來。即使那暫時不是由自己在發動經歷，也會從別人身上的應驗而有同理心的感受。

　　好比《紅樓夢》所記載賈璉和鮑二婦的私會，被王熙鳳撞見鬧得不可開交，最後是賈母出面打圓場才平息。賈母說了幾句「什麼要緊的事！小孩子們年輕，饞嘴貓兒似的，那裡保得住不這麼著。從小兒世人都打這麼過的。都是我的不是，他多吃了兩口酒，又吃起醋來」

頁二五〇～二五三。
[15] 詳見巴伯拉（Robert J. Barbera）：《資本主義的代價：後危機時代的經濟新思維》，陳儀譯，臺北：麥格羅‧希爾國際出版公司，二〇〇九年；庫克庫勒夫特（Laurence Cockcroft）：《黑錢的真相：貪污不只是掏空國庫，更吞噬了你我生活所需的一切！》，林佳誼譯，臺北：商周出版社，二〇一三年；普倫德（John Plender）：《資本主義：金錢、道德與市場》，陳儀譯，臺北：聯經出版公司，二〇一七年。

（第四十四回），這不就是必有涵養不敵生理需求的蘊意在麼！因為「從小兒世人都打這麼過的」，所以那就無法盡被攤在道德或法律的準繩下被強行檢驗，而得留一點空隙給它的帶崇高性的美感去伸展。

又好比《紅樓夢》另一記載六宮掌宮太監夏守忠派小太監來賈府敲詐（揩油），跟王熙鳳的對話：「那小太監便說：『夏爺爺因今兒偶見一所房子，如今竟短二百兩銀子，打發我來問舅奶奶家裡，有現成的銀子暫借一二百，過一兩日就送過來。』鳳姐聽了，笑道：『什麼是送過來，有的是銀子，只管先兌了去。改日等我們短了，再借去也是一樣。』小太監道：『夏爺爺還說了，上兩回還有一千二百兩銀子沒送來，等今年年底下，自然一齊都送過來。』鳳姐笑道：『你夏爺爺好小氣，這也值得提在心上。我說一句話，不怕他多心，若都這樣記清了還我們，不知還了多少了。只怕沒有；若有，只管拿去。』」（第七十二回）所謂「只管拿去」顯然不是真話，而是迫於對方權勢的無奈用語，暗中盼望的是「這次花錢消災後，別再有下一次」。而我們也可以從敲詐者的角度想，他拿了人家的好處，就得在他的職權內盡力維護人家的權益，稍有虧欠這條供錢管道就會堵塞，而他的信用或名譽也會跟著破產幻滅。因此，敲詐者根本就不輕鬆，他要付出的代價恐怕更甚於對方，一種教化所關涉不到的心理變故且帶悲壯性的美感早已悄悄地在內裡醞釀了。

在現實中，淫貪常被刻板看待，像「萬惡淫為首」、「人無橫財不富」這些俚語，無不顯示一般人懼淫排貪的防衛心理；而時下某些小說作品也不時要編撰劇情相呼應，動輒以「廟裡香爐人人插」、「路邊甘蔗大家啃」等驚悚意象在強為諷喻，希冀引起更多人的共鳴。但這裡除了簡化對淫貪的思維，還無力走出古來淫貪所營構「不捨著生」的迴圈。而這一點，《紅樓夢》作者似乎考慮的比較多一些，他讓淫貪的課題在故事情節中有著多角度的發散，而可以藉來對勘世人的短見淺識。

以最可察覺的層面來說，《紅樓夢》作者把淫貪作了等次的區分，

而不籠統含混的一律對待。如淫部分，他就先分「未發情」和「已發情」；而「已發情」，又再分「意淫」和「皮膚濫淫」等，而使淫看似一理實則並不一致的現象得以幽然浮現。如圖所示：

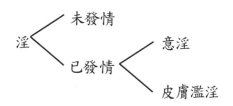

又如貪部分，他也先分「制度貪」和「非制度貪」；而「制度貪」又再分「小貪」（貪官汙吏所屬）和「大貪」（國賊祿鬼所屬），「非制度貪」又再分「飢餒貪」（圖謀溫飽所屬）和「媒孽貪」（重利盤剝所屬）等，而讓貪雖已全面化卻境遇有別的分際著實顯露，以便讀者從此不再浮觀泛聽。如圖所示：

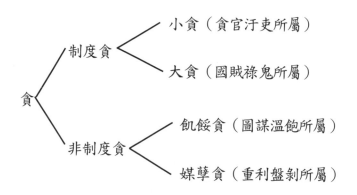

看來有關淫和貪的屬類都快窮盡了。這當然也是《紅樓夢》作者想寫遍人事物而在此二項上用心的一個體證（包括他還兼創新了一個「意淫」概念），於理上我們只能這般順著加以條陳；但對於淫貪課題進入小說究竟要怎麼善後所可能展現的《紅樓夢》作者特殊識見，則得再

細微考察，才能知道他所持的立場以及後續所可以增衍議論的地方。

（二）詆斥侵犯他人權益的部分

相較於通常將犯淫犯貪盡付道德或法律予以裁決，《紅樓夢》作者在這個環節的處理上就稍微有彈性。如在犯淫方面，不論是對異性還是對同性，《紅樓夢》作者基本上是先允許有緣聚的情況；而這緣聚的情況又以不侵犯他人權益為寬容範圍。好比書中賈寶玉就被圈劃在意淫國度而特准他繼續為閨閣增光：

> 警幻道：「……淫雖一理，意則有別。如世之好淫者，不過悅容貌，喜歌舞，調笑無厭，雲雨無時，恨不能盡天下之美女供我片時之趣興，此皆皮膚濫淫之蠢物耳。如爾則天分中生成一段痴情，吾輩推之為「意淫」。「意淫」二字，惟心會而不可口傳，可神通而不可語達。汝今獨得此二字，在閨閣中固可為良友，然於世道中未免迂闊怪詭，百口嘲謗，萬目睚眥……」（第五回）

這當中還連帶讓他分別跟秦可卿（在夢中）及襲人（在現實中）發生肉體接觸，以便他日後的循序看淡而出離解脫。此外，又讓最穢亂不堪的寧府有人出來為犯淫事的合理性作辯解：

> 賈蓉笑道：「各門另戶，誰管誰的事。都夠使的了。從古至今，連漢朝和唐朝，人還說髒唐臭漢，何況咱們這宗人家。誰家沒風流事，別討我說出來。連那邊大老爺這麼利害，璉叔還和那小姨娘不乾淨呢！鳳姑娘那樣剛強，瑞叔還想他的賬。那一件瞞了我！」（第六十三回）

這自然也是在不侵犯他人權益的前提下所准予放行的。只不過到了最後，這不侵犯他人權益的犯淫也跟侵犯他人權益的犯淫一樣，都要緣散而被總收緣了去（詳後節），以符應全書的夢幻旨意。

又如在犯貪方面，《紅樓夢》作者早已知道那是結構性的問題，所以也先開放給讀者看它的運作情況。而這則有賄賂／索賄／敲詐／打秋風等多重橋段，想批判也會自嫌軟弱無力：

> 鳳姐又差了慶兒暗中打聽，告了起來，便忙將王信喚來，告訴他此事，命他托察院只虛張聲勢警唬而已，又拿了三百銀子與他去打點。（第六十八回）

> 薛姨媽便問來人，因說道：「縣裡早知我們的家當充足，須得在京裡謀幹得大情，再送一分大禮，還可以複審，從輕定案。太太此時必得快辦，再遲了就怕大爺要受苦了。」（第八十六回）

> 一語未了，人回：「夏太府打發了一個小內監來說話。」賈璉聽了，忙皺眉道：「又是什麼話，一年他們也搬夠了。」（第七十二回）

> 林黛玉忙笑道：「可是呢，都是他一句話。他是那一門子的姥姥，直叫他是個『母蝗蟲』就是了……寶釵笑道：「……更有顰兒這促狹嘴，他用《春秋》的法子，將市俗的粗話，撮其要，刪其繁，再加潤色比出來，一句是一句。這『母蝗蟲』三字，把昨兒那些形景都現出來了。虧他想的倒也快。」眾人聽了，都笑道：「你這一注解，也就不在他們兩個以下。」（第四十二回）

後二者，一個是表面吃虧的當事人自己開口數落對方；一個則是「換樣」派其他人物代為譏諷對方，但看來全像是例行公事的怨怪一番，起不了什麼「致命一擊」的作用。至於那有如肉包子打狗的賄賂／索賄等，就連「後續如何」都不提了。而這同樣也有收緣時刻，屆時《紅樓夢》作者仍會有意見。換句話說，通准淫貪的彈性存在只是必要過場，最終《紅樓夢》作者所持的佛教解脫信念依舊會介入而使它們各

有歸宿。

三、倫理課題在《紅樓夢》治淫和肅貪中所起的作用

（一）從倫理課題定位淫和貪的治肅

　　緣聚緣散這個過程，在《紅樓夢》有一特殊的對待方式，就是先使緣聚具足而後才讓它必要緣散。這必要緣散，是因為有一時間流在，沒有任何事物能够於時間流中長保恆態（它既是一種自然的報酬遞減，又是一種人為的衝突消磨）。而為了這一緣散成真（以完結故事情節），《紅樓夢》作者的進一步作法是將它轉為可以實現的情境。而這無可避免也最方便操作的，就是回應現實所設定的倫理框架，以《紅樓夢》作者自己略作調整後的相關干預力而一一搬演完成。

　　我們要看《紅樓夢》裡面所演現緣聚具足的情況，不妨從警幻仙子為賈寶玉安排雲雨體驗那段情節開始：

> 警幻道：「……今既遇令祖寧榮二公剖腹深囑，吾不忍君獨為我閨閣增光，見棄於世道，是以特引前來，醉以靈酒，沁以仙茗，警以妙曲；再將吾妹一人，乳名兼美字可卿者，許配於汝。今夕良時，即可成姻。不過令汝領略此仙閨幻境之風光尚如此，何況塵境之情景哉？而今後萬萬解釋，改悟前情，留意於孔孟之間，委身於經濟之道。」說畢便秘授以雲雨之事，推寶玉入房，將門掩上自去。（第五回）

正因為最後的必要緣散得先有緣聚具足作為前提，所以在淫欲的流衍上除了賈寶玉有機會兼行皮膚濫淫（包括他後來娶薛寶釵所享情欲的滿足在內），還有賈府主子們（如賈赦、賈璉、賈珍、賈蓉和秦可卿等）也個個情欲勃發而不可遏止；此外，旁襯的外人（如賈瑞、秦鐘、鮑二婦和尤二姐等）更讓他們赤裸裸的上場去演活春宮。相似的，在貪

欲的流衍上也是從制度貪到非制度貪都給看盡了：當中賈雨村食俸卻
又貪婪成性固然不必多說，像賈赦、賈政和賈珍等襲官也沒什麼作為
（無異是國賊祿鬼一夥）；而賈璉、王熙鳳必須靠放債取利才能擺平額
外的開銷，以及掌權太監相機求索和姻親戚友寄食討錢等漫天要價，
無不貪欲橫行而據此可以大觀了。

　　前節說到《紅樓夢》對淫和貪可見的立場，在於一方面將淫和貪
分等次；一方面詆斥侵犯他人權益的部分，中間的彈性保留只為給緣
聚具足化，在這裡終於得到了印證。但內蘊所謂的未侵犯他人權益，
其實也是有所侵犯的，差別只在顯隱或強弱罷了。以至就不必有所顧
慮的逕依倫理課題來定位淫和貪的治肅，以便能順利的把故事情節推
進到必要緣散的境地；而這在《紅樓夢》書中顯然又有它獨特的應對
方式。

（二）治淫有天譴／人譴／無常譴等妙方

　　由於《紅樓夢》作者設定了緣聚具足後必要緣散，所以在最淺近
的層次上就得相應現實的倫理框架而針對淫貪加以治肅。換句話說，
倘若不從倫理角度（包含積極的道德和消極的法律等）給予治淫和肅
貪，那麼它就得採取別的對策（詳後節），而這在故事情節的伸展上是
無法如此方便的。現在就依序先談治淫的部分。

　　根據《紅樓夢》所示的等次觀，淫有未發情和已發情，未發情是
潛淫狀態，已發情是顯淫狀態。前者表面看似淫欲全無，但因為它實
際有發為淫欲的可能，所以仍是一種淫的類型（雖然只能稱它為潛淫）。
這在《紅樓夢》書中都有明例：

　　　　忽警幻道：「塵世中多少富貴之家，那些綠窗風月，繡閣烟霞，皆被淫汙紈褲
　　　　與那些流蕩女子悉皆玷辱。更可恨者，自古來多少輕薄浪子，皆以『好色不

淫』為飾，又以『情而不淫』作案，此皆飾非掩醜之語也。好色即淫，知情更淫。是以巫山之會，雲雨之歡，皆由既悅其色，復戀其情所致也。吾所愛汝者，乃天下古今第一淫人也。」（第五回）

那人道：「你還不知道呢！世人都把那淫欲之事當作『情』字，所以作出傷風敗化的事來，還自謂風月多情，無關緊要。不知『情』之一字，喜怒哀樂未發之時便是個性，喜怒哀樂已發便是情了。至於你我這個情，正是未發之情，就如那花的含苞一樣，欲待發泄出來，這情就不為真情了。」鴛鴦的魂聽了點頭會意，便跟了秦氏可卿而去。（第一百十一回）

當中未發情是所要回修或逆止的境地，毋須加以療癒，只有已發情的部分要課以倫理準則。而這倫理準則緣於所見各種淫欲都未成「告訴乃論」的司法案件，以至只存道德譴責一類的手段在貫串而有我們掌握條理的餘地。至於該道德譴責，則是一個總提，它實際發用時已經委由天譴、人譴和無常譴等所屬在具體對治了。

　　將淫欲置於倫理框架，自然會以好色／知情等為事涉汙穢醜惡而難以容受（不像生物科學所見那樣可以肯定它有崇高美感）。這在《紅樓夢》很明顯的也要如實照演一番，只是裡頭還有一點小插曲，也就是本來犯淫並不限於男性，如第十三回載秦可卿「犯淫」而死、第六十九回載尤二姐前生「淫奔不才」而此生遭妒婦磨難等，都顯示女性也會犯淫；但比較起來，男性犯淫常孳生流弊，而且手段不免殘酷，所以《紅樓夢》多以男性犯淫為譴責對象。[16]換句話說，塵世中的好景物雖然都被紈褲子弟和流蕩女子玷辱了去（詳見前引文），但說到情節的嚴重性，男性還是佔主導第一位，致使相關的譴責要多從他們身上而發。

　　整體上，《紅樓夢》於淫欲所課以倫理準則的，顯現在兩方面：第

---

[16] 參見周慶華：《文苑馳走》，頁七六。

一，對於犯皮膚濫淫的人，不是得「猝死」或「速亡」報應（如第十一回、第十二回所載賈瑞見王熙鳳起淫心而無病死及第十五回、第十六回所載秦鐘跟尼姑智能偷情纏綣而染羞死等都是），就是有「牽制力量」而終不盡「如其所願」（如第二十一回、第四十四回所載賈璉跟鮑二婦私會、別娶尤二姐而現場或後來為原配王熙鳳橫阻破壞就是），所給待遇極度不堪；第二，對於犯意淫的人（只賈寶玉一人），固然可為閨閣增光，成就一段痴情美名，但終究未出迷津，不得不先失所愛對象（如賈寶玉所鍾情疼惜的女子紛紛出嫁或喪命），而後落髮為僧（賈寶玉最後應數離妻棄子而遁入空門），「好一似食盡鳥投林，落了片白茫茫大地真乾淨」（第五回），所給待遇也相當不情。[17]

　　這總括是以道德來懲治：當中對犯最下皮膚濫淫的人，所採取的懲治手段較直接而嚴厲，就是藉天譴和人譴。前者讓犯淫的人不得好活或不得善了（如上所述）；後者讓犯淫的人遭人不齒或唾罵（如第七回所載焦大對賈蓉等人開罵「每日家偷狗戲雞，爬灰的爬灰，養小叔子的養小叔子」、第六十六回所載柳湘蓮當賈寶玉的面數落「你們東府裡除了那兩個石頭獅子乾淨，只怕連貓兒狗兒都不乾淨」等都是）。而對犯較上意淫的人，所採取的懲治手段雖顯緩和卻也不輕，就是藉人譴和無常譴。前者讓犯淫的人不時被人看作「淫魔色鬼」或「古今第一淫人」（第二回、第五回）；後者讓犯淫的人逐漸喪失所愛或遺棄所愛（如上所述）。[18]從天譴到人譴到無常譴，該有的在《紅樓夢》裡頭都有了。尤其是無常譴，這給予仍陷於迷戀中的人不啻是一個當頭棒喝！畢竟書中利用天譴和人譴都不免過於偏向，只是無常譴能兼示人以事實真相（人生變幻不定，又豈有恆久的愛戀呢），教人不得不隨著沉思浩嘆！而這些比起現實中所可能的刑法加被，又不知深刻了多少，可看成是一種有效的妙方。

17　同前注，頁七六。
18　同前注，頁七七。

（三）肅貪則發揮令其失去一切的懲治力

　　同樣的，將貪欲衡以倫理準則，不論是制度貪還是非制度貪，都不可能會獲得寬貸（無所同情於它所見生存競爭的悲壯美感）。這在《紅樓夢》也很明顯的仍要依例實演一番；只不過貪欲有多種樣態，在相對上對治也得有所變化花樣，而讓肅貪顯合理有效。

　　首先，《紅樓夢》作者藉賈寶玉口說出讀書混功名的人都是「祿蠹」或「國賊祿鬼」或「勢欲薰心」（第十九回、第三十六回、第八十二回），這在檢肅上理當以賈雨村和那些不見名姓的各級領官為所能及的範圍，但他們已入貪官汙吏一流，所以就以兩代襲官的賈家為代表。賈家最終以「交通外官」、「依勢凌弱」、「包攬詞訟」、「引誘世家子弟賭博」和「強佔良民妻女為妾，因其不從，凌逼致死」（第一百五回）等緣故而被抄家，這雖然不是因為他們有所貪瀆（抄家中搜出借券是事後發現），但從他們為官卻「不務正業」或「濫用權勢」來看，也合該被按上大貪的罪名了。因此，讓他們「一敗塗地」，就成了最能見骨的懲罰了。

　　其次，關於貪官汙吏部分，所安排賈雨村當官全程貪索，自然要拿他開刀，以便可以服眾。於是他就被「參了個婪索屬員的幾款」（第一百十七回），結果為「審明定罪，會遇大赦，褫籍為民」（第一百二十回），從此跟仕途絕緣。這是檢肅小貪的案例，採用的策略僅讓當事人丟官，顯然懲治力比前者略遜。

　　再次，對於重利盤剝的媒孽貪和圖謀溫飽的飢餒貪兩種情事，也依次減等而有所對治：就是讓前者在抄家中一併被搜刮乾淨，所有違例所得歸零後不再給予重整機會（不像被奪去的榮國公世職復還給「遭連累」的賈政襲著）；而讓後者的源頭斷去（如被鎖定為所貪圖對象賈家走了敗運），完全沒了可以供給倖取的資源，彼此所見的檢肅方式異曲同工。

上述可以用一句「肅貪則發揮令其失去一切的懲治力」來概括，這是對制度貪和非制度貪所能倫理因應的極致。它跟首回所載跛足道人〈好了歌〉所說的「世人都曉神仙好，只有金銀忘不了。終朝只恨聚無多，及到多時眼閉了」間接相應；而跟同回所載甄士隱的解注「金滿箱，銀滿箱，展眼乞丐人皆謗」直接扣合，充分顯現《紅樓夢》的寫實性格。

四、轉向敘述需求後的《紅樓夢》治淫和肅貪面貌

（一）治淫和肅貪有例外

倫理課題在《紅樓夢》治淫和肅貪中所起的作用，已如上述，如果還有不在該範圍的，那麼它就是緣於敘述需求而有此調適，終究得另加分疏。換句話說，《紅樓夢》作者為了敘述可以順利進行，只要有不方便從倫理角度予以治淫和肅貪的，就會轉向從新採行對策，而使得治淫和肅貪二事有例外的情況發生（不再是一個面貌）。這也就是我們在《紅樓夢》書中所看到處理淫貪事件手法不一致的原因所在。

改為敘述需求後的《紅樓夢》治淫和肅貪，既不理會倫理框架，也不附和生物科學及生存競爭知見，相關面貌完全偏離上述所見懲治的常軌。如賈瑞和秦鐘二人所犯皮膚濫淫，分別受到猝死和病死報應（詳見前節），而這就沒有一體適用於情節更嚴重的其他人（如賈赦、賈璉、賈珍和賈蓉等）。雖然從整體上看，後者終究也遭到了人譴，但比起前者所蒙受的天譴卻又輕縱了許多。

就以賈璉和賈珍為例：賈璉不但私會鮑二婦、偷娶尤二姐，平時在外面拈花惹草更是肆無忌憚，導致王熙鳳隨時都在防著他而一再叮嚀小廝「在外好生小心伏侍，不要惹你二爺生氣；時時勸他少吃酒，別勾引他認得混賬老婆，回來打折你的腿」（第十四回）；而他只要尋

了空，也從未收斂一貫的縱欲個性：

> 那個賈璉，只離了鳳姐便要尋事，獨寢了兩夜，便十分難熬，便暫將小廝們
> 內有清俊的選來出火。不想榮國府內有一個極不成器破爛酒頭廚子，名喚多
> 官……因他自小父母替他在外娶了一個媳婦，今年方二十來往年紀，生得有
> 幾分人才，見者無不羨愛……如今賈璉在外熬煎，往日也曾見過這媳婦，失
> 過魂魄，只是內懼嬌妻，外懼變寵，不曾下得手。那多姑娘兒也曾有意於賈
> 璉，只恨沒空……是夜二鼓人定，多渾蟲醉昏在炕，賈璉便溜了來相會……
> 一時事畢，兩個又海誓山盟，難分難捨，此後遂成相契。（第二十一回）

這不知比賈瑞和秦鐘等淫濫多少倍，卻沒有一點被天譴的跡象。相似
的，賈珍不僅幹盡偷雞摸狗的壞事，連爬灰的醜聞都傳得眾人皆知。
這在《紅樓夢》就以含沙射影的方式，給他記了兩筆：一是秦可卿死
時「賈珍哭的淚人一般，正和賈代儒等說道：『合家大小，遠近親友，
誰不知我這媳婦比兒子還強十倍。如今伸腿去了，可見這長房內絕滅
無人了。』說著又哭起來」（第十三回）；二是秦可卿的丫鬟瑞珠「見
秦氏死了，他也觸柱而亡。此事可罕，合族人也都稱嘆。賈珍遂以孫
女之禮斂殯，一併停靈於會芳園中之登仙閣」（第十三回）。前事不過
死了一個媳婦卻哭得如喪考妣，足教人納罕不已；後事婢女殉主不見
來由，反讓人懷疑她目睹太多賈珍偷情事，恐遭對方滅口而先自行了
結以全節。[19]這些都隱喻了賈珍荒淫無度的一斑，卻跟賈璉一樣也是全
然沒有天譴加被。顯然《紅樓夢》作者放過他們，一定有敘述的考慮
（詳後）。

又如賈政外放江西糧道時縱容家奴斂財被參罷去外任（第九十九
回、第一百二回）；而書中所敘多少官員婪索無事及賈雨村貪酷遭懲卻

---

19 參見俞平伯：《紅樓夢研究》，頁一七○；趙國棟：《覷・紅樓：70個你所不知道的
紅樓夢之謎》，臺北：咖啡田文化館，二○○五年，頁一三九。

又常起復升職（只在最後才讓他失去功名），類似這種肅貪不齊的情勢
豈不是別有敘述考慮的麼！尤其是賈雨村，第一次被參時，是因為他
「生情狡猾，擅纂禮儀，且沽清正之名，而暗結虎狼之屬，致使地方
多事，民命不堪」（第二回），而未嘗明提他的貪酷流弊；一直到末尾，
參文才出現貪財字樣（第一百十七回），這難道不是有意造成的嗎？可
見《紅樓夢》治淫和肅貪有例外的情況，不得不從敘述需求的角度來
看待。

（二）都是緣於敘述的需求

　　鋪陳淫貪情節，凡是繼以倫理治肅而不力的，都可以歸到敘述需
求一點上予以理解。依前所示，《紅樓夢》作者亟欲寫盡各種人事物（詳
見第五章），而帶出淫貪情節及其善後收束等，自屬理所當然，以至治
淫部分只要有一二人扮演受天譴的角色（且再分化為猝死和病死兩種
形態）就足够了，其餘還得照著劇本走位；而肅貪部分也只要有成效
給人看（如安排賈政敗官一事）就行了，不必個個都教他們身敗名裂。
這樣淫貪的其他情況可以照寫，而治肅就留予讀者去舉一反三了。所
謂的敘述需求，就在這裡面見真章。

　　以前節所列犯皮膚濫淫的人下場並不一致來說，賈瑞和秦鐘只是
過場人物，他們要在完成「受過代表」的任務後離去，所以他們就不
合比照別的人物「苟活」或「強活」下去（否則會難以敘寫有他們在
「攪局」的其他情節）。至於賈赦、賈璉、賈珍和賈蓉等，他們是賈府
的主子，還負有穿梭全局的使命，不可能遽讓他們中途因犯淫受懲而
黯然出場。因此，即使他們被明斥暗諷淫行到一無是處的地步，也得
讓他們走完全程，畢竟他們還有比淫欲緊要的戲份要分擔。

　　再以前節所列犯貪財的人結果並非一樣來說，賈雨村乃是串場人
物，他得堅持到終局且受另一串場人物甄士隱渡化全身，所以過程才

會讓他起起落落（而不是一開始貪酷就被打趴在地）。而為了配合他的演出，《紅樓夢》作者還以「那雨村（被革職）心中雖十分慚恨，卻面上全無一點怨色，仍是嘻笑自若；交代過公事，將歷年作官積的些資本並家小人屬送至原籍，安排妥協，卻是自己擔風袖月，遊覽天下勝迹」（第二回）、「那人道：『你白住在這裡！別人猶可，獨是那個賈大人更了不得！我常見他在兩府來往，前兒御史雖參了，主子還叫府尹查明實迹再辦。你道他怎麼樣？他本沾過兩府的好處，怕人說他回護一家，他便狠狠的踢了一腳，所以兩府裡才到底抄了。你道如今的世情還了得嗎？』」（第一百七回）這一類看似矛盾性格的敘寫來強化好戲在後面的觀念。果然戲終，賈雨村在甄士隱的一番曉諭後也「一念之間，塵凡頓易」，連所經歷過的事都一併拋於腦後，從此過著「方外之人」的生活。至如其他一樣婪索的同夥，因為無關大局，所以寫過就放掉，以至於沒有像處理賈政事或類似賈雨村事那樣多佔篇幅。

（三）呼應無力的遺憾

有關《紅樓夢》中的治淫和肅貪，從倫理課題到敘述需求的計慮，大抵不外上面所述。只是這僅出以同情理解的立場，為維護一個曠世鉅著的完構性色彩濃厚。倘若改據不同情理解的立場，那麼當還會看出內裡實有呼應不力的地方，而得兼顧予以掀揭，以便可以藉機了悟大部頭作品書寫的不易。

依《紅樓夢》作者自道作書旨意在於喻示夢幻（第一回），書中人物最終理應都要讓他們觸機醒覺，卻只有甄士隱、柳湘蓮、賈寶玉和賈雨村等寥寥數人（當中甄士隱和賈雨村還不是重要角色），其餘都還盡在迷茫混沌中，不免落人「思慮欠周」口實。就以兩處關鍵性的敘寫為例來以見一斑：第一，秦可卿是犯淫而死，[20] 這在第五回所載她的

---

[20] 按：《紅樓夢》第十三回回目「秦可卿死封龍禁尉」，原作「秦可卿淫喪天香樓」，

判詞和曲文已明示了，[21]再加上第七回所載焦大開罵更直指她的穢事，但到了她死後託夢給王熙鳳（第十三回）或鬼魂現身覷見王熙鳳（第一百一回），卻都以關係賈家的生計大事為念，絲毫未及自我淫亂的悔意，馴致該判詞和曲文的警示沒有著落（不像王熙鳳還會安排她知道自己太過好強爭勝才短壽的情節），毋寧是一樁短於呼應的明顯憾事！

　　第二，寧榮二府被抄，案主賈赦、賈璉、賈珍和賈蓉等所犯事，得到的處罰是：「所封家產，惟將賈赦的入官，餘俱給還……惟抄出借券……如有違禁重利的一概照例入官，其在定例生息的同房地文書盡行給還。賈璉著革去職銜，免罪釋放」（第一百六回）、「賈赦包攬詞訟，嚴鞫賈赦，據供平安州原係姻親往來，並未干涉官事……惟有倚勢強索石呆子古扇一款是實的，然係玩物，究非強索良民之物可比。雖石呆子自盡，亦係瘋傻所致，與逼勒致死者有間。今從寬將賈赦發往臺站效力贖罪。所參賈珍強佔良民妻女為妾不從逼死一款……尤二姐之母願給賈珍之弟為妾，並非強佔……尤三姐原係賈珍妻妹，本意為伊擇配，因被逼索定禮，眾人揚言穢亂，以至羞忿自盡，並非賈珍逼勒致死。但身係世襲職員，罔知法紀，私埋人命，本應重治，念伊究屬功臣後裔，不忍加罪，亦從寬革去世職，派往海疆效力贖罪。賈蓉年幼無干省釋」（第一百七回）。《紅樓夢》作者寫到這裡，可能忘了那些角色的淫孽深重，不然怎會有這種少了呼應的遺憾？換句話說，這樣結局的安排，沒有另外予以他們生平淫濫有任何的自懲或他懲收尾，彷彿好色是「陪襯免責」一般（甚至連淫亂不下上述數人的薛蟠，也應該給他某種程度的悔恨自了的，卻全在人命官司上打轉），不啻也是

且內文多記她的淫事，是批書人脂硯齋教曹雪芹刪改的：「『秦可卿淫喪天香樓』，作者用史筆也。老朽因有魂託鳳姐賈家後事二件，豈是安富尊榮坐享人能想得到處，其事雖未漏，其言其意則令人悲切感服，姑赦之，因命芹溪刪去。」詳見甲戌本第十三回回末總評，收入陳慶浩編著：《新編石頭記脂硯齋評語輯校增訂本》，頁二五三。
[21] 特別是判詞，說的很露骨：「情天情海幻情身，情既相逢必主淫。漫言不肖皆榮出，造釁開端實在寧。」

一件大可懷疑的事。

此外，首回〈好了歌〉及其解注，所預言的求功名、攢錢財、貪愛欲和迷親情等不堪下場，也未見件件貼切的實例呼應，同樣不能無憾。這原是要角色遍歷逆緣起解脫的（尤其是攢錢財和貪愛欲兩部分），但越寫越難以焦點化（如果有人真想看如何一一對應，那麼他一定會大失所望，因為那裡面似乎還在一片忙亂模糊中），最後乾脆就「不了了之」！大部頭著作難以圓滿（不能獨獨苛求於《紅樓夢》作者），在此可以窺知一二。

五、治淫和肅貪未竟的功課

（一）治淫無妨向液態愛看齊

無論如何，就處理淫貪的問題來說，《紅樓夢》能讓淫貪的課題在故事情節中有著多角度的發散，大體上已經作了不錯的示範（而該呼應乏力處就當作它的大醇小疵），很難有一部既成的作品可以跟它相比。只不過治肅淫貪太深的部分，反而會掩蓋原先所有相關生物科學和生存競爭的知見，以至得另行展望而讓後者也有機會在小說中廣為亮相；甚至將道德和法律刻板規訓過的淫貪予以鬆動，看還能激發什麼樣的「力必多」而可以給今後小說寫手充電借鏡。

在因應淫欲方面，倘若把治淫中性化，那麼可治（處理）的淫欲就不會僅止於《紅樓夢》所見的那些（也就是男性有妻妾還不滿足，硬要再狎妓、偷腥、孌嬖和爬灰等；反過來女性也另有勾引別人老公和養小叔子等），它還得再延伸出去接軌當今已然是中西文化相涵化的新情境，而展現「超越」《紅樓夢》成就的強烈企圖，以顯示特能從閱讀《紅樓夢》中深得必要「再行創新」的啟發（才不會一直溺在重炒冷飯的陳套裡）。

以淫欲摻愛來看，基本上中國傳統只有親情、友情和主僕恩情，

而沒有愛情（受限於氣化觀而行家族生活難有私情流衍機會的緣故）。
[22]相對的，西方社會有創造觀在保障個別人的自主空間，所以對於需求
或營造愛情就顯得特別殷切，而經常有可歌可泣的愛情故事在發生傳
揚。這只要取《紅樓夢》來對照西方任何一部敘寫情愛的小說或戲劇
相比，就可以得知《紅樓夢》根本上還未許那種熱戀／狂愛／縱欲的
情事出現；但這卻是我們今後構思小說的一大挑戰，如果不設法調整
寫作策略，那麼流失讀者的機率遽增已可預見。因此，接著考慮一個
消減崇高的液態愛觀念，它的新興且優美化也許是小說寫手可以綜合
取徑的好對象。

所謂的液態愛，是從「*所有的愛都力求獨佔，但就在它勝利時，
它也會看見自己終極的挫敗。所有的愛都努力埋藏它不安和遲疑的源
頭；但一旦它成功了，很快就會開始枯萎，然後凋謝*」[23]這一實有經驗
發展出來的，它自然是西方個人主義在背後支持的，但也不可否認「與
它偕行」能够使人逃脫許多外加的桎梏（跟愛情美感無關的倫理道德
枷鎖）。而把這種觀念注入小說中，相關故事情節的構設就會開始有新
的張力，從此有別於《紅樓夢》那一舊面貌。

（二）肅貪容許額外錢財歸公支用

相同的，在因應貪欲方面，如果把肅貪也中性化，那麼可肅（對
治）的貪欲也不會僅止於《紅樓夢》所見那些（也就是圖公款、謀私
財和逐市利等），它也得再延伸出取鑑外來的財務經理，以便可以跟《紅
樓夢》所範疇的典型別苗頭或一較高下。只是這不能混淆於強勢的資
本主義邏輯，而得走另一條路，才能避免重蹈激化能趨疲（entropy）

---

[22] 參見周慶華：《從通識教育到語文教育》，臺北：秀威資訊科技公司，二〇〇八年，
頁二〇三～二二二。
[23] 包曼（Zygmunt Bauman）：《液態之愛》，何定照等譯，臺北：商周出版社，二〇
〇七年，頁四三。

危機的西化道路。

其實，古來國人對於貪欲並不死看。像「卻說這位欽差，他是個旗員出身，現官兵部大堂，又兼內務府大臣之職。這趟差使，原是上頭有意照應他，說：『某人當差勤慎，在裡頭苦了這多少年，如今派了他去，也好叫他撈回兩個。』……正欽差聽了，自然異常感激，隨手說道：『這件事情，鬧的很不小，看來很不好辦。要請請示，上頭是個什麼意思？』老公鼻子裡噗嗤一笑道：『現在還有難辦的事情嗎？佛爺早有話：通天底下一十八省，那裡來的清官？但是御史不說，我也裝作糊塗罷了；就是御史參過，派了大臣查過，辦掉幾個人，還不是這們一件事，前者已去，後者又來，真正能夠懲一儆百嗎？這才明鑒萬里呢……你如今也有了歲數了，少爺又小，上頭有恩典給你，還不趁此撈回兩個嗎？』」[24]這種情事肯定不是憑空而起（非僅為小說家所擅擬），現實中不知歷演過多少回了。

還有漢孝文帝所寬宥的那起德惠「群臣如張武等受賂遺金錢，覺，上乃發御府金錢賜之，以愧其心，弗下吏」[25]，雖然是史上絕無僅有，但有此美談也已足夠小說家發願讓它連類「起作用」的所資了。

此外，就負面的懲貪來說，所採用的刑具也遍及凌遲、梟市、種誅和棄市等，[26]甚至連明太祖特令「剝皮實草」示眾的羞辱方式都出籠了；[27]而這見於《紅樓夢》的，卻不及二三。更別說還有一種反貪卻自己丟官的現象：

> 明神宗時，乾清、坤寧兩宮重建，專案負責人之一、工部營繕司郎中賀盛瑞
> 將預算節省了九十萬兩白銀，反而以「冒銷」罪名罷官……因為賀盛瑞省了
> 多少錢，相關的太監、同僚就少拿了多少錢，能不招人忌恨進而被人聯手「修

---

24 李寶嘉：《官場現形記》，臺北：桂冠圖書公司，一九九一年，頁二六四。

25 司馬遷：《史記》，頁四三三。

26 張廷玉：《明史》，臺北：鼎文書局，一九七九年，頁二三一八～二三一九。

27 同前注，頁二三二四；另參見張程：《衙門口：為官中國千年史》，頁二六一。

理」嗎？[28]

　　這都可以從新包裝於小說中，而讓肅貪課題益顯立體化（不教《紅樓夢》專美於前）；也讓貪欲的悲壯美感有機會獲得更新視角的詮釋。

　　但最重要的是，西方資本主義橫掃全世界後，國人也已深染了向人看齊而窮於攢錢的惡習，相較於前者這得更加謹慎應對；否則提供不當的策略，後遺症很快就會來臨。畢竟它在西方是靠創新以取得營利優勢的，而創新本身卻是一個掠食的過程，[29]所窮耗資源的結果勢必導致不可再生能量趨於飽和。而在這能趨疲臨界點還沒有到達前，卻已先造成資源短缺、生態惡化、環境汙染、溫室效應、臭氧層破洞和核武恐怖等惡端，任誰也無力挽救。因此，這時倘若有人還在極力反對緊縮政策而倡導振興經濟來化解財政的困窘，[30]那麼它就是世界末日的最後一道悲歌，因為倡導人根本不知道振興經濟所需要的能源和原物料等要到那裡去找來！

　　能破斥資本主義邏輯後，貪欲如果仍不能擺脫它的結構性而繼續存在（尤其是官場的貪瀆，在以前是緣於為保官位和方便做事，而現今則是多了為選舉和爭取執政權，幾乎沒有反向操作的可能），那麼留一點空隙給「額外錢財歸公支用」以維護真實的清譽，還是想留下美好典範的唯一途徑。也就是說，不論是在公家單位還是在私人企業，除了不主動榨索，凡是自己表現好而有關係人進獻財物的，都留中公用，庶幾可以脫身。史上岳飛就是個極佳的表率：

　　師每休舍……卒有取民麻一縷以束芻者，立斬以徇。卒夜宿，民開門願納，

---

[28]　張程：《衙門口：為官中國千年史》，頁二六〇。
[29]　詳見維葉特（Michel Villette）等：《偉大的企業家都嗜血？從掠食者到商場英雄的成功之道大揭密》，洪世民譯，臺北：財信出版公司，二〇一〇年，頁二〇～二一。
[30]　詳見布萊思（Mark Blyth）：《大緊縮：人類史上最危險的觀念》，陳重亨譯，臺北：聯經出版公司，二〇一四年。

無敢入者。軍號「凍死不拆屋，餓死不鹵掠」。卒有疾，躬為調藥；諸將遠戍，遣妻問勞其家；死事者哭之而育其孤，或以子婚其女。凡有頒犒，均給軍吏，秋豪不私。[31]

這最關鍵的「秋豪不私」，使得他所率士卒無不個個赴湯蹈火在所不辭，終於贏得敵人「撼山易，撼岳家軍難」的讚譽；也使得他在面對宋高宗詢問「天下何時太平」時，可以毫無愧色的答以「文臣不愛錢，武臣不惜死，則天下太平矣」[32]。小說在處理貪欲上，可取則的儘多，實在不必硬要把它逼到窮巷再一棒打死。

---

[31] 脫脫等：《宋史》，臺北：鼎文書局，一九七九年，頁一一三九四。
[32] 同前注，頁一一三九四～一一三九五。

第七章 滌不盡《紅樓夢》：
《紅樓夢》對潔癖有意見

一、《紅樓夢》寫賈府多少汙穢事

（一）濁臭逼人一堆男子

往昔索隱派紅學家喜歡拿焦大開罵和柳湘蓮數落寧府汙穢不堪等事實，而質疑考證派紅學家的自傳說不致有此極力詆譭自己家族舉動。[1]這一點考證派紅學家幾乎無力回應，且常避重就輕的讓它自動滑過去，而留予讀者更多疑問。

所謂更多疑問，是指自傳難道就不能寫自家醜事嗎？如果不寫自家醜事，那麼所剩只有歌功頌德，豈不叫人看了厭煩？而最重要的是，《紅樓夢》是小說，幹嘛將它跟傳記相比？因此，索隱派和考證派紅學家的皇皇言論都要令人生膩了。其實，《紅樓夢》自有它所要寫的東西，老是要對號入座或強迫它在影射什麼，於文學理解和評價的究極旨趣是沒有一點幫助的。

回過頭來說，《紅樓夢》敘寫賈府的汙穢事，豈是僅有一兩樁？它從頭到尾都埋藏著那事涉骯髒的已爆未爆彈，由不得人不重重的「心生警惕」！像被賈寶玉指責為「泥作的骨肉」的男子，一出生就定了「濁臭」的調，如何也翻不了身：「女兒是水作的骨肉，男人是泥作的骨肉。我見了女兒，我便清爽；見了男子，便覺濁臭逼人。」（第二回）而原屬潔淨一群的女子，一旦嫁給了男子，即刻就被染汙，跟著沾泥帶垢起來。而這在《紅樓夢》作者的特許下，又讓賈寶玉對此事再大加撻伐一番：「奇怪，奇怪，怎麼這些人只一嫁了漢子，染了男人的氣味，就這樣混賬起來，比男人更可殺了！」（第七十七回）至於賈寶玉

---

[1] 詳見潘重規：《紅學論集》，頁三〇～三一。

自己，《紅樓夢》作者也沒有給他豁免權。前後有兩段文字都在表明他仍是濁物一夥的：

> 那寶玉自見了秦鐘的人品出眾，心中似有所失，痴了半日，自己心中又起了呆意，乃自思道：「天下竟有這等人物！如今看來，我竟成了泥豬癩狗了……我雖如此比他富貴，可知錦繡紗羅，也不過裹了我這根死木頭；美酒羊羔，也不過填了我這糞窟泥溝。『富貴』二字，不料遭我茶毒了！」（第七回）

> 寶玉掏出香來焚上，含淚施了半禮，回身命收了去。茗烟答應，且不收，忙爬下磕了幾個頭，口內祝道：「我茗烟跟二爺這幾年……二爺心事不能出口，讓我代祝：若芳魂有感，香魄多情，雖然陰陽間隔，既是知己之間，時常來望候二爺，未嘗不可。你在陰間保佑二爺來生也變個女孩兒，和你們一處相伴，再不可又托生這鬚眉濁物了。」說畢，又磕幾個頭，才爬起來。（第三十四回）

只是能這般批評其他男子的人，在無意中會自我升格為降等濁物，而《紅樓夢》作者自己當然是同列或再降一等。換句話說，除了《紅樓夢》作者自己和他所設定角色賈寶玉的輕度濁臭可以忍受外，其餘都要打入糞窟泥溝裡去（開始被賈寶玉錯看的秦鐘也是），教他們永遠沒有顏面見人。這樣連那些沾染男子氣息的女人在內，整個賈府的潔淨人所剩就沒幾個了。

（二）主子偷狗戲雞奴僕混水摸魚

因為有男子的濁臭在先，所以他們所主導或所生存的世界也不見一件可以稱得上潔淨的事。當中好色貪財是一樁（好色以貪財為後盾，二者是連在一起的）；無賴混賬又是一樁（人無賴就會現出混賬相，二者無法分開），不啻要教《紅樓夢》作者不勝敘寫（實際上是他喜歡這

類敘寫）。他們不在來處孽海情天起因，卻在紅塵裡無端醞釀，小說未能一併交代源頭，毋乃也是邏輯欠密的一憾！不過，流脈已成，只好再據為「接續論說」了。

　　這相應於好色貪財和無賴混賬等汙穢事，在賈家搬演的就是主子們偷狗戲雞沒有了時；而奴僕們則跟著混水摸魚直到家敗潰散。前者，先在寧府事發，為了一件勤務派遣不公（送外人秦鐘回家），惹火了老僕焦大狠心抖出此中的內幕：

> 眾小廝見他太撒野了，只得上來幾個，揪翻捆倒，拖往馬圈裡去。焦大越發連賈珍都說出來，亂嚷亂叫說：「我要往祠堂裡哭太爺去。那裡承望到如今生下這些畜牲來！每日家偷狗戲雞，爬灰的爬灰，養小叔子的養小叔子，我什麼不知道？咱們『胳膊折了往袖子裡藏』！」眾小廝聽他說出這些沒天日的話來，唬的魂飛魄散，也不顧別的了，便把他捆起來，用土和馬糞滿滿的填了他一嘴。（第七回）

所謂「每日家」如何如何，這種指控已經不輕；再加上柳湘蓮索回給尤三姐的聘禮前當著賈寶玉的面說出的「這事不好，斷乎做不得了。你們東府裡除了那兩個石頭獅子乾淨，只怕連貓兒狗兒都不乾淨，我不做這剩忘八」（第六十六回）這一嫌惡話，寧府顯然不只春光無限，且是亂倫脫序到並世無雙了。緊接著是榮府的賈璉，他已有一妻一妾還不滿足，整天老想著偷腥洩欲，搞到妻妾都要站在同一陣線來對抗他：

> 賈璉道：「你不用怕他，等我性子上來，把這醋罐打個稀爛，他才認得我呢！他防我像防賊的，只許他同男人說話，不許我和女人說話；我和女人略近些，他就疑惑，他不論小叔子侄兒，大的小的，說說笑笑，就不怕我吃醋了。以後我也不許他見人。」平兒道：「他醋你使得，你醋他使不得。

他原行的正走的正；你行動便有個壞心，連我也不放心，別說他了。」（第
二十一回）

這一對抗，就連番鬧出了人命（如賈璉私會的鮑二家上吊自殺、偷娶
的尤二姐吞金喪命等），使得桃色糾紛翻牆瀰漫到榮府這個「欲淨何曾
淨」的准異質天地了。至於他們所以能好色不輟，主要是他們有貪財
的機會（反過來無財想好色，就會像賈瑞和秦鐘那些人一樣，落得人
厭天忌的下場），而用貪來的財買春或養小三。當中在寧府方面，《紅
樓夢》書中沒說他們是怎麼攢錢的，但從「因他父親一心想作神仙，
把官倒讓他襲了。他父親又不肯回原籍來，只在都中城外和道士們胡
羼。這位珍爺倒生了一個兒子，今年才十六歲，名叫賈蓉。如今敬老
爹一概不管。這珍爺那裡肯讀書，只一味高樂不了，把寧國府竟翻了
過來，也沒有人敢來管他」（第二回）這一冷子興演說榮國府兼及的敘
寫，也可知他們是在揮霍家產，不到虧空前是不會停止的。尤其秦可
卿死時的鋪張耗費，更足襯寧府這些主子們偷狗戲鷄是拿銀子在裝門
面的，一旦醜態露盡，就只好等著抄家來被一併警惕了。反觀榮府，
好色如賈赦，為了貪圖五千兩銀子，忍心把自己的女兒推入火坑，讓
中山狼孫紹祖凌遲至死，而他卻樂得整天跟群妾喝酒唱戲，沒有一點
愧惡感！而好色更甚於乃父的賈璉，花錢玩女人不足以應付，只得不
斷地靠重利盤剝、甚至從王熙鳳攢積的私房錢裡強行挖去支出，鬧到
連平兒都在幫著自己的主子掩護別為獲取的利錢：「奶奶的那利錢銀子
，遲不送來，早不送來，這會子二爺在家，他且送這個來了。幸虧我
在堂屋裡撞見……我們二爺那脾氣，油鍋裡的錢還要找出來花呢，聽
見奶奶有了這個梯己，他還不放心的花了呢。所以我趕著接了過來……」
（第十六回）可見好色貪財是如何的危及賈家的聲譽及其穩定性。

後者，由於主子們喜歡偷狗戲鷄，管束下人難嚴，所以奴僕們也
就尋隙混水摸魚起來。這在寧府部分，因為限於敘寫體例，以至僅在
王熙鳳受託協理秦可卿喪事時經揭發以見內裡腐爛的一斑：

　　頭一件是人口混雜，遺失東西；第二件，事無專職，臨期推諉；第三件，需
　　用過費，濫支冒領；第四件，任無大小，苦樂不均；第五件，家人豪縱，有
　　臉者不服鈴束，無臉者不能上進。（第十三回）

雖然這五件事在王熙鳳威嚴的處理後已有所改觀，但時過境遷主子們
依舊偷狗戲鷄，那些奴僕們自然也都故態復萌，最後還得勞動老僕焦
大在抄家時出面再一次的隔空怒斥高嘆：

　　我天天勸，這些不長進的爺們，倒拿我當作冤家！連爺還不知道焦大跟著太
　　爺受的苦，今朝弄到這個田地！珍大爺蓉哥兒都叫什麼王爺拿了去了，裡頭
　　女主兒們都被什麼府裡衙役搶得披頭散髮攔在一處空房裡，那些不成材料的
　　狗男女卻像豬狗似的攔起來了。所有的都抄出來攔著，木器釘得破爛，磁器
　　打得粉碎。他們還要把我拴起來……我便說我是西府裡，就跑出來。那些人
　　不依，押到這裡，不想這裡也是那麼著。（第一百五回）

這是說給賈政一人聽的，大概只剩他還值得焦大一吐苦水。其實，寧
府的犯事裡還有一條「引誘世家子弟賭博」（第一百五回），這就等於
連賭窟都有了，不給奴僕們有樣學樣、甚至變本加厲的偷盜壞事機會，
那就太沒天理了。至於榮府部分又如何？王熙鳳當家期間，奴僕們不
敢妄動，但等她病倒不能視事後，所有「緊追」男主子們壞毛病就全
出籠了：

　　鳳姐道：「……這些大娘們，噯，那一個是安分的，每日不是打架，就拌嘴，
　　連賭博偷盜的事情，都鬧出來了兩三件了……別說想病好，求其不添，也就
　　罷了。」寶玉道：「雖如此說，姐姐還要保重身體，少操些心才是。」（第六
　　十四回）

而直接跟著男主子的,當然就是行到那裡就混水摸魚到那裡。像興兒在賈璉金屋藏嬌時被叫去伺候,他就看風轉舵的想討點好處,盡在尤二姐面前數落王熙鳳「心裡歹毒,口裡尖快」而把他的正牌女主子說的一無是處(第六十五回)。後來被王熙鳳察覺了,叫來一開口痛罵他「忘八崽子」,還不是將賈璉偷娶尤二姐的事全招了。且看王熙鳳這時的另一面威風:

> 鳳姐聽了,下死勁啐了一口,罵道:「你們這一起沒良心的混賬忘八崽子,都是一條藤兒,打量我不知道呢!先去給我把興兒那個忘八崽子叫了來,你也不許走。問明白了他,回來再問你。好,好,好,這才是我使出來的好人呢!」那旺兒只得連聲答應幾個是,磕了個頭爬起來出去,去叫興兒。(第六十七回)

> 鳳姐低了一回頭,便又指著興兒說道:「你這個猴兒崽子就該打死!這有什麼瞞著我的?你想著瞞我,就在你那糊塗爺跟前討了好兒了,你新奶奶好疼你。我不看你剛才還有點怕懼兒,不敢撒謊,我把你的腿不給你砸折了的呢!」
> (第六十七回)

這不就形象化的道出了僕隨主壞的模樣?事實上不只如此,連賈政這看似不好色貪財的主子,奴僕還想「牽延」或「連類」吃定了他,造成他被參以縱容「家人在外招搖撞騙,欺凌屬員」而名聲大壞,最後取消他外任江西糧道的職務(第一百二回)。在這個過程中,奴僕坑主子早已有跡象了:

> 賈璉道:「太太那裡知道?」王夫人道:「自從你二叔放了外任,並沒有一個錢拿回來,把家裡的倒掏摸了好些去了。你瞧那些跟老爺去的人,他男人在外頭不多幾時,那些小老婆子們便金頭銀面的妝扮起來了,可不是在外頭瞞著老爺弄錢?你叔叔便由著他們鬧去,若弄出事來,不但自己的官做不成,

只怕連祖上的官也要抹掉了呢！」（第一百三回）

一直到抄家後，才完全的曝露出來：「賈政嗔道：『放屁！你們這班奴才最沒有良心的，仗著主子好的時候任意開銷，到弄光了，走的走，跑的跑，還顧主子的死活嗎？如今你們道是沒有查封是好，那知道外頭的名聲。大本兒都保不住，還攔得住你們在外頭支架子說大話誆人騙人，到鬧出事來望主子身上一推就完了……』」（第一百六回）只是敗事已成定局，賈家這大宅院原是藏汙納垢地儘在《紅樓夢》作者的刻意敘寫下完形了。

二、在滿宅汙穢中保留幾個潔淨人

（一）未婚的潔淨人

縱是如此，以《紅樓夢》作者擅長結撰相對情節來看，他不致只寫汙穢事，一定還會有潔淨事在書中點綴穿插。即使最後也都要讀者看淡去執（不再陷於沉迷兩端對立情事的焦灼裡），而有所相應於第五回所說「食盡鳥投林，落了片白茫茫大地真乾淨」的醒覺境地；但沒有這一潔淨端就會跟體例不一致，很容易使他的夢幻旨意的設定出現漏洞。因此，再往汙穢事的相對面瞧去，我們將會看到那裡還有潔淨事在搬演。只不過在潔淨和汙穢這一光譜兩端的中間，另有著數不清的潔淨／汙穢混合，以及在向潔淨端靠攏時相關的人物並非都能倖致達陣，裡頭仍會有類型內的差異可以尋繹。

道理是這樣，但對於潔淨和汙穢的界定卻又有著「難以說清楚」的認知性困擾存在，不是加諸一、二句就可以交差了事。換句話說，潔淨和汙穢都不是能夠給予嚴謹定義的概念，他們有時事涉醒醍心思

的有無；[2]有時事涉無禮／粗鄙／猥褻言語的有無；[3]有時事涉庸俗／野蠻／濫權／霸凌／淫亂行為的有無，[4]幾乎是各自「包羅萬象」，想要把它權定下來都會覺得有異議太過在旁邊威脅你的說詞。在這種情況下，姑且使用它們的某些假想的「約定俗成」義，也就成了一種「為了方便論說」所不得不採行的辦法（否則就得耗費更多篇幅去分辨它們的辭典或脈絡意涵，而還未必有機會成論）。而這就是上述偷狗戲雞／混水摸魚行為有無的簡略區分：有該行為的為汙穢；沒有該行為的為潔淨。倘若還有不盡顯義的（如偷狗戲雞／混水摸魚仍有窄寬不等的意涵可以辨說），那麼就以向光譜兩端靠近為切題所在。如圖所示：

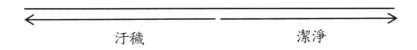

也就是說，凡是涉及汙穢的，都是向著可能的終極的汙穢端趨近；而凡是涉及潔淨的，也都是向著可能的終極的潔淨端趨近。以至不論兩個概念的意涵是否有所增損，這一各自向著相對容量的態勢總是不會改變的。而這要看潔淨對象，最先就有較純粹的未婚潔淨人，如林黛玉和妙玉等。

　　所謂未婚潔淨人，未必是指絕對不婚的人，而是說縱使她們已婚

[2] 詳見白令：《下流科學：是天性還是怪癖？從「性」看穿人性！》，莊靖譯，頁八四～一一八。

[3] 詳見韋津利：《髒話文化史》，嚴韻譯，頁三〇。

[4] 詳見費南德茲－阿梅斯托（Felipe Fernández-Armesto）：《我們人類》，賴盈滿譯，臺北：左岸文化公司，二〇〇七年；封‧笙堡（Alexander von Schönburg）：《窮得有品味——沒錢也能搞格調，再窮也要扮高雅》，闕旭玲譯，臺北：商周出版社，二〇〇八年；韋爾斯（Spencer Wells）：《潘朵拉的種子：人類文明進步的代價》，潘震澤譯，天下遠見出版公司，二〇一一年；賈德森（Olivia Judson）：《Dr. Tatiana 給全球生物的性忠告》，潘勛譯，臺北：麥田出版社，二〇一一年；奈伊（Joseph S. Nye）：《權力大未來——軍事力、經濟力、網路力、巧實力的全球主導》，李靜宜譯，臺北：天下遠見出版公司，二〇一一年。

了也會保持潔淨狀態（不因婚姻而改變她們的潔癖），更何況她們始終
不在婚姻的牢籠裡（而沒有機會接受男子染汙的考驗）。而要找這種對
象，林黛玉和妙玉二人約略可以算數。首先，她們都不大動念好色。
例證如：

> 寶玉笑道：「我就是個『多愁多病身』，你就是那『傾國傾城貌』。」林黛玉聽
> 了，不覺帶腮連耳通紅，登時直豎起兩道似蹙非蹙的眉，瞪了兩只似睜非睜
> 的眼，微腮帶怒，薄面含嗔，指寶玉道：「你這該死的胡說！好好的把這淫詞
> 艷曲弄了來，還學了這些混話來欺負我。我告訴舅舅母去。」（第二十三回）

> 那妙玉忽想起日間寶玉之言，不覺一陣心跳耳熱。自己連忙收懾心神，走進
> 禪房，仍到禪床上坐了。怎奈神不守舍，一時如萬馬奔馳，覺得禪床便恍蕩
> 起來，身子已不在庵中。便有許多王孫公子要求娶他，又有些媒婆扯扯拽拽
> 扶他上車，自己不肯去。一回兒又有盜賊劫他，持刀執棍的逼勒，只得哭喊
> 求救。早驚醒了庵中女尼道婆等眾，都拿火來照看。只見妙玉兩手撒開，口
> 中流沫。（第八十七回）

這分別可以看出她們二人都在抑制欲念，唯恐它跑出去壞了自己的淨
意。其次，她們也從未移心於貪財。當中林黛玉一向不曾計較過財物
分毫，甚至連她該有繼承家產的也沒見提起，導致有論者懷疑是給賈
家訛了去：「林黛玉葬父來歸，數百萬家資盡歸賈氏，鳳姐領之……或
問：『林黛玉數百萬家資盡歸賈氏，有明徵與？』曰：『有。當賈璉發
急時，自恨何處再發二三百萬銀子財，一再字知之。夫再者，二之名
也。不有一也，而何以再耶？』」[5]其實，對一個不被金錢縈心的人，敘
寫那些財物的來去就是多餘的[6]（真要敘寫，反會讓人疑惑裡面是否有

5 涂瀛〈紅樓夢論贊〉，收入一粟編：《紅樓夢卷》，頁一四五。
6 上引論者，另有從角色背景來作測測，理似未洽：「或問：『林黛玉聰明絕世，何以

什麼隱情未表）。至於妙玉，既已半入了空門，自然對財物更不會像他人一樣「念茲在茲」了（同樣不必敘寫）。再次，她們及所調教扈從的丫鬟尼道，更看不出有混水摸魚的跡象，不論是瀟湘館還是櫳翠庵，都不見別處所有的打架、拌嘴和賭博偷盜等情事，形同是賈府裡的兩處清境地，頗有不許凡人到此來驚擾的態勢。因此，她們在光譜上是最接近潔淨端的：

或許她們都是外來依附賈家，比較容易塑造這種潔淨格調（換作是賈家人，就會因為牽扯太多而不可能維持得純粹）。而不論如何，只要覷出有便利的地方，《紅樓夢》作者想寫幾個潔淨人，相對上也就不虞無處著墨了。

（二）已婚的半潔淨人

離了未婚的潔淨人，想再找潔淨人，就得從已婚的女性裡面去搜尋。但因為已婚的女性在《紅樓夢》作者的設定中必有濁臭男子的染汙，所以她們的潔淨成色就不及未婚的潔淨人，只得以半潔淨人稱呼。而這要找對象，薛寶釵和王熙鳳二人也約略可以算數。她們在光譜上的位置當然得差一級次：

如許家資而乃一無所知也？』曰：『此其所以為名貴也，此其所以為寶玉之知心也。若好歹將數百萬家資橫據胸中，便全身煙火氣矣，尚得為黛玉哉？然使在寶釵，必有以處此。」同前註，頁一四五。

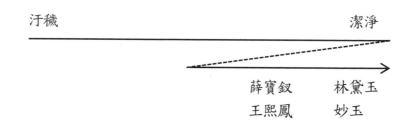

　　薛寶釵婚前未曾明顯表現出林黛玉／妙玉那樣對潔淨自覺的矜持，而是落落大方得讓人不禁聯想到她對汙穢會有某種程度的容受度。好比在蘆雪庵吃鹿肉那一次，可以充分看出她的「無所不可」性格：

> 湘雲笑道：「傻子，過來嘗嘗。」寶琴笑說：「怪髒的。」寶釵道：「你嘗嘗去，好吃的。你林姐姐弱，吃了不消化，不然他也愛吃。」寶琴聽了，便過去吃了一塊……黛玉笑道：「那裡找這一群花子去！罷了，罷了，今日蘆雪庵遭劫，生生被雲丫頭作踐了。我為蘆雪庵一大哭！」湘雲冷笑道：「你知道什麼！『是真名士自風流』，你們都是假清高，最可厭的。我們這會子腥羶大吃大嚼，回來卻是錦心繡口。」（第四十九回）

這在林黛玉，即使不是身子弱，也是不會吃的（薛寶釵只是要哄薛寶琴去吃才這樣取譬）；但薛寶釵就不同了（史湘雲可以比照附此），她不在意鹿肉的髒，因為世上比它髒的東西還多呢！她見識廣，自然也就同流而不合汙了。而因著有這一「同流」，所以她想再高標孤潔也欲契無由了。不過，她畢竟不是一個專重好色貪財的人，在她嫁給賈寶玉後仍然維持著原先那一冷然又帶點超然的個性：

> 鳳姐才說道：「剛才我到寶兄弟屋裡……寶兄弟拉著寶妹妹的袖子，口口聲聲只叫：『寶姐姐，你為什麼不會說話了？你這麼說一句話，我的病包管全好。』

> 寶妹妹卻扭著頭只管躲。寶兄弟卻作了一個揖,上前又拉寶妹妹的衣服。寶
> 妹妹急得一扎,寶兄弟自然病後是腳軟的,索性一撲,撲在寶妹妹身上了。
> 寶妹妹急得紅了臉,說道:『你越發比先不尊重了。』」說到這裡,賈母和薛
> 姨媽都笑起來。(第九十九回)

可見賈寶玉的自比濁臭和賈家的權勢等,並沒有完全染汙了她,她彷
彿是爛泥中一朵兀自綻放的蓮花,環境雖然不夠光華,但她的心可沒
輕易的淪胥妥協。

　　至於王熙鳳,有論者從一些蛛絲馬跡看出她可能跟東府的賈蓉夫
婦各別有曖昧關係。[7]但要實際舉證卻又很困難;而就她遭遇賈瑞色誘
的處置方式,我們也不容易研判她會怎樣的好色越軌。此外,她的放
錢取利及對奴僕刻薄等,也都是基於「影子內閣」難為一個理由(詳
見第四章),並不如外人所謠傳或不明究裡的評論者所臆斷的那樣嗜財
如命。因此,她也可自比薛寶釵入半潔淨人一流。且看《紅樓夢》書
中的兩段記載:

> 賈璉道:「果這樣也罷了。只是昨兒晚上,我不過是要改個樣兒,你就扭手扭
> 腳的。」鳳姐兒聽了,嗤的一聲笑了,向賈璉啐了一口,低下頭便吃飯。(第
> 二十三回)

> 那婦人道:「他死了,你倒是把平兒扶了正,只怕還好些。」賈璉道:「如今
> 連平兒他也不叫我沾一沾了。平兒也是一肚子委屈不敢說。我命裡怎麼就該
> 犯了夜叉星!」(第四十四回)

倘若王熙鳳也是個淫亂人,那麼她就不會這般拒絕丈夫賈璉使慣外頭
女人式的要求,而她的跟班平兒也不可能副隨主正的逃避好色鬼夫婿

---

7 詳見水晶:《私語紅樓夢》,頁一九~二一。

的縱欲濫纏。至如說到她可能的無度貪財，襲人等的一席話可很有替她辯護的作用：

> 半日，果見襲人穿戴來了……鳳姐兒笑道：「我倒有一件大毛的，我嫌風毛兒出不好了，正要改去。也罷，先給你穿去罷。等年下太太給作的時節我再作罷，只當你還我一樣。」眾人都笑道：「奶奶慣會說這話。成年家大手大腳的，替太太不知背地裡賠墊了多少東西，真真的賠的是說不出來，那裡又和太太算去？偏這會子又說這小氣話取笑兒。」（第五十一回）

連非貼身丫鬟都能體認她當家的困境，試問其他人憑什麼一逕的抹黑誣衊她？顯然王熙鳳也不是泛泛汙穢人可比，只是她要在男人堆裡討生計，心性一半被同化罷了；再加上她沒念過書少涵養，眼看著潔淨度要稍微落在薛寶釵後頭而已（所以圖中排序才將她置於薛寶釵下面）。

（三）裝模作樣的另種潔淨人

半潔淨人仍是向著潔淨端的，她們僅於純度上不及潔淨人，而不是一半潔淨一半汙穢的混和。相對的，還有一類「裝模作樣的另種潔淨人」，也是如此；只不過那更是趕不上潔淨人，但約當在起步階段（才要出發趨向潔淨端）。

所以要另立一類，只因為確有一種人難以歸入潔淨人或半潔淨人範疇（同樣也不便在汙穢掛名），暫且就以他的表顯特徵而獨據一類。而這在《紅樓夢》裡，大概只賈政一人堪任，其他人都不致有這般的演出。於是在光譜上他就最遠離潔淨端：

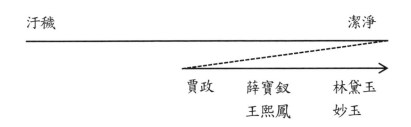

　　如果依照泥作骨肉的標準，那麼賈政如何也沾不到往潔淨光譜段的起點位置，僅僅因為他裝模作樣得看不出有什麼值得大驚小怪的好色貪財毛病，所以就權將他擺在該起點位置，以示他表面似有心潔淨卻實際力有未逮（至少他無法做好稱職主子的表率而儘讓奴僕混水摸魚了去）。換句話說，賈政沒鬧緋聞卻也有一妻二妾，而理財無方但又不關心家裡龐大開銷從何處來。前者，難以說他沒有一點潛在好色欲望；後者，他也使了家裡部分來路不明的金錢，總不好說他全然不貪財，只緣於這一切都不到明顯發作見醜的地步，所以就被他裝模作樣矇混過去了。

　　此外，另有一證：賈母遺資被盜，賈政的處分有「賈璉一腿跪著，在賈政身邊說了一句話。賈政把眼一瞪道：『胡說，老太太的事，銀兩被賊偷去，就該罰奴才拿出來麼！』賈璉紅了臉不敢言語，站起來也不敢動」（第一百十二回），這是合理的；但當賈璉勸他扶柩回南安葬如旅費短少可叫賴尚榮出點力時，他卻矯情說不煩人家（第一百十六回），爾後真短少了去要反吃到那閉羹：

　　　　賈政扶了賈母靈柩一路南行……想到盤費算來不敷，不得已寫書一封，差人到賴尚榮任上借銀五百，叫人沿途迎上來應需用……那家人回來，迎上船隻，將賴尚榮的稟啟呈上。書內告了多少苦處，備上白銀五十兩。賈政看了生氣，即命家人立刻送還，將原書發回，叫他不必費心。那家人無奈，只得回到賴尚榮任所。（第一百十八回）

這一榮府最倚重家奴賴大的兒子，因為上兩代當總管不斷肥己才有錢
為他捐官做了知縣，現今主子有難反而袖手旁觀（最後看情勢不對還
偷偷叫他父親告假贖身，而他自己也告病辭官，雙雙落跑）（第一百十
八回）。顯然是你賈政早已失去可為奴僕效忠的條件，此中必有不能真
正廉直（可以服人）的遺憾！因此，賈政從頭到尾斥責兒子不長進，
而自己也自詡是正派當官，就都只是在演戲，其實他並未善盡做父親
的責任而於仕途也特別畏首畏尾沒什麼建樹。

三、潔淨人潔癖圖的是什麼

（一）孤立自保

　　《紅樓夢》作者在賈家滿宅汙穢中保留了幾個潔淨人（還有少許
未婚女子也可以據為係聯，只因角色不重要，所以就不舉例發微了），
他們已自成一種可察見或可感知的潔癖。癖，是習性或嗜好的代稱；
[8]而潔癖是否也要比照其他的怪癖，[9]當它是精神性陰影症候群，[10]這還
可以討論。本脈絡只就《紅樓夢》書中所示有此癖性角色的發用狀況
繼續申論，而將它相對所要謀取的東西率先予以掀揭。當中未婚的潔

8 詳見布魯克（Peter Brooker）：《文化理論詞彙》，王志弘等譯，臺北：巨流圖書公司，
　二〇〇三年，頁一七九～一八〇。
9 詳見柯特萊特（David T. Courtwrigt）：《上癮五百年》，蘇絢譯，臺北：立緒文化公司，
　二〇〇〇年；拉德維希（Dieter Ladewig）：《上癮的秘密》，鄭惠丹譯，臺中：晨星出
　版公司，二〇〇五年；羅勃（Tom Raabe）：《嗜書癮君子》，陳建銘譯，臺北：邊城出
　版公司，二〇〇六年；艾瑞里（Dan Ariely）：《怪誕行為學》，趙德亮等譯，北京：中
　信出版公司，二〇〇八年。
10 詳見瑞提（John J. Ratey）等：《人人有怪癖——擺脫陰影徵候群的困擾與掙扎，以
　醫藥治療輕微的潛在心理失常》，吳壽齡等譯，臺北：遠流出版公司，一九九九年，
　頁四三～四四。

淨人部分，很明顯她們的潔癖所圖的是為了「孤立自保」。

這是就中國傳統社會的家族生活來說的，潔癖除了用來自我保護，很難再別為變成一種帶積極性的防衛機制（defense mechanism），[11]畢竟在家族裡不會准許有個人恣肆發揮的空間。而《紅樓夢》所敘寫的正是這一類現象，它可以賦予小說人物潔淨癖性，但不大可能再讓那些人物逾分去無謂的對抗或衝破網羅（因為那實在顯不出有什麼特殊意義）。換句話說，潔癖的形塑所以必要，是由於小說的布局得有此一格，此外倘若要利用它來發展某些基進的行動，那麼它就會超出所望而成為一種怪異的書寫（諒必《紅樓夢》作者也不致會有這種亟欲嘗試的心理）。因此，潔癖在第一類未婚的潔淨人那裡，就只合從「及身」的層面來看它的展演情況。出了「及身」，就留給作者的巧為安排，他另有加碼的處理方式（詳後節）。

我們看如母高貴自矜且有父調教的林黛玉，她剛進賈府就遇到了飲食習慣不同和賈寶玉因她摔玉等尷尬情事，這多少讓她心裡築起了一道藩籬：

> 寂然飯畢，各有丫鬟用小茶盤捧上茶來。當日林如海教女以惜福養身，云飯後務待飯粒咽盡，過一時再吃茶，方不傷脾胃。今黛玉見了這許多事情不合家中之式，少不得一一改過來，因而接了茶。（第三回）

> 鸚哥笑道：「林姑娘正在這裡傷心。自己淌眼抹淚的說：『今兒才來，就惹出你家哥兒的狂病，倘或摔壞了那玉，豈不是因我之過！』因此便傷人，我好容易勸好了。」襲人道：「姑娘快休如此，將來只怕比這個更奇怪的笑話兒還有呢！若為他這種行止，你多心傷感，只怕你傷感不了呢。快別多心！」黛

---

11 這種機制，最早為佛洛伊德（Sigmund Freud）所創用，意指個人在應付挫折時，為防止或減低焦慮所使用的各種適應方式。這樣機制在心理表現上，就不只是「守志」，它還會「動氣」。參見洛斯奈（Joseph Rosner）：《精神分析入門》，鄭泰安譯，臺北：志文出版社，一九九八年，頁八○～八二。

玉道：「姊姊們說的，我記著就是了……」（第三回）

這道藩籬，使得她小心翼翼在因應著周遭環境的變化。最後，她發現只有賈寶玉一人稍可依靠而時相親近；但原有鬱鬱寡合的潔癖卻又讓她難以容忍賈寶玉這位多情公子的泛愛他人，馴致有點言語衝突或親厚行動遲緩，她就要傷心掉淚！這種孤獨感，終而體現在她掩埋一地的落花和那深長的吟唱：

> 花謝花飛花滿天，紅消香斷有誰憐？
> ……
> 未若錦囊收艷骨，一抔淨土掩風流。
> 質本潔來還潔去，強於污淖陷渠溝。
> 爾今死去儂收葬，未卜儂身何日喪？
> 儂今葬花人笑痴，他年葬儂知是誰？
> 試看春殘花漸落，便是紅顏老死時。
> 一朝春盡紅顏老，花落人亡兩不知！（第二十七回）

所謂「質本潔來還潔去」，說的不就是她寄人籬下終究要這樣孤絕的守貞下去麼！可見堅持作一個潔淨人，原是有這一孤立自保的背景呵！

相仿的，妙玉跟著小尼道進了賈府，起初也是有點為難。只因為她雖然「自小多病」，但「祖上也是讀書仕宦之家」而她「文墨也極通，經文也不用學了，模樣兒又極好」（第十七至十八回），所以脾氣就狃了一點。直到人家請帖到才入住櫳翠庵：

> 王夫人不等回完，便說：「既這樣，我們何不接了他來？」林之孝家的回道：「請他，他說『侯門公府，必以貴勢壓人，我再不去的。』」王夫人笑道：「他既是官宦小姐，自然驕傲些，就下個帖子請他何妨。」林之孝家的答應了出

去，命書啟相公寫請帖去請妙玉……（第十七至十八回）

這一轉折，自然顯出了妙玉不跟俗人俗事交接的意態。但她俗緣畢竟未泯，仍暗中存有衷情於賈寶玉的心念，以至又勉坐禪寂而走火入魔（第八十七回）。因此，她的更深潔癖，就只是在孤立自保的前提下所不斷內化的結果；而她刻意要壓抑的心魔，也正好襯托了那一潔癖的醞釀有日（否則她儘可以「隨遇而安」而不必單單情迷賈寶玉一人），等到發作時她已無力控制而得任由它回過頭來啃嚙自己！

（二）權力換肉欲

　　潔癖所圖的孤立自保，所以特許給未婚的潔淨人，乃因為她們在先天上就有駭怕被染汙的個性（而跟賈寶玉單獨接觸也僅重視精神面的相契或才情上的交融）；而這到了已婚的半潔淨人那裡，相關的潔癖也就無同等的圖謀，反而是看好它可以取得支配他人的權力，不惜妥協自己而迎向前去了。

　　雖然如此，這裡的權力又不是一般所常蘄嚮的那種「唯恐不够多」的樣態，[12]它只是為確保自我的存在優勢所不得不擁有以見實力罷了。反過來，如果是一逕被他人支配，那麼自我的存在優勢就會失落而變成得苟活以面對眼前無從風光的日子。而這在薛寶釵和王熙鳳二人身上可以看得很清楚：薛寶釵家是皇商，而她本是要進京應徵才人贊善職位的，因為還沒得著機會，所以就暫時借住在賈府（第四回）。這樣一個大家閨秀，可以想見不可能屈居人下而任人使喚。因此，當她知道已被母親許給賈家作媳婦，並沒有顯現出有所虧欠林黛玉這一競爭

---

12 這種「唯恐不够多」的權力樣態，可以從「所有物」、「人們互動模式的結果」和「一種統治者和被統治間的網絡」等諸多層面來顯現，而教人難以抗拒它的魅力。詳見喬登（Tim Jordon）：《網際權力：網際空間與網際網路的文化與政治》，江靜之譯，臺北：韋伯文化國際出版公司，二○○一年，頁一三～二三。

對手：

> 薛姨媽回家將這邊的話細細的告訴了寶釵，還說：「我已經應承了。」寶釵始
> 則低頭不語，後來便自垂淚。薛姨媽用好言勸慰解釋了好些話。寶釵自回房
> 內，寶琴隨去解悶。（第九十七回）

這是合理的（而不是泛泛的陰謀論可以解釋），畢竟她的存在優勢要這
樣過渡才能得到保障（不然她就得冒險去嘗試別的機會）。換句話說，
她為了擁有這一足够維持存在優勢的權力，就得犧牲自己而讓對方滿
足肉欲，只要她不貪求好色，一樣能護住相當程度的潔淨美名。

同樣的，王熙鳳嫁入賈家當了影子內閣後，她要到權力而給賈璉
逞了肉欲（也等於權力換肉欲）。只不過她比薛寶釵多出一分少讀書欠
涵養所易見的嫉妒心理，容不得明目張膽挑釁或威脅她權力的人，終
而應了賈寶玉所說「女孩兒未出嫁，是顆無價之寶珠；出了嫁，不知
怎麼就變出許多的不好的毛病來；雖是顆珠子，卻沒有光彩寶色，是
顆死珠了；再老了，更變的不是珠子，竟是魚眼睛了。分明一個人，
怎麼變出三樣來」（第五十九回）這些混話的類中階。但她畢竟還是潔
身有術，並沒有沾染太多肉欲爛泥，最後僅落個攻於算計而喪失性命
了結。

（三）懼事怕死情意結

未婚的潔淨人和已婚的半潔淨人各自所要的孤立自保和權力換肉
欲，已經完滿了正常潔癖所會有的企圖（或說任何潔癖都不出為孤立
自保和權力換肉欲這兩種希求範圍）；此外倘若還有潔癖亟欲所得的情
況，那麼它的發出就非裝模作樣的另種潔淨人莫屬了。這類潔淨人所
以也跟人家一樣努力要展現潔淨癖性，全是「懼事怕死情意結」所致。

也就是說，這類潔淨人沒有孤立自保的問題，也不必權力換肉慾，但他卻有忌死不沾鍋的恐懼心理，必須裝模作樣一番才可以遮人耳目而滿足他的虛榮心。而這在賈家，最擅長此道的，莫過於賈政。

賈政在論者的評價中，向來極低。所謂「賈政性本愚闇，乏治繁理劇之才，身為郎官，不過因人成事耳。即自公退食，亦不善理家人生產，食指日眾，外強中乾，阿家翁痴聾而已」[13]，這數語已足以為代表；更有「賈政不學無文，惟耽博奕。然狀其為人，頗類迂拘之學究；嚴以教子，似承詩禮之名家；且攜兒輩應酬，常赴詩壇文會；膺簡命出使，居然視學衡文，固未嘗詆其不文也。然而，題聯額於新園，吟髭撚斷，擬破承為程式，隻字無成，雖不詆其不文，終不予以能文也」[14]這類對他好附庸風雅的訾議，擺明了就是不許「真正」屬於此人。不過，這些都尚未深透賈政懼事怕死的心理。就因為他臨事恐慌又兼惜命逃難，所以才會表面裝得一副潔身自愛的樣子。這只要看他外放江西糧道後跟家人李十兒的一場對話就可以覷見一二：

> 李十兒回稟道：「老爺極聖明的人，沒看見舊年犯事的幾位老爺嗎？這幾位都與老爺相好，老爺常說是個做清官的，如今名在那裡？現有幾位親戚，老爺向來說他們不好的，如今升的升、遷的遷，只在要做的好就是了。老爺要知道：民也要顧，官也要顧。若是依著老爺不准州縣得一個大錢，外頭這些差使誰辦？只要老爺外面還是這樣清名聲原好，裡頭的委屈只要奴才辦去，關礙不著老爺的。奴才跟主兒一場，到底也要掏出忠心來。」賈政被李十兒一番言語說得心無主見，道：「我是要保性命的，你們鬧出來不與我相干。」（第九十九回）

一句「我是要保性命的」，就全洩了底。像這樣沒能力周全一切的人，

[13] 二知道人〈紅樓夢說夢〉，收入一粟編：《紅樓夢卷》，頁八八。
[14] 洪秋蕃〈紅樓夢抉隱〉，收入一粟編：《紅樓夢卷》，頁二四二。

不但辦不了事，恐怕連「清官」二字都會被他玷辱了去，因為真正的清官是自己一介不取而不是凡事都要別人犧牲權益來成就自己（最後還可能被懷疑他是大貪而故意裝成清廉模樣）。由此可見，裝模作樣的另種潔淨人，無法免除懼事怕死情意結的作祟；他唯一可以保有的是那有如氣泡般的中虛潔癖，只要別人不去戳他，他就能夠外表暫且光彩一陣子。

四、《紅樓夢》對潔癖不滿在那裡

（一）無力對比或凸顯汙穢面的可厭

不論是真潔淨，還是假潔淨（虛摹潔淨），《紅樓夢》作者既然塑造出了它們的形象，多少也會隱含或夾帶對該形象某種程度的評騭[15]（才能顯現他並非毫無立場），於是就有繼續深探那一可能評騭的必要性。換句話說，僅是耙梳《紅樓夢》中所見潔淨人的類型及其潔癖企圖，還不夠一種論述的規格（因為讀者會追問「那又如何呢」），必須再有相關的後設推理來圓滿理論需求，[16]而這最先就會遇到《紅樓夢》作者究竟對潔癖有什麼意見的課題。

---

[15] 這也就是當代批判理論所意示的：所有敘事文體（包括極端的自然主義作品、絕對的寫實主義作品和超現實或魔幻寫實主義作品等），並不止於模擬或再現現實，它最終的目的還在於批判現實。詳見黃瑞祺：《批判理論與現代社會學》，臺北：巨流圖書公司，一九八六年，頁二八七～二九〇。

[16] 所謂的理論需求，是指相關論述必須兼顧底下這個事實：就小說來說，它在低層次上就「擔負」著模擬或再現現實的功能；又因為現實已經特定語言系統的編排，不可能不摻雜小說家個人的好惡的企圖，以至小說勢必在高層次上又「自許」著批判現實的任務。而實際運作上，小說的批判性不一定要明示，就它所敘述的事件便足以承載小說家「轉化社會」的願力，而影響讀者對某些事物作出有利或不利的價值判斷，進而採取必要的行動。參見徐道鄰：《語意學概要》，香港：友聯出版社，一九八〇年，頁一七〇～一七二；周慶華：《秩序的探索——當代文學論述的省察》，臺北：東大圖書公司，一九九四年，頁二七。

　　從許多跡象來看,《紅樓夢》作者對潔癖當頗有不宜任它常駐的感懷,因為它既無法在理想上提供什麼保證,又沒能在現實上有和諧社會秩序的功用,如同是一多餘的怪癖。因此,就攏總或整合的觀點來說,潔癖先在理想上並「無力對比或凸顯汙穢面的可厭」。這意思是,本該要讚許潔癖的,但它自身已蘊涵了被人詬病的因子(詳後兩小節),又如何能夠襯托或彰明汙穢面的不副人心?好比林黛玉,她的潔癖固然緣於她的「孤高自許,目無下塵」(第五回)或「本性懶與人共,原不肯多語」(第二十二回),但她的行事卻是心窄嘴尖:

> 黛玉冷笑道:「我說呢,虧在那裡絆住,不然早就飛了來了。」寶玉笑道:「只許同你頑,替你解悶兒。不過偶然去他那裡一趟,就說這話。」(第二十回)

> 李嬤嬤聽了,又是急,又是笑,說道:「真真這林姐兒,說出一句話來,比刀子還尖。你這算了什麼!」(第八回)

這心窄一點,連賈母帶領劉姥姥進園參觀,經過瀟湘館時,都忍不住要藉機暗諷一句「這屋裡窄,再往別處逛去」(第四十回)。像這樣還沒對比出汙穢人的面目可憎,就先落人把柄而被詆諆不已,豈不顯示潔癖的難可讚譽?

　　即使是薛寶釵似乎處處比林黛玉要得人心,包括她有「舉止嫻雅」(第四回)、「穩重和平」(第二十二回)和「行為豁達,隨分從時」(第五回)等人格特長,但她的冷情(表現在對金釧投井、柳湘蓮出家和尤二姐吞金等事件的冷應對上),以及婚後依舊少了熱烙(直到失去賈寶玉才痛哭而流露真性情)等,還是令人不禁要對她生一分「敬而遠之」的心。如此一併林黛玉的潔癖,都給人這種不盡佳的觀感,其他居次的潔淨人,他們的潔癖就更無足論了。

（二）潔癖會轉為威脅他人的存在

在《紅樓夢》作者的巧手安排中，我們又看到了一個「潔癖會轉為威脅他人的存在」現象。這自然也是《紅樓夢》作者不滿潔癖的具體顯現，它比前者的隱性批判要更積極一點，從而給潔淨人定下了「最見不堪」的基調。而這在未婚的潔淨人、已婚的半潔淨人和裝模作樣的另種潔淨人中普遍存在著，不免讓人懷疑它是《紅樓夢》作者專門寫來引發人同情共感齊憤的！

當中未婚的潔淨人，她們是孤立自保了，但相對的也壓迫到了別人的存活空間。好比林黛玉，她常掃大家的興致和瞧不起俗人等，明的暗的都起了威脅他人存在的作用（暗的部分是讀者代為感覺到），而她卻全不以為意。例子如：

> 襲人等都端了椅子在炕沿下一陪。黛玉卻離桌遠遠的靠著靠背，因笑向寶釵、李紈、探春等道：「你們日日說人夜聚飲博，今兒我們自己也如此，往後怎麼說人。」李紈笑道：「這有何妨！一年之中不過生日節間如此，並無夜夜如此，這倒也不怕。」（第六十三回）

> 黛玉笑道：「都是老太太昨兒一句話，又叫他畫什麼園子圖兒，惹得他樂得告假了。」探春笑道：「也別要怪老太太，都是劉姥姥一句話。」林黛玉忙笑道：「可是呢！都是他一句話。他是那一門子的姥姥，直叫他是個『母蝗蟲』就是了。」說著大家都笑起來。（第四十二回）

她說的那些話，沒有一句聽來會讓人舒服的，最後卻還要包容它而不當它是一回事。而這後例成對的，還有妙玉。《紅樓夢》裡頭有一場對手戲，演盡了一個潔淨人是如何的勢利兼無人性：

當下賈母等吃過茶，又帶了劉姥姥至櫳翠庵來。妙玉忙接了進去……只見妙玉親自捧了一個海棠花式雕漆填金雲龍獻壽的小茶盤，裡面放一個成窰五彩小蓋鍾，捧與賈母……賈母便吃了半盞，便笑著遞與劉姥姥說：「你嘗嘗這個茶。」劉姥姥便一口吃盡，笑道：「好是好，就是淡些，再熬濃些更好了。」賈母眾人都笑起來。然後眾人都是一色官窰脫胎填白蓋碗……妙玉剛要去取杯，只見道婆收了上面的茶盞來。妙玉忙命：「將那成窰的茶杯別收了，擱在外頭去罷！」寶玉會意，知為劉姥姥吃了，他嫌髒不要了……寶玉和妙玉陪笑道：「那茶杯雖然髒了，白撂了豈不可惜？依我說，不如就給那貧婆子罷，他賣了也可以度日。你道可使得？」妙玉聽了，想了一想，點頭說道：「這也罷了。幸而那杯子是我沒吃過的；若我使過，我就砸碎了也不能給他。你要給他，我也不管你，只交給你，快拿了去罷。」（第四十一回）

明知劉姥姥是客，卻只單備一蓋鍾茶給賈母，這顯然是不屑為劉姥姥這樣的俗婦服務。而劉姥姥在幸能呷到賈母賞給的半杯茶後所說的那句話「好是好，就是淡些」，已經話中有話了，無異是在諷諭對方待客太淡（沒給她茶喝），而妙玉卻聽不出來，事後還在耳房內赤裸裸的演出那齣令人訝然暗傷的行動劇。到這裡，身為讀者的我們，早已化身為劉姥姥而深感此地不許我容身了，因為那裡住著一位會用眼神心念肅殺的修道人！

至於已婚的半潔淨人，他們所執著爭取的權力，一樣會反過來迫使別人生存空間遭到高度的壓縮。而這在薛寶釵所獲得施展出來的是軟性權力：她接受眾人的設計安排而跟賈寶玉完婚，就等於剝奪了對手林黛玉的機會，而她卻沒有絲毫憐憫或謙讓的情緒反應，彷彿自然成勢就接收了對方努力的成果。像這一「不戰而屈人之兵」的計略，就是軟性權力的展現。相對的，王熙鳳所爭取裝備的權力是硬性的。她極力防堵別的女人接近賈璉，只是忌諱大權旁落或擔心利益被瓜分，而不是她真愛著賈璉。就因為她從未在房事上盡心，以及相關防堵手段剛勁，所以那形同是前後威脅了丈夫和其他女人的生存空間。最後

她是站在獲勝的一方，但也付出了急火攻心加速命喪的代價。

此外，則是裝模作樣的另種潔淨人。由於這類人已有懼事怕死的情意結在先，不免會過度的保護自己，所以他對別人存在的威脅會更具立即性。這在賈政的演示中，一向都是直接流露的（《紅樓夢》作者逕直就將他的醜態托出而不「假手他人」）。比如他狠打兒子，這件事的起因是誤傳忠順王爺身邊獲寵的戲子琪官被賈寶玉藏匿而對方派人來索討，以及王夫人跟前丫鬟金釧投井自盡被賈環逮著機會在賈政面前誣告是賈寶玉強姦不遂害死的（第三十三回）。當時賈政毒打賈寶玉的狠勁，讓人看得膽顫心驚，幾疑那是官府杖刑的翻版；最終是賈母出來護孫，才保住賈寶玉一條狗命。整件事在明眼人看來，都知道是賈政失察所造成的，以至他的狠打兒子就多屬感情用事而難以引發他人的共鳴。但如果再深入一點觀察，那麼大家可能又會發現真正的原因是賈政怕死：

> 賈政便問：「該死的奴才！你在家不讀書也罷了，怎麼又做出這些無法無天的事來！那琪官現是忠順王爺駕前承奉的人，你是何等草芥，無故引逗他出來，如今禍及於我！」（第三十三回）

因為怕死，所以才會遷怒於賈寶玉。而這一遷怒，就映照出了一位平時正直威嚴的大丈夫只不過是個偽裝的空殼子；他在緊要關頭都會以自我保命來阻止別人的生存。且看賈政在江西糧道任上不善政務而以自己要保命為由威脅家人貪瀆不得出事（第九十九回），以及賈府被抄檢時一概以不知情諉過給賈璉的樣子（第一百五回），那副怕死的德行再而三的曝光，不免令人聯想到他所討的妾趙姨娘可厭到無人不嫌棄的地步「原來是他的品味和格調都是很低的人」（還有人說賈政所以喜歡趙姨娘，是因為她「下體可採」，則是有點高估了他）。[17]因此，一個

17　參見胡邦煒：《紅樓夢懸案解讀》，頁一四一～一四三。

人的「正派」經常是建立在對別人的壓迫因緣上，說來也沒什麼好標榜的。[18]而從上述所引證的予以推測，賈政連自己子侄的生存權都可以這般輕易踐踏，那還有誰能夠擋得了他的「連類博擊」？所謂「潔癖會轉為威脅他人的存在」，終究要以這一裝模作樣的另種潔淨人最該憂患。

（三）潔癖人自己在互軋

潔癖除了對外會威脅他人的生存而引起無謂的恐慌，還有對內「潔癖人自己在互軋」也是一大問題。這是彼此有利害關係的潔淨人，在相處互動的過程中很常發生的，《紅樓夢》作者當然也不會放過要誌它一誌。而這一誌，多少也顯示他對潔癖有某種程度的「心存不滿」（否則他就不一定要這麼選材來敘寫）。

這在《紅樓夢》書中，則以林黛玉和薛寶釵的爭鬥心結最具代表性。在「林黛玉焚稿斷癡情，薛寶釵出閨成大禮」（第九十七回）的情節形成以前，這兩個才華程度相當的潔淨人，就困處於「金玉良緣」和「木石前盟」配對的拔河中，各有勝負。當中林黛玉固然是對大夥「見一個打趣一個」（第二十回）、「嘴裡又愛刻薄人」（第二十七回）、「忙中使巧話來罵人」（第三十七回）而逗了不少驕氣，但她最在意的還是情敵薛寶釵的乘隙介入，除了常在賈寶玉面前醋勁大發，而且一有機會就想給薛寶釵來個「迎頭痛擊」。如：

> 黛玉又看了一回單子，笑著拉探春悄悄的道：「你瞧瞧，畫個畫兒又要這些水缸箱子來了。想必他糊塗了，把他的嫁妝單子也寫上了。」探春「嗳」了一聲，笑個不住，說道：「寶姐姐，你還不撊他的嘴，你問問他編排你的話。」寶釵笑道：「不用問，狗嘴裡還有象牙不成！」一面說，一面走上來，把黛玉

18　參見周慶華：《紅樓搖夢》，頁二二〇～二二二。

按在炕上，便要撐他的臉。（第四十二回）

寶釵笑道：「寶兄弟，虧你每日家雜學旁收的，難道就不知道酒性最熱……從此還不快不要吃那冷的了。」……可巧黛玉的小丫鬟雪雁走來與黛玉送小手爐……雪雁道：「紫鵑姐姐怕姑娘冷，使我送來的。」黛玉一面接了，抱在懷中，笑道：「也虧你倒聽他的話。我平日和你說的，全當耳旁風；怎麼他說了你就依，比聖旨還快些。」寶玉聽這話，知是黛玉借此奚落他，也無回覆之詞……寶釵素知黛玉是如此慣了的，也不去睬他。（第八回）

這分明是無事生事，故意給薛寶釵難堪，且警戒意味濃重。穎悟如薛寶釵當然也不是省油的燈，她會反擊，甚至得便還會使點陷害的小手段。如：

寶釵因見林黛玉面上有得意之態，定是聽了寶玉方才奚落之言，遂了他的心願，忽又見問他這話，便笑道：「我看的是李逵罵了宋江，後來又賠不是。」寶玉便笑道：「姐姐通今博古，色色都知道，怎麼這一齣戲的名字也不知道，就說了這麼一串子。這叫《負荊請罪》。」寶釵笑道：「原來這叫作《負荊請罪》！你們通今博古，才知道『負荊請罪』，我不知道什麼是『負荊請罪』！」一句話還未說完，寶玉林黛玉二人心裡有病，聽了這話早把臉羞紅了。（第三十回）

寶釵在外面聽見這話，心中吃驚，想道：「怪道從古至今那些奸淫狗盜的人，心機都不錯……如今便趕著躲了，料也躲不及，少不得要使個『金蟬脫殼』的法子。」猶未想完，只聽「咯吱」一聲，寶釵便故意放重了腳步，笑著叫道：「顰兒，我看你往那裡藏！」一面說，一面故意在前趕，兩個人都唬怔了。（第二十七回）

我們把它連接前面，就會發現：這宛如是你一勝我也一勝的輪替戲，看得人情不自禁的想要選邊站再去幫忙搖旗吶喊助陣一番。[19]

　　顯然潔癖人自己在互軋情節的編撰，縱使有為滿足讀者看好戲的閱讀心理，但如果沒有藉它「以示不滿」，《紅樓夢》作者也未必要強作如此處理，畢竟她們的鬥氣耗力只會更增添過程的肅殺氣氛，而於謙讓或轉昇華的美德涵養毫無作用。

五、潔癖者終場的啟示

（一）命不長最可憂慮

　　大致上，汙穢人既然已經汙穢定了，那麼凡是漂白無望或不勝懲治的，就隨他去了，這是《紅樓夢》作者我們可以為他推及的思路。因此，《紅樓夢》書內所保留的幾個潔淨人就寫得特別用心，倒能反過來彌補作者「想寫而無可發揮」的缺憾。只是他大概又想到潔淨人的潔癖從現實到敘事都沒有讓它「逞能」的道理，所以又寄寓了上述種種不滿。而從對那些自居潔癖者終場的安排來看，我們又不得不相信《紅樓夢》作者對他們真的「確有意見」。而這不啻是給讀者一個終極性的啟示，教大家可要善加體察戒剔。

　　此中最明顯的一點是，有潔癖的人大多命不長。好比林黛玉因憂思而短壽、妙玉因遭劫而殞命和王熙鳳因勞瘁而早喪等，都有她們必須離場的合理性（不這樣收尾情節就無法更好的推進）；但細看她們的辭世卻都跟潔癖有關連，這就由不得我們不從裡頭去記取教訓了。以

---

[19] 以薛寶釵來說，倘若她心裡沒有一點抑敵的念頭，那麼她也不可能如此毫不避諱的於滴翠亭撲蝶中嫁禍林黛玉取樂。如果有論者堅持要為她的行為辯護，說那只是純粹出於遊戲好玩而為機變急智的表現，那麼這就得將它歸入助陣團內去定位。後者，詳見夏志清：《中國古典小說史論》，胡益民等譯，南昌：江西人民出版社，二○○一年，頁二九九；趙同：《紅樓夢醒時》，頁一四九～一五二；歐麗娟：《紅樓夢人物立體論》，頁一二四～一三八。

林黛玉來說，她的潔癖已到眾人都不敢恭維的地步：如周瑞家的送來宮花，林黛玉嫌那是別人挑剩的而不理睬（第七回）；以那是「臭男人拿過的」為藉口，林黛玉擲回賈寶玉珍重轉贈的鶺鴒香串（第十六回）；賈寶玉臉上被賈環撥燈油燙出一溜燎炮，怕林黛玉嫌髒而不給她瞧見（第二十五回）等，無一不令人難以領教！而就在她處處防衛過當的情況下，就一人孤獨的忍著自己的宿疾，以及加添不容情敵的心病等，內外交迫，直到命喪黃泉。還有妙玉和王熙鳳，一個無病被掠而受辱死；一個力詘囊空而冤聳死，也都跟她們生前的潔癖有關。也就是說，自稟潔癖的人，終究要讓她們到汙穢圈接受考驗，結果她們沒通過考驗，全因為拚節烈貞正而丟了性命，可見潔癖跟她們的死緊密連結著。

　　至於《紅樓夢》作者所遺漏的兩個非短命人薛寶釵和賈政，這也未必是賈家總要有人留下來善後一個明顯的敘述理由可以解釋得盡，倒是我們方便據為推測《紅樓夢》作者走這一步險棋的用意：首先，權力換肉欲成功的已婚半潔淨人，一個已經賠掉健康死了，另一個就不合再重複此策，而得改為讓她去面對頓失所愛的痛苦，而這說來並不比短命好受；其次，受制於懼事怕死情意結的裝模作樣另種潔淨人，縮短他的命限並顯不出什麼特殊意義，只有使他深歷家運慘敗的重挫，才有可能激勵他痛改前非而從新做人。這麼一來，《紅樓夢》書中所示「命不長最可憂慮」為潔癖者終場的啟示是成立的。它既是作者有感而完結的，又是我們讀者可察而慨嘆的，合而以見潔癖在人身上要具此一深度性才可算有思考的價值。

（二）名聲未能黏身為終極憾事

　　從某個角度看，潔癖可以算得上是一種難得的習性，理當有這種習性的人他的名聲也要跟著黏身成長，才能無所愧憾；否則空有潔癖稱號而不見相隨的異才，那該潔癖就會返身譏諷自己的存在。但很可

惜的,《紅樓夢》裡頭所有的潔淨人,都少了這一部分相關的本事和成就。

以林黛玉的文才、妙玉的道行、薛寶釵的通達和王熙鳳的幹練等為例(賈政的反向示範本就不會有什麼名聲,這裡就不提他了),幾乎都是隨身而來的,不是她們在跟眾人接應而逐漸明朗化的潔癖所逼現的(也就是她們的特長並未跟她們的潔癖成正比),反而是她們的潔癖常會惹人反感而抵銷她們局部的長處。這在《紅樓夢》作者,也許是意識不到二者可以有連結而疏於措詞,所以全書才沒看見相關的情節,而這就留給了讀者有幸予以填補的空間。換句話說,潔癖當要有成就來支撐而使名聲得以黏身,不然就會有遺憾發生。由於這遺憾是到了最後方歸結出來的,致使此地才以「名聲未能黏身為終極憾事」為繼末潔癖者終場的啟示,期待還有續論能夠因應它的欠缺。

六、今後如果還要再寫潔癖

(一)保守處降等釋溫

約略可以說,《紅樓夢》作者也是一個有潔癖的人(只是不致像書中人物僅為圖一己稱意而已)。這從他一入手就寫閎閱大家,要窮盡他所能掌握的所有題材、形式、技巧和風格等,而不跟先前的說部同一窠臼;再加上他擅長游筆作幻、跨域掄元,不但粉飾了乾坤,而且又筆補了造化,可說是壁立千仞,為古今無雙的高華表徵。這樣潔癖式的寫作,豈能容許我們忽視他敘說人物潔癖事的「能入能出」?但畢竟他有時代的侷限,看不到更遠的西方一個系統所蘊涵的類似課題。而這就有大家藉機再發出「今後如果還要再寫潔癖」可能的別樣思路。

我們知道,只要是成癖的,多少都要有點可稱道面,才值得標榜(或說得讓它有可稱道面可以標榜)。正如前人所說的:「花不可以無蝶,山不可以無泉,石不可以無苔,水不可以無藻,喬木不可以無藤

蘿，人不可以無癖。」[20]癖能使人增價，就在它的不可或缺性（而不是有了它反而不妙），而這勢必得有異能「參錯其中」，一切才會歸為諧美（否則令人生厭就變醜了）。例子如：

> 我們樂於知道彌爾頓是躺在牀上進行工作的；而納博科夫在三吋寬、五吋長的卡片上寫作；濟慈要穿上他最好的衣服來寫詩；薩克萊則無法在自己家裡從事寫作，必須在旅館或俱樂部之類場所才能進行創作……波普只有在身旁放上一箱爛蘋果的時候才能寫作，那種腐爛的氣味可以激發他的靈感……麥唐納他習慣一絲不掛地在阿拉巴馬州家中的陽臺上寫作。我們都渴望知道作家們的煩惱和怪癖，覺得這些瑣事跟他們的作品引人注意。[21]

現實中還有不少染癖的人，[22]他們行為多有可觀也正如上述那些人，都跟他們的成就連在一起。這樣我們就可以類推來設想，非得寫潔癖不可的話，是否能够寫得高尚可愛一點（不傷人也不逼人反感），別再像《紅樓夢》書中那些潔癖動輒刺蝟畢張，那可沒得給人多少「心理緩衝」的空間呵！這是考慮到「保守處降等釋溫」的寫法，將潔癖者的無謂張揚轉成可欣賞的質素，從而賦予潔癖反性格缺陷的特性。

（二）基進時才藝成就隨行

---

[20] 張潮：《幽夢影》，周慶華導讀，臺北：金楓出版社，一九九〇年，頁三八。

[21] 漢彌爾頓（John M. Hamilton）：《卡薩諾瓦是個書痴：寫作、銷售和閱讀的真知與奇談》，王藝譯，臺北：麥田出版社，二〇一〇年，頁一四。

[22] 詳見殷國登：《人各有癖》，臺北：希代書版公司，一九八六年；黃秀如：《癖理由》，臺北：網路與書出版社，二〇〇五年；釋妙蘊：《奇人妙事》，臺北：福報文化出版社，二〇〇五年；林在勇：《怪異：神乎其神的智慧》，臺北：新潮社文化公司，二〇〇五年；剛崎大五：《別笑！地球就有這種人──83 國導遊世界怪癖大蒐秘》，李佳蓉譯，臺北：如何出版公司，二〇一〇年；陳雅音：《文學的另類寫真──文人怪癖與文學創作的關係探討》，臺北：秀威資訊科技公司，二〇一一年。

　　能夠扭轉潔癖的負面形象為正面形象後，就可以進一步思考「基進時才藝成就隨行」的加碼式新方針。也就是說，今後如果還要再寫潔癖，就不只是前者「保守處降等釋溫」一個途徑，還可以是這裡的更積極取向，而使潔癖的浪漫性和促進文化發展的意義得以「儼然成形」，而新穎大家對潔癖的觀感。

　　這在中外歷史上，是有前例可循的。如唐代白居易和宋代蒲宗孟等因耽於梳洗潔身而創作量大增；[23]日本森鷗外和泉鏡花等因從不生食而常體現在作品中。[24]這些案例所呈現的，無不緣於寫作而有此潔癖相伴（有別於《紅樓夢》書中那些潔癖人以自己的習性驕人或令人難堪）。而這就可以借鏡為從新構設小說情節，讓潔癖昇華為締造才藝成就的憑藉。這樣潔癖進入作品中才有意義而不致變成一種累贅或無作用屬和。也因為這是觀看《紅樓夢》處理潔癖課題有所不濟而發想的，如同是它所無心內蘊一併啟導今後寫作另闢蹊徑的功能，以至不妨在這最後順便加以肯定。

---

[23] 詳見朱金城：《白居易研究》，臺北：文史哲出版社，一九九二年。

[24] 詳見嵐山光三郎：《文人的飲食生活》，孫玉珍等譯，臺北：高談文化公司，二〇〇四年。

第八章 《紅樓夢》的美學一角：
大寫和小寫的審美考量

一、《紅樓夢》的敘事美學

(一)《紅樓夢》美學知多少

　　《紅樓夢》帶進潔癖課題，原是要對治汙穢的，但寫來卻又從內部反起潔癖，造成「滌不盡」的現象。這現象的矛盾性，應該要有審美的考量才能予以諒解。也就是說，寫潔癖倘若是屬於大寫，那麼暗中鋪陳潔癖種種不協調處就是小寫，而這小寫正有對比逞藝的激揚美感作用。

　　細想《紅樓夢》所以如此安排，很難說沒有這一考慮。雖然它無能再行超越而更以潔癖為人物才情的憑藉（詳見第七章），但有了這類小角的引領，我們可以益加全面地來審酌一個小說敘事美學的形成。它既是《紅樓夢》所見成就的，又是今後所有小說寫手所得借鑑的，而此處則但求一份「先行發掘」的功勞。

　　當然，《紅樓夢》的敘事美學不會僅止於這一小角，它的總體上為直屬於氣化觀型文化所有的抒情寫實傳統而更知所進行系統內的突破新變（這一突破新變，除了有全貌上的跨系統的「文本互涉」和另類的「指意連鎖」特徵可以引來對比當代相關說法而顯出異質色彩，而且還有藉為包裝該跨系統的「文本互涉」和另類的「指意連鎖」特徵的眾文體的交會在閃爍著古今中外罕見的名著光芒），以及能夠極大化文體而展現高度的「粉飾乾坤」和「筆補造化」本事等，[1]已經為中國傳統敘事美文樹立了最佳的典範而可以任由論者各取所需去逞說運用。

---

[1] 詳見周慶華：《紅樓搖夢》，頁一～二○。

[2]這些因為盡在《紅樓夢》一個敘事文本裡,所以無處是《紅樓夢》的敘事美學所在。此外,還有論者特別感興趣於抽繹《紅樓夢》中的服飾、美食、收藏、園林和情榜等而有專著詳論,[3]以及針對《紅樓夢》所著錄的詩詞曲賦和文物制度等予以評注解會,[4]甚至汲取《紅樓夢》裡的醫事和創傷治療等生理層面在著墨發微,[5]而此類則已逸離小說敘事範疇更向泛美學去伸展,總括成《紅樓夢》所能加以深掘的「美學」特徵。但面對這麼多可再行探勘的《紅樓夢》美學,說實在的窮一人畢生力氣也難以綜合踵繼於萬一;以至另啟視野而從新關照跟《紅樓夢》敘事美學有關卻未被提及的課題,也就是要再論述《紅樓夢》一事的勢所必行。

(二) 衡鑑的必要取捨

美學是後設談論美的學問;而美則以它可使人快悅和把玩的價值特徵行遍天下,且經過古今中外文學藝術家的創發實踐已繁衍出了優

---

[2] 詳見朱一玄:《紅樓夢資料匯編》,天津:南開大學出版社,二○○一年;孫遜主編:《紅樓夢鑑賞辭典》,上海:漢語大詞典出版社,二○○五年;陳維昭:《紅學通史》,上海:上海人民出版社,二○○五年。

[3] 詳見李軍均:《紅樓服飾》,臺北:時報文化出版公司,二○○四年;蘇衍麗:《紅樓美食》,臺北:時報文化出版公司,二○○四年;孫軼旻:《紅樓收藏》,臺北:時報文化出版公司,二○○四年;任明華:《紅樓園林》,臺北:時報文化出版公司,二○○四年;詹丹:《紅樓情榜》,臺北:時報文化出版公司,二○○四年。

[4] 詳見戴敦邦等:《紅樓夢群芳圖譜》,臺北:萬卷樓圖書公司,一九八六年;譚立剛:《紅樓夢社經面面觀》,臺北:新文豐出版公司,一九九一年;高國藩:《紅樓夢民俗趣談》,臺北:里仁書局,一九九六年;瞿勝健:《《紅樓夢》人物姓名之謎》,臺北:學海出版社,二○○三年;潘富俊:《紅樓夢植物圖鑑》,臺北:貓頭鷹出版社,二○○四年;成窮:《從《紅樓夢》看中國文化》,昆明:雲南人民出版社,二○○五年;段振離:《紅樓說酒》,臺北:宏欣文化公司,二○一○年

[5] 詳見汪佩琴:《紅樓夢醫話》,上海:學林出版社,一九八七年;段振離:《醫說紅樓》,北京:新世界出版社,二○○六年;林素玟:《紅樓夢何夢——小說的自我敘事與治療》,臺北:里仁書局,二○一四年。

美／崇高／悲壯等前現代的模象美、滑稽／怪誕等現代的造象美、諧擬／拼貼等後現代的語言遊戲美和多向／互動等網路時代的超鏈結美等。[6]而這在《紅樓夢》這樣的敘事文本，由於它的體制龐大而美感特多，所以可將它討較歸結的敘事美學雖然僅限於前現代範圍，但在當時也算是空前可觀；只不過在選題論列上已有目的取向在左右，[7]不可能盡為重複鋪展或佯予全面新裁（前者會徒勞無功；後者則是自大所致，都沒有可稱道的地方）。因此，從中選擇一項鮮被述及的要項來「見微知著」，也就成了衡鑑下的必要取捨；而這在自我一番價值的評估後，判定它多少緊密關係著《紅樓夢》敘事美學的形成，重要性可以想見。

至於為何堅持要選項來作這一次的討論，則不能不歸諸「權力意志」的新認識論前提和「文化理想」此一必要價值意識的綜合搏成。我們知道，一個有規模的文學詮釋（論述）行為，也得在先備經驗（前結構）和方法意識（後結構）的辯證交纏中存在；而該行為在終極上又為遂行權力意志和寄寓文化理想而發。當中權力意志（影響他人或支配他人的欲望）更在自覺的情況下居於核心地位；而文化理想（推移變遷或修飾改造人類的創造力表現）則為它能受肯定所不可或缺的

---

[6] 優美，指形式的結構和諧、圓滿，可以使人產生純淨的快感；崇高，指形式的結構龐大、變化劇烈，可以使人的情緒振奮高揚；悲壯，指形式的結構包含正面或英雄性格的人物遭到不應有卻又無法擺脫的失敗、死亡或痛苦，可以激起人的憐憫和恐懼等情緒；滑稽，指形式的結構含有違背常理或矛盾衝突的事物，可以引起人的喜悅和發笑；怪誕，指形式的結構盡是異質性事物的並置，可以使人產生荒誕不經、光怪陸離的感覺；諧擬，指形式的結構顯現出諧趣模擬的特色，讓人感覺顛倒錯亂；拼貼，指形式的結構在於表露高度拼湊異質材料的本事，讓人有如置身在歧路花園裡；多向，指形式的結構鏈結著文字、圖形、聲音、影像和動畫等多種媒體，可以引發人無盡的延異情思；互動，指形式的結構留有接受者呼應、省思和批判的空間，可以引發人參與創作的樂趣。這不論彼此之間是否有衝突（按：在模象美中偶爾也可以見到滑稽和怪誕，但總不及在造象美中所體驗到的那麼強烈和凸出；同樣的，在造象美中偶爾也可以見到諧擬和拼貼，但也總不及在語言遊戲美中所感受到的那麼鮮明和另類），都可以讓我們得到一個架構來權衡去取。參見周慶華：《語文教學方法》，頁二五二～二五三。

[7] 參見周慶華：《語文研究法》，臺北：洪葉文化公司，二〇〇四年，頁五～九。

配備。如圖所示：

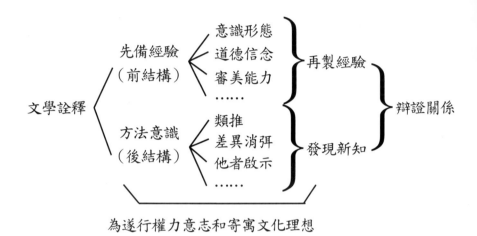

為遂行權力意志和寄寓文化理想

上圖中先備經驗，涵蓋了意識形態（一套思想體系或觀念體系）、道德信念（為成就個體人格的行為尺度或規範的意志）和審美能力（為體驗感發趣味的本事）等；而方法意識，則涵蓋了類推（以已知推得未知）、差異消弭（透過各種途徑把差異消除於無形）和他者啟示（接受他人或外靈的啟發而從新認知）等。[8]前者既然已是經驗先備了，所以在詮釋時只能再製經驗（沒有增添什麼）；而後者乃經由諸多方法的運用才成立的，以至它就有資格發現新知。而透過再製經驗和發現新知的交相辯證（也就是再製經驗有助於啟動發現新知的機制；而發現新知本身又可以回饋加添再製經驗的累積增厚），所要遂行的權力意志和寄寓的文化理想也就有機會實現了。[9]

　　在本脈絡中，所衡鑑的必要取捨，自然也是基於上述架構而可能

8　參見周慶華：《文學詮釋學》，臺北：里仁書局，二〇〇九年，頁五〇～五五。
9　參見周慶華：《華語文教學方法論》，臺北：新學林出版公司，二〇一一年，頁六二～六六。

的（但求所論具有相互主觀性，可以獲得經驗相似或背景相近者的認同，而無關所論對象的絕對客觀性）。特別是寄寓文化理想部分，只因我發覺《紅樓夢》的敘事美學在自顯光華而足為說部表率以外，置於當前情境還可以有加碼式的推衍，希冀後起者能由此得著啟迪，以便未來小說的創作在借鏡《紅樓夢》的同時也知道有再行突破的空間，從而促成了小說敘事美學的演進。

二、敘事美學的一角長窺

（一）取捨的興趣和論說的定位

　　《紅樓夢》的敘事美學縱然是經過論述而確立的，但作者在敘述過程中也無不可能有此相應的體會，並且自成一種美的典範。這種典範可以純粹化而轉為美學家所指稱的美學主義，[10]只是這裡必須將作者所有的美學觀暫時擱置（它有待作者論確定後才能進一步討論），而專就《紅樓夢》文本所呈顯出來的現象予以條陳；否則它就得連下列這類攸關作者的美感執著也要一併處理（而事實上卻做不到）：

> 托爾斯泰說他寫到安娜·卡列尼娜臥軌自殺時，伏在桌上痛哭流涕，泣不成聲，因為安娜的死讓他無法平復自己動盪起伏的情感。而且還說，不是他要把安娜寫死，而是安娜的命運和性格只能讓她去臥軌身亡。[11]

---

[10] 美學主義不僅代表一種熱中於美的表現，而且還意味著一個信念，強調「美」比其他的價值觀更重要。而通常美學主義也表徵幾個不同觀點：第一，作為一種人生觀（主張以「藝術的精神」來探討生命的現象）；第二，作為藝術觀（也就是「為藝術而藝術」的觀念）；第三，作為文學和藝術作品的一種實際特質。詳見姜森（R. V. Johnson）：《美學主義》，蔡源煌譯，臺北：黎明文化公司，一九八〇年，頁一。

[11] 閻連科：《發現小說》，臺北：INK 印刻文學生活雜誌出版公司，二〇一一年，頁七〇。

鹿（橋）……文章寫到如此不可時，可以福樓拜為例：有一次寫著寫著忍不
住哭起來了，她妹妹問他怎麼哭成這個樣子，他說：「女主角自殺了啦！」她
說：「小說是你自己寫的，你不讓她自殺不就得了。」「不行，現在我管不了
她呀！」你要有這種精神，就知道誠懇的感覺。它已跳出了你的範圍以外，
你變成了一個不由自主的工具。[12]

小說作者可以自我內化悲情到這種地步，身為讀者的我們如何也不好
詆諆他未能「保持距離」而不去細心體察・並給予必要的響應。也就
是說，我們寧可相信《紅樓夢》作者早有自己的一套美學觀，才能體
現為小說的撰寫（而不是偶然流露或湊巧碰上了）。但這要去追蹤考察
已甚為費事，[13]更別說它只能顯現為一種詮釋成果而容許作者的否認
反饋，最終很可能變成無謂的舉動。因此，這裡就不再連結《紅樓夢》
作者可能的什麼資料，而逕自從文本取材來論列。

縱是如此，關於我作為一個論述者取捨的興趣和論說的定位等，
卻不能省去而不略作交代。前者（指取捨的興趣），涉及此論述的動機，
不宜沒有來由說明；而後者（指論說的定位），則涉及此次論述的目的，
也不合沒有前提給出。當中在取捨的興趣方面，如果從《紅樓夢》作
者有意要窮盡他所知道事物（詳見前面各章）的角度來看，那麼他在
敘事上也會極力變化以取得最高的審美效果，而對於一個大小寫調配
的課題自是合當要有所考量的；只不過他並非筆調一致，所安排壽宴
和喪禮等生死大事固然有大小寫的區分，但相關的結社和行令等娛樂
要項卻未見有同樣的處置，致使為何會有此差等現象就成了我要取為
對比討論的好題材，當然不能錯過。至於在論說的定位方面，從要指

---

[12] 楚戈：《咖啡館裡的流浪民族》，頁一五八～一五九。

[13] 這無不應了文本發生學所說的是一種智力的冒險，雖然有「溯源」成功的機會，但
整個過程卻是複雜難理，充滿坎陷。有關此一課題，詳見德比亞齊（Pierre M. de Biasi）：
《文本發生學》，汪秀華譯，天津：天津人民出版社，二〇〇五年，頁一～四。

出《紅樓夢》有這一敘事美學開始，就進入後設論述的情境中了；而基於目的取向，本後設論述就不可能隨順一般後設理論予以中性化，[14]也無意於像後設小說著重在對虛構物的探討，[15]一切都以能切合拓衍《紅樓夢》敘事美學此一宗旨（詳見前節）為前提，以便後續小說的基進創新有所依循。

（二）凸出大小寫區別以便窺看蘊意

所以選取《紅樓夢》大小寫的問題來探討，興趣雖然是由上述的差等現象所引發，但內在主要還是看重可以透過此一角度來帶縱深的窺看《紅樓夢》敘事美學的運作，而該運作自有「大小寫互襯的審美作用」、「大小寫轉衍為互補的更深美意」和「大小寫互解構於解脫上的美感昇華」等蘊意（詳見第四節）；至此再轉進現代小說的寫作，又能夠看出它的不足處而有今後小說寫手可以另行發揮的餘地（詳見第五節）。這就使得「取捨的興趣和論說的定位」雙雙獲得了保障，不致讓整體論述空疏化（不會無所取徑或不知著義）。

這種凸出大小寫區別以便窺看蘊意的作法，遠比前人一些泛泛的觀察要有可看性。好比「寫閨房則極其雍肅也，而艷冶已滿紙矣；狀閹閹則極其豐整也，而式微已盈睫矣……他如摹繪玉釵金屋，刻畫薌澤羅襦，靡靡焉幾令讀者心蕩神怡矣，而欲求其一字一句之粗鄙猥褻，不可得也」[16]和「《紅樓夢》喜用複筆：一遊幻境，必再遊幻境；一入家塾，必兩入家塾；一秦氏之喪，又有賈母之喪；一協理東府，又有協理西府；一陪靈看家，又有送殯看家……種種細事，不可縷記。其

---

[14] 有關後設理論趨向中性方法論的問題，參見傅偉勳：《從創造的詮釋學到大乘佛學——「哲學與宗教」四集》，臺北：東大圖書公司，一九九〇年，頁六～七。
[15] 有關後設小說的獨特後設用法，參見渥厄（Patricia Waugh）：《後設小說——自我意識小說的理論與實踐》，錢競等譯，臺北：駱駝出版社，一九九五年，頁三～四。
[16] 戚蓼生〈石頭記序〉，收入一粟編：《紅樓夢卷》，頁二七。

實皆同而不同,變化不測,純是《水滸》筆法」[17]等,所說的都已牽涉《紅樓夢》的對比寓意書寫,但也僅止於表顯面的耙梳,並未深入內理面一探這種運作的審美效果,實在無助於大家對《紅樓夢》敘事美學的嘆異賞鑑。因此,從新拈出一個大小寫的問題,既有「棄舊」的決心,又有「開新」的欲求,兩相稱便而可以導出一種新形態的論述。

三、大寫／小寫分野的審美標準

(一) 屬於作者認知的

在這裡,有關大寫／小寫分野的審美標準,嚴格的說並無從定於一尊,因為它可以有《紅樓夢》作者自己認知的,也可以有讀者刻意區辨的,更可以有長篇敘事文約定俗成必要規範的,彼此未必會在同一陣線上。此外,大寫／小寫一旦分別後,立刻又會面對一個「不勝區分」的窘況。也就是說,大寫和小寫在分據光譜的兩端時,中間必定留有一模糊地帶。如圖所示:

正緣於有這一模糊地帶的存在,使得大寫／小寫的區分顯得徒然白費;最後縱使可以「存而不論」該模糊地帶的方式來因應,但對於原先的不勝區分還是會有顧忌,馴致整個課題有點難以善了。因此,在談到大寫／小寫分野的審美標準時,只好採「分觀合說」的辦法權為定調,俾使相關論述可以持續下去。而這首先要讓《紅樓夢》作者出場來引生思路,以便看大小寫問題是怎麼形成的。

---

[17] 話石主人〈紅樓夢本義約編〉,收入一粟編:《紅樓夢卷》,頁一七九。

我們看《紅樓夢》首回楔子的一段敘述：「石頭笑答道：『我師何太痴耶！若云無朝代可考，今我師竟假借漢唐等年紀添綴，又有何難？但我想，歷來野史皆蹈一轍，莫如我這不借此套者，反倒新奇別致，不過只取其事體情理罷了，又何必拘拘於朝代年紀哉……我師意為何如？」這不就表明了《紅樓夢》作者寫作有意別他的關節。而有此關節，我們再看其他回目《紅樓夢》作者介入說的話：

> 第四回中既將薛家母子在榮府內寄居等事略已表明，此回則暫不能寫矣。（第五回）

> 按榮府中一宅人合算起來，人口雖不多，從上至下也有三四百丁；雖事不多，一天也有一二十件，竟如亂麻一般，並無個頭緒可作綱領。正尋思從那一件事自那一個人寫起方妙，恰好忽從千里之外，芥荳之微，小小一個人家，因與榮府略有些瓜葛，這日正往榮府中來，因此便就此一家說來，倒還是頭緒。（第六回）

這顯示著《紅樓夢》作者所敘寫的閥閱大家，很自覺的先說外戚再述內眷和先及外人再到賈府中人等。而由這一對比意識推測他所安置其他事物犯同的也一定會有大小寫的錯開處理。因此，即使在《紅樓夢》中所見大小寫未必都能有效的劃分開來（如有關大觀園的興建很明顯是在大寫，但從多次敘及大觀園外觀和內置的情況來看，卻又不見得全屬於大寫，而是成一條光譜連續的：不僅有大寫，也有中小寫），但只要相對上有可以區別得了的，就都算數。

也因為從「屬於作者認知的」這個立場說（雖然是作為讀者的我們所據理推出的），有此一大小寫分野的事實，所以相關隱藏的審美標準也就得一併予以計慮（詳後）。換句話說，不論詮釋怎麼進行，一旦溯及小說敘事美學的摶就，都不好不算作者一份；而這當中的採辦準

則，也應該有陳跡可按。

（二）為讀者刻意區辨的

　　所討較歸結《紅樓夢》大小寫敘事美學的審美標準，除了可能是屬於《紅樓夢》作者自我認知的，此外更多時候則是讀者主動發掘而加以定位的。這種為讀者刻意區辨的現象，還不必動用到接受美學或讀者反應理論的辨志信念，[18]僅依各人有相應的學科訓練或基進認知背景，就可以如數肯定它的俱在性。而這可能跟作者所蓄積的經驗暗合，也可能自我高華獨唱，總是為了對一個不世出的敘事文本而深予讚嘆和試為從中汲取美感富藏。

　　換個角度看，讀者所以能够這樣區辨《紅樓夢》大小寫的敘事美學，乃因他心中已經有相關概念（也就是前節所說的意識形態、道德信念和審美能力等）或特能藉由各種方法（也就是前節所說的類推、差異消弭和他者啟示等）所致，於是他所得提出的審美標準也就最要禁得起考驗；它跟隱藏著的作者的審美標準諒必不會在同一個層次上（倘若有偶合的，那麼它就是「英雄所見略同」，其餘沒有多大道理可說），這才顯出身為一個讀者可以有的優著處。但不論如何，只要讀者參與了小說敘事美學的評價，他就得「善盡引導」的責任，已完結普遍被賦予的社會使命。[19]而現在這一可能的審美標準要容後再說，先來看早期批書人如何的從讀者的角度在談這類的課題：

---

[18] 再說不管接受美學或是讀者反應理論，不免都高估了讀者的自主性，而將語言常規或文本軌範在相當程度上所具有的相互主觀性「置之不理」。有關接受美學和讀者反應理論的說法，參見赫魯伯（Robert C. Holub）：《接受美學理論》，董之林譯，臺北：駱駝出版社，一九九四年；弗洛恩德（Elizabeth Freund）：《讀者反應理論批評》，陳燕谷譯，臺北：駱駝出版社，一九九四年。

[19] 這是說既然文學詮釋（包括評價）是以知識性語言來替代兼含審美性的語言，而使得一種經驗自我內化和啟蒙他者成為可能，那麼從事這種工作的讀者不能善盡引導他人的責任，是不可原諒的一件事。參見周慶華：《文學詮釋學》頁二四～四八。

不出榮國大族，先寫鄉宦小家，從小至大，是此書章法。[20]

未出寧榮繁華盛處，卻先寫一荒涼小境；未寫通部入世迷人，卻先寫一出世
醒人。迴風舞雪，倒峽逆波，別小說中所無之法。[21]

急忙中偏不就進去，又添一番議論，從中又伏下多少線索，方見得大家勢派，
出入不易，方見得周瑞家的處事詳細，即至後文，放筆寫鳳姐，亦不唐突，
仍用冷子興說榮寧舊筆法。[22]

大觀園一篇大文，千頭萬緒從何處寫起，今故用賈璉夫妻問答之間，閒閒敘
出，觀者已省大半。後再用蓉薔二人重一綰染，便省卻多少贅瘤筆墨。此是
避難法。[23]

這些多少都涉及了《紅樓夢》大小寫的問題，很難說裡頭的慧眼燭照
沒有審美依據，只不過始終不曾具體提出罷了。反觀我們現在再談同
樣的課題，如果不能有些許的超越，那麼就要枉生為今天學術昌明時
代的一員了。因此，容許有為讀者刻意區辨的關係《紅樓夢》大小寫
的審美標準後，就得進一步來綜攝它的出示方式。

---

[20] 甲戌本第一回夾批，收入陳慶浩編著：《新編石頭記脂硯齋評語輯校增訂本》，頁一
五。

[21] 甲戌本第二回眉批，收入陳慶浩編著：《新編石頭記脂硯齋評語輯校增訂本》，頁四
四。

[22] 王府本第六回夾批，收入陳慶浩編著：《新編石頭記脂硯齋評語輯校增訂本》，頁一
四六。

[23] 甲戌本第十六回夾批，收入陳慶浩編著：《新編石頭記脂硯齋評語輯校增訂本》，頁
二九〇。

（三）理論上保障長篇敘事不妨有此一格

　　所謂進一步來綜攝它的出示方式（就是上述的「分觀合說」），是指先在的作者和讀者都未能明白出示他們所區分《紅樓夢》大小寫的審美標準，這裡就必須改弦更張而以足夠依循的辦法將此課題予以框限，以便提供今後大家前來檢核的基礎。而這總說是要從理論上保障長篇敘事不妨有此一格（否則很難想像凡事都要大寫或只能小寫，那將會是多麼困難且呆板得很不像樣），分說則是後節即將提出的個案作法。這麼一來，回到《紅樓夢》作為長篇敘事作品的範例上，自然也要有大小寫的調配來顯示它的長製特性。

　　經過這一綜攝，所見的審美標準，就不再純是作者或讀者的了，而是不論是作者還是讀者都可以分享它的流衍，從而確保一種生面別開的「後設論述」的成立。後者是說，把《紅樓夢》大小寫分野的審美標準推給「理論上保障長篇敘事不妨有此一格」後，儘管作者或其他讀者可以不當它是一回事，但在沒有更好的說詞前，還是要承認這一後設論述的正當性，方便後續大家的談論有一共同的基點。它縱然也是由我這個讀者勉為提煉帶出，高明與否容許再作議論，但此時此刻不經由這類後設的程序來「更進一解」，恐怕也找不到更妥適的辦法可以理解《紅樓夢》特別要大小寫區分的原因了。

　　此外，從理論上保障《紅樓夢》作為長篇敘事作品不妨有此一大小寫的活例，僅僅是就敘寫的規模來說，而不關涉當今後現代思潮所孳生大小敘事的價值差異問題；[24]同時也只提點大小寫所蘊涵前現代模象美成分而不一一對應指實。前者是由於彼此指涉不類，沒有共置同一場域談論的條件；而後者則是大小寫案例一出，自可容易分辨究

---

[24] 該大敘事是由宏偉主題（具普遍價值）所構成的敘事；而小敘事則是將宏偉主題加以解構後的分裂性敘事。詳見李歐塔（Jean-Francois Lyotard）：《後現代狀態：關於知識的報告》，車槿山譯，臺北：五南圖書出版公司，二○一二年，頁二一三～二二九；柯里（Mark Currie）：《後現代敘事理論》，寧一中譯，頁一一八～一二五。

是優美或崇高或悲壯，實在不必再多此一舉而強予填塞。

四、互襯／互補／互解構

（一）大小寫互襯的審美作用

　　從理論上保障長篇敘事不妨有此一格，而《紅樓夢》作為長篇敘事作品也不例外，在這一總提後就得來細為指出所係聯的審美標準，俾便能夠看出《紅樓夢》大小寫分野的具體運作情況。而這照全書所示，可以條理取證的約略有「大小寫互襯的審美作用」、「大小寫轉衍為互補的更深美意」和「大小寫互解構於解脫上的美感昇華」等幾種情況，據此就分別給出了可互襯美感／可互補美感／可互解構美感等審美標準。換句話說，如果不是為可互襯美感或可互補美感或可互解構美感，《紅樓夢》也就不可能會有大小寫的分野；而可互襯美感／可互補美感／可互解構美感等一旦形塑了，它的審美標準就會凝結為理論可分說的成分，而給敘事美學提供最新的素材。

　　現在就先談「大小寫互襯的審美作用」部分。這是比較淺的層次，在《紅樓夢》乃為因應要寫多樣化的事物諸如壽宴（關娛樂）、喪禮（關禮儀）、結社（關才情）和抄家（關權勢）等，必須以大小寫的方式來互襯它們各自的「多樣形式」（不然就沒有更好辦法可以如此表徵）。如圖所示：

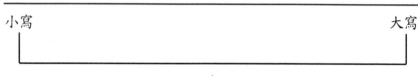

當中抄家以甄賈兩家作對比，一小寫一大寫，為最明顯的互襯抄家一事的緣由和嚴重後果。在甄家方面雖然僅有「賈母歪在榻上，王夫人說甄家因何獲罪，如今抄沒了家產，回京治罪等語。」（第七十五回）和「包勇道：『小的本不敢說，我們老爺只是太好了，一味的真心待人，反倒招出事來。』」（第九十三回）等寥寥數語的敘寫，但對照賈家所見的「王爺便站在上頭說：『有旨意：賈赦交通外官，依勢凌弱，辜負朕恩，有忝祖德，著革去世職。欽此。』趙堂官一疊聲叫：「拿下賈赦，其餘皆看守。」……」（第一百五回）這一大陣仗，內裡已經在質性上相通而彼此互襯以顯悲感！又高華式的結社，前後幾次（如海棠社、桃花社和節慶聯吟等）都是大寫，原看不出有對比的情況，但它加入小寫香菱學詩一段情節，卻又互襯出了結社所顯文人雅集風韻的宛曲可貴。此外，「眾人看了笑道：『這首不但好，而且新巧有意趣……社裡一定請你了。』」（第四十九回）這一邀約，也旁襯了額外參加高會的人都有一張「他人引介」的通行證，大小寫間歙輝映，甚得「魚水相幫」的效果。

　　至如壽宴歡樂和喪禮哀戚兩大節目，則稍有變化。前者，如賈母八十大壽的慶祝自是大寫，賈敬、王熙鳳和賈寶玉等做生日則是中寫，薛蟠、薛寶釵和林黛玉等做生日乃屬小寫，而賈政做生日只以「寧榮二處人丁都齊集慶賀，鬧熱非常」一句虛語交代（第十六回）更是小寫，可為一連續光譜（略不同於有模糊地帶光譜的難以判斷究是大寫還是小寫），但因為仍有大小寫的對比存在，所以彼此互襯壽宴的詳略或行樂方式的繁簡跡象依稀可見。而後者，如秦可卿的喪禮，盡表發喪、停靈、經懺法事、請靈啟幡、送殯、路祭和安靈等過程，鉅細靡遺，最是特大敘寫，其餘如賈母和賈敬的喪禮則遞減限縮為中寫，而林黛玉和王熙鳳的喪禮又再減省變成小寫，原也屬一連續光譜，但畢竟它一樣顯出大小寫對列的情況，以至還是彼此互襯了喪禮的隆重不等。

　　通觀互襯這一審美標準的選用，在《紅樓夢》主要是針對同一件

事物的不可重複性而構思的。它出以大小寫的互襯手法後，就可以讓
該不可重複性的事物連類並存，彼此襯托呼應來「共顯奇觀」（在宴樂
中所配合的行令，如女兒酒令、牙牌酒令、紅香圃酒令、花名籤酒令
和骰子酒令等，因有強為「分布娛情」的作用，都是全寫而不以大小
區分）。這種大小寫互襯的美感加被，理當是長篇小說的特權，而《紅
樓夢》作者特能深得此中三昧，才有如此巧妙合適的安排而不突兀紊
亂。至於它的互襯成功後，便於給人優美溫慰或崇高感佩或悲壯撼心，
那就可以就近體驗而不言能喻了。

（二）大小寫轉衍為互補的更深美意

接著談「大小寫轉衍為互補的更深美意」部分。這是潛沉的層次，
在《紅樓夢》是為應付寫一件事物而不便或不好一次寫盡所採取的策
略（也是選用的審美標準）。如大觀園興建前後（關尊榮）、進獻房租
地稅（關生計）和夢遊太虛幻境（關命運）等，這些都只有一處景物
或一宗事件，卻因為一次敘寫難以給人遍歷感，所以就分多次敘寫而
有大小寫錯開互補的形式演現。它跟互襯項作法不同的地方，在於所
敘寫的對象和調節方式；而於功能上則可以顯出更深美意。這是說，
互襯只够相互烘托而又恐有配合不及（難樣樣得宜），在美感營造上比
較易見難處；而互補則一意於互相補充缺漏，最後可以益顯齊全而予
人完整了事物的圓足審美感受，勢必比前者更有深度。因此，以疊加
在互襯上明表它的美感位置，則如圖所示：

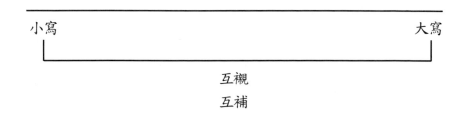

這最明顯的是有關大觀園興建前後的敘寫。它起因於為迎接賈元春回家省親，而將寧榮兩府相連的一塊三里半園子圈出蓋造。開頭就是：

> 次早賈璉起來，見過賈赦賈政，便往寧府中來，合同老管事的人等，並幾位世交門下清客相公，審察兩府地方，繕畫省親殿宇，一面察度辦理人丁。自此後，各行匠役齊集，金銀銅錫以及土木磚瓦之物，搬移運送不歇……全虧一個老明公號山子野者，一一籌畫起造。（第十六回）

而中間所有堆山鑿池、起樓豎閣和種竹栽花等則一概省去；直到園內工程告竣，賈政率眾前往察看題咏，才逐漸見著大概。這個過程所引出的景致，以及賈政所給賈寶玉試才題對額的情節，無疑是大寫了；但它卻留下「說著，引人出來，再一觀望，原來自進門起，所行至此，才遊了十之五六。又值人來回，有雨村處遣人回話……於是一路行來，或清堂茅舍，或堆石為垣，或編花為牖，或山下得幽尼佛寺，或林中藏女道丹房，或長廊曲洞，或方廈圓亭，賈政皆不及進去」（第十七回至十八回）一個缺口，好給後來賈元春登舟遊賞、眾姊妹進駐、賈母帶領劉姥姥瀏覽和探春代理家務為興利教老嬤嬤們看管等再細緻或補充帶出。最後則隨著人物星散，園內冷清寂寥且怪事連連，在一番符水驅逐妖孽和錦衣軍查抄後封園，結束整體大觀園的敘寫。這中間有中寫有小寫更有小小寫，不勝指數，儼然可以排成一特長的連續光譜。但也由於相對的大小寫分立有則，所以就姑且把該中小寫當作是對原大寫缺項的填補；反過來，因為該大寫的概括生效，於是也可以看成是對眾中小寫的當頭充滿，彼此互補了起來。

　　至於居次的進獻房租地稅和夢遊太虛幻境等，所見敘寫也分大小，只是不如前者那麼繁複多端。當中關於進獻房租地稅方面，大寫一次見於寧府莊頭的行當（榮府雖然未曾敘及，但可以想像比照），所有的稟帖和賬目等都盡情開列，一如實況演練；而所刻意製造脫欠的戲碼，

也由當事人的對話明確標定：

> 賈珍道：「我說呢，怎麼今兒才來。我才看那單子上，今年你這老貨又來打擂臺來了。」烏進孝忙前進了兩步，回道：「回爺說，今年年成實在不好。從三月下雨起，接接連連直到八月，竟沒有一連晴過五日。九月裡一場碗大的雹子，方近一千三百里地，連人帶房並牲口糧食，打傷了上千上萬的，所以才這樣。小的並不敢說謊。」（第五十三回）

這個對照系，則是榮府一再告急的短收敘寫：「（鳳姐對平兒說）凡百大小事仍是照著老祖宗手裡的規矩，卻一年進的產業又不及先時……再幾年就都賠盡了」（第五十五回）、「（王夫人回賈母）這一二年旱澇不定，田上的米都不能按數交的。這幾樣細米更艱難了，所以都可著吃的多少關去，生恐一時短了，買的不順口」（第七十五回）和「（鳳姐對周瑞家的說）況且近來你也知道，出去的多，進來的少，總繞不過彎兒來」（第八十三回）等。因為它沒有具體說出內情，僅以旁衍暗示的方式交代，所以相對上就是為互補作用的小寫了。而關於夢遊太虛幻境方面，以賈寶玉所經歷的為例，則前後有兩次。第一次是在秦可卿房間午睡時發生的，所敘寫的全面關係著太虛幻境的景物、人事和金陵十二釵的簿冊（簿冊中有各女子的畫像和判詞），以及導引者警幻仙子命舞女演奏她所新填《紅樓夢》仙曲十二支（連判詞一起共同預言各女子的命運）等；臨去前，還有迷津的驚嚇促悟，一連串情景的鋪陳，洋洋灑灑，可說是滿檔大寫。到了第二次，則由一位和尚牽引重遊舊地，但相關景物已省略許多，只添了一些人事（如故去的賈元春、林黛玉、尤三姐、晴雯和王熙鳳等靈現或出聲）和目睹了金陵十二釵又副冊等，兩相比較顯然氣派已經大為減弱，只得退居後頭而變成小寫了。由於金陵十二釵正冊、副冊和又副冊的實況分布在兩次夢見中，而太虛幻境的面貌也以一詳一略的方式互見，以至二者依然

在搬演著互補性的戲碼，再度見證了大小寫分劃不為無意的思路。

綜看互補這一審美標準的選用，在《紅樓夢》則是為應對單一事物不宜太快和盤托出而設想的。它出以大小寫的互補手法後，也可以順利避免續寫難以接合和留給讀者欠缺蘊藉的感覺，而使得一種更深美意終於有機會完滿搏成。雖然書中也有其他不及比照處理的現象（如寧府除夕祭宗祠一次大寫後，就沒有再接以小寫跟它互補、甚至互襯），但那是各有選取角度和注記考量，無妨隨它們自由歸位。因此，所保留這一大小寫互補的更深美意，也就成了《紅樓夢》作者在看中長篇小說有的特權後又一超卓的創思，它的一樣總縮效率後所便於引發人更多優美溫慰或崇高感佩或悲壯憾心的享受，那也可以前來體驗而毋須多贅了。

（三）大小寫互解構於解脫上的美感昇華

最後說「大小寫互解構於解脫上的美感昇華」。這是最深的層次，可以在理論上統攝前兩項而為一帶總領性質的技藝。也就是說，只要互解構成立了，互襯和互補就可能在無效互襯和不勝互補情況的干擾下而被互解構劫掠了去（成了互解構項下的兩個次項；反過來互解構不成，它本身就是互襯或互補而無從在形式上被二者所總領）。因此，它的審美意義應當是最見深刻。而這在《紅樓夢》則是基於矛盾敘寫事物以為生命解脫的美感昇華所摻入的計略（也是選用的審美標準）。如石頭顛倒情思（關敘事）和卻聘應聘（關婚配）等，此類都現出了某種程度的不協調症狀，而為解離寫實傳統[25]常見試圖超越解脫的敘寫方式。它同樣也分大小寫，只不過不再是為互襯或互補，而是要自我解構以引發讀者棄執兩邊，終而逆緣起解脫。而這仍以疊加在互襯

---

[25] 解離寫實傳統，乃印度佛教所開啟緣起觀型文化內蘊一貫的文學藝術觀，僅當敘事是一筌蹄作用而不重視華采雕蔚；而能文的人又以研發各種解構手法，更激勵讀者省悟棄執，以登涅槃極境。參見周慶華：《紅樓搖夢》，頁七五～一一二。

和互補上顯示它的美感位置：

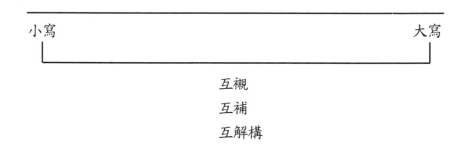

這是以字詞見義（而無法從圖上別為顯示它的「解構」超越性），重點在於它的大小寫之間蘊涵了自我解構的動力，足以令人藉為思及昇華美感而促成最終的解脫生命。

　　以石頭顛倒情思的敘寫來說，開篇講石頭的來歷及其下世歷幻的經過全紀錄而要空空道人抄去代為傳世（終篇相同情節且又多了後續收緣的補述），無異是大寫的形態；至於中間穿插在各回裡的石頭現身見聞，都屬片段，只能視作小寫的形態。這些大小寫的陳列，沒有互襯或互補的功用，卻隱藏了一個特別的解構意向。且看石頭記全了整篇故事，表示石頭在歷幻時一切都了然於胸，但又出現底下這類弔詭的敘述：

> 寶玉不知與秦鐘算何賬目，未見真切，未曾記得，此係疑案，不敢纂創。（第十五回）

> 獨有那些無賴之徒，聽得賈府發出二十四個女孩子出來，那個不想。究竟那些人能够回家不能，未知著落，亦難虛擬。（第九十四回）

> 不知妙玉被劫或是甘受汙辱，還是不屈而死，不知下落，也難妄擬。（第一百十二回）

這豈不是又告訴了讀者通靈石頭「所知有限」？將前後情節加以對照，自相矛盾極了（尤其是不敢妄擬妙玉終場部分，才隔五回就又忘形的寫到妙玉被賊殺死，最見悖謬）。然而，料想《紅樓夢》作者處理石頭角色這般立顯扦格，背後當有佛教「以幻為真」或「即真即幻」的觀念在支持著，[26] 希冀讀者能不溺於兩端而知所自我捨離超脫。因此，透過大小寫凸顯石頭的顛倒情思，正好可以刺激讀者一悟而至佛地。

　　又以應聘卻聘的敘寫來說，有關婚配的問題，《紅樓夢》作者極力描繪了賈赦要討鴛鴦為妾而被對方很費心思的予以悍拒，在末尾不但明敘鴛鴦「拉了他嫂子，到賈母跟前跪下，一行哭，一行說，把邢夫人怎麼來說，園子裡他嫂子又如何說，今兒他哥哥又如何說……原來他一進來時，便袖了一把剪子，一面說著，一面左手打開頭髮，右手便鉸」（第四十六回），還把賈母氣極敗壞的樣子一併寫上：「賈母聽了，氣的渾身亂戰，口內只說：『我通共剩了這麼一個可靠的人，他們還要來算計！』」（第四十六回）整個過程但見疑情曲折，看得人心驚魄動，無處是大寫手筆。而相對這一用整回敘寫卻聘事，《紅樓夢》作者還記述了更多應聘事，包括賈迎春的出嫁、賈探春的遠適、薛寶釵的應嫁娶和襲人的轉介等，但在篇幅上卻短多了（即使是末回所刻意營造襲人的虛意殉情戲碼，也僅僅兩三段就告終），只能以小寫看待。而相同的，這些大小寫的形成，也沒有互襯或互補的功能，反而更明顯的呈現出相互解構的姿態。這樣相對立情事的敘寫，在讀者自是要面對認同上「難以抉擇」的問題；但只要想到這也是上述解離思想的化身搬演，立刻又會深體作者的用心，隨著拋開兩端的執念而自求脫困。

　　可見互解構這一審美標準的選用，在《紅樓夢》乃直接呼應了為使生命解脫的終極旨趣（前兩項互襯和互補畢竟要再搭配其他事物，才能看出可由互解構統攝的同為解離訴求的轉折）。它出以大小寫的互

---

[26] 同前注，頁八六～九○。

解構手法後，更能够有效的彰顯夢幻旨意，而給讀者美感昇華的暗示提早蘊蓄完成。於是其他長篇小說不知有的特權被《紅樓夢》作者率先悟及以益添書寫的高明，它的同樣自臻進境所留予人最多優美溫慰或崇高感佩或悲壯撼心的享受（解離所有的美感比較偏向悲壯，但也只是就旁人見識著來說的，在佛教乃以它為常態而無所謂悲壯不悲壯的問題），那更可以隨時體驗而不必繁說了。

五、轉進現代小說寫作的新途徑

（一）借鏡或啟示無所不可

　　由上述總結的「這種大小寫互襯的美感加被，理當是長篇小說的特權，而《紅樓夢》作者特能深得此中三昧，才有如此巧妙合適的安排而不突兀紊亂」、「所保留這一大小寫互補的更深美意，也就成了《紅樓夢》作者在看中長篇小說有的特權後又一超卓的創思」和「於是其他長篇小說不知有的特權而被《紅樓夢》作者率先悟及以益添書寫的高明」等，所處理的遍及關生日、關才情、關禮儀、關權勢、關尊榮、關生計、關命運、關敘事和關婚配等事物，已經可見《紅樓夢》特大體製和皇皇鉅構的特性了。這在轉進為現代小說寫作的新途徑上，自然以因為它於「借鏡或啟示無所不可」而可以充分先給予肯定。換句話說，即使是現代小說的寫作也很難見到有像《紅樓夢》這種多方大小寫布署的情況，以至它的可以作為典範而被遵循一事，也就合該要優先受到重視，且期待有廣為實踐的一天。

　　先前批書人所一再評點的諸如「開卷一篇立意，真打破歷來小說

竅臼」[27]、「歷來小說可曾有此句？千古未聞之奇文」[28]、「真千古奇文奇情」[29]、「問諸公歷來小說中，可有如此可巧奇妙之文，以換新眼目」[30]和「調侃世情固深，然遊戲筆墨一至於此，真可壓倒古今小說」[31]等，話已不虛，今後的小說寫手如果不能從《紅樓夢》習取增衍敘寫技藝，那麼恐怕就真的要讓《紅樓夢》絕然的專美於前了。因此，所謂「轉進現代小說寫作的新途徑」，就是先期性的提示，奠定在它有「借鏡或啟示無所不可」而不宜漠視的基礎上。而再進一層，才有後面兼為指瑕突進的說法。

（二）再益進一解的可能性

前面既然已經提過本後設論述是在為《紅樓夢》大小寫的審美考量進行更進一解，那麼此處的兼為指瑕突進就是要對同樣對象從事「再益進一解」了。這是因為《紅樓夢》所產出的時代還沒有外來的各流派小說（絕大多數也尚未發生），少了可以相對諍或相激盪的機會，以至後續所出現超越寫實範疇的現代小說／後現代小說／網路時代小說等可見的歧異現象，也就能夠在有「節制」的狀況下用來促使小說寫手思考如何接續且創新敘寫技藝的問題。

依照現有《紅樓夢》所能展現大小寫的審美考量來看，它在互補同層級的地方理應還有互釋一項卻被忽略了；而擺在當前情境也可以

---

[27] 甲戌本第一回眉批，收入陳慶浩編著：《新編石頭記脂硯齋評語輯校增訂本》，頁一○。

[28] 甲戌本第一回夾批，收入陳慶浩編著：《新編石頭記脂硯齋評語輯校增訂本》，頁一九。

[29] 甲戌本第二回夾批，收入陳慶浩編著：《新編石頭記脂硯齋評語輯校增訂本》，頁四九。

[30] 己卯本第八回特批，收入陳慶浩編著：《新編石頭記脂硯齋評語輯校增訂本》，頁一八六。

[31] 甲戌本第十六回雙行批，收入陳慶浩編著：《新編石頭記脂硯齋評語輯校增訂本》，頁三○一。

有勉為跟互解構相當層級的超鏈結一項（指紙面所能成就形式或意義
的超鏈結，[32]而不等同於網路時代文學的鏈結文字、影像、聲音和動畫
等那種超鏈結。[33]後者在精神意趣上，嚴格的說並未超越前者多少）介
入增添，使得相關大小寫的關係足以最多樣化。前者為大小寫相互解
釋以見加倍深沉蘊意；後者為大小寫相互延異以見無止盡式的解構實
況。如圖所示：

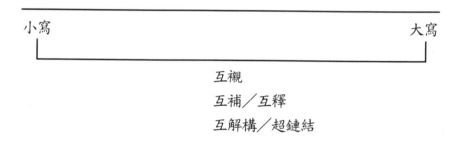

小寫　　　　　　　　　　　　　　　　　　　　　　大寫

　　　　　　　互襯
　　　　　　　互補／互釋
　　　　　　　互解構／超鏈結

圖中斜槓所連結互釋和超連結後，整體就可成一大理論資源，諒必足
夠小說寫手據為逞能了。換句話說，有了此一概念框架的引導，想要
超越古今中外個別小說成就，也就有詳譜而不難進趨了。

---

[32] 這在艾米斯（Martin Amis）的《時間箭》、卡爾維諾（Italo Calvino）的《如果在冬
夜，一個旅人》、巴塞爾姆（Donald Barthelme）的《白雪公主》和納博科夫（Vladimir
Nabokov）的《幽冥的火》等後現代小說中特別可以見著那一形式或意義超鏈結的情
況。
[33] 此類超鏈結，參見須文蔚：《臺灣數位文學論》，臺北：二魚文化公司，二〇〇三年；
張政偉：《網路／數位文學論》，花蓮：慈濟學校財團法人慈濟大學，二〇一三年。

第九章　《紅樓夢》的技藝發微：
通篇正寫和側寫的辯證

一、敘寫人物的技藝

(一) 白描配上言行

　　《紅樓夢》的大小寫囊括了互襯／互補／互解構等技藝，雖然未能盛稱盡致，但在長篇小說林中早已獨樹一幟了。而由這一點再行擴衍，當還會發現《紅樓夢》另有一種專門處理人物的正側寫並用手法（大小寫只能針對事物），在顯現不可多得的相呼應或相映襯的技藝殊采。前人有所謂《紅樓夢》特能「一聲兩歌，一手二牘」[1]，這樣的讚譽則可以連此一起概括而肯定它的奇絕性。同樣的，相關正側寫手法有不及完備的地方，也成了今後小說寫手在借鏡《紅樓夢》以外所得別為致思開創的對象。這乃本脈絡一貫的論述旨意，可不表而知了。

　　考察古來小說，在敘寫人物上多有白描外貌和動作神態，以及透過對話設計塑造或刻畫性格癖好等。這種可以逕稱為「白描配上言行」的規範，所經實踐的已有「無非為他把一百八個人性格都寫出來」、「定是兩個人，定不是一個人」、「任憑提起一個，都似舊時熟識」、「破惡則無往不惡，美則無一不美」、「出場各別，均極用意」、「各盡其妙，各得神理」、「一樣人，便還他一樣人說話」、「許多話在紙上有聲有氣，如見如聞」和「此等筆墨真可謂追魂攝魄」等眾多敘寫人物形象的技藝；[2]而這在《紅樓夢》，自然也不遑多讓，所表現的不但讓評論人稱

---

[1] 如戚蓼生〈石頭記序〉提到的：「吾聞絳樹兩歌，一聲在喉，一聲在鼻；黃華二牘，左腕能楷，右腕能草。神乎技矣！吾未之見也。今則兩歌而不分乎喉鼻，二牘而無區乎左右，一聲也而兩歌，一手也而二牘，此萬萬不能有之事，不可得之奇，而竟得之《石頭記》一書，嘻！異矣。」收入一粟編：《紅樓夢卷》，頁二七。

[2] 詳見孫遜等編：《中國古典小說美學資料匯粹》，頁一一二～一八一。

讚不迭，[3]連早期的批書人看了都覺得如所親歷而感觸良深。[4]

雖然如此，白描和對話設計如果僅止於當事人，那麼它也只能在功力上一顯高下，[5]而還不足以真正的鶴立雞群。後者則是要經由另闢蹊徑，而以旁襯或同類對比的手法，將當事人的性格作更有效或更深層的展露。而能在此顯才的人，勢必已經臻致敘寫人物的巔峯，遠為他人所不及。

（二）藉他人評論相互襯托

這在論者的歸結中，約略點出了某些訣竅，但又嫌不夠入理。好比「將欲避之，必先犯之」、「要襯宋江奸詐，不覺寫作李逵直率」和「以懦夫形之而勇，不若以勇夫形之而覺其更勇等」等，[6]這些說部裡的創設固然頗能顯現高明了，但要數極致可能還稱不上，畢竟這種「兩

---

[3] 這可以謝鴻申〈答周同甫〉為例：「其他小說，總不出庸惡陋劣四字，非事不足述，實筆不能述也。其事本無可述，而一經妙手摹寫，盡態極妍，令人愈看愈愛者，《紅樓夢》是也。」收入一粟編：《紅樓夢卷》，頁三八三。

[4] 如甲戌本第三回眉批：「『少年色嫩不堅勞』，以及『非天即貧』之語，余猶在心，今閱至此放聲一哭！」甲戌本第五回雙夾特批：「非經歷過者，此二句則云紙上談兵，過來人那得不哭！」甲戌本第五回眉批：「過來人睹此，寧不放聲一哭！」甲戌本第十三回眉批：「舊族後輩，受此五病者頗多，余家更甚。三十年前事見書於三十年後，今余想慟血淚盈！」庚辰本第十七至十八回夾批：「批書人領至此教，故批至此，竟放聲大哭。俺先姐仙逝太早，不然余何得為廢人耶！」分別收入陳慶浩編著：《新編石頭記脂硯齋評語輯校增訂本》，頁八二、一二五、一三一、二五二、三三五。

[5] 轉成敘事學的用語，白描純為敘述語，而對話設計則有敘述語（當敘述者為事件參與者時所列自己的對白）和轉述語（敘述者轉述其他角色的對白）的區別。而不論如何，一般上轉述語的功能相對地比較單純，主要是表現人物的性格特徵；而敘述語由於處在統攝整體的位置上，功能就顯得多樣化些，包括既擔負著聯綴故事情節、填補敘述空白的任務，又暗中起著分析、介紹文本的背景情況和材料，為敘述主體的價值評斷墊底，以及替整個文本的敘述風格的形成定下基色和主調的作用。而所謂「在功力上一顯高下」，就是指小說作者可以在這個基礎上展現「極盡變化」的能事。參見徐岱：《小說敘事學》，頁一一九；胡亞敏：《敘事學》，頁八九～一〇二；申丹：《敘事理論探賾》，臺北：秀威資訊科技公司，二〇一四年，頁一七一～二〇〇。

[6] 詳見孫遜等編：《中國古典小說美學資料匯粹》，頁三三八～三五一。

兩對比」的情況，《紅樓夢》的呈現還可以比它更有看頭（如寫秦可卿就集了林黛玉風流裊娜和薛寶釵鮮豔嫵媚的特長；而寫晴雯和襲人則又分別作了林黛玉和薛寶釵的副本；還有以賈探春來跟王熙鳳併比幹才，以及安排平兒給王熙鳳互補成對等，則不知繁複對比多少重了）。因此，上述「能在此顯才的人，勢必已經臻致敘寫人物的顛峯，遠為他人所不及」，無疑可以單歸給《紅樓夢》的作者，因為他確實做到了「另闢蹊徑」這一最終的期待。

　　依此，敘寫人物的技藝在「白描配上言行」上有所不足的，自然就得再擴及「藉他人評論相互襯托」，以完形化對小說人物的處理。由於這「藉他人評論相互襯托」是從「兩兩對比」的情境中突進所成就的，所以它承負的技藝性（同類對比）就屬最重且自動高檔化。正如論者所觀察到《紅樓夢》在此一環節上的優著表現：「起從空空道人說及僧道，從僧道說及甄士隱、賈雨村，然後說及賈府。結從賈府說回甄士隱、賈雨村，從甄士隱、賈雨村說回僧道，又從僧道說回空空道人。賈府只作中間包裹之物，如剝蕉心，如抽繭絲，如俗語所謂一裏三層院。不知不覺說來，亦不知不覺敘完，起結之新奇，真獨絕也。」[7]這樣運用空空道人／僧道／甄士隱／賈雨村等角色來帶出和總結賈家的故事，已經在關節或整體上「藉他人評論相互襯托」了，更別說它內裡還有更多角色相互評論襯托的情節構設，那是其他說部無力望其項背的。[8]

[7] 張其信〈紅樓夢偶評〉，收入一粟編：《紅樓夢卷》，頁二一五。
[8] 就這種絕高技藝的演出來說，很難不讓人再度聯想到靈界協助以為「眾志成城」的可能性。類似的例子，則有俄羅斯勃拉瓦茨基（Helena P. Blavatsky）的鉅著可以想像：一八八八年，作為神智學協會的指導者和重要的靈媒而忙碌奔波於各地的她，完成了一部探討所有宗教起源的古代奧義，以及宇宙和人類起源的著作《除去面紗的艾西斯》。這部作品長達一千三百頁，但她只花兩年時間就完成了，書中引用文獻超過一千四百種，當中有不少一般人根本看不到的傳說中的作品，例如西藏的神祕古文書籍，以及由亞特蘭提斯的神官紀錄祂們智慧的不世之作《多基安之書》等。據傳，勃氏能接觸到眾多書籍，並正確獲取它們的內容，就是在西藏接觸到的高靈所給予的幫助。那些

二、《紅樓夢》敘寫人物的技藝

(一) 白描／言行／襯托一把罩

顯然《紅樓夢》所見敘寫人物的技藝，不啻到達了超神入化的地步（它除了有其他說部所有的，還有其他說部所沒有的），可以說是「白描／言行／襯托一把罩」。前二者（指白描／言行）遍及全書而不盡舉；後者（指襯托）則從第二回冷子興演說榮國府開始就入了港，爾後便是隨機展布，而將各各重要人物都「掛牌」出場搬演（不再隨冷子興刻板印象一通到底，也不再如空空道人／僧道／甄士隱／賈雨村所泛說的具結呈覽）。

先前批書人早已看出該一襯托手法的用意，而有底下這類的掀揭評斷：「此回亦非正文本旨，只在冷子興一人，即俗謂冷中出熱、無中生有也。其演說榮府一篇者，蓋因族大人多，若從作者筆下一一取出，盡一二回不能得明，則成何文字？故借用冷字一人略出其大半，使閱者心中已有一榮府隱隱在心。然後用黛玉、寶釵兩三次皴染，則耀然於心眼中矣。此即畫家三染法也。未寫榮府正人，先寫外戚，是由遠及近、由小至大也。若使先敘出榮府，然後一一敘及外戚，又一一至朋友、至奴僕，其死板拮据之筆，豈作十二釵人手中之物也……觀其後文，可知此一回文則是虛敲傍擊之文，筆則是反逆隱回之筆。以百回之大文，先以此回作兩大筆以帽之，誠是大觀。世態人情盡盤旋於其間，而一絲不亂，非具龍象力者，其孰能哉！」[9]這說的頗為實在，

高靈對她說：「在你的寫作過程中，我們將為你提供必要的文獻。」試想《紅樓夢》豈不也是隱藏版的人靈通力合作下的傑作（否則如何理解它那體制龐大精采的敘事模式）？有關勃氏的故事，詳見南山宏編著：《超神祕X檔案：靈異事件之謎》，陳宗楠譯，新北：人類智庫數位科技公司，二〇一四年，頁一一〇。

[9] 甲戌本第二回回前總評，收入陳慶浩編著：《新編石頭記脂硯齋評語輯校增訂本》，頁三五～三七。

直指了《紅樓夢》作者擅長以漸層和旁襯的方式來避去「一覽無遺」和「陳規老套」的負面效應，任誰瞧見都會有「深獲我心」的感覺。只是進一步關及全書的情況，批書人就沒能再有統觀或整合的說詞，以至這個課題還有細繹詳舉的餘地。

（二）總綰為正寫和側寫的辯證

所謂細繹詳舉，是指所說該理洽意足的一點也不能馬虎（不然就形同跟他人一起混道），而要有案例為證的就得尋來充實篇幅（以免空口無憑或抽象難了）。這是在眾論說中勉為「樹立先聲」的不二法門（至少也是開闢了新說的另一管道），也是能否順利接到當前小說寫作延續同樣課題的必經途徑。而這就得比照前面各章的討論方式，先有一套概念的建立，好架構出整體形態的樣貌。

上面說過，敘寫人物的技藝到《紅樓夢》為止，已經發展出了「白描配上言行」和「藉他人評論相互襯托」等模式，而要使得這白描／言行／襯托等手法更有效的被理解和運用，不妨另立可細緻操作的概念系統來指稱。這概念系統，就是正寫和側寫及其各種辯證。換句話說，以「白描／言行／襯托一把罩」為《紅樓夢》敘寫人物的技藝所在，必須再「總綰為正寫和側寫的辯證」的理解後，才方便今後小說寫手引為寫作可用的資源。當中正寫，是指《紅樓夢》作者在「白描配上言行」時所顯現的；而側寫，則是指《紅樓夢》作者在「藉他人評論相互襯托」時所流露的。而這二者經過多方的辯證，終於使得敘寫人物的技藝也極大化起來（或說達致無比精湛境界）。

在這裡，辯證一詞是採現有相關論說中的概念，但又不取它們所限定的意義。照一般所見，辯證這個概念有唯心辯證和唯物辯證等脈絡意涵。前者（指唯心辯證），是說由一概念必然起反對概念，合併二者成一新概念；反復而行，稱為三分法。它的起點叫正論，它的反對

概念叫反論，最後反正的總和叫合論。換句話說，就是分析和綜合，互相為用：由正生反，是正中含有反的要素；由正反而生合，是正反中已有更新的要素（停止二者的衝突產生新的狀態）。[10]後者（指唯物辯證），是說一種漸進的和上升的境界，使自然成為非靜止的上升著上升著。而所謂自然，是指一個全體的總括，它的各部分彼此相結合著、連貫著；它的內在力量是演化，表現在上升和不可回轉的步履中，在適當的時候發生一些跳級的動作。[11]以上這些辯證意涵，可以用來限定通常思辨的法則或有關歷史演變的法則，卻不合用來限定本脈絡所指稱正面敘寫和側面敘寫的特殊關係。本脈絡所指稱正面敘寫和側面敘寫的特殊關係，在限定它們時是以可彼此互映或相喻為準的，而非能夠顯出什麼「正反合」或「演化」的性徵。也就是說，正面敘寫和側面敘寫只是如此「相互依存」罷了，它們的辯證樣態另有所屬（至於所屬為何，那就要看具體情況才能指實，如下面在《紅樓夢》中所見的）。

《紅樓夢》中可察見的正寫和側寫的辯證，依明顯／略見曲折／高華程度，可以區別出自我辯證、相互辯證和螺旋辯證等三種，它們合為《紅樓夢》的襯托技藝。如圖所示：

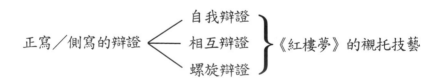

當中正寫／側寫的自我辯證屬明顯層次；而正寫／側寫的相互辯證乃略見曲折；至於正寫／側寫的螺旋辯證則已臻高華了。它們的交錯運用，隨機布局，讓《紅樓夢》在敘寫人物的表現上戛戛獨造，宜傳為千古美談。後續正要來細論這一技藝，並為此地所用的概念作界定。

---

10 參見黃公偉：《哲學概論》，臺北：帕米爾書店，一九八七年，頁四九～五〇。
11 參見趙雅博：《知識論》，臺北：幼獅文化公司，一九七九年，頁三七八。

三、正寫／側寫辯證技藝的分屬情況

（一）自我辯證的明顯敘寫

　　不論《紅樓夢》如何的善巧敘寫，它都有一夢幻旨意在背後貫串著，使得《紅樓夢》作者的「造樓」名手地位從未失勢。因此，前人所指出的「浮生若夢，《紅樓夢》一書之所以名也。齋唯夢坡，院有怡紅，而造樓名手，總屬大觀。大端則是在在以夢點醒，而又非沾滯如癡人說其間……然觀象古人霓歌鳳覽，曰還魂，曰南柯夢，一似逢樓作戲者，而又無戲之非夢矣，樓則仍空矣。故曰名手造樓，總屬大觀，《紅樓夢》一書之所以名也與」[12]這類大觀方式，也就不能輕易略過。只是討論有輕重緩急，倘若要項項緊扣，那麼焦點難以集中就會反過來危及所論的正當性，以至暫時擱置這　部分就成了必要的選擇。

　　前提既定，接著就來耙梳《紅樓夢》正寫／側寫辯證技藝的分屬情況。而根據上述，自我辯證的明顯敘寫是《紅樓夢》正寫／側寫辯證技藝的一環。這一環如果以光譜儀來表示，那麼它的最明顯特徵則可以排序在發生端：

　　　　　　———————————————————————————→

　　自我辯證的明顯敘寫

這樣繪製，並不表示自我辯證的明顯敘寫是最先有的構想或自貶的低階表現，而是僅僅依它的難易程度或顯隱區劃予以定位的，都可以取鑑才是重點。在這種情況下，所可以給「自我辯證」作界定的，就是這種辯證是自我形式的：表面上是在寫某人，實際上則是在側寫另一人。由於它是一次敘寫就完成顯義（不分兩次或多次敘寫才顯義），所

---

[12] 晶三蘆月草舍居士〈紅樓夢偶說〉，收入一粟編：《紅樓夢卷》，頁一二五。

以稱為自我辯證。又因為一次敘寫就完成顯義的自我辯證，不必宛轉尋繹就能了卻，致使它的層次只在「明顯敘寫」階段。

　　自我辯證的明顯敘寫，在《紅樓夢》中無疑的以秦可卿所受喪禮和晴雯所獲賈寶玉誄悼等為典型（反向就是它們所要辯證的對象）。前者，如秦可卿所遺家人對他的觀感「那長一輩的想他素日孝順，平一輩的想他素日和睦親密，下一輩的想他素日慈愛，以及家中僕從老小想他素日憐貧惜賤、慈老愛幼之恩，莫不悲嚎痛哭者」（第十三回），這就是在隱喻賈母一生的行事（因為秦可卿在賈府已是最晚輩，此刻不可能再有「下一輩的想他素日慈愛」）；又如「賈珍便命賈瓊、賈琛、賈璘、賈薔四個人去陪客，一面吩咐去請欽天監陰陽司來擇日，擇準停靈七七四十九日，三日後開喪送訃聞。這四十九日，單請一百單八眾禪僧在大廳上拜大悲懺，超渡前亡後化諸魂，以免亡者之罪；另設一壇於天香樓上，是九十九位全真道士，打四十九日解冤洗業醮。然後停靈於會芳園中，靈前另外五十眾高僧、五十眾高道，對壇按七作好事」（第十三回），該僧道的消災洗業，暗中所針對的無非就是年長的賈母（秦可卿年紀輕，所經歷事尚少，還不够如此「大費周章」）；又如賈珍所選用萬年不壞的檣木棺材「賈政因勸道：『此物恐非常人可享者，殮以上等杉木也就是了。』此時賈珍恨不能代秦氏之死，這話如何肯聽」（第十三回），這則是取賈母歿後裝殮的規格來預設的；又如「賈珍心中打算定了主意，因而趁便就說要與賈蓉捐個前程的話。戴權會意，因笑道：『想是為喪禮上風光些。』……賈珍命賈蓉次日換了吉服，領憑回來。靈前供用執事等物，俱按五品職例……亦不消煩記」（第十三回），此一求得喪禮風光些，也是只合給賈母作門面（秦可卿乃屬低輩媳婦當不宜這般受禮）；又如官客送殯路祭的盛況「且說寧府送殯，一路熱鬧非常。剛至城門前，又有賈赦、賈政、賈珍等諸同僚屬下各家祭棚接祭，一一的謝客，然後出城，竟奔鐵檻寺大路行來」（第十五回），如此榮耀自又是壽考要人如賈母才配享有（連敘三回）。反觀賈母的喪禮簡約省易（包括銀錢叫不靈、人手不齊截、僧道

經懺草草了事和發引路祭極略帶過等（第一百十回、第一百十一回），則是在相比秦可卿的規格，前後不啻雙雙搬演了「正寫就是側寫」的戲碼，而使得自我辯證的明顯敘寫應有的兩面性終於底定完結。換句話說，正寫秦可卿所受喪禮，就是在側寫賈母所受喪禮（如同藉他人評論）；反過來正寫賈母所受喪禮，就是在側寫秦可卿所受喪禮（也如同藉他人評論），事不二旨，為自我辯證的典型表現。

　　至於後者，晴雯只是一個不識字的粗使丫鬟（至少比襲人低一級次親昵），死後應「無福消受」賈寶玉給她的既祭奠又哀悼；尤其是那一篇文情並茂的〈芙蓉女兒誄〉（第七十八回），明眼人一看就知道是為林黛玉預寫的，以至它的顯象是在正寫晴雯而隱象則是在側寫林黛玉。而在這過程中，《紅樓夢》作者所安排林黛玉介入部分情節如攸關實寫語句「紅綃帳裡，公子多情；黃土壟中，女兒薄命」（第七十九回），那又是二度為將來她的死訊所帶給賈寶玉費於甚酌誄文的焦慮作了預演（以賈寶玉自覺才不如林黛玉的前情來看，勢必會有這一幕）。反觀林黛玉喪命後，相關的橋段僅存賈寶玉的痛哭（第九十八回）、哀嘆（第一百四回）和口中祝了幾句（第一百九回）而已，這不就在反比對晴雯當盡或以夠的主子情？顯然這又是一個自我辯證的明顯敘寫了例子（也就是正寫晴雯所獲賈寶玉誄悼，就是在側寫林黛玉所獲賈寶玉誄悼；反過來正寫林黛玉所得賈寶玉追念，就是在側寫晴雯所得賈寶玉追念），兩相細為調節布署的痕跡再清楚也不過。

　　此外，寫賈母勸解王熙鳳的潑醋以映襯她自己往時也如此隱忍過來（第四十四回）；寫賈政的狠打兒子以反響他老子當年也一味杖責不貸（第三十三回）；寫賈雨村的婪索無度以隱射其他貪官汙吏的行徑（第二回、第一百二十回）；寫甄士隱／柳湘蓮的斂跡逍遙以譬況各出家人的避世（第一回、第六十六回）等，都是同一手法的運用（只不過在用心上僅為「片面」呈現而稍減氣勢），馴致自我辯證的明顯敘寫範圍牽延甚廣。

（二）相互辯證的略見曲折敘寫

越過自我辯證的明顯敘寫後，就到了相互辯證的略見曲折敘寫階段，這也是《紅樓夢》正寫／側寫辯證技藝的一環（這就徹底的敘寫人物而不像前者還兼及事物）。這一環倘若也要以光譜儀來表示，那麼它因為稍有曲折塑形的難度，所以比自我辯證的明顯敘寫要前進一點，據實則排序在中間：

自我辯證的明顯敘寫　相互辯證的略見曲折敘寫

至於有關它的界定，可以說這種辯證是相互形式的：正寫和側寫交互呈現。而交互呈現的方式，則有時一次交互敘寫，有時多次交互敘寫，並不一致。但由於它多有多次交互敘寫的情況，必須在跨情節（或跨回數）中見，所以相較自我辯證的明顯敘寫來說會有一定的隱曲性，很難「一次見功」。

縱是如此，《紅樓夢》作者可沒在這個環節上鬆懈，他所刻意描繪的人物特別多是採用這一手法的。好比林黛玉（純就生時來說），一方面既寫她慧黠潔癖高才，一方面又讓其他人物評論她「林妹妹是個多心的人」（第二十二回）、「林姑娘嘴裡又愛刻薄人，心裡又細」（第二十七回）和「不得長壽」（第九十八回）等，而這一寫就跨了大半篇幅且始終在交互映襯（中間沒有什麼轉折或歧出）。又好比薛寶釵，一方面既寫她才貌善良豁達，一方面又令其他人物評論她「這些姐姐們再沒一個比寶姐姐好的」（第三十二回）、「從我們家四個女孩兒算起，全不如寶丫頭」（第三十五回）、「你還不知道我們姑娘有幾樣世人都沒有的好處呢，模樣兒還在次」（第三十五回）和「不干己是不張口」（第五十五回）等，而這同樣一寫也跨了大半篇幅且一直在交互映襯（中間也沒有什麼轉折或歧出）。還有賈母（約就生時來說），透過平兒將

她定調為「我們老太太最是惜老憐貧的」（第三十九回），她前後的言行就都在跟它呼應；而王夫人的逃避家務，也給賈母的「（對薛寶釵說）你姨娘可憐見的，不大說話，和木頭似的，在公婆跟前就不大顯好」（第三十五回）這一評更顯她內在的厭煩性格。此外，賈迎春、賈探春、賈惜春、李紈、賈環和賈蘭等人，經王熙鳳「（對平兒說）大奶奶是個佛爺，也不中用。二姑娘更不中用，亦且不是這屋裡的人。四姑娘小呢。蘭小子更小。環兒更是個燎毛的小凍貓子，只等有熱灶火炕讓他鑽去罷……倒只剩了三姑娘一個，心裡嘴裡都也來的」（第五十五回）這麼品評，對照他們平時的言行，也都合轍映見了；而幾個大丫鬟如平兒、鴛鴦、彩霞和襲人等，讓李紈、賈探春和賈寶玉等分別月旦成「有個唐僧取經，就有個白馬來馱他；劉智遠打天下，就有個瓜精來送盔甲；有個鳳丫頭，就有個你」、「老太太屋裡，要沒那個鴛鴦如何使得」、「太太屋裡的彩霞，是個老實人」和「這一個小爺屋裡要不是襲人，你們度量到個什麼田地」等（第三十九回），一樣也都跟她們向來的言行相契對觀了。至如妙玉、賈敬、賈赦、邢夫人、賈政（狠打兒子以外）、賈璉、賈珍、尤氏、賈蓉、趙姨娘、薛姨媽、薛蟠、香菱、夏金桂、晴雯（純就生時來說）、麝月、紫鵑、鶯兒、賈雨村（婪索無度以外）和柳湘蓮（純就未出家時來說）等，相同的兩相比照也都有隨機點出，這就不煩舉證了。

（三）螺旋辯證的高華敘寫

從自我辯證的明顯敘寫到相互辯證的略見曲折敘寫，兩者具備，已經頗顯不易了，而《紅樓夢》作者卻還有更超卓的技法在向讀者討讚嘆，那就是螺旋辯證的高華敘寫。這仍是徹底敘寫人物而為《紅樓夢》正寫／側寫辯證技藝的一環，只不過它的難度特高僅能集中在某些殊異人物身上展現。因此，這一環假使也要以光譜儀來表示，那麼

它由於最顯靈動光風且聚焦化,所以比較相互辯證的略見曲折敘寫又要更向前推進,猶如在孤峯頂上。往後不知是否還有超越此一成就的技藝,暫且予以保留(仍以前進箭頭標示),但它已遠為前兩種敘寫所不及則可以確定:

自我辯證的明顯敘寫 相互辯證的略見曲折敘寫 螺旋辯證的高華敘寫 ⟶

依此螺旋辯證的高華敘寫就得更具隻眼來看待(縱使它也能在片段上相似於前兩種敘寫)。而有關它的界定,乃可以說這種辯證是螺旋形式的:正寫和側寫螺旋呈現。雖然如此,該螺旋呈現僅是可往前旋繞或往後迴轉,而不關唯物辯證那種不斷上升的演化情況。但緣於它每旋轉一次就會變換一點面貌,所以在全程跨情節(跨回數)中最顯高難度且耐人激賞品味。

　　根據上面所述,這種螺旋辯證的高華敘寫只集中在某些特殊人物身上展現,大概是基於圓形化模塑僅能「挑選為之」而難以遍及的緣故,以至在《紅樓夢》可見特別用心寫就的只有王熙鳳、賈寶玉、襲人和劉姥姥等四人。首先在王熙鳳方面,她剛出場就上演了一次性格旋轉。理由是前有冷子興在演說榮國府時的總評定「說模樣又極標緻,言談又爽利,心機又極深細,竟是個男人萬不及一的」(第二回),後有她在林黛玉入府時見證性的潛臺詞「我來遲了,不曾迎接遠客」(第三回);而彼此相互輝後,再接力「這些人個個皆斂聲屏氣,恭肅嚴整如此,這來者係誰,這樣放誕無禮」和「他是我們這裡有名的一個潑皮破落戶兒,南省俗謂作『辣子』」(第三回)這一林黛玉和賈母對她的觀感諕稱,以及她自己真假參半的情感酬對「『天下真有這樣標緻的人物……只可憐我這妹妹這樣命苦,怎麼姑媽偏就去世了!』說著,便用帕拭淚」(第三回),這就將她那潛藏周旋人事的本事曝露出來了。由於這周旋人事的本事是寓含在她潑辣性格內的,而她在被總評定時所見的「言談又爽利,心機又極深細」還未十分明朗,所以說這裡有

了一次往前的旋繞。除了周旋人事，她還能當家，所謂「我的姥姥，告訴不得你呢！這位鳳姑娘年紀雖小，行事卻比世人都大呢……就只一件，待下人未免太嚴些個」（第六回），周瑞家的這段評論，來討好處的劉姥姥立刻就領教了，因為王熙鳳揣摩王夫人意思決定只給個二十兩小額，卻先說了一大串家道艱難的話，害得對方「先聽見告艱難，只當是沒有，心裡便突突；後來聽見給他二十兩，喜的又渾身發癢起來」（第六回），好像在洗三溫暖，這就又兩相照見而再往前旋繞一次。而真正應驗周瑞家的那句話「待下人未免太嚴些個」，是到了受託憑她那「殺伐決斷」的才幹協理秦可卿喪事時才顯現出來（反襯她在榮府當家一樣辦事方式）：不在意外人說她是烈貨／臉酸心硬，就是要把寧府內的弊端革除而讓喪事能夠順遂且高效率的辦理完成。事後她在丈夫賈璉面前邀功一併述及府內僕婦難纏的狀況：

> 我苦辭了幾回，太太又不容辭，倒反說我圖受用，不肯習學了。殊不知我是捻著一把汗兒呢！一句也不敢多說，一步也不敢多走。你是知道的，咱們家所有的這些管家奶奶們，那一位是好纏的？錯一點兒他們就笑話打趣，偏一點兒他們就指桑說槐的報怨。「坐山觀虎鬥」，「借劍殺人」，「引風吹火」，「站乾岸兒」，「推倒油瓶不扶」，都是全掛子的武藝。況且我年紀輕，頭等不壓眾，怨不得不放我在眼裡。（第十六回）

實為更充分顯示她年輕當大任必須行使威權的不得已苦衷。這豈不是螺旋辯證了又辯證？至於她毒設相思局害死賈瑞，以及變生不測潑醋促使鮑二媳婦上吊身亡和弄小巧借劍殺死尤二姐等，乃因她本身不犯淫和駭怕大權旁落等雙重心理所致，而有平兒在嗔怨賈璉時為她迴護「他醋你使得，你醋他使不得。他原行的正走的正；你行動便有個壞心，連我也不放心，別說他了」（第二十一回），以及婆婆邢夫人處處在潑她冷水（第七十一回），讓他感到寒心而有「不這麼做，隨時會被

取代地位」的危機感等在雙證成。此外，她為了填補虧空和應付官司開銷及掌權太監敲詐等非分內事，她所弄權放利一再的曝光，在她自嘲是「刭毒」和「藏奸」（第三十六回、第五十五回），但身旁的可看得很清楚那全是「身不由己」（平兒、鴛鴦、襲人、旺兒媳婦和周瑞家的等人，都說過體貼之心的話）；甚至她策畫的掉包計而迫使賈寶玉跟薛寶釵完婚，在外人看來有失厚道，但那也是賈母和王夫人的有意在先，她只不過搶著受過代為說出而已（否則她們也不致會欣然接受）。這些都一再的螺旋辯證王熙鳳這個人深入侯門的層層轉性實況。最後，她的血崩症無醫，在諸般邪魔悉至時，也開始反信起鬼神報應（第一百一回、第一百十三回）；而賈母臨終前勸告她「你是太聰明了，將來修修福罷」（第一百十回）的餘響，又正好應證了她逞強一生必有的矛盾結局，而使整體的螺旋辯證直奔到終點尖端。

　　其次在賈寶玉方面，倘若說初次不容易猜測王熙鳳會有什麼下場（這樣螺旋辯證的敘寫才好發揮），那麼賈寶玉這個角色的設定，相對上就比較有跡可循而預料他可能的結局（但同樣中間也是一個螺旋辯證的過程），因為有個石頭伴隨著他下凡，最後仍得回歸原所，差別只在他要旋繞而去的路線有所不同罷了。我們知道，賈寶玉身上有神瑛侍者和石頭兩個靈體，只不過石頭是經過女媧鍛煉的天地奇寶（第一回），常以客居身分迫主，而惹得原主屢次以摔玉（第三回、第二十九回）來表達下意識的抗拒。但也由於原主曾以甘露灌溉絳珠草（第一回）而頗具憐憫心，加上客居者的性靈質蠢（第一回），於是合而演出了一齣齣帶螺旋辯證性的戲碼。剛開始，賈寶玉因為抓周儘挑脂粉釵環而被他父親怒斥為「將來酒色之徒耳」（第二回），以及漸長淘氣異常而讓他母親不放心一見林黛玉就急著誡告她遠著這個「孽根／禍胎／家裡的混世魔王」（第三回）等，所以接下來他就放膽的使性子（《紅樓夢》作者使他如此），喜歡在人面前扭股兒糖似的撒嬌廝纏、嗜吃女孩子嘴上的胭脂、有事沒事愛品頭論足他人（如說別人是祿蠹／勢欲薰心之類）、經常精神性的拈花惹草（意淫）、不屑追求功名以光耀門

楣（只想安富尊榮）和動不動就發重誓嚇人（如爛舌頭／作和尚／就
死／萬世不得人身之類）等；從而他後續所得到別人的評語也最多，
包括「古今第一淫人」（第五回）、「丈八的燈臺」（第十九回）、「見了
姊姊，就把妹妹忘了」（第二十八回）、「果然有些呆氣」（第三十五回）、
「無事忙／富貴閑人」（第三十七回）、「丫頭投錯了胎不成」（第七十
八回）、「貪多嚼不爛的」（第九十四回）和「只知安樂，不知憂患的人」
（第一百七回）等，都一件一件的相咬合，各自隨機的往前旋繞而去。
中間特別經典的是，賈政遷怒狠打兒子後，督責越緊，不料反遭賈母
無意中掀出了他的底牌：

> 賈母因說道：「你這會子也有了幾歲年紀，又居著官，自然越歷練越老成。」
> 說到這裡，回頭瞅著邢夫人和王夫人笑道：「想他那年輕的時侯，那一種古怪
> 脾氣，比寶玉還加一倍呢！直等娶了媳婦，才略略的懂了些人事兒。如今只
> 抱怨寶玉，這會子我看寶玉比他還略體些人情兒呢！」說的邢夫人王夫人都
> 笑了。（第八十四回）

這很能大快人心，原來賈寶玉這般模樣比他那嚴父還叫人疼呵！因此，
他所常自喻為只承天地間的渣滓濁沫（遠不如女兒潔淨清爽），看來倒
不像是在實取貶義，而是帶著稱快而有自豪的意味。這又是一次連檔
的螺旋辯證，直教當初錯看他的人傻眼！末尾因為應數失玉喪魂，被
迫娶妻薛寶釵，且二度夢遊太虛幻境了悟塵緣，在應試中鄉魁後隨僧
道出家去，歷幻完成，石頭重返來處，故事停在旋柱的頂端，令讀者
耽思不已！

再次在襲人方面（先前在舉證相互辯證的略見曲折敘寫時，曾涉
及李紈對她的評語而跟她向來的言行相契對覷一事，那是僅依片面的
情況來說的，事實上襲人的演出比那還要複雜），襲人從被賈母派去侍
候賈寶玉後，表面上她的命運是跟賈寶玉軋在一起的，但實際上她卻

是走受塵網深纏的相反路，而自有一段螺旋辯證的歷程。這段歷程，得從賈政責問「誰這樣刁鑽，起這樣的名字」（第二十三回）說起。大家都看得出來賈寶玉房裡的丫鬟，晴雯愛磨牙，小紅想攀高枝，似乎只有她們二人心量異常，殊不知襲人才是隱藏性的最刁鑽人。當王夫人叫賈寶玉回去把襲人名字改過來時，賈政說了句「究竟也無礙，又何用改」（第二十三回），這等於隱喻著襲人終將不必也不會改變她的性格，而她就從頭到尾著實歷演一幕幕鑽營的精采通俗劇：第一，賈母是因為襲人「心地純良，克盡職任」（第三回），才給了賈寶玉；而她就這樣自行估量或擴大認定自己是賈寶玉的人，無妨跟他偷試雲雨情。但此事終究被晴雯察覺了，在一次爭吵中晴雯毫不客氣的給予奚落一番：「我倒不知道你們是誰，別教我替你們害臊了！便是你們鬼鬼祟祟幹的那事兒，也瞞不過我去，那裡就稱上『我們』了！」（第三十一回）可見襲人的藏奸快要曝露出來了。第二，賈寶玉挨打後，襲人開始有恐被按上規勸不力罪狀的危機感，所以先下手為強的向夫人建議教賈寶玉搬出園外來住，她說了一大堆「沒事常思有事／君子防不然」等悚人聽聞的話，聽得王夫人如雷轟電掣一般的心驚不已：

> （王夫人忙笑道）「我的兒，你竟有這個心胸，想的這樣周全……難為你成全我娘兒兩個聲名體面，真真我竟不知道你這樣好。罷了，你且去罷，我自有道理。只是還有一句話：你今既說了這樣的話，我就把他交給你了，好歹留心，保全了他，就是保全了我，我自然不辜負你。」（第三十四回）

這樣她就在王夫人跟前賺取了好名聲，同時也為自己日後的服侍不周或無故差池討到了免責權。這是襲人二度無意中要讓人窺見她的私心，並且還不諱言「從此我是太太的人」（第三十六回）在給賈寶玉示威，而未曾透露她這賢名是怎麼得來的。第三，晴雯被逐，賈寶玉萬般不捨，還哭道「我究竟不知晴雯犯了何等滔天大罪」（第七十七回），不料襲人卻沒有一絲憐憫，反說了一段好似幸災樂禍的話：「太太只嫌他

生的太好了，未免輕佻些。在太太是深知這樣美人似的人必不安靜，所以恨嫌他，像我們這粗粗笨笨的倒好。」（第七十七回）這形同是在為晴雯這塊爆炭的離去可少掉麻煩而心喜，顯然又是另一種邪思的表現。第四，襲人家曾想把她贖出，她因戀棧賈府的生活而哭鬧，至死也不回去，卻佯裝她要出嫁好博得賈寶玉的同情而予以挽留，並藉機要脅他答應絕咒／不毀謗他人／改掉愛紅毛病等三件事（第十九回），以安穩自己的僕從地位。這看似是在為賈寶玉的人品著想，其實不過是緣於她擔心惹來更多勸諫無方的罪名；否則她也不會在賈寶玉失玉時嚇得滿身冷汗，還猛向其他丫鬟灌輸「這可不是小事，真要丟了這個，比丟了寶二爺的還利害呢」（第九十四回）這樣玉比人重要的觀念。這不啻是在暗示丟了賈寶玉不打緊（賈寶玉只可能在外面走失，而那已不是她的責任範圍），而丟了玉可是會教她這兼保姆職分的首席丫鬟顏面盡失。由於這件事攸關她的去留，所以她急得乾哭不已！馴致最後和尚送玉回來索價不成又要拿去，在襲人等奮力搶奪中引出賈寶玉的衷心話「你們這些人原來重玉不重人哪！你們既放了我，我便跟著他走了，看你們就守著那塊玉怎麼樣」（第一百十七回），這也够諷刺的了。到此終於證實襲人從來只在意她自己的福份（而不是什麼寶二爺的可寄予厚望之類）。這樣的「曲意奉承」，是很令人失望卻又不得不嘆服她的隱伏功力！第五，賈寶玉應試後出走，襲人一度忍不住「心裡一疼，頭上一暈，便栽倒了」（第一百十九回），似乎是在悲憫對方的遭遇，實則是駭怕過頭以為自己從此真要被釋出了。果然她扭捏了三次（前後估算死在賈府會弄壞王夫人的好心／死在家裡又會害了她的哥哥／死在新夫婿蔣玉函宅邸更恐辜負人家的好意等，就是下不了決心殉情），終究不吃眼前虧的委身於優伶，難怪書寫人「不得已」要把她貶到又副冊去（第一百二十回）。這般巧為掩飾刁鑽心思的女孩，就如此在自我演出和別人的評論交相呼應暗纏中一路往前旋繞。雖然可說的節點不多，但所見的卻都是至重關要，真教人開了眼界！

最後在劉姥姥方面，大體上於外人中獨有劉姥姥是《紅樓夢》作者刻意寫來作為模本用的；她跟賈府的命運共浮沈了好一陣子，且有併為收束終場的角色意義。而相關的螺旋辯證敘寫，只集中在劉姥姥五進賈府，為著是要讓讀者見識到富貴人家少不了村嫗的幫襯，才能對照出它欠缺的活力或韌性。起先，劉姥姥是聽說王夫人肯捨米捨錢濟助人的，就勸女婿狗兒以曾跟王家連宗的關係去碰運氣討點好處，而狗兒不便就推她出面（第六回）。接著，她送收成的瓜果菜蔬來賈府答謝（第三十九回）。這只是她懂得人情世故的一次回報（從她上回要留一塊銀子給通好的周瑞家孩子們買果子吃，就可以看出對賈府這大宗的回報一定不會缺少），並沒有要來二度打秋風的意思；但因賈母想留一個積古的老人家說話，所以她就留下來住了幾天。當中她也以編故事、充當女蔑片和湊令等逗趣大家，一如稍前的回報誠意。只是她的演出笑點十足，賈府上下誤以為是來求賞所會有的仿戲子行徑，於是在活動結束後眾人紛紛饋贈她偌多財物（第四十回、第四十一回、第四十二回）。但一場歡會也够折騰人，導致王夫人要平兒轉告她「（一百兩）你拿去或者作個小本買賣，或者置幾畝地，以後別再求親靠友的」（第四十二回）。這無異是在暗示她打秋風就到此為止，千萬不要再有第三次了。其實，劉姥姥此次來已非往昔飢寒交迫可比，卻被誤解了（還遭到林黛玉譏諷為母蝗蟲及妙玉嫌她骯髒可厭）；但她畢竟是老實人，縱使在察言觀色中感受到了也不會在意。所以這前後有兩次往前旋繞，為螺旋辯證敘寫的另一明例。最後，則是她來弔賈母喪，並將前次受贈財物的運用情況報給王熙鳳知悉。此時王熙鳳病篤僅剩一絲氣息，於是在一番懇談後劉姥姥接受了王熙鳳的託孤，還答應她趕出城去廟裡為她求神禱告（這是延續先前劉姥姥受託為巧姐命名，以及劉姥姥臨別時說「要給你們燒高香念佛，保長命百歲」的劇情）（第一百十三回）；只不過再返回時王熙鳳已經去世，而巧姐正遇王仁、賈環、賈薔和賈芸等人設計要賣給外藩王孫子作妾，經平兒的委託劉姥姥帶走巧姐去鄉下躲避；等風波一過劉姥姥才又送巧姐回府，並且

為她覓了一個略可門當戶對的婆家，以完結王熙鳳當初的託付。這三次進賈府，是在顯示劉姥姥的有情有義（知恩圖報）和見證賈府榮華逝去卻還留了遺澤（至少有一鄉里人家會永遠感念他們），為天道好還及人間仍是有溫情等作了一個注腳；所見敘寫雖然少了他人明白的評論相映，但從王熙鳳／平兒等人對劉姥姥的器重程度也足夠用來充數，再顯現一個連發式的螺旋辯證形態。

即使如此，所敘寫王熙鳳、賈寶玉、襲人和劉姥姥等四人的狀況，還是有量上的差異：我們從刻繪難度和布局的縱深等角度來看，王熙鳳當然要排序第一，而後依次是賈寶玉、襲人和劉姥姥等。因此，在原光譜的螺旋辯證的高華敘寫段還可以權為分出四人所佔的位置（同樣的，前兩種敘寫也可以比照辦理，但因人物太繁只好作罷）：

自我辯證的明顯敘寫　相互辯證的略見曲折敘寫　螺旋辯證的高華敘寫

劉姥姥　　襲人　　賈寶玉　　王熙鳳

此外，在螺旋辯證的高華敘寫中，所舉例都僅及往前旋繞部分而略去可能的往後迴轉部分。後者因為回數多不盡都能避免，理當也得有所揭發以見敘寫本身的額外用心；但一樣也是為了顧慮行文的流暢，而不得不暫予擱置（往後如另有對比論述時，再詳加尋繹條理）。

四、辯證後的統整

（一）諸多辯證敘寫的旨意定調

耙梳了《紅樓夢》正寫／側寫辯證技藝的分屬情況，使得此一曠世鉅著的模塑人物有明晰架構足以藉為理解後，接下來就要針對這種

技藝可能的旨意、範式性和侷限等進行統整。在這裡所謂的統整，是指相關經驗的統合整併，為一現時改造事物或知識習得的新手段。它在被實踐的過程中，已發展出主題統整、智能統整，甚至擴大式的科際整合和多媒體運用等作為。[13]縱然它涉及的進趨行動，還可以有質量上的轉衍新變，[14]但對於掌握某些特殊對象（不論是隸屬現實事物還是隸屬神祕事物），總有比其他方法優為或較勝的功能。而這在面對《紅樓夢》有關正寫／側寫辯證技藝一事時，也同樣管用而可以勉力一試。

這一點，無妨先從「諸多辯證敘寫的旨意定調」予以統整起。所以要有此一統整，是因為我們所觀看的《紅樓夢》諸多辯證敘寫無法自顯作用，必須經由統整程序才能了解它的「所以然」或「不得不然」。換句話說，這是一個為《紅樓夢》諸多辯證敘寫旨意定調的歷程；而有此定調我們就有了對該諸多辯證敘寫技藝的深透，也才算進入了《紅樓夢》敘事的脈絡而不為旁牽支繫（這在取證《紅樓夢》上不盡為必要作法，但就理解一項來說卻屬不可或缺）。而這不妨從跛足道人所給賈瑞專治冤業症的「風月寶鑑」談起：

> （跛足道人）遞與賈瑞道：「這物出自太虛幻境空靈殿上，警幻仙子所製，專治邪思妄動之症，有濟世保生之功。所以帶他到世上，單與那些聰明傑俊、風雅王孫等看照。千萬不可照正面，只照他的背面，要緊，要緊！三日後吾來收取，管叫你好了。」說畢，佯常而去，眾人苦留不住。（第十二回）

所謂「千萬不可照正面，只照他的背面」，這一正面／背面相生相剋的隱喻，終究沒被賈瑞參透，以至他「向反面一照，只見一個骷髏立在裡面」而「又將正面一照，只見鳳姐站在裡面招手叫他」，搞到汗津津和遺精不止，終於氣絕而亡（第十二回）。依《紅樓夢》作者所立夢幻旨意來測度，風月寶鑑正面／背面的相剋就是表象，相生才是它的真

---

13 參見周慶華：《語文教學方法》，頁二九九～三三〇。
14 參見周慶華：《文學詮釋學》，頁二〇九～二三八。

相。也就是說，風月寶鑑的正面就是它的背面，反過來風月寶鑑的背面就是它的正面；而能洞悉此一真義的人，自能棄捨任何一面而得以超然解脫（不被正面或背面單一假象所迷惑繫縛）。這也就是太虛幻境牌樓對聯「假作真時真亦假，無為有處有還無」（第五回）的作意所在，只有熟知真假兩端都不可執念的人才有可能進登涅槃極境（像賈瑞這樣不上道的人，僅睹一端就信以為真，當然會嚇到自己而一命嗚呼）。因此，連結到《紅樓夢》有關正寫／側寫的各種辯證表現，也該曉得無論它們多麼的精采可感，最後都要隨著末回空空道人所捨念的「**果然是敷衍荒唐！不但作者不知，抄者不知，並閱者也不知。不過遊戲筆墨，陶情適性而已**」一起放下，方不致被表面繁花的敘寫所炫惑。這理應是《紅樓夢》作者所要讀者一併體會的，畢竟那裡面已有解離取勝思想在貫串著，讀者不好沒有相應或深掘的感受。

（二）正寫／側寫統為人物敘寫的範式

　　既然正寫／側寫的諸多辯證敘寫都不可恃，那為什麼還要實演呈現？這就是弔詭的地方：《紅樓夢》作者仍然相信文學啟導是有效的，正如道德訓誨有助於匡正邪思（猶如書中第五回所透露要給賈寶玉「先以情欲聲色等事警其痴頑，或能使彼跳出迷人圈子，然後入於正路」那樣「欲擒故縱」一般）。故且不論是否能夠如此「單純」看待此事（所以這樣說，是因為世事可觀的多端，其他文化系統中人仍舊可以照他們所要的方式去領會取鑑，而不必受限於所仿緣起觀型文化這一「文字般若」規範），對於《紅樓夢》所演出的「正寫／側寫統為人物敘寫的範式」還是依便將它懸為敘事性作品寫作的高格典則。

　　這是接著要統整的層面。所謂「正寫／側寫統為人物敘寫的範式」，乃就《紅樓夢》在這方面已成一種無可取代的模子而說的；它在正寫人物不夠或不便彰明他們的言行特徵後，又輔以側寫人物予以凸顯或

引伸，而終於成就了這樣足以作為人物敘寫範式的風華再現。這無疑的可以進駐敘事理論去佔據一個位置，以為後續小說寫手觀摩效法的上乘對象。如果再稍微回顧一下《紅樓夢》作者當初的演實中所遺留的一個小小巧喻，那麼我們當更加知道這的確是古今所僅見的一種寫作策略：在首回凡例中提到「（作者）自又云：『今風塵碌碌，一事無成，忽念及當日所有之女子，一一細較考去，覺其行止見識，皆出於我之上……雖我未學，下筆無文，又何妨用假語村言，敷演出一段故事來，亦可使閨閣昭傳，復可悅世之目，破人愁悶，不亦宜乎」，這一「實錄」說法（雖然都用假名隱事）質諸任何一本敘事學的書，都不可能有獲得印證的機會，因為一旦有敘述者被虛構來執行實際的敘述工作，那所有的故事情節就無不在憑虛構設下成立；更何況《紅樓夢》所見人物紛繁到無以復加，有誰能夠在場不在場的全部經歷且將他們的言行如數加以掌握？以至《紅樓夢》作者在這裡不啻要了一個刻意譎詭的手段，用意跟內文正側寫人物相同，都是要引發讀者領悟兩端均不可恃的道理而自去解脫生命以昇華美感。早期批書人喜歡說「不可被作者瞞蔽了去」[15]、「不被作者愚弄」[16]和「幾乎又被作者瞞過」[17]一類的話，其實都得從這個角度來理解（而不是批書人所以為作者不能如此如此那一素樸的想法）。可見上述有關《紅樓夢》書中正寫／側寫統為人物敘寫的範式性，殆無疑義，小說寫手儘可從這裡取經或轉為創新出奇。

（三）還可以有基進背反敘寫一途

[15] 甲戌本第一回眉批，收入陳慶浩編著：《新編石頭記脂硯齋評語輯校增訂本》，頁一二。

[16] 王府本第三回雙行批，收入陳慶浩編著：《新編石頭記脂硯齋評語輯校增訂本》，頁八三。

[17] 甲戌本第五回眉批，收入陳慶浩編著：《新編石頭記脂硯齋評語輯校增訂本》，頁一一三。

　　前面說過，統整是指「相關經驗的統合整併，為一現時改造事物或知識習得的新手段」，這在處理過《紅樓夢》諸多辯證敘寫技藝本身可能的旨意和範式性後，也當要進一步再碰觸一下《紅樓夢》在敘寫人物上「猶恐不足」的侷限部分。這不是說《紅樓夢》敘寫人物有什麼盲點或瑕疵，而是說從古今中外所見小說的試驗可以反過來對照出《紅樓夢》無妨再生一格，以顯這麼一個超卓文本的最極大性。而這一部分，我們則有空間代為設想「還可以有基進背反敘寫一途」。

　　背反敘寫是要自我製造矛盾現象，以達某種嘲諷戲謔的解構效果。這在《紅樓夢》書中原也不乏這一技藝的流露，如秦可卿鬼魂才託夢給王熙鳳要她節制處後（第十三回），不久就有迎接賈元妃回家省親的奢靡耗費（第十七回至十八回）；甄家被抄消息傳來，賈赦才在慶幸說「咱們家是最沒事的」（第九十二回），但未幾就輪到自家遭厄（第一百五回）；有些女僕在嫁為人婦後，（賈寶玉語）染了男人的氣味「就這樣混賬起來，比男人更可殺了」（第七十七回）；賈雨村、王仁、賈薔、賈芸和許多僕眾等都受惠於賈家，卻在賈家有難時紛紛恩將仇報（第一百五回、第一百六回、第一百十一回、第一百十七回、第一百十八回等）等，都可以為證。不過，這有屬於敘寫事物（如前二則），不能據以為比；有的縱然也及於人物的敘寫（如後二則），但所模塑那些人物本就屬劣根／好鑽營末流，他們的低俗／反叛只是潛隱性格明朗化而已，並非是中途有所變卦，也不宜取來佐證。那麼真要說《紅樓夢》裡有那個人物是前後截然兩樣的，可就指不出來，以至在營造人物的張力上就少了一個「背反辯證的基進敘寫」型範可說（這裡仍暫且沿用「辯證」一詞，往後倘若要落實討論，那麼關於它的語義就得再加附帶條件）。

　　大家知道，基進（radical）是一種空間和時間特殊的相對關係。它在被運用時，有衝破一切藩籬的效力和不拘格套的自主性。如呈現在空間關係上，它就反對一切傳統霸權式的空間佔領策略（由侷限在山

頭的堡壘逐漸蠶食鯨吞到控制廣幅空間流動的一方霸主);而呈現在時間關係上,它也反對一切傳統霸權式的時間佔領策略(一方面它透過歷史的造廟運動不斷地塑造悠久連續的歷史傳統;一方面它以負責的社會工程師自居不斷地預言未來秩序和建構未來的新社會)。[18]而將它轉用於學科的建置上,就成了突破既有規範的代名詞。以這一點來看《紅樓夢》,它既然有心要擺脫歷來才子佳人小說的窠臼,而在援引解離寫實觀念方面也頗有成績,那麼再加入這一可以促使人深刻省思的基進背反敘寫,理應會讓它更顯光華。可惜《紅樓夢》作者的思慮還未及此,而有待後續寫手戮力去嘗試開拓。

五、今後小說寫手可取鏡的地方

(一) 向範式學習

依前節所示,《紅樓夢》的諸多辯證敘寫已為人物敘寫的範式(雖然在比他滿足上還有虧欠,但在自我滿足上實無可指摘),自是今後小說寫手可以逕去取鏡的絕佳對象。只不過《紅樓夢》所設定旨意又有反範式性的傾向(也就是它終究是要讀者棄捨它所完成的正寫/側寫人物種種而超脫昇華),這又要如何不加分辨就引為寫作的範本?換句話說,如果給人看你極盡巧飾能事,結果卻是要人終止對它的執念,那麼當初又何必有此一舉(沒有這種敘寫不是更能體現「無所可思」)?而我作為一個論述者又怎好推銷這類看似「不知伊於胡底」的寫作策略?對於這一雙重扞格現象,其實有晚近的某些觀念可以取來類比解釋。

根據功能主義美學所說的「社會結構」向度,所有「審美現象只有放在整個社會文化體系中、放到社會各種因素的關係中,才能說明

它存在的理由；社會體係內部的任何一方都對另一方發生功能，每一方的存在都是以另一方的存在為前提的」[19]。因此，我們所能選取的審美對象，也就無不在這一社會網絡（體系）中去獲得身分許可證明。這樣我來看待所詮釋《紅樓夢》這個對象的存在，也就不可能像後現代主義所說的「與外無涉」那樣的絕決：

> 後現代主義不但否定客體的既與性、特殊性和可解釋性，也否定主體的自主性。依照所強調的否定對象的不同，後現代主義可以帶動革命，也可以清靜無為……然而，如果強調出自我的民族中心、封閉、社會建構的特性，就不可能有客觀的社會批評。客觀的社會批評預設了外在普遍標準的存在；這種普遍的標準正是後現代主義所否定的。[20]

這有意剔除某些因素（如主體和客體等）在文化情境中的心理／社會關連，卻又無法使它的說法不夫爭取普遍的效應（也就是它也在渴望能得到大家的認同；而這也跟詮釋主體的「他者顧慮」沒有兩樣），到頭來還是得承認原先的互動關係是難以動搖的（至於相關的所謂「標準」的認定，也可以由相互主體來作保證，而毋須懷疑或擔心它不能普遍化）；實在不必因為自己一時的「懶於思辨」或「無心疏忽」而否定那一互動關係的存在。[21]這麼一來，我作為一個論述者推銷《紅樓夢》的正寫／側寫辯證技藝，也就因為可比照其他詮釋案例「就是要完成這項程序」而自我諒解了。至如《紅樓夢》作者「當初又何必有此一舉」一事，那就不妨代它擬比於後現代主義的矛盾說詞：固然說出的是在違反我所沒有說出的，但少了此一說出的，豈不是會無人知道我所沒說出的？也就是說，反範式性正是為了範式性的存在，你可以不

---

[19] 潘智彪：《審美社會學》，廣州：中山大學出版社，一九九六年，頁三九～四〇。
[20] 波斯納（Richard A. Posner）：《法律與文學》，楊惠君譯，臺北：商周出版社，二〇〇三年，頁二七五～二七六。
[21] 參見周慶華：《閱讀社會學》，臺北：揚智文化公司，二〇〇三年，頁七三～七五。

理睬，但不容否認這已自成一種範式。今後小說寫手除非別有取鏡途徑，不然《紅樓夢》所成就的這一敘寫模式還是值得學習仿效的（這是前節所提及「《紅樓夢》作者仍然相信文學啟導是有效的」另一種說法）。

（二）嘗試朝基進背反敘寫突進

《紅樓夢》還可以有基進背反敘寫一途（詳見前節），是從別的範式據以相衡鑑的結果。換句話說，取鏡並不一定全是正面性的，也可以是反面性的；當時所學習的對象被我們察覺它有罅隙未予彌補時，而曉得從那裡去找到對諍的題材，那也未嘗不是原對象所給的啟發，一樣有「學習」的效果。因此，試著往所知可以的基進背反敘寫途徑去進趨，也就是今後小說寫手的新功課。

這項新功課還不定實向，但已有一些足以刺激靈感的創意表現，卻可方便取來譬況：好比卡夫卡（Franz Kafka）的〈蛻變〉，寫一個男子從夢中醒來，變成一條蟲，生活全然走樣，直到死去；[22]埃梅（Marcel Aymé）的〈穿牆人〉，寫一個男子突然間會隱形穿牆，興奮得去幹了許多壞事，即使被捕也能安然逃脫，最後卻在一次跟有夫之婦偷情後誤陷正在凝固的水泥牆，從此跟它合而為一；[23]艾米斯（Martin Amis）的《時間箭》，寫一個男子從瀕死倒活回去子宮，完全茫然無知過程；[24]費茲傑羅（F. Scott Fitzgerald）的〈班傑明的奇幻旅程〉，寫一個男子出生時是八十歲，然後倒長反向經歷一生，死時是嬰兒[25]等，這些關係生理／心理遽變的西方小說，都別有動人繁采而為基進背反敘寫人物的典範。這縱使無從想像《紅樓夢》在當時也有機會同出一二（受限

[22] 詳見卡夫卡：《蛻變》，金溟若譯，臺北：志文出版社，二〇〇六年，頁一九～八五。
[23] 詳見埃梅：《分身》，李桂蜜譯，臺北：遊目族文化公司，二〇〇六年，頁八～一九。
[24] 詳見艾米斯：《時間箭》，何致和譯，臺北：寶瓶文化公司，二〇〇七年。
[25] 詳見費茲傑羅：《班傑明的奇幻旅程》，柔之等譯，臺北：新雨出版社，二〇〇九年，頁一九三～二二六。

於寫實性作品的規律及文化審美背景的差異，不大可能有這種超現實或魔幻寫實的演現），但對今後小說寫手來說在借鑑《紅樓夢》後轉嘗試朝基進背反敘寫突進，卻是不可不去面對的參照系。

第十章　抓漏《紅樓夢》：
情節轉折無力和可能的突破途徑

一、從漏抓到抓漏

（一）好事者的指瑕把戲

　　《紅樓夢》從面世以來，固然多有讚許它為「第一才子書」，[1]以及驚奇於它的富涵而可以自成一門「紅學」[2]等美譽，但相關的惡評卻也一向不缺乏。如「中土小說，雖列之於九流，然自虞初以來，佳製蓋鮮。述英雄則規畫《水滸》，道男女則步武《紅樓》，綜其大較，不出誨盜誨淫兩端，陳陳相因，塗塗遞附，故大方之家每不屑道道焉」[3]、「胡潤芝謂：一部《水滸》，教壞天下強有力而思不逞之民；一部《紅樓》，教壞天下堂官及各津要」[4]和「《紅樓夢》一書，誨淫之甚者也……摹寫柔情，婉孌萬狀，啟人淫竇，導人邪機……那繹堂先生亦極言：『《紅樓夢》一書為邪說詖行之尤，無非蹧蹋旗人，實堪痛恨！我擬奏請通行禁絕，又恐立言不能得體，是以隱忍未行。』則與我有同心矣」[5]等都是。至於指摘它敘事錯漏、挂物和移花接木等弊病的，更多得不可勝數。[6]

---

[1] 如邱煒萲〈客雲廬小說話〉說：「吾人所見小說，自以曹雪芹《紅樓夢》位置爲『第一才子書』爲最的論。此書在聖嘆時尚未出世，故聖嘆不得見之；否則何有於《三國志演義》？彼《三國志演義》者，《西遊記》其伯仲之間者也。」收入梁啟超等：《晚清文學叢鈔・小說戲曲研究卷》，臺北：新文豐出版公司，一九八九年，頁三九三。

[2] 如李放〈八旗畫錄〉說：「光緒初，京朝士大夫尤喜讀之，自相矜為紅學云。」收入一粟編：《紅樓夢卷》，頁二六。

[3] 梁啟超〈譯印政治小說序〉，收入一粟編：《紅樓夢卷》，頁五六二。

[4] 程郵秋〈翠巖館筆記〉，收入一粟編：《紅樓夢卷》，頁四二〇。

[5] 梁恭辰〈北東園筆錄〉，收入一粟編：《紅樓夢卷》，頁三六六〜三六七。

[6] 詳見一粟編：《紅樓夢卷》；霍國玲等：《反讀紅樓夢》，南昌：江西高校出版社，二〇〇五年。

　　此外,晚近還有一種以西方小說為能而反過來訾議《紅樓夢》的,也可見知所對比人不再給予《紅樓夢》高評價的一斑。所謂「《紅樓夢》不是一部好小說,因為沒有一個完整的故事」[7]、「《紅樓夢》在世界文學中的位置是不很高的」[8]、「至於吾國小說,則其結構遠不如西洋小說之精密⋯⋯如《水滸傳》、《石頭記》與《儒林外史》等書,其結構皆甚可議」[9]和「《紅樓夢》結構鬆懈、散漫⋯⋯曹雪芹只是一個僅有歪才並無實學的紈褲子,《紅樓夢》也只是一部未成熟的作品」[10]等,就是此類意見的代表。

　　但經過了這一折騰,我們卻又發現後續這些有意唱反調的人,其實都是屬於「好事之徒」在玩把戲,因為他們根本還沒體會過《紅樓夢》的好處,只看到有些瑕疵就巴著不放,把它說得一副罪大不可赦的樣子,甚至還取來異系統的小說壯膽而對它冷情的詆譭一番。換句話說,所有惡評《紅樓夢》的人,都顯示了一個特徵,就是把《紅樓夢》的精采點全擺在一邊,而專門以揭發或挑剔《紅樓夢》的毛病為樂。這也算是文學批評一途(我們沒有理由說他們不可以這麼做),本毋須大驚小怪;但當它流於純為指瑕而指瑕的「不太上道」行徑時,就得有對諍話語出現,予以扭轉一下方向,而讓「即使是在指瑕也有貢獻於原著的補強和今後小說寫作的借鏡」此一可以樹立的新觀念成形。

(二)《紅樓夢》被漏抓的瑕疵得從新予以抓漏

[7] 周策縱:《紅樓夢案——棄園紅學論文集》,香港:中文大學出版社,二○○○年,頁六二引胡適語。
[8] 俞平伯:《俞平伯說紅樓夢》,上海:上海古籍出版社,二○○○年,頁九三。
[9] 陸鍵東:《陳寅恪的最後二十年》,臺北:聯經出版公司,一九九九年,頁一三二引陳寅恪語。
[10] 岑佳卓編著:《紅樓夢評論》,臺中:作者自印,一九八八年,頁七七一～七七五引蘇雪林語。

　　事實上，指瑕《紅樓夢》的言論，連在維護《紅樓夢》甚力的脂評中也不少見，如「剩了這一塊便生出這許多故事。使當日雖不以此補天，就該去補地之坑陷，而不有此一部鬼話」[11]、「若云雪芹披閱增刪，然後開卷至此這一篇楔子又係誰撰？足見作者之筆，狡猾之甚」[12]、「奇，從未見此婢也」[13]和「我敬問『外人』為誰」[14]等，都是邊評邊夾帶揪舉《紅樓夢》事涉幻設和無意脫落的，可知《紅樓夢》實有不盡合人意的地方。只不過人家是從通篇賞鑑中偶覺還可以調整或斟酌而予以諫諍的，並不同於那些全盤否定者的片面見解。因此，這儼然存有一個可權宜批判的作法，就是指瑕後還得有補救對策的提出以供讀者參研，才不致使該指瑕變成宣洩不滿或藉為抑制的媒介。而這有一個「《紅樓夢》被漏抓的瑕疵得從新予以抓漏」的工作可做，畢竟越就精微的角度來看都會再度發覺《紅樓夢》別有可議處，想給對諍就從這裡開始。

　　這是說，論者既要抓漏《紅樓夢》，那他們就得為該行動負責（雖然還未見著）；而今後我們再有所指瑕的，相關的判決自然必須由自己來補說詞，這二者不必截然對立，但數可觀卻只合選擇後者。而為了好比積薪一定是後來居上的道理能固化成前提，這一要從新抓漏《紅樓夢》被漏抓的瑕疵，就不再是先前所見那些「枝節弊病」的重複指摘（因為讀者的接受不一定在意原作存有那些小毛病），而得整體觀照式的「力促其完篇」或「盡舉其不能」，這才比較可以顯現新意而有助於大家對小說寫作的布局思考及其記憶的精鍊化。

---

[11] 甲戌本第一回夾批，收入陳慶浩編著：《新編石頭記脂硯齋評語輯校增訂本》，頁五。
[12] 甲戌本第一回眉批，收入陳慶浩編著：《新編石頭記脂硯齋評語輯校增訂本》，頁一二。
[13] 庚辰本第七十三回雙行批，收入陳慶浩編著：《新編石頭記脂硯齋評語輯校增訂本》，頁六八九。
[14] 庚辰本第七十三回雙行批，收入陳慶浩編著：《新編石頭記脂硯齋評語輯校增訂本》，頁六九一。

所以這樣設定議題，只緣於接受《紅樓夢》可以多樣化（未必要處心積慮去挑三揀四而跟作者過不去），學術對諍總得給人有「上道」或「實在有益」的感覺；否則我們怎麼面對底下這類一味的叫好聲呢：

> 《紅樓夢》出，盡脫窠臼，別開蹊徑……〈竹枝詞〉所云「開談不說《紅樓夢》，縱讀詩書也枉然」，記一時風氣……余自幼即嗜《紅樓夢》，寢饋以之。[15]

> 嘉慶初年，此書始盛行。嗣後遍於海內，家家喜閱，處處爭購。故〈京師竹枝詞〉有云「開口不談《紅樓夢》，此公缺典正糊塗」，時尚若此，亦可想見世態之顛。[16]

也就是說，已經當《紅樓夢》能够帶來品賞上好處的人，我們的額外指瑕對他們就不可能具有什麼吸引力。馴致從漏抓到抓漏《紅樓夢》，最合適的自我定位是：試圖超越《紅樓夢》的成就或作者的敘事觀念就在此一舉（其餘則難以指望）。

二、《紅樓夢》需要抓漏的考量

（一）從指瑕把戲轉為關懷寫作

所謂「超越《紅樓夢》的成就或作者的敘事觀念」，不是指我們立即同寫一部《紅樓夢》來彼此較量以顯示自己特能完構善化，而是經由指瑕則可以立見《紅樓夢》作者的敘事觀念還有升進的空間。也因為抓漏《紅樓夢》是在一個關鍵點上決勝負，所以抓漏本身就可以從指瑕把戲轉為關懷寫作，而把緣於對《紅樓夢》不能必稱完美的實質

---

[15] 楊懋建〈夢華瑣簿〉，收入一粟編：《紅樓夢卷》，頁三六四。
[16] 夢痴學人〈夢痴說夢〉，收入一粟編：《紅樓夢卷》，頁二一九。

了悟移往對今後小說寫作的自我戒惕上。這時的指瑕，就不再是那些「看不慣《紅樓夢》」的眾多泛泛意見所能比擬的了。

如果還有需要先行一辨那些泛泛意見的無益書道，那麼這就可以說所見凡是以西式小說長於「敘事」的標準來衡量詆諆《紅樓夢》，如同自廢武功而降服他人，不算什麼「英雄見解」；而前節所帶出的古來但知「誨淫之甚」的言論，也無異凡俗罵街（更何況這裡面還有見仁見智的爭議呢：「余以為小說非能壞人，在觀之者何如耳。」[17]），根本撼動不了《紅樓夢》整體的藝術價值。[18]至於又有說到《紅樓夢》不乏敘事錯漏、挂誤和移花接木等弊病（詳見前節），那就涉及《紅樓夢》作者還是一個有限聰穎和心思不能十分縝密的人，縱使很可能有外靈協助（詳見第二章），而外靈也可能只是單個，那麼不論是已逝作家附身，[19]或是神佛降乩，[20]都難以想像祂能智慮周到完全掌握細節；而外靈至如是多個，那麼協力過程彼此折衝不及仍有「各出己見」的情況，又如何避免得了？換句話說，外靈協助創作固然可以顯美標高，但當「靈多嘴雜」或「誤入盲區」，也一樣會有瑕疵發生。這就是此地也不再多作苛求的主要原因所在。而這麼一來，所遺足够我們重為使力的部分，正是上面所點出而即將要開啟論說的一些大關節。

這些大關節，都是關係小說的重要審美問題。它在《紅樓夢》作者明顯為思慮有所不周或見識有所不及的，我們覺察到了自然要藉為逞議一下（終極目的仍是在為小說寫作找可對勘的系絡），以示學術精益求精的必要性。還有這樣說顯然是假定小說寫手可以從《紅樓夢》的瑕疵處悟得寫作的竅門，但實際上也可能那又未必是現今小說寫作

---

[17]　程郢秋〈翠巖館筆記〉，收入一粟編：《紅樓夢卷》，頁四二〇。

[18]　參見周慶華：《紅樓搖夢》，頁九。

[19]　參見劉清彥譯：《特異功能》，頁五〇～五一。

[20]　參見聖賢堂：《鸞堂聖典》，臺中：聖賢堂，一九七九年；鄭志明：《中國善書與宗教》，臺北：學生書局，一九八八年；宋光宇：《宗教與社會》，臺北：東大圖書公司，一九九五年；周慶華：《死亡學》，臺北：五南圖書出版公司，二〇〇二年。

所得依賴的資源，那又如何？對於這一問題，有個回答：就是「備著無妨」，也許將來派得上用場也說不定（屆時就有此研究成果可按，而不必茫無頭緒去翻尋了）。

（二）可以使《紅樓夢》更顯光華

前節提及脂評中有關於石頭被設用的微詞，這得予以分辨的是：脂評真不善解《紅樓夢》作者藉為營造夢幻的旨意！倘若不連要角石頭（後跟賈寶玉成為一形一質的關係）也給予虛無化，又如何能夠曉諭讀者一併洞徹人生世事的無盡變異性？這樣到了最後讓那些從孽海情天而來的人還回原所，收緣時正是「從夢寐過渡到夢醒」，一切歸零，給人的感覺再蕭瑟寂冷也不過！[21]因為有這一作者「刻意為之」的前提，所以連帶對首回所示跟作者相關的模糊說詞及其書流傳過程屢有被雜厖的疑慮等，這裡也就不再重炒冷飯（而要將它略去），只談凡例和楔子以外其他章回所存的問題。

由於這些問題是貫串全書的，而《紅樓夢》在流傳過程又有遭受傳抄者或出版商增刪的波折，致使要把它們歸諸原著所存底，恐怕就會有失公允。僅以被傳抄者擰弄增刪的為例，如首回楔子提到此書經手多人後到了曹雪芹這裡，而他更事動刀「於悼紅軒中披閱十載，增刪五次，纂成目錄，分出章回」等；這跟脂評中提到的兩處汰補（當中一次會在未來中發生）若合符節：

乾隆二十一年五月初七對清，缺中秋詩，俟雪芹。[22]

「秦可卿淫喪天香樓」，作者用史筆也。老朽因有魂托鳳姐賈家後事二件，豈

---

[21] 參見周慶華：《紅樓搖夢》，頁二九～三○。

[22] 庚辰本第七十五回雙行批，收入陳慶浩編著：《新編石頭記脂硯齋評語輯校增訂本》，頁七○○。

是安富尊榮坐享人能想得到者。其言其意，令人悲切感服，姑赦之，因命芹
溪刪去「遺簪」、「更衣」諸文。是以此回只十頁，刪去天香樓一節，少去四、
五頁也。[23]

在這種情況下，實在很難一口咬定所見問題是成書時就存在。但後者
既然已經跟原著共構了，也沒有必要再行強分，就都當作是《紅樓夢》
自身的瑕疵（也是作者疏忽才造成的）。因此，不抓漏《紅樓夢》就算
了，如果堅持要抓漏，那麼就專對這已成文本的對象逐予解剖，免得
還要大費周章在紛擾不定的版本爭議上再跟人作無謂的拚搏！

至於這麼做所要回饋給《紅樓夢》的，在最切近層次的考量，則
是從此「可以使《紅樓夢》更顯光華」。這同樣也不是要把《紅樓夢》
攤開來實際操刀加以整治，而是依所提供的意見從新看《紅樓夢》，將
會感受到《紅樓夢》假使有這樣的調整或據理改易，那麼它就能更形
精實而可為完美典範。換句話說，這是為連結讀者和《紅樓夢》的閱
讀關係而有足以產生新的察覺的。雖然對方已經稿定無可更動，但讀
者卻可以自我升級有不一樣的鑑別。

（三）有益於今後小說寫手的借鏡

《紅樓夢》需要抓漏的考量，除了「可以使《紅樓夢》更顯光華」，
在較深層次上還是希望能「有益於今後小說寫手的借鏡」，畢竟存在《紅
樓夢》這一曠世鉅著所見的些微瑕疵，對喜愛研索仿效的人來說還是
值得戒惕的事；否則一再的延誤，不但有所辜負原著偶遺不當示範所
給的反面啟示，而且在審美營造上也可能成效去《紅樓夢》更遠（不
能「取法乎上」的結果），那就會有深憾發生了。

---

[23] 靖藏本第十三回回前總批，收入陳慶浩編著：《新編石頭記脂硯齋評語輯校增訂本》，
頁二四○。

　　敘事技藝在各文化系統各行其是時，某些非精審的手法慣習一般都會被「無知」的包容；但一旦彼此相遭遇了，經由比對而曝露出此中的一些癥結，那就不能再閉著眼而不去取則（不然就會不清楚可進益處在那裡）。當然，這不是要再一次的相互比能（如是否寫出了一個完整或結構嚴密的故事之類），而是僅就通義上作為一個敘事性文體所得遵守的敘事規範予以定位。我們知道，約略從晚清西方小說傳來開始，國人就察覺到了彼此敘事技藝有相當大的差別。如知新室主人〈毒蛇園‧譯者語〉說：

> 我國小說體裁，往往先將書中主人翁之姓氏來歷敘述一番，然後詳其事於後；或亦有楔子、引子、詞章、言論之屬，以為之冠者，蓋非如是則無下手處矣。陳陳相因，幾於千篇一律，當然讀者所共知。此篇為法國小說鉅子鮑福所著，乃其起筆處即就父女問答之詞，憑空落墨，恍如奇峰突兀，從天外飛來；又如燃放花炮，火星亂起。然細察之，皆有條理，自非能手，不能出此。雖然，此亦歐西小說家之常態耳。[24]

論者對西方小說有這種倒敘手法甚表驚訝，而回頭看中國小說千篇一律採用順序手法，不免要覺得索然乏味了。又如觚菴〈觚菴漫筆〉說：

> 偵探小說，東洋人所謂舶來品也，已出版者，不下數十種，而群推《福爾摩斯探案》為最佳。余謂其佳處全在「華生筆記」四字。一案之破，動經時日，雖著名偵探家，必有疑所不當疑，為所不當為，令人閱之索然寡歡者。作者乃從華生一邊寫來，只須福終日不出，已足了之，是謂善於趨避。且探案全恃理想規畫，如何發縱，如何指示，一一明寫於前，則雖犯人弋獲，亦覺索然意盡。福案每於獲犯後，詳述其理想規畫，則前此無益之理想，無益之規畫，均可不敘，遂覺福爾摩斯若先知，若神聖矣。是謂善於鋪敘……余故曰：

---

[24] 陳平原：《中國小說敘事模式的轉變》，臺北：久大文化公司，一九九〇年，頁四二引。

其佳處全在「華生筆記」四字也。[25]

西方小說家懂得採取這類限制觀點來安排小說情節，自然不是見慣自家傳統小說（多半採取全知觀點來安排小說情節）的國人所能想像。難怪論者會大為嘆服！又如林紓〈塊肉餘生述序〉說：

> 施耐庵著《水滸》，從史進入手，點染數十人，咸歷落有致。至於後來，則一丘之貉，不復分疏其人，意索才盡，亦精神不能持久而周遍之故……若是書持敘家常至瑣屑無奇之事蹟，自不善操筆者為之，且懨懨生人睡魔，而迭更司乃能化腐為奇，撮散作整，收五蟲萬怪，融匯之以精神，真特筆也。[26]

中國小說向來以情節為結構中心，比較缺乏人物性格的刻畫和背景氛圍的描寫，而西方小說卻能兼顧或別為凸出，以至論者不禁要另眼相看。[27]上述這些源自西方相異的小說技藝，[28]又於二十世紀陸續繁衍出一家家的敘事理論或敘事學，[29]將它更事釐析伸展和細密明確化，使得所有的敘事文體都可能被帶到那一解剖檯上衡量鑑照、甚至稱斥論兩才會罷休！而如今我們能夠重返檢視像《紅樓夢》這樣的傑作，也是

---

[25] 收入梁啟超等：《晚清文學叢鈔·小說戲曲研究卷》，頁四三〇。

[26] 收入梁啟超等：《晚清文學叢鈔·小說戲曲研究卷》，頁二五四。

[27] 參見周慶華：《文學圖繪》，臺北：東大圖書公司，一九九六年，頁五九～六二。

[28] 此乃緣於西方人所信守的創造觀。該世界觀可以展現出兩面的作為：一面是當他們不如造物主全知全能時，就會謹慎從事而有限制觀點和旁觀觀點的設置；而另一面是當他們妄自尊大想媲美造物主創造萬物的風采時，就會處心積慮要突破現狀而有順敘以外各種敘述方式和多變化敘述結構的發明。至於中國人所信守的氣化觀，只能促使能寫作的人以優質自居而教化心切，始終但以達意為最終考量；而在沒有什麼造物主可以憑藉的情況下，也無從想及要變化花樣，以至所創作的小說作品在敘述技巧上就不如西方所見的那麼多采多姿。參見周慶華《故事學》，頁二一三～二一四。

[29] 詳見赫爾曼（David Herman）主編：《新敘事學》，馬海良譯，北京：北京大學出版社，二〇〇四年；米勒（J. Hillis Miller）：《解構主義敘事理論》，申丹譯，北京：北京大學出版社，二〇〇四年。

有該研究成果作為基底試著從中理出一點頭緒，或許有助於今後小說寫手的參考借鏡。

實際上，國人的小說寫作早已在發現差異後逐漸棄我從他了，不但敘述模式全然改觀（仿效起西方的多花樣表現方式），而且連自我傳統內感外應式的抒情寫實性也轉向西方馳騁想像力式的敘事寫實性過渡而去，從此沒了自家面目。後者是說，國人有的只是有樣學樣而已，根本不了解為什麼會有或要有這麼敘述模式的變化，致使最多僅能做到附人驥尾，而全然不知道怎樣創新超越。正因為有這種始終矮人一截的困境，以及又不能沒有志氣圖存下去，所以從新到《紅樓夢》這裡汲取寫作資源，也就成了眼前的一件要事；而《紅樓夢》有可被抓漏的地方，則正好給了有心創新的小說寫手一併顧及如何精湛化問題的機會。

三、抓漏《紅樓夢》的幾個向度

（一）敘述者的混淆不清

所有的敘事文體，都是經由作為署名的作者化身為敘述主體（隱含作者），而敘述主體再虛構一個敘述者（可為類似無所不知的上帝或事件的參與者或事件的旁觀者），才能執行敘述工作而加以完成。[30]據此《紅樓夢》的敘述者就不是作者，也不是內文所指稱的石頭，而是隱藏在背後那個知曉一切和掌控事件伸展權的說故事者（屬全知觀點的運用）。而這在《紅樓夢》的凡例、楔子和內文中，卻多見混淆的現象，致使它就成了我們所可抓漏的向度之一。

首先是凡例部分，首回發端提到「此開卷第一回也。作者自云：因曾歷過一番夢幻之後，故將真事隱去，而借『通靈』之說，撰此《石

---

30 參見周慶華：《故事學》，頁一〇五～一四四。

頭記》一書也，故曰『甄士隱』云云」，顯然這是傳抄者所加注的（不是作者自述）；而從他所引作者的話來看，又知道他有得自作者於口述或其他筆錄中所自陳創作《紅樓夢》的因緣。但這已經說的有點模糊，而接下來他再徵引的一段話問題更多：「但書中所記何事何人？自又云：『今風塵碌碌，一事無成，忽念及當日所有之女子，一一細考較去，覺其行止見識，皆出於我之上。何我堂堂鬚眉，誠不若彼裙釵哉？實愧則有餘，悔又無益之大無可如何之日也！當此，則自欲將已往所賴天恩祖德，錦衣紈褲之時，飫甘饜肥之日，背父兄教育之恩，負師友規談之德，以至今日一技無成，半生潦倒之罪，編述一集，以告天下人：我之罪固不免，然閨閣中本自歷歷有人，萬不可因我之不肖，自護己短，一併使其泯滅也。雖今日之茅椽蓬牖，瓦灶繩床，其晨夕風露，階柳庭花，亦未有妨我之襟懷筆墨者。雖我未學，下筆無文，又何妨用假語村言，敷演出一段故事來，亦可使閨閣昭傳，復可悅世之目，破人愁悶，不亦宜乎？』故曰『賈雨村』云云。」（第一回）這很明顯是要把整部《紅樓夢》所見事件當成作者的親身經歷（雖然內裡有隱藏真事及其用假語村言敷演故事的成分），那就淆亂了作者和敘述者的分際。換句話說，《紅樓夢》是敘述主體所設想而藉敘述者實際敘述完成的，整個故事乃為一虛構存在（不論當中部分情節是否有作者的近似經歷），無從再回返作者所處時空去求得印證。而由作者所錯亂自己和敘述者的關係開始，才有後人不明究裡在推衍考證書中的史事或家務，造成無窮且無謂的爭論後果。

其次是楔子部分，這所接續凡例而出現的「列位看官：你道此書從何而來？說起根由雖近荒唐，細按則深有趣味。待在下將此來歷注明，方使閱者了然不惑。」（第一回）數語，一樣分不清是誰在說話；同時它所包裹的石頭經歷「原來就是無材補天，幻形入世，蒙茫茫大士、渺渺真人攜入紅塵，歷盡離合悲歡炎涼世態的一段故事」（第一回）等，仍是被敘述的，但作者卻把石頭提升到敘述者的層次，而另旁襯

一個空空道人幫忙抄錄傳世，以及經過孔梅溪和曹雪芹等人的相繼改題汰補，終於「出則既明，且看石上是何故事……」（第一回）而緩緩道出整體事件的始末。殊不知這裡的敘述語已不是「在下」（作者的謙稱）所能給出（因為那是背後該全知性的無名敘述者的專利），也不是「石頭」的自我吐屬所可以充當（石頭只是被敘述對象，他所說的話全由敘述者所轉述，為一轉述語形態）。可見楔子有關「石上故事」的交代，則又比凡例還多一重混亂，這不啻要連帶埋下內文定然無力純化敘述者角色的遺憾！

再次是內文部分，從凡例到楔子既然都見到了敘述者被混淆的情況，那麼內文自然也是延續著這種混淆而得不到釐清的一刻。這同樣是作者跑出來說話而取代了敘述者的角色，以及讓石頭代替敘述者發言（僭越了非他所相稱的職分），而造成作者／敘述者／石頭三者的難捨難分的怪異現象。當中像「詩云：『一局輸贏料不真，香銷茶盡尚逡巡。欲知目下興衰兆，須問旁觀冷眼人。』」（第二回）回首詩、「正是：『一場幽夢同誰近，千古情人獨我痴。』」（第五回）回末聯和「第四回中既將薛家母子在榮府內寄居等事略已表明，此回則暫不能寫矣」（第五回）這類插曲等，都是作者的話，已經很不合適了；還有石頭不時要現身出來秀一下，卻又觸處矛盾：所謂「鳳姐因怕通靈玉失落，便等寶玉睡下，命人拿來塞在自己枕邊。寶玉不知與秦鐘算何賬目，未見真切，未曾記得，此係疑案，不敢纂創」（第十五回）、「獨有那些無賴之徒，聽得賈府發出二十四個女孩子出來，那個不想。究竟那些人能夠回家不能，未知著落，亦難虛擬」（第九十四回）和「趕出城去，那夥賊加鞭趕到二十里坡和眾強徒打了照面，各自分頭奔南海而去。不知妙玉被劫或是甘受汙辱，還是不屈而死，不知下落，也難妄擬」（第一百十二回）等，也都說到石頭無法知道不在現場的事，但他不在現場卻又曉得的事又何其多（包括第四回所載他抄的那張官符，當時他是在賈寶玉身上，又何能知道應天府裡有一個門子在指點賈雨村的為官訣竅呢），這不僅沒有安置好石頭這個角色，而且還將敘述者的

職權巧取了去。縱然這在某種程度上也可能是《紅樓夢》作者有意藉敘述者角色的混亂來敦促或暗示讀者悟及「多執無益」的道理（也就是放掉「誰在敘述」的執念，我們就自由了），[31]但從內文所見十分篤定的語氣來想，實在又不能如此輕易放它過去，仍舊得謹記《紅樓夢》也有這一「敘述者混淆不清」的問題。

（二）作者介入改易時空的矛盾

　　《紅樓夢》的敘述者混淆不清，主要是作者突兀介入所顯現的（石頭還得作者帶他出場），而這個問題更嚴重的地方則是在於改易時空的矛盾。我們知道，故事時間和敘述時間原可以不必相互重疊（也就是可以敘述過去的事，也可以敘述未來的事，更可以敘述從過去延續到未來的事）[32]，但在同一故事時間內不能隨意更動時間的進程（包括空間的設定）卻是必要遵守的規範；否則它就得跨流派到超現實主義或魔幻寫實主義的領域，才會被認可和接受。顯然《紅樓夢》不具備後者這種條件，所以它的「作者介入改易時空的矛盾」現象就成了讀者無法諒解的弊病所在。

　　這種情況，一律出現在作者的自述語上（《紅樓夢》文本已定，如有傳抄者所增入的，也當由作者來概括承受）。如「後人有〈西江月〉二詞，批寶玉極恰，其詞曰：『無故尋愁覓恨，有時似傻如狂。縱然生得好皮囊，腹內原來草莽。潦倒不通世務，愚頑怕讀文章。行為偏僻性乖張，那管世人誹謗！富貴不知樂業，貧窮難耐淒涼。可憐辜負好韶光，於國於家無望。天下無能第一，古今不肖無雙。寄言紈褲與膏粱，莫效此兒形狀！』」（第三回）、「這就是大荒山中青埂峰下的那塊

---

[31] 參見周慶華：《紅樓搖夢》，頁一一二。

[32] 敘述過去的事是倒敘，敘述未來的事是預敘，而敘述從過去延續到未來的事則雜揉倒敘、順敘和預敘等。參見周慶華：《故事學》，頁一八○～一九四。

頑石的幻相。後人曾有詩嘲云:『女媧煉石已荒唐,又向荒唐演大荒。失去幽靈真境界,幻來親就臭皮囊。好知運敗金無彩,堪歎時乖玉不光。白骨如山忘姓氏,無非公子與紅妝!』」(第八回)和「後人見了這本奇傳,亦曾題過四句為作者緣起之言更轉一竿頭云:『說到辛酸處,荒唐愈可悲。由來同一夢,休笑世人痴!』」(第一百二十回)等,這些全為作者自陳意見,本是要藉詩詞痛快褒貶人物一番,不意卻又假託「後人」在從事,因而改易了時空,立即出現一個有後世人跨代跑來參與創作的荒謬景象。如此矛盾未解,很難融通說《紅樓夢》沒有可大為指瑕的地方。

(三)總綰為情節轉折無力乃最大弊病

真要說《紅樓夢》有可大為指瑕的地方,那就不能錯過《紅樓夢》在整體上還顯現部分情節轉折無力的問題,包括隱然未接續情節的、截斷未再續情節的和接續了情節卻不密或無厘頭等。這些雖然不關宏旨(或說不妨礙讀者對《紅樓夢》旨意的領會),但文本有這種嚴重弊端存在總不是好現象。因此,透過揪舉歷程,也許一個更為美好的小說形象就會浮現出來。

如在隱然未接續情節方面,這是指《紅樓夢》所敘事件有的起了頭卻疏於接上。最明顯的例子是惜春所畫大觀園:從她奉賈母命要畫給劉姥姥帶回去欣賞開始(第四十回),歷經她跟社裡告一年假(第四十二回)、賈母催畫(第五十四回)和探春湘雲評畫等(第八十二回),此後就沒消息了。直到妙玉來探訪關心她太過勞累畫畫而消瘦,她僅以「我久不畫了。如今住的房屋不比園裡的顯亮,所以沒興畫」(第一百九回)作答,卻未交代所畫大觀園圖完成了沒有,以及是否跟上頭交差過等。一件慎重鋪陳了那麼久的娛情繪事,竟然是這樣鬆散的結尾,也太神奇了。

又如在截斷未再續情節方面,這是指《紅樓夢》所安排情節在進

行中被打斷後就沒有再予以接續，而造成眾多的懸宕疑案。好比王熙鳳協辦秦可卿喪事後藉機向賈璉邀譽而說了一長串謙中帶傲的話（第十六回），讀者還等著看賈璉會有什麼反應，卻因為平兒進來打岔而空在那兒；又好比鶯兒正要說薛寶釵的好處給賈寶玉聽時（第三十五回），薛寶釵恰巧出現，那話就倏地斷去了；又好比趙姨娘背地說賈寶玉的壞話到「趙姨娘道：『寶玉已有了二年了，老爺還不知道？』賈政聽了，忙問道：『誰給的』？趙姨娘方欲說話，只聽外面一聲響，不知何物，大家吃了一驚不小」（第七十二回），一察看也只不過是門窗上搭扣掉下來而已，就沒有再讓賈政為賈寶玉私納丫頭一事追究到底；又好比婆子們聽了賈寶玉對女子嫁人變混賬的反常事大發議論後正要請教一句話（第七十七回），不意被其他老婆子中斷就自行杳如黃鶴了；又好比賈赦準備派人搬入大觀園駐守以防奸人藏匿（第一百二回），只見賈璉進來請安並說及賈政被參的傳聞，就全然沒有下文了。諸如此類，已經留給讀者相當程度的不滿足感！

又如在接續了情節卻不密或無厘頭方面，這是指《紅樓夢》為呼應情節反現鬆弛或無謂現象，不免會引來無厘頭的譏誚。好比「賈政又啟：『園中所有亭臺軒館，皆係寶玉所題；如果有一二稍可寓目者，請別賜名為幸。』元妃聽了寶玉能題，便含笑說：『果進益了』……」（第十七回至十八回）和「林黛玉道：『……實和你（史湘雲）說罷，這兩個字（凸凹）還是我擬的呢！因那年試寶玉，因他擬了幾處，也有存的，也有刪改的，也有尚未擬的。這是後來我們大家把這沒有名色的也都擬出來了，注了出處，寫了這房屋的坐落，一併帶進去與大姐姐瞧了。他又帶出來，命給舅舅瞧過。誰知舅舅倒喜歡起來，又說：早知這樣，那日該就叫他姊妹一併擬了，豈不有趣。所以凡我擬的，一字不改都用了。如今就往凹晶館去看看。』」（第七十六回）這兩段文字都在呼應大觀園試才題詩的情節，但它們彼此卻接續得頗見漏洞。理由是賈政當年在啟稟賈元妃時，林黛玉已在廳上，她當也聽到了那

些歸功給賈寶玉的話,為何此刻沒有多作一點辯白?而反過來,林黛玉所說的是真,那當初賈政又為何一逕不提?將兩處併置來看,顯然無法相合。又好比「這一日空空道人又從青埂峯前經過,見那補天未用之石仍在那裡,上面字跡依然如舊,又從頭的細細看了一遍,見後面偈文後又歷敘了多少收緣結果的話頭,便點頭嘆道⋯⋯」(第一百二十回)這最末一段空空道人抄錄後續收緣且尋人傳去的敘寫,無疑是在呼應首回石頭際遇的情節,但它所謂的「又歷敘了多少收緣結果」卻全未見,以及石頭早已隨賈寶玉的出家而離世又何來知道那些收緣?可見這也是相互鑿枘難密,且還出處莫名而流於無厘頭。至此可以「總綰為情節轉折無力乃最大弊病」,一併成了抓漏《紅樓夢》的終極向度。

四、填補漏洞的嘗試

(一)抽離誤屬錯亂的成分

為了使一個更為美好的小說形象可以浮現出來(詳見前節),當然就要在抓漏《紅樓夢》後試為補漏,以便能作為標竿的《紅樓夢》一書有機會益加典範化。而這一「填補漏洞的嘗試」,在名義上已經隨順論述成立了,而在實質上又有可據為預期方向的資源,以至抓漏《紅樓夢》本身又成了一項必要的示範(至少它沒有少掉什麼環節)。

從種種跡象來看,在《紅樓夢》書成後,作者就逃逸了(他不敢或不願將自己的名字掛上去)。既是這樣,他原先大可無所忌諱的讓敘述者去發揮而不必把自己的經歷勉強帶出來湊和吊人胃口;但遺憾的是他所選定的敘述者卻沒有受到充分的信任(或說《紅樓夢》作者還不大清楚敘述者要怎樣扮演才算稱職),馴致書中多有混淆問題。此外,再加上作者不時介入擾亂了秩序和時空,以及常有情節轉折不靈而抱憾以至終局等,致使我們要不說幾句對《紅樓夢》不利的話也難了。

不過，它還是可以補救的，只要能「抽離誤羼錯亂的成分」和「延後接榫或呼應使情節齊整」等，上述各種弊病就可以一概消除，不再有任何的累贅或虧欠存在。

當中「抽離誤羼錯亂的成分」，最切要的是回歸純由敘述者來敘述一切，作者別介入，故事裡的角色也得謹守分寸，彼此不再明顯相混，也不再暗中私通。就以一處尚未引及的敘述為例：

> 按此四字並「有鳳來儀」等處，皆係上回賈政偶然一試寶玉之課藝才情耳，何今日認真用此匾聯？況賈政世代詩書，來往諸客屏侍座陪者，悉皆才技之流，豈無一名手題撰……據此論之，竟大相矛盾了。待蠢物將原委說明，大家方知……賈妃乃長姊，寶玉為弱弟，賈妃之心上念母年將邁，始得此弟，是以憐愛寶玉，與諸弟待之不同……更使賈妃見之，知係其愛弟所為，亦或不負其素日切望之意。因有這段原委，故此竟用了寶玉所題之聯額。（第十七回至十八回）

所謂「待蠢物將原委說明」等等，是知石頭又跑出來說話了，原敘述者的地位被取代，乃一錯亂現象。其實它大可不要石頭出面而直接說所要說的話，就像稍後處理襲人的解語那樣：「原來襲人在家，聽見他母兄要贖他回去，他就說至死也不回去的。又說：『當日原是你們沒飯吃，就剩我還值幾兩銀子，若不叫你們賣，沒有個看著老子娘餓死的理。如今幸而賣到這個地方，吃穿和主子一樣，又不朝打暮罵。況且如今爹雖沒了，你們卻又整理的家成業就，復了元氣。若果然還艱難，把我贖出來，再多掏澄幾個錢，也還罷了，其實又不難了。這會子又贖我作什麼？權當我死了，再不必起贖我的念頭！』因此哭鬧了一陣……次後忽然寶玉去了，他二人又是那般景況，他母子二人心下更明白了，越發石頭落了地，而且是意外之想，彼此放心，再無贖念了。」（第十九回）這段沒被賈寶玉知悉的內情，不就很順當的交代了過去，根本不必攬入其他角色來亂套。畢竟《紅樓夢》設定的敘述者是一全

知型的，他原就可以通曉一切而毋須其他角色的幫腔作勢。由此可知，別處凡是有誤屬的都該刪去（新作未寫就時仿此必須避免植入）；而別處凡是有錯亂的也得予以復原（新作未寫就時也仿此必須避免失序），這就不言可喻了。後出的小說能以此為鑑，《紅樓夢》的瑕疵仍有促人警惕不再同犯的作用。

（二）延後接榫或呼應使情節齊整

至於「延後接榫或呼應使情節齊整」，這是專門針對情節轉折無力而提供的策略（不像前節是合就敘述者混淆不清和作者介入改易時空的矛盾等予以對治）。因為《紅樓夢》所見情節轉折無力涉及「隱然未接續情節的」、「截斷未再續情節的」和「接續了情節卻不密或無厘頭」等多種情況（詳見前節），所以相關的補漏措施也就得各別給予因應，以延後接榫或呼應的分支方式而使情節得以齊整化。

依理（也依經驗）「隱然未接續情節的」那一情況，是無意疏漏或布局欠周所造成的，他只要詳為檢視就可以改善；而「接續了情節卻不密或無厘頭」那一情況，也是不經意疏忽或調配未精所導致的，相仿的它也只要勤於比對就能夠察覺改進。當中特別難辨的是「截斷未再續情節」那一情況，這是作者所賦予敘述者任務卻未充分達成的明證（不好歸諸粗心大意一類不可抗力），在補漏上就得先有一番分辨。換句話說，它是敘述取巧不成所徵候的，理應比前二者更要扣技藝略遜的分。

我們看，前節所指出的王熙鳳邀譽／鶯兒欲讚薛寶釵／趙姨娘在嚼舌根／婆子們等著問話／賈赦想派人入駐大觀園等全被打斷而未接續情節的問題，很清楚是敘述到那裡因變通無方而含糊的帶過去。其實，那些遺憾都可以延後接榫或呼應而讓情節有一齊整的感覺，但作者卻是這般不明不白的轉使敘述者再去討便宜而推出新的情節。倘若說作者有意不讓敘述者接續情節，那麼他就該知道連前面那段情節也

不宜設定（否則要如何面對其他銜接得好的情節呢），以免應接續而不接續影響到整體審美的效果。因此，這裡所提出的「延後接榫或呼應使情節齊整」這一對策，也就無異是最佳的諍言；而「往昔已矣，來者可追」，今後小說寫手不妨引為自我戒慎的有力參據。

五、可以給小說寫手的新啟示

（一）熟悉敘事理論為必要的修養

《紅樓夢》所以會有「敘述者的混淆不清」、「作者介入改易時空的矛盾」和「總綰為情節轉折無力乃最大弊病」等問題存在，細為歸結都跟作者不甚了解敘事規範有關。縱然能尋繹這些規範乃是後出敘事理論（或敘事學）的功勞，但它的通則卻早已行世（不能因為《紅樓夢》作者不明了反而怪罪那些理論的強人所難），理當可以據為辨析的資源。以至要說《紅樓夢》所見的諸項瑕疵能給小說寫手什麼新啟示，那就得從它快快悟及「熟悉敘事理論為必要的修養」，相關的課題才有得繼為談論伸展。

現今的敘事理論，已足够我們建立一套小說的敘事學。它內涵有敘述主體／敘述客體／敘述文體／敘述者／敘述話語／敘述觀點／敘述方式／敘述結構等成分及其細衍的實作項目。[33]光敘述者本身，就可以向全知式的以外去開展，而有限制的第一人稱敘述者／第二人稱敘述者／第三人稱敘述者，以及旁知式的客觀敘述者等，遠為《紅樓夢》時代的人所難以想像。因此，作一個後出的小說寫手，所能從《紅樓夢》獲得的啟示，已經要再跨向它所不能的部分（才叫「新啟示」）。這樣連同習自《紅樓夢》的經驗，綜合辨識取勝，寫作才可長可久。

---

[33] 同前注，頁九九～二一四。

（二）有《紅樓夢》屬偉構卻非盡善盡美的恆久戒心

　　先前提到現代人有以西方小說長於敘事為標準而訾議《紅樓夢》短於此的非通達見解（詳見第一節），這自然要有所強說才能服人。我們知道，文學這種兼重藝術審美的存有，從一開始就注定了它會隨著不同的感性體驗而出現範疇內的波動現象。這類波動，一方面顯現在相異的文化傳統各有偏重的感性體驗；一方面顯現在同一文化傳統頗有階段性變化的感性體驗，以至文學範疇為一而文學內涵則尋隙另劃疆域。如就現存的創造觀型文化、氣化觀型文化和緣起觀型文化等三大文化系統來說，在文學的表現上就分別有漫長的敘事寫實、抒情寫實和解離寫實等取向；它們各自在模寫所要模寫的形象（敘事寫實是在模寫人／神衝突的形象；抒情寫實是在模寫內感外應的形象；解離寫實是在模寫種種逆緣起的形象），而整體文學也因為有這樣的「爭奇鬥豔」而饒富審美情趣。只是創造觀型文化內部緣於媲美上締造物本事的企圖心越見強烈，導致敘事寫實的傳統終於被現代前衛的新寫實所唾棄；爾後又竄出後現代超前衛的語言遊戲和網路時代超超前衛的超鏈結等在持續的展現再開新的勇氣。當中氣化觀型文化內的文學表現從二十世紀初以來就幾近停頓而轉向西方取經，從此沒有了自我特性；而緣起觀型文化內的文學表現本來就不積極（但以解脫為務而不事華采雕蔚），也無心他顧，所以雖然略顯素樸也還能維持一貫的格調。[34]但這在對能融合後二系文化的感性體驗而出一新體裁的《紅樓夢》重為發掘後，卻又給了我們從新找回尊嚴的最多信心。

　　這就是「資訊文學化」新紀元的開啟。所謂「資訊文學化」，是指先守住「文學」的優質審美性，然後結合興起於西方的人文學科／社會學科／自然學科等各領域的信息來豐富文學的形式和意義。而這所可以「以《紅樓夢》為典範再啟新猷」的，就是從將文學本身的各階

---

[34] 參見周慶華：《紅樓搖夢》，頁一三～一四。

段演變（如前現代／現代／後現代／網路時代等）予以雜揉而出新意以及援引其他學科的資源擴大文學的體製等兩方面綜合來進行突破。這時它就真正地進入了「後紅樓夢時代」而可以有效地再創新典範（包括特知藉由創作轉進為因應當今世人所面臨能趨疲危機的策略形塑在內）。[35]而此刻抓漏《紅樓夢》的成果，就可以別為增益大家寫作小說的戒心：知道連《紅樓夢》這樣已成極品的偉構都需要再行修整，而自己真要創新體了，豈能不以它為警惕？所謂百尺竿頭，就盡在此一役了。

---

[35] 參見周慶華：《語文符號學》，頁二六四～二六七。

參考文獻

一粟編：《紅樓夢卷》，臺北：新文豐出版社，一九八九年。

士默熱：《士默熱：紅學大突破——《紅樓夢》創作真相》，臺北：風
　　雲時代出版公司，二〇〇七年。

孔穎達等：《周易正義》，十三經注疏本，臺北：藝文印書館，一九八
　　二年。

巴伯拉：《資本主義的代價：後危機時代的經濟新思維》，陳儀譯，臺
　　北：麥格羅·希爾國際出版公司，二〇〇九年。

巴壺天：《禪骨詩心集》，臺北：東大圖書公司，一九八八年。

巴森：《從黎明到衰頹：五百年來的西方文化生活》，鄭明萱譯，臺北：
　　貓頭鷹出版社，二〇〇六。

巴爾：《敘事學：敘事理論導論》，譚君強譯，北京：中國社會科學出
　　版社，一九九五年。

方立天：《佛教哲學》，臺北：洪葉文化公司，一九九四年。

毛文芳：《晚明閑賞美學》，臺北：學生書局，二〇〇〇年。

田茜等：《十個人的北京城》，臺北：高談文化公司，二〇〇四年。

水晶：《私語紅樓夢》，臺北：九歌出版社，二〇〇二年。

王以安：《細說紅樓》，臺北：新文豐出版公司，二〇〇二年。

王先霈等主編：《文學批評術語辭典》，上海：上海文藝出版社，一九
　　九九年。

王先謙：《荀子集解》，新編諸子集成本，臺北：世界書局，一九七八
　　年。

王昆侖：《紅樓夢人物論》，臺北：里仁書局，一九八二年。

王泰來編譯：《敘事美學》，重慶：重慶出版社，一九八七年。

王海龍：《曹雪芹筆下的少女和婦人》，上海：上海文藝出版社，二〇
　　一〇年。

王夢阮等：《紅樓夢索隱》，臺北：中華書局，一九六四年。

王禎和：《玫瑰玫瑰我愛你》，臺北：遠景出版公司，一九八五年。

王毅：《中國園林文化史》，上海：上海人民出版社，二○○五年。

王謨輯：《增訂漢魏叢書》，臺北：大化書局，一九八八年。

包曼：《液態之愛》，何定照等譯，臺北：商周出版社，二○○七年。

卡夫卡：《蛻變》，金溟若譯，臺北：志文出版社，二○○六年。

卡爾維諾：《如果在冬夜，一個旅人》，吳潛誠譯，臺北：時報文化出
　　版公司，一九九三年。

司馬遷：《史記》，臺北：鼎文書局，一九七九年。

布萊思：《大緊縮：人類史上最危險的觀念》，陳重亨譯，臺北：聯經
　　出版公司，二○一四年。

布萊德貝里：《文學地圖》，趙閔文譯，臺北：胡桃木文化公司，二○
　　○七年。

布魯克：《文化理論詞彙》，王志弘等譯，臺北：巨流圖書公司，二○
　　○三年。

弗洛恩德：《讀者反應理論批評》，陳燕谷譯，臺北：駱駝出版社，一
　　九九四年。

玄契編：《曹山本寂禪師語錄》，《大正藏》卷四十七，臺北：新文豐出
　　版公司，一九七四年。

申丹：《敘事理論探賾》，臺北：秀威資訊科技公司，二○一四年。

白令：《下流科學：是天性還是怪癖？從「性」看穿人性！》，莊靖譯，
　　臺北：漫遊者文化公司，二○一三年。

皮述民：《李鼎與石頭記》，臺北：文津出版社，二○○二年。

任明華：《紅樓園林》，臺北：時報文化出版公司，二○○四年。

成窮：《從《紅樓夢》看中國文化》，昆明：雲南人民出版社，二○○
　　五年。

早川：《語言與人生》，柳之元譯，臺北：文史哲出版社，一九八七年。

朱一玄：《紅樓夢資料匯編》，天津：南開大學出版社，二○○一年。

朱金城：《白居易研究》，臺北：文史哲出版社，一九九二年。

米勒：《解構主義敘事理論》，申丹譯，北京：北京大學出版社，二〇
　　〇四年。

艾米斯：《時間箭》，何致和譯，臺北：寶瓶文化公司，二〇〇七年。

艾瑞里：《怪誕行為學》，趙德亮等譯，北京：中信出版公司，二〇〇
　　八年。

西爾瓦：《麥田圈密碼》，賴盈滿譯，臺北：遠流出版公司，二〇〇六
　　年。

余英時：《紅樓夢的兩個世界》，臺北：聯經出版公司，一九八七年。

佛陀多羅譯：《圓覺經》，《大正藏》卷十七，臺北：新文豐出版公司，
　　一九七四年。

佛格勒：《作家之路──從英雄的旅程學習說一個好故事》，蔡鵑如譯，
　　臺北：開啟文化公司，二〇〇九年。

佛斯特：《小說面面觀》，李文彬譯，臺北：志文出版社，一九九三年。

克里普納：《超凡之夢》，易之新譯，臺北：心靈工坊文化公司，二〇
　　〇四年。

克非：《紅樓末路》，重慶：重慶出版社，二〇〇五年。

克勞斯：《天使》，黃文龍譯，臺中：晨星出版公司，二〇〇五年。

吳念真等：《悲情城市》，臺北：三三書坊，一九八九年。

吳思：《潛規則：中國歷史上的進退遊戲》，臺北：究竟出版社，二〇
　　〇九年。

宋光宇：《宗教與社會》，臺北：東大圖書公司，一九九五年。

宋歌：《樓外說夢──論紅樓夢女性》，哈爾濱：黑龍江教育出版社，
　　二〇一〇年。

岑佳卓編著：《紅樓夢評論》，臺中：作者自印，一九八八年。

希爾斯：《知識分子與當權者》，傅鏗等譯，臺北：桂冠文化公司，二
　　〇〇四年。

李乃龍：《雅人深致與宗教情緣——唐代文人的生活樣態》，臺北：文津出版社，二〇〇〇年。

李劼：《歷史文化的全息圖像——論紅樓夢》，臺北：允晨文化公司，二〇一四年。

李宗為校注講析：《千家詩　神童詩　續神童詩》，上海：上海古籍出版社，一九九三年。

李昂：《北港香爐人人插》，臺北：麥田出版公司，一九九七年。

李軍均：《紅樓服飾》，臺北：時報文化出版公司，二〇〇四年。

李善等：《增補六臣注文選》，臺北：華正書局，一九七九年。

李渝：《拾花入夢記：李渝讀紅樓夢》，臺北：INK 印刻文學生活雜誌出版公司，二〇一一年。

李歐塔：《後現代狀態：關於知識的報告》，車槿山譯，臺北：五南圖書出版公司，二〇一二年。

李寶嘉：《官場現形記》，臺北：桂冠圖書公司，一九九一年。

杜普瑞：《人的宗教向度》，傅佩榮譯，臺北：幼獅文化公司，一九九六年。

汪佩琴：《紅樓夢醫話》，上海：學林出版社，一九八七年。

沈清松：《現代哲學論衡》，臺北：黎明文化公司，一九八六年。

邢昺：《論語注疏》，十三經注疏本，臺北：藝文印書館，一九八二年。

里蒙－凱南：《敘事虛構作品：當代詩學》，賴于堅譯，廈門：廈門大學出版社，一九九一年。

周汝昌：《紅樓夢新證》，北京：華藝出版社，一九九八年。

周策縱：《紅樓夢案——棄園紅學論文集》，香港：中文大學出版社，二〇〇〇年。

周逸衡等：《靈魂 CALL OUT——解讀靈魂完全手冊》，臺北：商周出版社，一九九六年。

周慶華：《秩序的探索——當代文學論述的省察》，臺北：東大圖書公司，一九九四年。

周慶華：《文學圖繪》，臺北：東大圖書公司，一九九六年。

周慶華：《佛教與文學的系譜》，臺北：里仁書局，一九九九年。

周慶華：《文苑馳走》，臺北：文史哲出版社，二〇〇〇年。

周慶華：《死亡學》，臺北：五南圖書出版公司，二〇〇二年。

周慶華：《故事學》，臺北：五南圖書出版公司，二〇〇二年。

周慶華：《閱讀社會學》，臺北：揚智文化公司，二〇〇三年。

周慶華：《後佛學》，臺北：里仁書局，二〇〇四年。

周慶華：《語文研究法》，臺北：洪葉文化公司，二〇〇四年。

周慶華：《語用符號學》，臺北：唐山出版社，二〇〇六年。

周慶華：《靈異學》，臺北：洪葉文化公司，二〇〇六年。

周慶華：《語文教學方法》，臺北：里仁書局，二〇〇七年。

周慶華：《紅樓搖夢》，臺北：里仁書局，二〇〇七年。

周慶華：《從通識教育到語文教育》，臺北：秀威資訊科技公司，二〇〇八年。

周慶華：《轉傳統為開新——另眼看待漢文化》，臺北：秀威資訊科技公司，二〇〇八年。

周慶華：《文學詮釋學》，臺北：里仁書局，二〇〇九年。

周慶華：《文學概論》，新北：揚智文化公司，二〇一一年。

周慶華：《生態災難與靈療》，臺北：五南圖書出版公司，二〇一一年。

周慶華：《華語文教學方法論》，臺北：新學林出版公司，二〇一一年。

周慶華：《語文符號學》，上海：東方出版中心，二〇一一年。

周慶華：《文化治療》，臺北：五南圖書出版公司，二〇一二年。

周慶華：《文化經理學》，臺北：五南圖書出版公司，二〇一六年。

周慶華：《文學動起來——一個應時文創的新藍圖》，臺北：秀威資訊科技公司，二〇一七年。

周慶華：《解脫的智慧》，臺北：華志文化公司，二〇一七年。

周慶華：《走出新詩銅像國》，臺北：華志文化公司，二〇一九年。

周慶華:《跟君子有約:在全球化風險中找出路》,臺北:華志文化公司,二〇二〇年。

周慶華:《靈異語言知多少》,臺北:華志文化公司,二〇二〇年。

奈伊:《權力大未來——軍事力、經濟力、網路力、巧實力的全球主導》,李靜宜譯,臺北:天下遠見出版公司,二〇一一年。

宗寶編:《六祖法寶壇經》,《大正藏》卷四十八,臺北:新文豐出版公司,一九七四年。

岳娟娟等:《鬼神》臺北:時報文化出版公司,二〇〇五年。

房玄齡等:《晉書》,臺北:鼎文書局,一九七九年。

拉德維希:《上癮的秘密》,鄭惠丹譯,臺中:晨星出版公司,二〇〇五年。

明茲伯格:《經理人的一天:明茲伯格談管理》,洪慧芳譯,臺北:天下雜誌公司,二〇〇一年。

林在勇:《怪異:神乎其神的智慧》,臺北:新潮社文化公司,二〇〇五年。

林素玟:《紅樓夢何夢——小說的自我敘事與治療》,臺北:里仁書局,二〇一四年。

波斯納:《法律與文學》,楊惠君譯,臺北:商周出版社,二〇〇三年。

侯迺慧:《宋代園林及其生活文化》,臺北:東大圖書公司,一九九五年。

俞平伯:《俞平伯說紅樓夢》,上海:上海古籍出版社,二〇〇〇年。

俞平伯:《紅樓夢研究》,上海:復旦大學出版社,二〇〇四年。

俞平伯等:《名家眼中的大觀園》,北京:文化藝術出版社,二〇〇五年。

南山宏編:《超神祕 X 檔案:靈異事件之謎》,陳宗楠譯,新北:人類智庫數位科技公司,二〇一四年。

南佳人:《紅樓夢的神奇真相》,臺北:問津堂書局,二〇〇五年。

姜森:《美學主義》,蔡源煌譯,臺北:黎明文化公司,一九八〇年。

封‧笙堡：《窮得有品味──沒錢也能搞格調，再窮也要扮高雅》，關旭玲譯，臺北：商周出版社，二〇〇八年。

施密特：《基督教對文明的影響》，汪曉丹等譯，臺北：雅歌出版社，二〇〇六年。

柏拉圖：《柏拉圖文藝對話集》，朱光潛譯，臺北：蒲公英出版社，一九八六年。

柏拉圖：《柏拉圖理想國》，侯健譯，臺北：聯經出版公司，一九八九年。

柯西諾主編：《英雄的旅程》，梁永安譯，臺北：立緒文化公司，二〇〇一年。

柯里：《後現代敘事理論》，寧一中譯，北京：北京大學出版社，二〇〇四年。

柯特萊特：《上癮五百年》，蘇絢譯，臺北：立緒文化公司，二〇〇〇年

段振離：《醫說紅樓》，北京：新世界出版社，二〇〇六年。

段振離：《紅樓說酒》，臺北：宏欣文化公司，二〇一〇年

洛斯奈：《精神分析入門》，鄭泰安譯，臺北：志文出版社，一九九八年。

紀曉嵐：《閱微草堂筆記》，臺北：文光出版社，一九七七年。

胡文彬等編：《海外紅學論集》，上海：上海古籍出版社，一九八二年。

胡壯麟：《認知隱喻學》，北京：北京大學出版社，二〇〇四年。

胡邦煒：《紅樓夢懸案解讀》，成都：四川人民出版社，二〇〇五年。

胡亞敏：《敘事學》，武漢：華中師範大學出版社，二〇〇四年。

胡適：《胡適文存》第一集，臺北：遠東圖書公司，一九七一年。

胡適：《四十自述》，臺北：遠東圖書公司，一九八五年。

胡曉明：《紅樓夢與中國傳統文化》，武漢：武漢測繪科技大學出版社，一九九六年。

韋伯：《新教倫理與資本主義精神》，于曉等譯，臺北：谷風出版社，
　　一九八八年。

韋克勒等：《文學論——文學研究方法論》，王夢鷗等譯，臺北：志文
　　出版社，一九七九年。

韋津利：《髒話文化史》，顏韻譯，臺北：麥田出版社，二〇一二年。

韋爾斯：《潘朵拉的種子：人類文明進步的代價》，潘震澤譯，臺北：
　　天下遠見出版公司，二〇一一年。

香港聖經公會：《聖經》，新標點和合本，香港：香港聖經公會，一九
　　九六年。

剛崎大五：《別笑！地球就有這種人——83國導遊世界怪癖大蒐秘》，
　　李佳蓉譯，臺北：如何出版公司，二〇一〇年。

埃梅：《分身》，李桂蜜譯，臺北：遊目族文化公司，二〇〇六年。

夏志清：《中國古典小說史論》，胡益民等譯，南昌：江西人民出版社，
　　二〇〇一年。

孫軼旻：《紅樓收藏》，臺北：時報文化出版公司，二〇〇四年。

孫遜等編：《中國古典小說美學資料匯粹》，臺北：大安出版社，一九
　　九一年。

孫遜主編：《紅樓夢鑑賞辭典》，上海：漢語大詞典出版社，二〇〇五
　　年。

孫奭：《孟子注疏》，十三經注疏本，臺北：藝文印書館，一九八二年。

庫克庫勒夫特：《黑錢的真相：貪污不只是掏空國庫，更吞噬了你我生
　　活所需的一切！》，林佳誼譯，臺北：商周出版社，二〇一三年。

徐乃為：《紅樓三論》，北京：中華書局，二〇〇五年。

徐少知：《老殘遊記新注》，臺北：里仁書局，二〇一三年。

徐岱：《小說敘事學》，北京：中國社會科學出版社，一九九二年。

徐道鄰：《語意學概要》，香港：友聯出版社，一九八〇年。

拿波里奧尼：《流民經濟：資本主義的黑暗與泥沼》，秦嶺等譯，臺北：
　　博雅書屋，二〇一二年。

朗恩：《天堂與地獄》，廖玉儀譯，臺中：晨星出版公司，二〇〇六年。

桐生操：《世界禁忌愛大全》，藍嘉楹譯，臺北：麥田出版社，二〇〇九年。

殷國登：《人各有癖》，臺北：希代書版公司，一九八六年。

馬昌儀：《中國靈魂信仰》，上海：上海文藝出版社，二〇〇〇年。

高國藩：《紅樓夢民俗趣談》，臺北：里仁書局，一九九六年。

高誘：《淮南子注》，新編諸子集成本，臺北：世界書局，一九七八年。

高橋宣勝：《靈異世界的訪客》，文彰等譯，臺北：旗品文化出版社，二〇〇一年。

寇伯編：《網路與性：愛的尋求與病的治療》，張明玲譯，臺北：書林出版公司，二〇〇六年。

康克林：《不可思議的超能力》，黃語忻譯，臺北：亞洲圖書公司，二〇〇四年。

康克林：《不可思議的生命輪迴》，黃語忻譯，臺北：亞洲圖書公司，二〇〇四年。

康克林：《超自然的神秘世界》，黃語忻譯，臺北：亞洲圖書公司，二〇〇四年。

康克林：《超文明的神秘力量》，黃語忻譯，臺北：亞洲圖書公司，二〇〇四年。

康克林：《超自然的神秘現象》，黃語忻譯，臺北：亞洲圖書公司，二〇〇四年。

康克林：《不可思議的超文明奇蹟》，黃語忻譯，臺北：亞洲圖書公司，二〇〇四年。

康克林：《令人戰慄的神祕領域》，黃語忻譯，臺北：亞洲圖書公司，二〇〇四年。

康克林：《不可思議的植物之謎》，黃語忻譯，臺北：亞洲圖書公司，二〇〇四年。

康德:《判斷力批判》,宗白華等譯,臺北:滄浪出版社,一九八六年。

張廷玉:《明史》,臺北:鼎文書局,一九七九年。

張其錚:《這些年,追我的阿飄們:業餘通靈人的療癒系鬼故事》,新北:野人文化公司,二〇一二年。

張政偉:《網路/數位文學論》,花蓮:慈濟學校財團法人慈濟大學,二〇一三年。

張寅德編選:《敘述學研究》,北京:中國社會科學出版社,一九八九年。

張程:《衙門口:為官中國千年史》,臺北:遠流出版公司,二〇一三年。

張愛玲:《紅樓夢魘》,臺北:皇冠出版公司,一九九三年。

張潮:《幽夢影》,周慶華導讀,臺北:金楓出版社,一九九〇年。

捷幼出版社編輯部主編:《中國神仙傳記文獻初編》,臺北:捷幼出版社,一九九二年。

曹立波:《紅樓十二釵評傳》,北京:清華大學出版社,二〇〇七年。

梁啟超等:《晚清文學叢鈔·小說戲曲研究卷》,臺北:新文豐出版公司,一九八九年。

梅苑:《紅樓夢的重要女性》,臺北:臺灣商務印書館,一九九八年。

脫脫等:《宋史》,臺北:鼎文書局,一九七九年。

荷馬:《伊利亞特》,羅念生等譯,臺北:貓頭鷹出版社,二〇〇〇年。

荷馬:《奧德賽》,王煥生譯,臺北:貓頭鷹出版社,二〇〇〇年。

郭玉雯:《紅樓夢人物研究》,臺北:里仁書局,一九九八年。

陳平原:《中國小說敘事模式的轉變》,臺北:久大文化公司,一九九〇年。

陳存仁等:《紅樓夢人物醫事考》,臺北:世茂出版公司,二〇〇七年。

陳美玲:《紅樓夢裡的小姐與丫鬟》,臺北:文津出版社,二〇〇一年。

陳雅音:《文學的另類寫真——文人怪癖與文學創作的關係探討》,臺北:秀威資訊科技公司,二〇一一年。

陳萬益：《晚明小品與明季文人生活》，臺北：大安出版社，一九九二年。

陳維昭：《紅學通史》，上海：上海人民出版社，二〇〇五年。

陳慶浩編著：《新編石頭記脂硯齋評語輯校增訂本》，臺北：聯經出版公司，一九八六年。

陳鵬翔主編，《主題學研究論文集》，臺北：東大圖書公司，一九八三年。

陸西星：《封神演義》，臺北：三民書局，二〇〇〇年。

陸鍵東：《陳寅恪的最後二十年》，臺北：聯經出版公司，一九九九年。

鹿宏勛等：《生活語言學》，臺北：華欣文化事業中心，一九八七年。

傅大為：《知識與權力的空間──對文化、學術、教育的基進反省》，臺北：桂冠圖書公司，一九九一年。

傅偉勳：《從創造的詮釋學到大乘佛學──「哲學與宗教」四集》，臺北：東大圖書公司，一九九〇年。

喬登：《網際權力：網際空間與網際網路的文化與政治》，江靜之譯，臺北：韋伯文化國際出版公司，二〇〇一年。

寒哲：《西方思想抒寫》，胡亞非譯，臺北：立緒文化公司，二〇〇一年。

嵐山光三郎：《文人的飲食生活》，孫玉珍等譯，臺北：高談文化公司，二〇〇四年。

斯珀波等：《關連：交際與認知》，蔣嚴譯，北京：中國社會科學出版社，二〇〇八年。

曾慶豹：《信仰的（不）可能性》，香港：文字事務出版社，二〇〇四年。

渥厄：《後設小說──自我意識小說的理論與實踐》，錢競等譯，臺北：駱駝出版社，一九九五年。

甯應斌等編：《色情無價：認真看待色情》，桃園：國立中央大學性／

別研究室,二〇〇八年。

舒曼麗:《紅樓夢四大家族與金陵十二釵——文學社會學研究》,臺北: 新文京開發出版公司,二〇〇五年。

菩提流支譯:《深密解脫經》,《大正藏》卷十六,臺北:新文豐出版公 司,一九七四年。

費南德茲－阿梅斯托:《我們人類》,賴盈滿譯,臺北:左岸文化公司, 二〇〇七年。

費茲傑羅:《班傑明的奇幻旅程》,柔之等譯,臺北:新雨出版社,二 〇〇九年。

費雪等:《酷兒的異想世界:現代家庭新挑戰》,張元瑾譯,臺北:心 靈工坊文化公司,二〇一〇年。

須文蔚:《臺灣數位文學論》,臺北:二魚文化公司,二〇〇三年。

馮其庸等:《紅樓夢校注》,臺北:里仁書局,二〇〇〇年。

馮其庸等:《紅樓夢概論》,北京:北京圖書館出版社,二〇〇二年。

馮精志:《百年宮廷秘史——紅樓夢謎底》,北京:中華文聯出版社, 一九九二年。

黃公偉:《哲學概論》,臺北:帕米爾書店,一九八七年。

黃秀如:《癖理由》,臺北:網路與書出版社,二〇〇五年。

黃亞平:《典籍符號與權力話語》,北京:中國社會科學出版社,二〇 〇四年。

黃紹倫編:《中國宗教倫理與現代化》,臺北:臺灣商務印書館,一九 九二年。

黃瑞祺:《批判理論與現代社會學》,臺北:巨流圖書公司,一九八六 年。

黑格爾:《美學（二）》,朱光潛譯,臺北:里仁書局,一九八一年。

普倫德:《資本主義:金錢、道德與市場》,陳儀譯,臺北:聯經出版 公司,二〇一七年。

楊士毅:《邏輯與人生——語言與謬誤》,臺北:書林出版公司,一九

九四年。

楊子忱：《鬼才金聖嘆》，臺北：遠流出版公司，二〇〇六年。

楚戈：《咖啡館裡的流浪民族》，臺北：九歌出版社，二〇〇五年。

瑞提等：《人人有怪癖——擺脫陰影徵候群的困擾與掙扎，以醫藥治療
　　輕微的潛在心理失常》，吳壽齡等譯，臺北：遠流出版公司，一九
　　九九年。

瑞達編：《宗教哲學初探》，傅佩榮譯，臺北：黎明文化公司，一九八
　　四年。

聖賢堂：《鸞堂聖典》，臺中：聖賢堂，一九七九年。

葉維廉：《比較詩學》，臺北：東大圖書公司，一九八三年。

詹丹：《紅樓情榜》，臺北：時報文化出版公司，二〇〇四年。

賈德森：《Dr.Tatiana 給全球生物的性忠告》，潘勛譯，臺北：麥田出版
　　社，二〇一一年。

道原纂：《景德傳燈錄》，《大正藏》卷五十一，臺北：新文豐出版公司，
　　一九七四年。

鳩摩羅什譯：《中論》，《大正藏》卷三十，臺北：新文豐出版公司，一
　　九七四年。

寧稼雨：《魏晉風度——中古文人生活行為的文化意蘊》，北京：東方
　　出版社，一九九六年。

漢彌爾頓：《卡薩諾瓦是個書痴：寫作、銷售和閱讀的真知與奇談》，
　　王藝譯，臺北：麥田出版社，二〇一〇年。

維葉特等：《偉大的企業家都嗜血？從掠食者到商場英雄的成功之道大
　　揭密》，洪世民譯，臺北：財信出版公司，二〇一〇年。

聞荃堂等選注：《中國古代神童詩》，北京：東方出版社，一九九六年。

蒲松齡：《聊齋誌異》，臺北：漢京文化公司，一九八四年。

裴休集：《宛陵錄》，《大正藏》卷四十八，臺北：新文豐出版公司，一
　　九七四年。

赫胥黎：《美麗新世界》，李黎等譯，臺北：志文出版社，一九九七年。

赫爾曼主編：《新敘事學》，馬海良譯，北京：北京大學出版社，二〇〇四年。

赫魯伯：《接受美學理論》，董之林譯，臺北：駱駝出版社，一九九四年。

趙同：《紅樓夢醒時》，美國：八方文化公司，二〇〇一年。

趙岡：《紅樓夢論集》，臺北：志文出版社，一九七五年。

趙彥衛：《雲麓漫鈔》，北京：中華書局，一九九八年。

趙國棟：《翫‧紅樓：70個你所不知道的紅樓夢之謎》，臺北：咖啡田文化館，二〇〇五年。

趙雅博：《知識論》，臺北：幼獅文化公司，一九七九年。

劉小楓：《拯救與逍遙》，上海：上海人民出版社，一九八八年。

劉心武：《劉心武揭秘紅樓夢（第一部）》，臺中：好讀出版公司，二〇〇六年。

劉昌元：《西方美學導論》，臺北：聯經出版公司，一九八七年。

劉清彥譯：《特異功能》，臺北：林鬱文化公司，二〇〇一年。

劉夢溪：《紅樓夢與百年中國》，石家莊：河北教育出版社，一九九九年。

劉勰：《文心雕龍》，增訂漢魏叢書本，臺北：大化書局，一九八八年。

德比亞齊：《文本發生學》，汪秀華譯，天津：天津人民出版社，二〇〇五年。

慧皎：《高僧傳》，《大正藏》卷五〇，臺北：新文豐出版公司，一九七四年。

摩爾：《烏托邦》，戴鎦齡譯，臺北：志文出版社，一九八七年。

歐麗娟：《紅樓夢人物立體論》，臺北：里仁書局，二〇〇六年。

潘重規：《紅樓夢新解》，臺北：三民書局，一九九〇年。

潘重規：《紅學論集》，臺北：三民書局，一九九二年。

潘重規：《紅樓血淚史》，臺北：東大圖書公司，一九九六年。

潘富俊：《紅樓夢植物圖鑑》，臺北：貓頭鷹出版社，二〇〇四年。

潘智彪：《審美社會學》，廣州：中山大學出版社，一九九六年。

熱奈特：《敘事話語・新敘事話語》，王文融譯，北京：中國科學社會出版社，一九九〇年。

蔡元培：《石頭記索隱》，臺北：金楓出版社，一九八七年。

蔡文輝：《社會學理論》，臺北：三民書局，二〇〇六年。

蔡信健：《奧秘・靈異與生死》，臺北：業強出版社，一九九六年。

蔡義江：《紅樓夢是怎樣寫成的》，北京：北京圖書館出版社，二〇〇四年。

蔣廷錫等編：《神怪大典》，上海：上海文藝出版社，一九九一年。

鄭志明：《中國善書與宗教》，臺北：學生書局，一九八八年。

黎國雄：《解讀靈異現象》，臺北：希代書版公司，一九九五年。

閻連科：《發現小說》，臺北：印刻文學生活雜誌出版公司，二〇一一年。

霍國玲等：《反讀紅樓夢》，南昌：江西高校出版社，二〇〇五年。

龍協濤：《文學解讀與美的再創造》，臺北：時報文化出版公司，一九九三年。

戴敦邦等：《紅樓夢群芳圖譜》，臺北：萬卷樓圖書公司，一九八六年。

謝鵬雄：《紅樓夢女人新解》，臺北：九歌出版社，二〇〇四年。

黛恩斯：《被綁架的性：來自 A 片國度的辛辣報告》，林家任譯，新北：八旗文化等，二〇一二年。

瞿汝稷集：《指月錄》，《卍續藏》卷 143，臺北：中國佛教會，一九六七年。

瞿勝健：《《紅樓夢》人物姓名之謎》，臺北：學海出版社，二〇〇三年。

薩孟武：《紅樓夢與中國舊家庭》，臺北：東大圖書公司，一九九八年。

魏特罕：《空間地圖：從但丁的空間到網路的空間》，薛絢譯，臺北：臺灣商務印書館，二〇〇〇年。

瀧川龜太郎：《史記會注考證》，臺北：大安出版社，二〇〇五年。

羅勃：《嗜書癮君子》，陳建銘譯，臺北：邊城出版公司，二〇〇六年。

羅德湛：《紅樓夢的文學價值》，臺北：東大圖書公司，一九九八年。

羅鋼：《敘事學導論》，昆明：雲南人民出版社，一九九四年。

譚立剛：《紅樓夢社經面面觀》，臺北：新文豐出版公司，一九九一年。

嚴明：《紅樓夢與清代女性文化》，臺北：洪葉文化公司，二〇〇三年。

蘇衍麗：《紅樓美食》，臺北：時報文化出版公司，二〇〇四年。

釋妙蘊：《奇人妙事》，臺北：福報文化出版社，二〇〇五年。

蘭德爾：《邊做夢邊冒險：睡眠的科學真相》，蔡承志譯，臺北：漫遊
　　者文化公司，二〇一三年。

欒保群：《百鬼夜宴——那一夜，我們一起說魂》，臺北：柿子文化公
　　司，二〇一三年。

國家圖書館出版品預行編目資料

新說紅樓夢 / 周慶華著. -- 初版. -- 臺
北市：華志文化，2020.08
　　面；　公分. -- (後全球化思潮；4)
ISBN 978-986-99130-3-4(平裝)
1. 紅學 2. 研究考訂
857.49　　　　　　　　　　109009626

書名／新說紅樓夢
系列／後全球化思潮04
華志文化事業有限公司

作　者／周慶華
執　行／楊雅婷
美術編輯／簡煜哲
封面設計／王志強
文字校對／陳欣欣
企劃執行／康敏才
總　編　輯／黃志中
社　長／楊凱翔
出　版　者／華志文化事業有限公司
電子信箱／huachihbook@yahoo.com.tw
電　話／0937075060
地　址／116 台北市文山區興隆路四段九十六巷三弄六號四樓

總　經　銷商／旭昇圖書有限公司
地　址／235 新北市中和區中山路二段三五二號二樓
電　話／02-22451480
傳　真／02-22451479
郵政劃撥／戶名：旭昇圖書有限公司（帳號：12935041）
書　號／G404
出版日期／西元二○二○年八月初版第一刷

華志文化

華志文化